サンショウウオ戦争

KAREL カレル・チャペック ČAPEK

栗栖茜・訳

海山社

目次

目　次

装幀　和田　誠

サンショウウオ戦争

はじめに

よく質問されます。「サンショウウオ戦争」をなぜ書いたのか、それに、人類のつくり出した文明の滅亡を描いたいわゆるユートピア小説の主人公によりによってなぜサンショウウオを選んだのか、と。正直に白状すれば、実はユートピア小説など最初はまったく書く気はなかったのです。ユートピア小説なんて格別好きではありませんでしたから。

「サンショウウオ戦争」を書き始めるまで、私はまったく別の長編小説を書くつもりでいたのです。亡くなった私の父をしのばせるような、患者にかこまれた親切な田舎の医者を主人公にした小説を書くつもりでした。穏やかに患者を診る日々を過ごすと同時に、社会の病理にも敏感な人物というわけです。何週間も何か月も頭の中であれこれと構想を練るのはとても楽しいことでした。ところが、どうにもこの主人公のことを作品の中でしっかりイメージすることができなかったのです。ずっと混とんとした状況が続く世界の中で、お人よしの田舎医者に何かできることがあるのか、自信が持てませんでした。なるほど、その医者は人々の病気を治し痛みを和らげることはできるでしょう。でも、われわれの世界がいま苦しんでいる病や苦痛に対して、私が小説の主人公にしようとした医者はあまりにも疎遠でした。私がお人よしの田舎医者のことをあれこれと考えているあいだも、世間では経済危機や国家の膨張、それに、これから起きるであろう戦争の話題で持ちきりでした。私はどうしても自分が描こうとするこの医者にすっかり気持ちを溶け込ますことができなかったのです。

なぜなら私も――作家がなにもそこまで気にかける必要はないというご意見も確かにもっともではあるのですが――人類世界を脅かしているこれらのことがずっととても心配でならなかったからです。人間の文明に対するこれらの脅威をすっかり払いのけるなんてことは、私にはとっても無理です。でも、少なくともこのような脅威から絶えず目をそらしたり考えるのをやめたりするわけにはいきません。

昨年の春のことでした。当時、世界は経済的にひどい状態で、政治的にはさらに最悪の状態でした。私はなにかひょっとした機会に、こんなことが頭に浮かんだのです。


「われわれ人類を生んだ進化が、この惑星上の唯一の進化の可能性だと考えることはできない」


これが、そもそものきっかけ、始まりだったのです。ふとあの考えが頭に浮かばなければ、私は「サンショウウオ戦争」を書かなかったことでしょう。

環境さえよければ、別のタイプの生命体、たとえば、人間以外の動物が文化的な進化の担い手になるのではないかという考えがまちがっているとは言えないのではないでしょうか。自らの文明と文化、それに歴史を持った人類も哺乳類、さらに霊長類から進化したのです。ですから、同じような進化のエネルギーがほかの動物に進化の翼を与える可能性も十分あるのです。一定の生活条件さえあれば、ミツバチやアリでさえ私たち人類に劣らない文明的な能力を持つ知的な生物へと進化しないなどと言い切ることはできないのです。ミツバチやアリだけでなくほかの生き物でも同じことが言えます。生物学的な条件さえそろっていれば、深い水の中でも私たち人類の文明にも劣らない何らかの文明が出現するかもしれないのです。

最初に頭に浮かんだのはこんな考えでしたが、この考えをさらに進めていくと次々に疑問がわいてきました。人類以外の動物がいわゆる文明の段階に達した時に、人類と同じばかげたことをしでかすだろうか？　戦争を起こしたり、人類が歴史上何度も味わってきた破滅を経験するだろうか？　われわれはトカゲの帝国主義、シロアリのナショナリズム、カモメやニシンの経済膨張をどんな目でながめるのだろうか？　もし人間以外のほかの動物が、「数でも頭脳でも勝るおれたちにだけ、全世界をわが手に収め、すべての生き物を支配する権利があるのだ」と宣言したら、われわれはどう答えるべきなのだろうか？

私が人類の歴史、とりわけ現在まさに起きている歴史と真正面から向かい合ったとき、私は机の前に座って「サンショウウオ戦争」を書く決断をしたのです。批評家たちは「サンショウウオ戦争」をユートピア小説だと断定的に言います。でも私はこのような批評家の考えに賛成できません。「サンショウウオ戦争」で私が描いたのはユートピアではなく現代なのです。なにか未来に起きるかもしれないことをあれこれと書いたのではなくて、われわれが生きている現代の世界の状況を鏡にそのまま映し出したのです。ファンタジーでもまったくありません。ファンタジーなんてものは、ほしい人がおられたらいつでも喜んでおまけ付きで差し上げます。私にとっては今起きている現実が問題なのです。私にはどうすることもできませんが、現実に世界で起きていることに関心を待たない文学、現実に対して言葉と思想で全力を尽くして反応しようとしない文学、そのような文学は私の目指すものではないのです。

私の言いたいことはこれだけです。つまり、人間のことを考えたからこそ私は「サンショウウオ戦争」を書いたのです。サンショウウオをこの小説の主人公に選んだのは、サンショウウオがほかの生き物よりも好きだったからではありません。

だいぶ昔に、第三紀の地層から発掘されたオオサンショウウオの化石が人類の化石だとみなされて、一大センセーションを巻き起こしたことがありました。このような歴史上のできごとがあったので、サンショウウオにはほかのどの生き物よりも、われわれ人類の一面を映し出す主人公としてこの小説に登場する特別の権利があるのです。少し言い訳がましいのですが、人間のことを書くには、作者はサンショウウオの側に立つ必要もあったのです。それは、なんとも冷や汗のでる体験でした。しかし、それは結局のところ、人間の存在の側に立つのと同じように、魅力的であり同時におそろしい体験だったのです。

一九三六年　　カレル・チャペック

第一部　アンドリアス・ショイヒツェリ

1　ヴァン・トフ船長の奇妙なふるまい

地図で探すと赤道直下、スマトラのほんのすこし西にタナマサ島という小さな島が見つかります。いまその島に錨を下ろしたばかりのカンドン・バンドン号のデッキの上でこの船の船長のJ・ヴァン・トフさんに、「このタナマサ島ってどんな島ですか?」ときけば、船長はさんざんこの島のことを口汚くののしってもまだものたりなくて、きっとこんなことまで言い出します。

「この島はスンダ列島の島の中でもケツのケツ、最低のとんでもないケツってところだな。それこそほとんどなんの価値もないね。タナバラ島よりひどいときたもんだ。あのくそったれのピニ島かバニャク島並だな。それに、この島には人はたった一人しか住んでいないんだが――いや、もちろん、あのシラミだらけのバタク人は別勘定だ――それが、酒ばかりくらっている商社の現地駐在員と来たもんだ。やつはクバ人とポルトガル人の混血なんだが、とんでもないどろぼう野郎さ。クバ人と白人が全部合わさってもあの異教徒にはかなわないぜ。まったく、ブタのようなやつなんだ。いいかい。世界中さがしてもこのタナマサ島ほど、罰あたりで、くそったれたところは見つけられないいな」

そんなにそんなに罰あたりのくそったれの島に、くそったれた錨を下ろして、罰あたりなことに三日もどうして停泊する気になったのか、なにげないふりをして聞いてみれば、船長はよけいなことを聞くなとばかりに鼻を鳴らして、言い訳がましく、こんな風に小声で答えたにちがいありません。

「カンドン・バンドン号はくそったれのコプラや椰子油をお目当てに、こんなところまで航海してきたわけじゃない。あたりまえだ。でも、そんなことあんたに関係ないだろ。おれにはくそいまいましい仕事が待っているんだよ。あんたもさっさと自分の仕事をすましたらどうなんだ」

ヴァン・トフ船長はかなりのお年のようですが、年寄りくさいところなど少しもありません。放っておけばこんな調子で、まだまだ元気いっぱい、いつまでも切りなくあれやこれやとしゃべり続けるにちがいありません。

ですからもっといろいろ船長から聞きだそうと思ったら、根ほり葉ほり質問などぶつけないで、船長に好きなように悪態をつかせておくのにかぎります。そうすれば、船長の方から心の重荷を軽くしようと、これまで積もり積もった恨み、つらみやらをすべてきっと吐き出すにちがいありません。

「まあ、聞いてくれよ」船長は思った通り、やはり突然言い出しました。「うちのアムステルダムにいる連中が、つまり、上にいるあのくそったれのユダヤ人のやつらなんだが、いきなりなにを思い出したのかおれに言いだしたんだ。『船長、ひとつ一肌脱いで、真珠を探しにあちらまで行ってくれないか。あちらじゃ、いま、だれもが真珠に夢中だそうだ』」そこまで言うと、船長はいかにも腹立たしげにつばをぺっと吐き出しました。

「つまり、やつらは金や金めのものを真珠にかえておこうって腹づもりなんだ！　人ってのは、たえずなにか戦争をしていたいんだな。金のことが心配でならないんだよ。ただそれだけのことじゃないか。それを、つまり経済危機とか恐慌って言い換えてるだけだよ」ヴァン・トフ船長はここで、ちかごろだれもがもっぱら話題にしている経済問題について自分の考えをさらに話してもいいものかどうか、ちょっとためらいました。タナマサ島を目の前にしてそんな話をすればますます暑くなり、うんざりした気分になるだけだからです。ヴァン・トフ船長は、手をちょっと振ってぶつぶつと小声で真珠の話を続けました。

「真珠って、だれもが気楽に言うんだよ、まったく！　ところが、セイロン（訳注　スリランカの旧称）じゃ五年先の分まで採りつくしたし、台湾じゃ真珠取りが禁止されてしまった。ところが、あの連中ときたらおれにこう言ったよ。『ヴァン・トフ船長、真珠の取れる新しいところを開拓してくれないかな。だれも見向きもしない島にまで範囲を広げれば、ちょっともぐれば真珠貝だらけといったところがないわけでもないと思うがね――』」ここで船長は、そんなことを言った連中をどれだけ自分が軽蔑しているのかを示すように、空色のハンカチを出して、大きな音をたてて鼻をかんだのです。

「ヨーロッパにいるあのドブネズミどもは、ここまでくればだれも知らないなにかが見つかるなんて思っているんだ！　まったく、ばかなやつらだよ！　せめて、ここでバタク人が鼻をかんだら中から真珠が飛び出してこないか、鼻の穴を覗いてみてくれなんて、おれに言わなかっただけ助かったけどね。そう簡単に真珠がたやすく手に入るところがあるかってんだ！　パダンには新しい売春宿こそできたが、真珠の新しい採取場だなんて、ふざけるなと言いたいよ。

これでもおれはこのあたりの島は、どれも自分のズボンのようによくわかっているんだ……セイロンからあのだれも寄りつこうともしないクリパートン島までな……。それでも金もうけの種がみつかる島がまだ、どこかにあるなんて思うやつには、どうか道中ご無事でと言いたいね！　あのばかな連中はいまごろになって、このあたりをもう三十年も船で行き来してきたこのおれになにか見つけてこい、なんて平気でぬかすんだからね！」

ヴァン・トフ船長はあまりにも礼儀知らずのあのときの言われ方を思い出して、腹立たしさのあまり息をするのも忘れていました。

「そこいらのへなちょこの青二才をここへ寄こして、あっとおどろくものでも見つけさせりゃいいんだよ。それを、このあたりのことならなにもかも知りつくしているこのヴァン・トフ船長に青二才の代わりをやらせようなんて、まったくやつらはなにを考えているんだか……。

そりゃあ、ヨーロッパならまだいろいろと見つかるものがあるかもしれないが、このあたりにやってくるのは、なにか食えるものがないか鼻をかいでいるやつらばかりさ。いや、食うばかりじゃない、何か売ったり買ったりして一儲けできるものがないか、探しに来るというわけだ。このくそったれた熱帯で、少しでも金になりそうなものが見つかれば、たいへんなさわぎだ。三人ものそういうやつらがこのあたりの海岸に立って、七カ国もの商船に停船するよう、鼻をかんだばかりのハンカチを振りまわすんだからね。まったく、ろくでもないよ。おそれながら、この辺のことなら、女王様を頭にいただくオランダの植民地省よりおれの方がずっとくわしいよ」

ヴァン・トフ船長の怒りはもっともですが、さらにまだしばらく怒りをぶちまけて、やっとなんとか抑えることができました。

「ほら、あそこに、あわれっぽいようすでふらふら歩いているのが二人見えるだろう? あいつらは、おれがセイロンから連れて来た真珠採りなんだ。シンハラ人なんだよ。やつらも、神様がお創りなさったんだが、なんでお創りなさったかはおれにもわからないね。いまおれは、あいつらを船に乗せて、代理店とかバチャ(訳注 第二次世界大戦前に世界的に有名だったチェコの靴メーカーのブランド名)とか税関事務所なんていう看板のない海岸をちょっとでも見つけると、真珠貝目あてにさっそくもぐらせるんだ。あの背の低い方のやつは、あれで八十メートルの深さまでもぐるんだよ。あいつはこのあいだプリンス諸島で、九十メートルの海底から映画カメラのクランクを引きあげてきたが、真珠の方はさっぱりだめで、真珠のしの字も見つけられないんだ。まったくシンハラ人ってのは役にたたないね。

だがな、そういうおれだって、椰子油の買い付けをして回っているようなふりをして、実は、真珠貝の新しい採取場をさがして回っているんだから、おれのやっていることだってろくでもないよな。やつら、いまにきっと新大陸を発見しろなんて言ってくるにちがいない。いずれにしても、まともな商船の船長のやる仕事じゃないよ。ヴァン・トフ船長はくそったれの冒険野郎とはわけがちがうんだ。今に見ていろ」

広い海には果てがないように、船長の話はどこまでも続きました。しかし、海につばをはいても、海はお返しなどしません。自分の運命をうらんでみても、運命は変えられないのです。いろいろと準備をしたり、風や波がおさまるのを待つなどしていて時間がかかりました。それでもとうとうオランダ船カンドン・パンドン号のヴァン・トフ船長は、溜め息をついたりあれこれと悪態をつきながらボートに乗りこんで、タナマサ島に上陸しました。クバ人とポルトガル人の混血の酔っ払いにタナマサ島のどこかに真珠貝の取れるところがないか聞くつもりだったのです。

「すみません、船長」混血のその男は最後に言ったのです。「でも、タナマサ島には貝のたぐいはまったくありませんよ。あの汚ならしいバタクの連中は……」男は嫌悪感を丸出しにして言いました。「クラゲまで食ってしまう始末ですからね。やつらは陸よりも水のなかですごす時間の方が多いもんで、この部落の女たちは魚のくさいにおいがするんですよ。船長には想像もつかんでしょうね。――あれっ、なんの話をしていましたかね？　ああ、なんか女のことをおききになっていましたかね？」

「バタクの連中がもぐっとらん海岸は、この辺にはないのかい？」船長はききました。

でも、男は首を横に振って答えました。「ありませんね。魔の入江（デヴィル・ベイ）は別ですが、あそこはだんなたちの行くところじゃありませんし」

「どうして？」

「どうしてって……、あそこにはだれも行っちゃいけないんです。船長、お注（つ）ぎしましょう」

「いや、ありがとう、その入り江にはサメでもいるのかい？」

「サメもいますが」男は小声で言いました。「だいたい、あそこはどうも縁起の悪いところなんですよ、バタクのやつらは、人があそこへ行くのを見るだけでもいやがりますからね」

「どうして？」

「……だんな、あそこには魔物がいるんですよ。海の魔物が」

「その海の魔物ってなんだい？　魚かな」

「魚なんかじゃありませんよ」男は話しづらそうでした。

「だんな、魔物なんです。海の魔物なんですよ。バタクの連中はタパと呼んでますがね。タパですよ。そいつらは海中に町をつくっているって話ですよ。そいつらって、つまり、その海の魔物がです。お注ぎしましょうか」

「その海の魔物って……どんな恰好をしているのかね？」

男は肩をすくめました。「よく話しに聞く魔物と同じですよ。私も一度そいつを見たことがあるんです……。といっても、頭だけですがね。ケープ・ハーレムからボートに乗って帰る途中でしたが……。突然、水中から、なにか頭のようなものがにゅっと顔を出したんです」

「うん、それで？　そいつは何に似ていた？」

「頭は……バタク人の頭みたいでしたが、毛がなくてつるつるなんです」

「ほんとうはバタクだったんじゃないのか？」

「ちがいますよ。あそこじゃ、バタクは絶対に泳いだりもぐったりしませんからね。それに……そいつは下まぶたで私に、目くばせしやがったんですよ」男は、そのときの恐怖を思い出してからだをふるわせました。「目をすっかりつぶることのできる下まぶたでね。こいつはタパですよ」

ヴァン・トフ船長は椰子酒のはいったグラスを、太い指で回していました。

「お前さん、酔ってたんじゃないのかい？　すっかりできあがっていたんだろう？」

「だんな、そりゃ、酔ってましたよ。酔ってなきゃ、あんなところにボートを出したりしません。バタクの連中は……ほかの連中があの海の魔物に少しでも手出しするのをきらってますから」

ヴァン・トフ船長は首を振りました。「魔物なんているわけないだろ。それに魔物がいたとしたら、ヨーロッパ人みたいな恰好をしているはずだよ。きっと魚か何かだったんじゃないか」

「さ、魚ね」その混血の男は、つかえながら言いました。「でも、魚には手がありませんからね。私はバタクじゃありませんよ。これでも私は、バンドンの学校に通ってましたからね……。

いままでもまだ『十戒』とかほかの科学知識を少しは忘れないでおぼえていますよ。いいですか、少しでも教育を受けたことのある人間なら、魔物と動物の区別ぐらいはつきますよ。だんな、ひとつバタクにもきいてみてください」

「それは黒人の迷信さ」船長は明るく断言するように言いましたが、その声には教育のある人間の自信があらわれていました。「科学的にいって、ありえないことだからね。だいたい、魔物は水中に住めるわけがないよ。水中でいったいなにをしてるってんだ？　バタク人のやつらのでたらめなおしゃべりをそのまま信じこんじゃだめさ。だれかが『魔の入江（デヴィル・ベイ）』って名づけたときから、バタクはその入江をこわがっている。まっ、そんなわけだろ」船長はこう言いながら、こぶしでテーブルをどんっとたたいたのです。

「いいな、なにもいるわけがないんだ。これは科学的にもはっきりしていることなんだぞ」

「おっしゃるとおりですよ、だんな」バンドンの学校へ通っていたこの男は、あいずちをうちました。「でも、まともな人は、どんな用があっても魔の入江に行ったりはしませんね」

これをきいて、ヴァン・トフ船長は顔をまっ赤にしてどなりました。「なんだと？　このクバのドブ野郎が。おれが魔物をこわがっているとでも思っているのか。よし、見ておれ」

二百ポンドはある巨体の船長は立ち上がりながら、言いました。「仕事があるのに、こんなところでお前相手に無駄な時間をつぶしてるわけにはいかんのだ。だが、いいか。オランダの植民地には魔物なんかいない、このことだけは忘れるなよ。フランスの植民地ならいるかもしれんがな。それはいいが、ここのろくでもない村の村長を呼んで来てくれ」

村長さまを探すのにほとんど時間は要りませんでした。混血の男の店の横でしゃがんだまま、サトウキビをかじっていたからです。村長はかなりの年配で服を着ていませんでした。ヨーロッパの村長たちにくらべるとずっと痩せていました。村長の少しうしろには、おたがいに適当に離れあって、村中の人間がしゃがみこんでいました。その中には女や子供もまじっていたのです。まるで映画に撮影されるのを待ってでもいるようでした。

「実は」ヴァン・トフ船長は、村長にマレー語で話しかけました（村人の尊敬を集めていることのバタク人の村長はマレー語はまったくわからなかったので、船長の話は初めから終わりまで、混血の男が通訳しなくてはなりませんでした。それならば、はじめからオランダ語か英語で話しても同じことだったのですが、どういうわけか船長はこの場合マレー語で話しかけるのが一番いい、と思ったのです）。

「実は頑丈で腕っぷしの強い、勇敢な若者が二、三人ほしいんだ。漁に連れて行きたいんだよ。わかったかな、漁にね」

混血の男が通訳すると、村長はわかった、とばかりにうなずきました。村長は自分のまわりを取り囲んでいる村民たちの方にふり向いて、なにやら一言二言口をきいたのですが、もうそれだけでうまく話がついたようでした。

「村長は、村民はだれでも船長のだんなとならどこへでも漁に行く、と言っています」混血の男が通訳しました。

「そうだろう。それじゃ村長に、魔の入江へ真珠貝を採りに行くのだ、と伝えてくれ」

漁に行くのが魔の入江だとわかった村人のだれもが、なにかとても興奮した様子で十五分ほども話し合っていました。村人のなかでも、とりわけ年をとった女たちが大声で叫んでいました。それでもやっと話がまとまったようで、混血の男が船長の方を向いて伝えたのです。「だんな、魔の入江には行けない、と言ってます」

「なぜ行けないんだ?」そう言う船長の顔はまっ赤になっていました。

混血の男は肩をすくめて言いました。

「なぜって、あそこにはタパ・タパがいるからですよ、タパ・タパって魔物の名前なんだそうです」

それをきくと船長のまっ赤になっていた顔色は、さらに紫色にみるみるうちに変わりました。

「くそっ、やつらに言うんだ! 行かなければ、おまえら全員の歯をすべてへし折って……耳をひきちぎってから……つり下げる……シラミだらけのこの村はすべて焼き払ってやるとな、いいか」

男は、真っ正直に船長が言ったとおりに通訳してしまいました。村民たちは、またなにか話し合っていましたが、今度の話し合いはどうも前よりはげしく、なかなか結論が出ませんでした。

やっとのことで男が船長の方に振り向いて言いました。

「船長、パダンへみんなで行って、だんなに脅されたって警察に訴えると言ってますよ。なんでもそういう条例があるそうです。村長は、このまま泣き寝入りはしないって言ってます」

「それじゃあ、こちらにも考えがあるぞ」ヴァン・トフ船長は青くなって、どなりつけました。

それからというもの、船長は息もつかずに、たっぷり十一分ものあいだまくしたてたのです。混血の男は自分の知っている言葉をすべて使いきって通訳しました。バタク人たちは、さらに長い話し合いをしました。その内容を男は船長に通訳したのです。

「船長のだんながこの部落へ罰金をおさめてくれたら告訴はとりやめる、と言っています。罰金は」ここで男は少しためらって、さらに通訳を続けました。「罰金は二百ルピーていうんですが、船長、これはやつら、ちとふっかけすぎですよ、五ルピーとでも言ってやればいいんです」ヴァン・トフ船長の青くなった顔にところどころ赤みを帯びた斑点が出はじめました。船長は世界中のバタク人を皆殺しにするなどと、まずはじめは大きく出ましたが、それから尻を三百回蹴飛ばすところまで話が小さくなり、結局は、村長をアムステルダムの植民地博物館のために剥製にするだけでがまんするということになりました。それに対してバタク人たちは、要求を二百ルピーの罰金から車輪つきの鉄製ポンプにまで下げ、ちょっとこだわったものの、結局は罰金にかわるおわびのしるしとして船長が村長にライターをプレゼントする、ということで手をうちました。

「船長、くれてやればいいんですよ」男はそうすすめた。「ライターなら、うちの倉庫に三つあります。もっとも、芯はありませんけどね」

こうして、タナマサ島にまた平和がもどりました。しかし、ヴァン・トフ船長は、いまや白色人種の威信がゆらいでいることを思い知ることになったのです。

＊＊＊＊＊＊＊

その日の午後、オランダ船カンドン・バンドン号からボートが下ろされました。ボートには、ヴァン・トフ船長、スウェーデン人のイェンセン、アイスランド人のグトムンドソン、フィンランド人のギレマイネン、それにシンハラ人の真珠採り二人がのっていました。ボートはまっすぐ魔の入江（デヴィル・ベイ）をめざしていたのです。

引き潮がピークを迎える三時ごろ、船長は海岸に立っていました。ボートはサメを警戒して岸から百メートルぐらいのところを行ったり来たりしていました。二人のシンハラ人のダイバーはナイフを手に持って、飛びこめ、の合図を待っていました。

「さ、お前が先だ。行け」船長は背の高い方の裸の男に命令しました。男は水に飛びこみ、少し間をおいてから水中へともぐっていきました。船長は時計を見ていました。

四分二十秒たった時、ボートから六十メートルほど離れた左の方の海面に褐色の頭が浮かんだのです。男は気持ちは必死なのですが、不思議なことにからだが思うように動かせませんでした。あわてふためきながら、それでもなんとか岩の上へ這い上がることができました。男の片手には、貝を海底で剥ぎ取るためのナイフ、もう一方の手には真珠貝が握られていました。

船長は顔をしかめて、「どうしたんだ?」とがめるようにききました。

シンハラ人は、ぬれた岩に足をとられながらとぎれとぎれに荒い息をしていました。すっかりおびえていて、口をきくのもままならないようすでした。

「なにがおきたんだ?」船長は大声でどなりました。

「だんな、だんな」シンハラ人はそれだけ言うと、ぜいぜいと荒い息をしながら、波打ち際で倒れこんでしまいました。「だんな、……だんな……」

「サメか?」

「いや、魔人(まじん)です」シンハラ人はうめくように言いました。「魔物ですよ、だんな。魔物が何千も、何千もいるんです!」男はコブシを眼にぎゅっと押しつけながら言いました。「だんな、魔物だらけなんですよ!」

「その貝を見せるんだ」船長は命ずると、ナイフで貝をこじあけました。貝のなかには、小さくてきれいな真珠が入っていました。「こういうのが、もっとなかったか」

シンハラ人は首にかけた袋から、貝をさらに三つ取り出しました。「だんな、貝はいくらでもありましたがね。魔物が見張っているんです……。あっしが貝をはがすのをじっと見ているんですよ……」彼のもじゃもじゃの髪は、おそろしさのあまり逆立っていました。「だんな、あそこはだめです!」

船長が貝をあけてみると、二つには真珠は入っていませんでしたが、三つ目の貝には、水銀玉のように丸い、エンドウ豆くらいの大きさの真珠が入っていました。船長はその真珠と地上にへたりこんでいるシンハラ人とをかわるがわる見ました。

「どうだ」船長はためらいながら、このシンハラ人の男にききました。「お前、もう一度あそこへもぐってみる気はないか?」

シンハラ人は、無言のまま首を横に振ったのです。

船長は黙っているシンハラ人をどやしつけたかったにちがいありません。ところが気づいてみると、おだやかに、落ちついて男に話していたのです。これには、自分でもおどろいていました。

「こわがることはないさ。それで、その……魔物ってのは、どんななんだ?」

「それが、小さな子どもみたいなんですよ」シンハラ人はほっと息をはいてから言ったのです。「尻っ尾があるんですよ、だんな。背はこのくらいです」男は、手を地面から一メートル二十センチぐらいの高さにおいたのです。「私がなにをしているか、立ったままじっと見ていたんです……輪のように私を取り囲んでね……」シンハラ人は身ぶるいしました。「だんな、だんな、ここはだめです！」

ヴァン・トフ船長はそれをきいて、少しのあいだ考えていましたが、もう一度男に質問しました。

「そいつらは、下まぶたでまばたきをしてなかったか？」

「さあ、わかりません、だんな」シンハラ人はかすれた声で答えました。「あそこには魔物が……一万匹はいますよ！」

船長は、もう一人のシンハラ人の方に目をやりました。一五〇メートルほど離れたところに立っていたのです。両手を交差させて肩にのせ、まわりにはなんの関心もないといったようすで飛びこめの合図を待っていました。たしかに、裸だと、自分の肩のほかに手のやり場がないものです。船長が無言で手を振って合図を送ると、その小柄なほうのシンハラ人は水のなかへ飛びこみました。三分五十秒たったところで男は浮かび上がり、手をすべらせながら岩に這い上がろうとしました。

「早くあがるんだ」船長は大声でどなりました。それから、両手で岩につかまって必死に這い上がろうとしているシンハラ人のようすを注意深く見ていたかと思うと、岩から岩へとぴょんぴょんと跳んで男のところにあっという間に着いていました。あんな巨体の持ち主がこんな跳躍ができるなんて、とても信じられないくらいでした。そして、まだ息をはずませながら、つぎの瞬間にはもう、水の中でもがいていた男の片手をつかみ引っぱり上げていたのです。男を岩の上に寝かせおえると、船長は汗を拭いました。シンハラ人は、ぴくりともせずに横たわっていました。どうやら、岩にぶつけたらしく、すねにひどいすりきずができていましたが、ほかにけがはありませんでした。船長が男の閉じた目を開けてみると、男は白眼をむいていました。そして、男は、貝もナイフも持っていませんでした。

そのとき、カンドン・バンドン号のボートが岸に近づいて来ました。

スウェーデン人のイェンセンが、ヴァン・トフ船長に声をかけました。

「船長、このあたりにはサメがいますよ。真珠貝取りはまだ続けますか？」

「いや、中止だ」船長は答えました。「ボートをここへ着けて、この二人を収容してくれ」

カンドン・バンドン号へもどる途中、イェンセンは海面を指で指しながら言いました。「船長、見てください。ここで急に水深が浅くなっているでしょう。ここからずっと岸まで浅くなっているんですよ」彼はオールを水の中に突っこんで、浅いのを実際に見せました。「まるで水の中に堤防がつくられているみたいでしょう」

＊＊＊＊＊＊＊＊

ボートが本船にもどってまもなく、小柄な方のシンハラ人の意識がやっともとにもどりました。彼はまげたひざにあごをのせて座ったまま、ふるえていました。船長は、このシンハラ人と二人だけになると、両足を広げてどんっと腰を下ろしました。

「さあ、話してくれ」船長はききました。「お前はあそこでなにを見たんだ？」

「魔人(まじん)です、だんな。おそろしい魔物です」小柄なシンハラ人は、まるでささやくような小声で答えましたが、こんどはまぶたまでぴくぴく痙攣しはじめました。男の全身には鳥肌が立っていたのです。

ヴァン・トフ船長は空咳をしてから、さらにきいたのです。「そいつらは……どんなかっこうをしていたんだ？」

「それが……あの……それが……」シンハラ人の目はまた、ほとんど白眼だけになりました。これを見た船長は男を正気にかえらせるために、おどろくほどのすばやさで彼の両方の頬を平手でピシパシとたたいたのです。

「ああ、どうも。だんな」男は息を吹き返しました。白眼だけだった目にはまた瞳が見えてきました。

「もうだいじょうぶか」

「はい、だんな」

「あそこに貝はあったか」

「ありましたよ、だんな」

船長は、あきれるほど気長にじっくり事細かなことまで聞き出すと、今度はあれこれとしつこく男に質問し続けたのです。

「ええ、あそこには魔物がいます。どのくらい？　そうですね、何千っていますよ。十歳の子どもぐらいの大きさで、肌の色はほぼまっ黒です。水中では泳いでいますが、海底では二本足で歩いています。だんなやあっしのように二本足でね。でも、たえずこんなぐあいに、そうこんなふうにからだを振って歩いています……。

ええ、だんな、人間のように手もあります。でも、手に爪はぜんぜんはえてなくて、まるで子どものような手です。でも、だんな、角はないし毛もはえていません。ええ、魚のような尾っぽがありますが、尾ひれはありません。頭は丸くて大きくまるでバタク人のようです。ええ、なにも口をきかずに、ただモグモグと口を動かしている感じでした」

「約十六メートルの深さの海底で貝をはがしていると、なにか小さな冷たい手で背中を触られたような感じがしたのです。振り向いてみると、あたりにはやつらがそれこそ何百もいました。泳いだり、岩の上に立って、みなじっと私がなにをしているか見ているのです。ナイフも貝も捨てて、必死に水面へ浮かび上がろうとしました。ところが浮き上がる途中で、上の方で泳いでいた何匹かの魔物にぶつかってしまったのです。それからさきのことは、だんな、なにもおぼえていないのです」

ヴァン・トフ船長はなにかじっと考えながら、ふるえている小柄なこのシンハラ人のダイバーを見ていました。

「こいつはもう役には立たんだろうな」船長はそうつぶやいて、この男をパダンから故郷のセイロンへ送りかえしてやりました。船長は大きく一度息をはき、なにかぶつぶつつぶやきながら船長室へもどると、紙袋のなかから二粒の真珠をテーブルの上に取り出したのです。一つは砂粒といっていいくらい小さなやつでしたが、もう一つは、エンドウ豆ほどの大きさで、あわいピンク色を帯び銀色に光っていました。オランダ船の船長は鼻を鳴らして、戸棚からアイリッシュ・ウィスキーを取り出したのです。

＊＊＊＊＊＊＊＊

夕方の六時ごろ、船長はふたたびボートを出させて村(カンポン)へ行き、まっすぐにクバ人とポルトガル人の混血の男の家を訪ねました。

「トディ(ヤシ酒)だ」船長はただそれだけ言うと、トタン屋根の下のベランダの椅子に座りました。そして、トディのつがれた厚でのガラスのコップを太い指で握り、飲むたびにあたりにぺっぺと唾を吐いていました。そのあいだも船長の長いふさふさしたまつげの下の目は、黄いろくて痩せたメンドリたちの姿に見とれていました。メンドリたちは踏まれて固くなったうすぎたない中庭の椰子の木のあいだで、地面に落ちているなにかわけのわからないものをついばんでいたのです。

混血の男は口をきくのを控えて、ただ、空になったコップにトディを注いでいました。船長の目は少しずつ血走ってきて、コップを握る指の動きもあやうくなってきました。そして、船長が立ち上がってズボンをたくし上げたときには、もう日没がせまっていたのです。

「船長、もうそろそろ船に帰っておやすみになってはいかがですか?」悪魔と魔王の混血の男は、ていねいにたずねました。

船長はこぶしを空に向かって突きあげて、言ったのです。「おれがまだ会ったこともない魔物がこの世にいるっていうんなら、一度お目にかかりたいもんだな」そして、ききました。「くそっ。おい、ここじゃ北西はどっちの方角だ?」

「こっちです」男は北西のほうを指し示しました。「でもだんな、どこへ行こうっていうんです?」

「地獄へ行くんだ」ヴァン・トフ船長はうめくような声で答えました。「魔の入江を見にな」

＊＊＊＊＊＊＊＊＊

ヴァン・トフ船長の奇妙なふるまいは、この夜から始まったのです。船長は夜明けまで村へもどらず、村から本船へもどるまで一言も口をききませんでした。船にもどってからは、船長室にかぎをかけてとじこもったまま夕方まで姿を見せなかったのです。でも、こんなことぐらいではまだだれも船長のふるまいを不思議に思いませんでした。というのも、カンドン・バンドン号はコプラ、こしょう、ショウノウ、ゴム、椰子油、タバコ、それに労働力といったタナマサ島の恵まれた産物を積みこむのに大忙しだったのです。

ところが、夕方、荷物の積みこみがすべて終わったという報告を受けても、船長はただ鼻を鳴らして言ったのです。「村へ行く。ボートを出せ」船長はまた、夜明けになるまでもどってきませんでした。スウェーデン人の船員のイェンセンは、デッキに上がる船長に手を貸しながら、「船長、それではいよいよきょう出航ですよね？」とていねいにきいたのです。ところがこの言葉をきいたとたんに船長は、まるで尻に針を刺されたようにいきなり振り向き、イェンセンを頭ごなしにどなりつけました。「それがどうした？　てめえは自分のくそったれた仕事だけ考えてりゃたくさんだ！」

その日もまる一日、カンドン・バンドン号は、タナマサ島から一海里ほどの沖あいに錨をおろして停泊したままだったのです。船長は夕方になってやっと船長室からのっそり出て来て、また同じことを命じました。「村へ行く。ボートを出せ」ザパティスという小柄なギリシャ人の船員が、見えるほうの片眼で船長のほうをチラッと見て、なにかうれしそうな声で言いました。「みんなきいてくれ、うちの大将はあそこに女ができたか、すっかり気が狂ったか、どちらかだぜ」イェンセンはまゆをひそめてむずかしい顔をすると、ザパティスを頭ごなしにどなりつけたのです。

「それがどうした？　てめえは自分のくそったれた仕事だけ考えてりゃたくさんだ！」

イェンセンはそれから、アイスランド人のグトムンドソンと二人で船から小さなボートを下ろして、魔の入江に向かって漕ぎ出したのです。彼らは入江の岩かげにボートを停めて、なにが起きるのかと待っていました。船長が入江の波うちぎわを行ったりきたりしているのが見えました。どうやらなにかを待っているらしいのです。しばらく見ていていると、船長は立ちどまって、ツ、ツ、ツと声を出してなにかを呼んだようでした。

「おい、見てみろ」グトムンドソンはそう言うと、ちょうど沈みゆく太陽の光を受けてまばゆいばかりに赤く、そして黄金色に輝いている海を指さしました。二つ、三つ、四つ、六つ。イェンセンは、魔の入江の方へ向かって泳いで行く鎌のようにするどいヒレの数を数えました。「くそっ、」イェンセンはうめくように言いました。「この入江にはサメがいるんだな！」その鎌のようなヒレをもったやつは水中にもぐっては、また、水面に尾を出してむちのように振るのです。するとたちまち、水がはげしく渦を巻きました。岸辺ではヴァン・トフ船長が何度も地面から飛び上がっては、腹立たしさのあまり、ありったけののろいの言葉を吐き出して、サメをおどすようにゲンコツを振り回していました。

まもなく、熱帯特有の短い日暮れが終わり、島の上に月が顔を出しました。イェンセンはオールを漕いで、岸から二百メートルぐらいのところまでボートを近づけたのです。ちょうどそのとき、船長は岩の上にすわって、なにか、ツ、ツ、ツと声を出していました。船長のいるあたりでなにかが動いていましたが、なにが動いているのかはよく見わけることができませんでした。最初、アザラシみたいだとイェンセンは思いましたが、アザラシにしては這い方がちがいます。そいつは、岩と岩とのあいだで水から陸に上がり、岸辺をペンギンのようによちよちとからだをゆすって歩いていました。イェンセンは静かにさらにオールをこいで、船長のいる岩場から百メートルぐらいのところにボートを停めました。

そう、船長はたしかになにか話をしていました。どうも、マレー語かタミル語のようにきこえましたが、でも、それがわかるのは悪魔だけでしょうね。船長は、そのアザラシらしい動物に（でも、イェンセンはその動物がアザラシでないことをすでに確信していました）まるで手を広げてなにかものを投げ与えているようでした。そして中国語だかマレー語でなにかぶつぶつと話しかけているのです。ところがちょうどその時、イェンセンがボートの上にあげていたオールをうっかり水の中に落としてしまったのです。ぱしゃという水音をききつけた船長は顔を上げて立ちあがり、つかつかと三十歩ほど浜の方へ近寄りました。

突然、ぴかっと光り、銃声がひびきました。船長がボートの方をめがけてピストルを発射したのです。この銃声とほとんど同時に、どぼんどぼんと、まるで千匹ものアザラシがいっせいに水の中へ飛びこんだような音が入江のなかに響きわたり、いたるところで海水が渦巻きました。しかし、その時にはイェンセンとグトムンドソンはすでに、オールにかぶさるようにからだをかがめて、必死になって一番近い岬のかげめがけてボートをこいでいたのです。

カンドン・バンドン号にもどっても、二人ともだれにもいっさい一言も見てきたことを洩らしませんでした。北欧の人間は口がかたいのです。朝方になって船長が船に帰って来ました。すっかり腹を立てていて、むっつりと気むずかしい顔をしたまま一言も口をききませんでした。ただ、デッキへ上がる船長にイェンセンが手を貸したときだけ、二人の冷たい、さぐるような青い目がぶつかりあいました。

「イェンセン」船長が言いました。

「はい、船長」

「きょう出航する」

「わかりました」

「スラバヤに着いたら、船員手帳を受けとるんだ」

「はあ」

これでイェンセンは首になることが決まってしまったのです。その日カンドン・パンドン号は、パダンに向けて出航しました。パダンに着くとヴァン・トフ船長は、アムステルダムの本社に千二百ポンドの保険をかけた小包を送りました。そのとき、船長は一年間の休暇願いの電報も本社に打ったのです。すぐに治療を受けなければならない病気のためというのが、表向きの休暇願いの理由でした。それから船長はパダン中を探し回った末にやっとこれはという男を見つけだすことができました。未開なボルネオのダヤク族の男でした。イギリスの観光客たちはときどきその男を雇ってサメ狩りをさせていたのです。

　そのダヤク族の男は、長いナイフ一本だけが武器という昔と変わらないやり方で、サメ狩りをやっていたのです。見た目からするとこの男はいかにも人食い人種のように見えました。しかし外見とは裏腹に、男は受け取る料金をサメ一匹につき五ポンド、それに食事付きとしっかり決めていたのです。でもやはり男の姿はおそろしそうでした。なにしろ、両手と胸、それに太ももの皮膚は、なんどもサメの皮とぶつかっているあいだにすっかり擦りきれてしまっていました。その上、鼻と耳にはサメの歯が飾りについていたのです。だれもが、この男のことをシャーク（サメ）と呼んでいました。

　ヴァン・トフ船長はこのダヤク族の男とタナマサ島に移り住んだのです。

2　ゴロンベク記者とヴァレンタ記者

暑い夏で、毎日、まったくなにもおきませんでした。新聞社の編集局も例外ではなく、記事にしたくなるような事件がなにひとつ起こらず、夏枯れをかこっていました。政治には何の動きもなく、ヨーロッパ情勢もこう着状態で、一切変化がなかったのです。ところが、この時期の新聞の読者は、なにもする気にならないうだるような暑さや自然、いなかの静けさといった、健康で単純な休暇生活にもうすっかりあきていました。水辺かやっとのことで見つけた木蔭に気持ちよく寝そべっていることにさえ、うんざりしていたのです。

こういうとき読者は、何度裏切られてもまだ、なにか生き返った気のする思いがけない記事がのっていないかと毎日わくわくしながら、新聞を待っているのです。殺人事件でも、戦争でも、地震でも何でもいいのです。つまり、読者は「なにか」が載っていないかと期待しながら待っているのです。そして新聞になにも載っていないと、新聞を丸くしてテーブルかなにかをたたき、腹立たしげに、「なにも載ってない、まったく『何にも』載ってないじゃないか。これじゃ読む価値がないな、もうとるのはやめだ」などとおっしゃるのです。

新聞の編集局では記者が五、六人、所在なげに座っていました。ほかの同僚はみな夏季休暇をとっているのです。その休暇中の記者たちも、出かけた先々で新聞を手に取り、このごろの新聞にはなにも載っていない、それこそまったく「何にも」載っていない、などと文句をならびたてて、そのあげくすっかり腹を立てて、新聞を丸めてたたく始末でした。

そんなところへ植字工が仕事の手を休めて編集局へ上がってきて、これでは仕事にならないといったようすで記者たちに言いました。

「あの、あすの社説の原稿もまだうちのほうに届いていませんが」

「じゃあ、あの……ブルガリアの経済状況を論じた原稿……あれでも社説にするか」

居残り組の記者の一人が言いました。

これをきいた植字工は深いため息をついて、きき返したのです。「でもね、編集さん、そういった記事を読む人がいますかね？　それじゃ、うちの新聞はまた『なにも読むところがない』ってことになってしまいますがね」

居残り組の六人はだれもが、まるで天井に面白い記事にできるものがなにか見つからないかさがしているように、天井を見上げました。

「なにかおきないかなあ」そのうちの一人がぽつんと言いました。

「それとも、なにか……おもしろい……取材記事でもあればね」と、もう一人が言い出しました。

「どんな取材記事かな？」

「さあ、それは」

「それとも、なにか新しいビタミンでもでっちあげてみるか」三人目の記者がつぶやきました。

「このうだるような夏にビタミンかい？」四人目は賛成しませんでした。「ビタミンなんて教養記事は、どちらかというと秋の方がいいと思うね――」

「それにしても暑いな」五人目があくびをしながら言いました。「なにか北極の話でも載せたらどうだろう」

「どんなだい？」

「そうだな、たとえばエスキモーの酋長になったヴェルツルのような話だ。凍傷にかかった指とか、万年氷とかの出てくる話さ」

「言うのは簡単だが、いったいどこで取材するんだ？」六人目がはじめて口をはさみました。

結局、だれにもいい知恵が浮かばず編集局は、しーんと静まりかえってしまったのです。

「この日曜日に、イェヴィーチコ（訳注　モラヴィアの町）へ行って来たんですが……」植字工が遠慮がちに言い出したのです。

「それで？」

「そのときに、なんでもヴァン・トフ船長とか言う人が、イェヴィーチコに休暇で帰って来ているという話を耳にしました。あそこが生まれ故郷なのだそうです」

「ヴァン・トフ船長って？」

「とても太った人らしいんですよ。そのヴァン・トフさんは、外国航路の船の船長だそうです。どこかの海で真珠を採っていたってうわさですが」

ゴロンベク記者は、ヴァレンタ記者の方を見ました。

「どこの海で真珠を採っていたのかな？」

「スマトラとか……セレベスとか……あのあたりの海らしいのですが。三十年もあのあたりで暮らしてたっていう話です」

「なるほど。おもしろいかもしれないな」ヴァレンタさんが言いました。「これは、すごい取材ができるぜ、きっと。ゴロンベク、どうだ、行ってみるか」

「そうだな、まず、あたって見るか」ゴロンベクさんはそう言うと、腰かけていた机の上からおりました。

＊＊＊＊＊＊＊

「あちらの方です」イェヴィーチコの安ホテルのおやじが教えてくれました。

そちらを見ると、白い縁なし帽をかぶった太った男が、庭のテーブルのところに両足を広げて座っていました。ビール片手に考えこみながら、太い人さし指でテーブルの上になにか書いていたのです。二人の記者はその男のところへ歩みよりました。

「すみません、記者のヴァレンタですが」

「やはり記者のゴロンベクです」

太った男は顔をあげました。「おやっ（ファット）？　どなたですか？」

「新聞記者のヴァレンタという者です」

「同じくゴロンベクです」

男は立ち上がると、威厳のこもった声で言いました。

「船長のヴァン・トフです。はじめまして（ヴェリ・グラッド）。さ、おかけ下さい」

二人は言われたとおりに椅子に座り、テーブルにノートを置きました。

「飲みものは、なににしますか？」

「ラズベリージュースをいただければ」ヴァレンタさんが答えました。

「ラズベリージュースですか？」船長は信じられずに、思わず聞き返しました。

「まさか？　おやじさん、このお二人にもビールを持ってきてくれないか。——さて、なんのご用でしたっけ？」船長はそう言うと、テーブルに肘をついたのです。

「ヴァントフ船長、あなたがここのお生まれだというのは本当ですか？」

「ええ、ここの生まれです」

「すみません。船乗りにはどうやってなったのですか？」

「ハンブルクが振り出しでしたね」

「船長暦は長いんですか」

「二十年ですね。ここに証明書がありますよ」ヴァン・トフ船長は内ポケットのあたりをぽんとたたいて、答えました。「お見せしてもいいんだが」

ゴロンベクさんは、船長証明書がどんなものか見たくてたまらなかったのです。でもなんとかがまんしました。「船長さん、するとあなたはこの二十年間、世界をあちこちとずいぶんと見てこられたというわけですね？」

「ええ。そういうわけです」

「見て来られたのはどういったところですか」

「ジャワ、ボルネオ、フィリピン、フィジー諸島、ソロモン諸島、カロリン諸島、サモア、それにくそったれのクリパートン島、そのほかにもくそおもしろくもないあちこちの島をね。でも、それがどうかしたのですか」

「いえ別に。ただちょっと興味があったものですから。よろしければお話をもっといろいろとうかがいたいのですが」

「それはいっこうにかまわないが、」そう言って船長はライトブルーの目で、二人をじっと見ました。「ひょっとするとお二人は警察の方ですか？」

「いえちがいます。ぼくたちは新聞社の者なのですよ、船長」

「ほう、新聞社ね。つまりレポーター（報道記者）ってわけですか。それじゃあ、書いてもいいですよ。カンドン・バンドン号船長（キャプテン）、……ヴァン・トフ――」

「ええっと？」

「カンドン・バンドンは、つまりスラバヤの港の名前です。旅行の目的は、ヴァカンス――えっと、なんといったかな？」

「休暇ですか」

「そう、ちくしょう、休暇だ。それじゃ、新聞にイェヴィーチコ生まれのヴァン・トフ船長がもどってきたとでも書いてください。それじゃいいですね。お二人さん。もう、そのノートはしまってください。では乾杯（ユア・ヘルス）」

「船長、私たちがここにうかがったのは、あなたがこれまでにいろいろ経験されたことをおききするためなのですが」

「ききたいわけは？」

「つまり、それを記事にするのです。読者は、遠くの島のこと、イェヴィーチコ生まれのチェコ人、つまり自分たちと同じチェコ人であるあなたが、それらの島で見たり体験したさまざまなことにとても興味があるのです」

ヴァン・トフ船長はうなずきました。「それはそうだろうな。イェヴィーチコをどう見回しても、船長になったのはおれだけだからね。そう、おれだけなのさ。いや、ここでも船長が一人誕生するらしいが、……もっとも……どうやら、遊覧船の船長ということらしい。でも、こんなのは、」そして、ここだけの話だといわんばかりに小声で付け加えたのです。「まともな船長だなんて言えないぜ。まともな船長であるかないかは、船のトン数で決まるのさ」

「それで、船長の船のトン数はどのくらいでしたか?」

「一万二千トンですよ」

「すると、あなたはとても大きな船の船長だったというわけですね?」

「そうです、とても大きな船の船長なのです」ヴァントフ船長は口調を改めておごそかに答えました。「ところで、きみたち、金を持ってないかな?」

急にこんなことをきかれた二人は、きかれた意味がわからず思わず顔を見合わせました。

「持ってはいますが、ほんのわずかですよ。船長、お金が必用なんですか?」

「まあ、必用といえば必用なんだが」

「わかりました。あなたがぼくたちに話をいろいろたくさんしてもらえれば、それを記事にして新聞に載せることができます。そうすればお金が手に入りますよ」

「手に入るっていくらぐらい?」

「さあ……まあ数千といったところですかね」ゴロンベクさんは気前よく言いました。

「ポンドでもらえるのかな?」

「いえ、もちろんコルナ〔チェコの通貨〕ですよ」

ヴァン・トフ船長は首を横に振りました。「コルナで数千じゃ話にならんな、だめだ。その程度ならいまここに持ってるよ」船長はそう言って、ズボンのポケットから厚い札束を取り出して二人に見せたのです。「ほらね？」そして船長は、テーブルにひじをついたまま、二人の方にからだを乗り出したのです。

「どうだい、ビッグビジネスがあるんだが。ええと、チェコ語でなんて言ったかな？」

「もうけ話ですか」

「そう、どえらいもうけ話なんだ。だけどそれに乗るには、おれに千五百、……つまり、えっと、千五百万か千六百万コルナは出してもらわなくてはね。どうだ、ひとつ乗らないか？」

新聞記者といえば、気のおかしな人やペテン師、さらにはわけのわからないものをつくっている発明家といった、飛びきりまっとうでない人たちとのつきあいになれているはずです。ところがそんな二人でさえおもわず、あらためて顔を見合わせてしまいました。

「ちょっと待ってくれ。もうけ話がうそでない証拠を見せてあげるから」船長はそう言うと、太い指をチョッキのポケットに入れてなにかさがしていましたが、やがて指でつかんでテーブルの上に置きました。テーブルに置かれたのは濃いピンク色をした五粒の真珠で、大きさはサクランボの種ぐらいでした。「真珠のことは多少は知ってるかな？」

「どれぐらいの値打ちがあるんでしょうか？」ヴァレンタさんはきいたあとで、ため息をつきました。

「まあそりゃあ、とても値打（ロッツ・オブ・マネー）ちがあるさ。でも、いいかい、これはサンプルとして見てもらうために持ち歩いているだけさ。どうだい、きみたちも乗らないか？」テーブル越しに幅の広い手をさし出しながら、船長は二人にたずねました。

「ヴァン・トフ船長、私たちにはとてもそんな大金は――」ゴロンベクさんもため息をついて言いました。

「いや、待てよ（ハルト）」船長がゴロンベクさんの話をさえぎって言いました。「きみたちはおれのことを知らないから、おれのもうけ話を断るのもあたりまえだ。だけどな、スラバヤでもバタヴィアでも、ペダンでもどこでもいいから、キャプテン・ヴァン・トフのことをきいてみるがいいさ。あちらでは、だれでもヴァン・トフ船長にかぎって決して（アズ・グッド・アズ・ヒズ・ワード）でたらめは言わないって言うはずさ」

「ヴァントフさん、ぼくたちだってあなたを疑っているわけじゃないですよ」ゴロンベクさんが言いました。「でもー」

「わかった。ただ、」船長は口調を強めて言いました。「虎の子はめったなことでは出せないって言いたいんだろ。しっかりもんだな、きみは。だけど、いいかい。金は船に出すんだ。つまり、船を買って、船主（シップ・オーナー）になるってわけだ。その船に乗っていっしょに航海するってのはどうだね？　そうすれば、出してもらった金でおれがどんな仕事をしているかわかってもらえるしね。かせいだ金は、フィフティ・フィフティでいこう。どうだい、ちょっとしたまともなビジネスだろう？」

「でも、ヴァン・トフさん」ゴロンベクさんがとうとう言いにくそうに、すまなそうな口調で答えたのです。「そんな金、ぼくたちにはありませんからね！」

「なんだ、それなら話は別だな」船長は言いました。「残念だ。だけどそれならきみたち、いったいなんのためにおれのところへわざわざ来たんだ？」

「船長さん、お話をうかがうためですよ。きっとすごい体験をされたにちがいありませんからねー」

「そりゃあね。体験なら、いやというほどしたよ」

「船が遭難した経験もおありですか？」

「えっ（ファット）？　ああ、難破（シップ・レッキング）のことかい？　そんな経験はないさ。いったいだれに向かって口をきいているつもりだ！　いいか、まともな船なら、遭難なんて起こりようがない。なんなら、念のためにアムステルダムまで出かけておれのことを照会（レフェレンス）してみろよ」

「むこうの先住民はどうですか？　先住民のことも、いろいろとお知りですよね？」

ヴァン・トフ船長は首を振って言いました。「ああ、だが教育のある人向きに話せる話はなにもないよ。だから、ここで話すわけにはいかないな」

「それじゃあ、なにかほかの話をしてください」

「おれに話をしろ、というのかい」船長は警戒するようにつぶやきました。「それでお二人は、おれの話をネタにしてどこかの会社（カンパニー）に売りこみ、その会社じゃ、あちらに船をさし向ける、そういう魂胆じゃないのか？　言っておくけど、人間なんてのは、油断も隙もないからね。みんな泥棒みたいなもんだ。なかでも一番油断のできないのは、コロンボの銀行家(バンカー)だよ」

「コロンボにはたびたび行かれたのですか？」

「うん、なんども行った。バンコクやマニラにもね。――ところで」船長は突然話題を変えました。「おれの知っている船が一隻あるんだがね。なかなかよくできた船で、そのうえ安いんだ。いまロッテルダムに停泊しているから、なんならちょっと行って見てくればいい。ロッテルダムは、ここから近いからね」船長は親指で、肩越しになにかを指差すようにして言いました。

「このごろ、船の値段がバカ安で、まるで中古の鉄材なみだ。その船は、建造してまだわずか六年しかたっていないディーゼル船なんだ。一度見てこないか？」

「そりゃ無理です、ヴァントフさん」

「こんなうまい話に乗らないなんて、きみたち変わってるね」船長は溜め息をつくと、空色のハンカチで鼻を音を立ててかみました。

「こちらで船を買いたがっている人を、だれか知らないか？」

「こちらってイェヴィーチコのことですか？」

「いや、イェヴィーチコでも、その近くでもいいんだが。せっかくのビッグビジネスだから、できたら生まれ故郷(マイ・カントリー)の人に手がけてもらえたら、と思うわけさ」

「いや、船長。すばらしいお心がけですね」

「うん、あっちの連中はとんでもない泥棒野郎ばかりだし、金も持ってないしね。あんたたち、新聞記者だろう。だったら、こちらのおえら方を知らないはずはないと思うんだが。銀行家（バンカー）とかシップ・オーナーとかだよ。ええと、チェコ語で……なんていったかね？」

「船主です。船長さん、でも個人的に知っている人はいませんけど」

「そうか、そいつは残念だな」船長はがっかりしたようでした。

そのとき不意にゴロンベクさんの頭にある人物が浮かびました。「船長、ボンディさんはご存じありませんか？」

「ボンディさん？　ボンディ？」ヴァン・トフ船長は懸命に思い出そうとしました。「待てよ。どこかで聞いた名前だな。ボンディ。うん、そうだ、ロンドンにはたしかボンド・ストリートとかいう名前の通りがあってたいそうなお金持ちが住んでいるって話だ。もしかしたら、君の言うボンディさんは、ボンド・ストリートでお店を開いている人じゃないのかい？」

「いや、プラハに住んでいますよ。でも、生まれはこのイェヴィーチコだと聞いています」

「えっ、まさか」船長はうれしそうに大きな声をだしました。

「そうか、思い出したよ。たしか広場で服地屋さんをやっていたはずだ。ボンディまでは出てくるんだが、何ボンディだったかな？　そうだ、マックス、マックス・ボンディだ。それじゃ、そのボンディさんはいまプラハで商売をやっているってことか？」

「いや、それはお父さんの方じゃないですか。いまお話ししているのは息子さんのほうです。G・H・ボンディさんといいます。社長をしていますよ、船長さん」

「名前がＧ・Ｈか」船長は首をひねった。「Ｇ・Ｈなんて名前のやつは、イェヴィーチコにはいなかったよ。グストル・ボンディなんて名前のやつはいたが、社長なんかじゃなかったしね。グストルは、ソバカスだらけのユダヤ人のいたずら小僧だったな。あいつのはずはない」

「いや、ヴァン・トフ船長。その人かもしれませんよ。ずいぶん長いこと会ってないんでしょう？」

「いや、たしかに君の言うとおり、もう長年会っていないなあ」船長はうなずきました。「四十年になる。あのグストルが大きな仕事をしていても別におかしくはない。それで、そのグストルはいまはなにをしているんだい？」

「メアス(MEAS)社の社長ですよ。メアス(MEAS)社はボイラーなどを製造している大会社ですが、そのほかにもボンディさんは二十ほどの関連会社の社長もやっています。つまり、財界のとてつもない実力者なんですよ。ヴァントフさん。ボンディさんはわが国の産業界のキャプテン、つまりはリーダーといわれていますよ」

「キャプテン？」ヴァン・トフ船長(キャプテン)はおどろきました。「すると、イェヴィーチコ出身のキャプテンは、おれ一人じゃないってことか！　くそっ。あのグストルのやつも、キャプテンになってるってわけか。だったら、あいつにも会ってみなくちゃならないな。それで、金を持っているかな？」

「そりゃあもう、腐るほどの金を持っていますよ、ヴァントフさん。何億って持ってるでしょうね。この国で一番の大金持ちなんです」

ヴァン・トフ船長の表情は、とてつもなく真剣になった。

「それにキャプテンときている。いやどうも、ありがとう。それじゃ、あいつに会わなくてはならないな。あのボンディにね。グストル・ボンディ、あいつだったら知ってる（アイ・ノウ）。ユダヤ人のいたずら小僧だったやつが、いまじゃG・H・ボンディ社長（キャプテン）か。月日のたつのははやいもんだ」

船長はゆううつそうに溜め息をつきました。

「船長さん、もう失礼しなくちゃなりません。でないと、夕方の汽車に乗り遅れてしまいますから――」

「それじゃあ、港まで船で送ってあげるよ」船長はそう言うと、錨を上げはじめました。「わざわざ来てくれてありがとう。おれはスラバヤの新聞記者を一人知っているんだが、とてもいいやつでね。そう、おれの親友（グッド・フレンド・オブ・マイン）ってわけだ。すごい大酒のみだがね。なんなら、スラバヤの新聞社にあんたたちの就職口を見つけてあげるよ。なに、けっこうだって？　まあ、自分の好きなようにするさ」

汽車が動き出しました。ヴァン・トフ船長は大きな青いハンカチをゆっくり、うれしそうに振りはじめました。そのとたんに、いびつな大粒の真珠が一つ、砂の上に落ちたのです。でも、この落ちた真珠をけっきょく、だれも見つけられませんでした。

3　ふたりの同郷人——G・H・ボンディとヴァン・トフ船長

だれもがご存知のとおり、玄関にかける表札は、社会的な地位が高くなればなるほど簡単で単純なものになります。イェヴィーチコにあるマックス・ボンディさんの店では、店の入り口の上や入り口の両側だけでなく、ショーウインドウにも大きな字でマックス・ボンディ商店と店の名前が麗々しく大きな字で書いてあります。そのほかにも、千八百八十五年創業とか店に置いてある商品の名前がべたべたと貼ってあるのです。羊毛品、嫁入り道具、敷布、タオル、テーブルクロス、シーツ、キャラコ、毛織物、絹、カーテン、飾りかけ、裁縫道具一式。

でもこのマックス・ボンディさんの息子でいまや産業界の重鎮でもあるG・H・ボンディ氏ともなると、メアス（MEAS）社社長、商業顧問官、株式取引所顧問、商工会議所副会頭、エクアドル共和国領事など、などといったりっぱな肩書を数えきれないくらい持っているのに、表札といえば　小さな黒いガラスの表札に金文字でただ

ボンディ

と書かれているだけです。それだけしか書かれていないのです。

たいていの人なら、たとえば、ジェネラル・モーターズ社社長ユリウス・ボンディとか医学博

士エルヴィーン・ボンディとかS・ボンディ商会などと門の表札に書くものです。しかし、G・H・ボンディ氏の表札にはほかの余計なことはなにもなく、ただボンディとしか書かれていなかったのです。考えてみると、ローマ法王様はヴァチカンの門にただピウスと書いた表札しか出していません。肩書きも住所も書いていないのです。神様は天国にもこの地上にも表札なんか出していません。私たち一人ひとりが自らの心の中で神がおられるところをイメージしなければならないからです。いやはや、話がそれてしまいましたね。

焼けるように暑いある夏の日に、このボンディとだけ書かれた表札の前に白い船員帽をかぶった男が立ち止まりました。そして、青いハンカチで太い首にたまった汗を拭いたのです。

「くそっ、いやにりっぱな家だな」口にこそ出しませんでしたが、男はそう思いました。そして、ちょっと気後れしながら、真鍮製のベルをそっと押したのです。

ボンディ家の執事ポヴォンドラさんが門の扉を開けました。ポヴォンドラさんはこの太った男を靴の先から金色のストライプの入った帽子までしげしげと観察したあげく、よそよそしそうに聞きました。「なにか御用ですか?」

「ええ、あの」男は大きな声で答えました。「こちらにボンディさんがお住まいとか?」

「それで?」ポヴォンドラさんの声は氷のように冷ややかでした。

「スラバヤから来た船長のヴァン・トフがお会いしたいと、ボンディさんにお伝えいただけますか? あっ、そうだ」ヴァン・トフ船長は思い出したように言い足しました。「これが私の名刺です」差し出した名刺には錨が刻印されていました。

東インド・太平洋船舶会社
カンドン・バンドン号
船　長　**ヴァン・トフ**
スラバヤ　　海員クラブ

ポヴォンドラさんは首をかしげながら迷っていました。「あいにくボンディは不在です」とか「恐縮ですがボンディはただいま重要な商談の最中です」そう言ってお帰り願うかどうかとっさに判断がつかなかったのです。来客といってもさまざまで、取り次ぐか取り次がないかは執事の一存にかかっているのです。ポヴォンドラさんにはどちらにするか決めるときに働く鋭い感がありました。ところが、この客にかぎってどうもその感がうまく働かないのです。ポヴォンドラさんは戸惑ってしまいました。この太った客はどうも、お帰り願ういつもの来客とはようすがちがうのです。ろくでもない商談を持ち込んできたとも思えないし、どこかの慈善団体の人間にも見えません。

そのヴァン・トフ船長はといえば、はーはー息をはずませながら、はげた頭の汗をハンカチで拭いていました。何の隠し立てもしていませんよ、といったようすで、空色の目をぱちくりさせていたのです。——それを見たポヴォンドラさんは、とっさになにかのときは自分でいっさいの責任を取ろうと腹をくくり、この来客に告げました。「どうぞお入りください。ボンディ様にお取次ぎいたしますから」

ヴァン・トフ船長は額の汗を青いハンカチで拭きながら、玄関を見回しました。「ふんっ。あのグストルのやつが、こんなけっこうな家に住んでるなんて。まるでロッテルダム―バタビア航路の遠洋客船のサロンのようだな。とんでもない金がかかっているぞ。あのそばかすだらけのユダヤ人のチビがね」船長はすっかりあっけにとられていました。

ボンディ氏はといえば、書斎で船長の名刺をしげしげと見ながら、じっと考え込んでいました。それでも来客の真意がつかめずに、おもわずポヴォンドラさんにきいてしまいました。

「いったい何の用事だろう?」

「さあ、わかりかねますが」ポヴォンドラさんは小声でうやうやしく答えました。

ボンディ氏はまだ船の錨が刻印してある名刺を手に持ってながめていました。ヴァン・トフ船長か、スラバヤ。——スラバヤってどこにあったかな? ジャワのどこかだったんじゃなかったかな？　ボンディ氏にはなにかとても遠いところに感じられました。カンドン・バンドン。まるでドラの鳴る音みたいな名前だな。今日はここもまるで熱帯のような暑さだが。スラバヤか。ボンディ氏は執事のポヴォンドラさんに命じました。「こちらにお通ししてくれ」

ドアのところに船長帽をかぶったりっぱな体格の男が立っていて、ボンディ氏に向かって会釈をしました。ボンディ氏は男のほうに向かいながら言いました。「船長、はじめまして（キャプテン・ベーリー・グラッド・ツー・ミート・ユー）。どうぞこちらへ（プリーズ・カム・イン）」

「いやどうも。ボンディさん。こんにちは」船長は元気そうにチェコ語で挨拶しました。

「おやっ、あなたはチェコ人ですか？」ボンディ氏はおどろいたようでした。

「ええ、チェコ人ですよ。ボンディさん、おたがい顔見知りのはずです。だって二人ともイェヴィーチコの出ですからね。穀物商のせがれののヴァン・トフです。覚えてられますか（ドゥ・ユー・リメンバー）？」

「ええ、ええ」ボンディ氏はいかにもうれしそうに大きな声を出してうなずきました。でも、本当のところは少しがっかりしていました。（なんだ、オランダ人じゃないのか！）

「広場で店を出していた、穀物商のヴァン・トフさんですよね。そうでしょう？　少しも変わっておられませんね、ヴァン・トフさん。あのころのままじゃないですか。それで商売のほうはいかがですか？」

「いや、どうも（サンクス）」船長はていねいに答えました。「おやじはとうに逝ってしまいました。つまり、なんて言いましたかね？　――」

「亡くなった、ですかね。そうか、なるほどわかった！　つまりあなたはその息子さんってわけだ……」

ボンディ氏は急によみがえった昔の記憶に目を輝かせていました。「するとあなたはあのヴァン・トフですか？　子供のころイェヴィーチコでしょっちゅう取っ組み合いのけんかを私とした……」

「ええ、ボンディさん。あのヴァン・トフです」船長は素直にうなずきました。「あなたとしょっちゅうけんかをしていたもんで、わたしはとうとう家から出されて、モラフスカー・オストラヴァへやられてしまいました」

「いや、あなたとは、よくまあ、けんかをしたもんですよね。でも、あなたには勝てませんでした」ボンディ氏はあっさりと認めました。

「ええ。たしかにおれ、いや私のほうが強かった。ボンディさん、あんたはユダヤ人の弱わっちい洟（はな）ったれ小僧でしたからね。ボコボコに私にやられてましたよね」

「ボコボコにね。そうだったな」ボンディ氏はしんみりと子供のころを思い出していました。「同郷の人に会えるなんて！　さあ、お座りください。それにしてもよく覚えていてくれましたね。それに、よくここがわかりましたね」

ヴァン・トフ船長は革製のアームチェアにかしこまって座り、帽子を床の上に置きました。

「いや、休暇で国に帰ってきたもので。つまり、ええ、あの、そういうこと（ザッツ・ソー）です」

「おぼえてますかね?」思い出にすっかりひたりながら、ボンディ氏は言いました。「よくあなたには大声ではやされましたよ。『ユダヤ人、ユダヤ人。悪魔にもうすぐつかまるぞー』ってね」

「そんなこともありましたね」船長は感動して、青いハンカチで音を立てて鼻をかみました。「ボンディさん、あのころは楽しかったですね。いい時代でした。でもそれはそれ。昔の話ですからね。二人とも年をとって、今じゃあ、一人は財界の実力者(キャプテン)、一人は船長(キャプテン)ですからね」

「そう、あなたは船長でしたね」ボンディ氏はあらためてそう言うと、「船長になるなんてだれも考えもしなかったでしょうね! 遠洋航路の船長(キャプテン・オブ・ロング・ディスタンス)、――たしか、そう言うんですよね?」

「そうです(ヤー)。沿岸を離れて遠く(ハイ・シー)まで航海する船の船長です。東インド太平洋航路(イースト・インディア・アンド・パシフィック・ラインズ)ってことです」

「すてきなお仕事ですね」ボンディ氏はため息をつきました。「船長、すぐにでも仕事をお互いとっ替えさせてもらいたいくらいです。ご自身のことをお話いただけますか」

「ええ、そうですね」船長はますます生き生きと答えたのです。「ボンディさん、あなたに少しお話したいことがありましてね。それが、なかなか興味深いことなんです」ヴァン・トフ船長はそわそわと落ち着かない様子であたりを見回しました。

「船長、なにかお探しですか?」

「いや、その。ボンディさん。あなたはビールを一滴も飲まないんですかね? あの、スラバヤからこちらに駆けつけたもので、喉がかわいてからからなんですがね」そう言いながら船長はズボンの大きなポケットから青いハンカチ、なにかが入っている麻の小さな袋、タバコ入れ、ナイフ、磁石と札束を取り出しました。「どなたか、ビールを買ってきていただけないですかね。この船室まで私を案内してくれた、さっきの方でもいいんですが」

ボンディ氏は呼び鈴をならしました。「いや、船長。ビールのほうはおまかせください。ビールが来るまで葉巻でもひとついかがですか――」

船長は赤と金色のシガーバンドが巻かれている葉巻を手に取ると、匂いをかぎました。「これはロンボクの葉巻ですね。いや、ロンボクは盗人だらけの町でね。けっこうなところですよ、まったく」

そう言うと、船長は高価な葉巻を大きな手でばらばらにして、パイプにつめたのです。ボンディ氏はすっかりあっけにとられていました。「そう、これはやはりロンボクかスンバだな」

そんなところへポヴォンドラさんが音も立てずに部屋に入ってきました。

「ビールをお持ちしてくれ」ボンディ氏が命じました。

ポヴォンドラさんは眉を上げました。「ビールですか？　わかりました。それでいかほど？」

「一ガロンお願いします」船長は小声で言い、まだ消えきっていないマッチをカーペットの上に落とし、足でもみ消しました。「アデンはめちゃくちゃ暑いところでしてね。――それはそれとして、ボンディさん。実はとても耳寄りな話を聞いてもらおうと思って、こうしてうかがったんですよ。スンダ列島(アイランズ)からね。あそこではとてつもなくぼろい商売ができるんです。そう、ビッグ・ビジネスですよ。でもどんなビジネスか、すっかり、そう、ストーリーをお話しなければいけませんね」

「つまり、ストーリーって、話のことですね」

「ええ、話をね、いいですか」船長はそのワスレナグサのような空色の目で天井を見上げました。「さてと、なにからお話すればいいですかね」

(またなにか、ろくでもない商売話だな) ボンディ氏はそう思いました。(よしてくれよ、うんざりだ! どうせタスマニアへミシンを輸出するとかフィジーへボイラーとかピンを輸出するなんて話なんだよな。ぼろい商売なんておれにとっちゃお手のものさ。くそっ、いいか。おれはただの商売人じゃないんだぞ。おれは夢を追ってるんだ。おれなりの詩人なんだよ。お前が船乗りシンドバッドなら、スラバヤかフェニックス諸島の話をしてくれよ。おまえは磁石の山に引き寄せられ、怪鳥グリフォンの巣にさらわれたんじゃなかったのか? そうか。そこから真珠やシナモン、ベゾアール石を積んで帰ってきたんだよな? さあ、せいぜいうそを並べてくれ!)

「それじゃあ、イモリの話からしましょうかね」船長が話を始めました。

「イモリですか?」商務省顧問のボンディ氏は聞き返しました。

「いや、サソリですかね。リザードってチェコ語ではなんて言いましたかね?」

「トカゲですか?」

「そうそう、トカゲです。あちらにはトカゲのやつらがわんさといるんです」

「あちらって?」

「いや、ある島なんですが。ちょっと、島の名前は明かせないんですがね。極秘(トップ・シークレット)なんです。何百万(ワース・オブ・ミリオンズ)もの金がかかわっているもんでしてね」ヴァン・トフ船長は額の汗をハンカチで拭いて話を続けました。「うーん。ビールはまだですかね?」

「船長、もうすぐ来ますよ」

「それはありがたい。ボンディさん、そいつらはとてもかわいくてすなおな生き物なんですよ。トカゲのやつらですけどね。私にはわかるんです」

船長はそこで突然テーブルをドンとたたいたのです。「やつらが魔物だなんてうそですよ。真っ赤な嘘(ダムド・ライ)です。ボンディさん、あなたが魔物だというのなら、まだわかります。私、このヴァン・トフ船長はそれこそ魔物ですよ。わかっていただけますかね」ボンディ氏はぎょっとしてつぶやきました。「これは精神錯乱だな、これは。くそっ、ポヴォンドラのやつ、どこをうろついているんだ」

「何千匹もいるんですよ、そのとかげのやつら。でもそいつら、その、シャーク、チェコ語でなんと言いましたかね? シャークにつぎつぎに食われているんです」

「サメですか?」

「そう、サメです。おかげでとかげのやつら、すっかり数が減ってしまって、ある入り江にしか棲息していない始末でしてね。いや、その入り江の場所はちょっとお教えできませんがね」

「そのトカゲは海に住んでいるんですか？」

「ええ、海にね。でも夜になると浜に上がってくるんです。でも、やつら、陸には長くはおれないんです。すぐまた海中にもどっていきます」

「トカゲって、どんな格好をしてるんです？」ボンディ氏は、ポヴォンドラのやつがもどってくるまでの時間稼ぎをしようとしたのです。

「そう、アザラシくらいの大きさですかね。でも、立って後ろ足でヨチヨチ歩くときは大きく見えますね、そうこれくらい」船長は手で示しました。「すてきだなんて、お世辞にもいえませんがね。やつらにはいぼいぼの皮膚がないんです」

「鱗のことですか？」

「そう、鱗がないんです。カエルやサラマンダーみたいに、それこそ、つるっとしてるんです。前足は子供の小さな手みたいですが、指は四本しかありません。気の毒な生き物だとでも言っておきましょうか」船長は同情でもしているように付け加えました。「でもボンディさん、とても利口でかわいい生き物なんですよ」そう言うと船長はかがみこんでよちよち歩きのまねを始めました。「やつらはこんな風に歩くんです」

船長はひざを曲げ、手を前に出してその大きなからだをゆすりました。その姿は、まるでものほしげに前足を上げてちんちんする犬のようでした。からだをゆすりながら船長はそのワスレナグサの花のような空色の目でボンディ氏をじっと見つめました。なんとか共感を得ようとしているようでした。ボンディ氏は突然すっかり感動して、自分が人としてなにか恥ずかしい気がしてきました。ちょうどそのとき、ポヴォンドラさんが静かに音も立てずにドアのところに姿をみせたのです。手にはジョッキに注がれたビールを持っていましたが、船長の上品とはいえない振る舞いを見て眉をひそめました。

「ビールを置いたら、下がるんだ」ボンディ氏はあわてたように言いつけました。

船長は息を切らしながら立ち上がりました。「ボンディさん、つまりやつらはこんな感じの動物なんですよ。では、乾杯(ユア・ヘルス)」そう言うとビールをぐいっと飲みました。「いや、こちらのビールはさすがにうまい。それに、何といっても、あなたはこんなすごい邸(やしき)に住んでいるんだし――」

船長は口ひげをふきました。

「それで、船長。どうやってトカゲを見つけたんです?」

「いえ、ボンディさん、ちょっとしたきっかけでしてね。船長は島の名前をうっかり漏らしてしまい、マサ島で真珠を探していたときのことなんです」船長は島の名前をうっかり漏らしてしまい、すっかりあわててしまいました。「いや、どこの島だったかな。そう、どこかほかの島だったな。まあ、いずれにせよ、しばらくは島の名前はわたしの秘密(シークレット)ですからね、ボンディさん。人ってのは、とんでもない盗っ人で、油断もすきもありません。ですから、うっかりした口はきけないんです。それで、あのろくでもないシンハラ人が二人、海中で真珠の貝を岩からはがしていると——」

「シェルズって貝のことですか?」

「そう、貝です。貝のやつ、岩にしっかりしがみついているんですよ。ユダヤ人の信仰みたいにね。だから、ナイフを使わないとはがせないんです。ところが、シンハラ人が真珠貝を岩からはがしているのを、そのトカゲのやつら、じっと見ていたんです。それで、シンハラ人は、やつらはてっきり海の魔物だと思い込んだってわけです。シンハラ人とかバタク人なんて連中は無学ですからね。あそこで見たのは海の魔物だといってきかないんです」船長は大きな音を立ててハンカチで鼻をかみました。

「こうなると、どうにもほうっておけなくなりましてね。チェコ人だけが好奇心の強い国民なのかどうかは、私にはわかりません。でも私がこれまでに出会ったどのチェコ人もなんにでも首を突っ込みたがりましたね。いったいなにが起きているのか、とことん知らないではおれないのです。それというのもきっと、チェコ人ってのが、なにごともすぐには信じない国民だからでしょうね。

　まあそういうわけで、この老いぼれのボケ頭で、これは魔物をもっと近くで見てみる必要があるな、と考えたんです。そりゃ、まあ、酔ってましたよ。でも、あんなやつらのことがどうにも頭から離れなかったもんでね。赤道のあたりじゃ、なんでもありですからね。ボンディさん、こんなわけで魔の入江までのこのこ出かけたってわけです――」

ボンディ氏は岩と原生林にかこまれた熱帯の入り江を頭の中で思い浮かべようとしました。

「それで？」

「岩の上に座って、『ツ、ツ、ツ』と声を出して魔物のやつを呼び寄せようとしたんです。すると、しばらくして一匹、トカゲのようなやつが浜に這い上がってきたんですよ。やつは後ろ足で立ち上がると、からだ全体をくねらせながら、『ツ、ツ、ツ』と声を出したじゃありませんか。酔ってなかったら、やつに一発ぶっ放したかも知れません。でも、イギリス人みたいにすっかり酔いが回っていたもんで、やつに言ってやりましたよ。『おい、タパ・ボーイ。こっちへ来いよ。ほら、こっちだ、ここだよ。なにもしやしないよ』」

「チェコ語で言ったんですか？」

「いや、マレー語でね。あちらではふだんマレー語で話すんですよ。あいつはただ、からだをくねらせながらよちよち歩きで近づいてきたのです。まるで、子供が恥ずかしがってもじもじしているみたいにね。海にはそいつらが数百匹もいて、鼻づらを水面から出して、私をじっと見ているんです。いや、たしかに酔ってはいましたよ。それで、しゃがむと、やつのまねをしてからだをくねくねさせたのです。こわがらせないためにね。すると、もう一匹、浜に上がってきたのです。ちょうど十歳の子供くらいの大きさで、やつもヨチヨチ歩き始めたんですよ。やつは前足で真珠貝をかかえてましたよ」

船長はビールをうまそうにぐいっと飲みました。「いやー、ボンディさん。いや、すっかり酔っぱらっていたいきおいで、つい、やつにきいてしまいました。『おい、なにがしてほしいんだ？　貝の口を開けてほしいのかい？　じゃあ、こっちへ来いよ。ナイフで開けてやるから』でも、やつはじっとして、こっちへ来ようとはしなかったのです。それでやむなくもう一度、ちっちゃな女の子が恥ずかしがっているように、からだをくねくねさせてみました。するとやつはよちよち、私のほうへ近寄ってきたのです。それで、そっと手を伸ばして、やつが持っている真珠貝をもらうことができました。

いやはや、ボンディさん。わかるでしょ？　あいつも私もおたがいにびくびくしていましたよ。でも、酔ってすっかりできあがっていたもんで、ナイフを取り出して貝の口を開けたんです。貝の中に手をそっと入れてみましたが、ぬるぬるした、気持ちの悪い貝の身しか入っておらず、真珠はありませんでした。それで、ツ、ツ、ツと声を出して、口の開いた貝をやつのほうに投げてやりました。『ほしけりゃ、食べな』と伝えたかったのです。ボンディさん。やつが貝の身をすっかりたいらげるのを、お見せしたかったですよ。やつにとっては、これはとんでもないティット・ビットだったんですね、ティット・ビットってなんて言いましたっけ？」

「ごちそうですかね」

「そう、ふだんありつけないごちそうだったんです。かわいそうに、やつらの手では硬い貝の口を開けられなかったんですよ。これでは生きるのも大変だな、と思いましたね」船長はビールのお代わりをしました。「もう一度、あのときのことをよくよく考えたんですが、きっとやつらはシンハラ人が貝を海底で剥ぎ取るところを見ていて、『なるほど、取った貝は食べるんだな』そう、思ったんですね。それで、シンハラ人が貝の口を開けるところが見たかったんですよ。シンハラ人は水の中ではトカゲみたいに見えるんでしょうね。でも、トカゲのやつらのほうがシンハラ人やバタク人よりも利口ですよ。なんといっても、学ぼうという意欲がありますからね。ところがバタク人は盗むこと以外、身につける気がないんですからね」ヴァン・トフ船長は腹立たしげに話を続けました。

「浜辺で私がトカゲのようにからだをくねらせて、ツ、ツ、ツと言うと、どうもやつらは私が大きなサンショウウオとでも思ったんですかね。もうこわがらなくなって、貝の口を開けてもらいに私のほうに近寄ってきたのです。やつら、利口そうでやさしい目をしていましたよ」ヴァン・トフ船長の顔は赤みを増していました。「ボンディさん。あいつらともっと仲良くなろうと思って、服を脱いですっ裸になったんです。裸になれば、つるんつるんになって、少しはやつらに似るかと思いましてね。でも、どうも私には胸毛があったりするもんで、やつらにしてみれば奇妙な生き物であることにかわりはなかったかもしれませんけど」船長はハンカチで赤くなった首筋をぬぐった。「いや、ボンディさん、すみません。話が長くなってしまって」

ボンディ氏は船長の話にすっかり魅せられ、まるで魔法にかけられたように聞き入っていたのです。「いえいえ、とんでもない。どうぞ続けてください、船長」

「そうですか、それじゃあ続けさせてもらいます。そいつが貝の身をすっかり食べてしまうのを見ていたほかのトカゲどもも浜に上がってきたのです。用意よろしく前足に貝を握っているやつまでいましたよ。親指のない子供の手のような前足で、海底の岩から貝を引き剥がせるなんて不思議ですよね。しばらく恥ずかしそうにもじもじしていましたが、やがて私はやつらの前足から好きに貝を取らしてもらえるようになったのです。でもほんとうのところ、貝は真珠貝ばかりではなくて、ろくでもないいろんな貝や何の役にも立たないカキも混じっていました。真珠貝以外の貝はみな海に投げ捨てました。やつらには言いましたよ。『おい、ああいうのはだめなんだ。何の価値もないのさ。おれのナイフじゃ、開けられないんだ』でも真珠貝の場合にはナイフで開けて、真珠が入っていないかどうか指で探ってみました。真珠が入っていない貝はやつらにくれてやりました。勝手に食えってね。気がついてみると、私のまわりを、そいつらの仲間のトカゲ（リザード）が何百匹も丸く取り囲み、私が貝の口を開けるのをじっと見ていたのです。なかには私のまねをして、そこいらに転がっている貝殻を使って貝の口を開こうとするやつまでいたんです。まったく変な気分がしましたよ。だって、いいですか。人間以外、道具（インストルメント）を使える動物はいないはずですからね。道具なんて動物にはなんの意味もありません。

たしかに、ボイテンゾルグ（訳注　ジャワ島にある町）じゃ、ナイフで缶詰のふたを開けることのできるサルを見ましたけどね。でもサルはほかの生き物とはちがいますからね。でも、なにか奇妙な光景ではありましたね」船長はビールをまたお代わりして、ぐいっと飲みました。

「ボンディさん、あの晩、真珠貝から十八個ほどの真珠を見つけることができました。小さいのから大きいのまでいろいろありました。そのうちの三個はサクランボほどの大きさでしたよ。そう、サクランボです」船長の話しぶりは真剣そのものでした。「朝になって自分の船にもどると、おもわず自問してしまいました。『ヴァン・トフ船長。おまえ、夢でも見たんだよ。それに、酔っ払いすぎてもいたしね』とまあ、こんな調子でね。でも、ポケットには十八個の真珠がちゃんと入っていたんです」ここでヴァン・トフ船長は首を振りました。

「いや、こんなすごい、」ボンディ氏はほっとため息をついてから言いました。「とてつもない話はこれまできいたことがありませんね」

「そうですか」ボンディ氏にそう言われた船長はうれしくなってさらに話を続けました。「実は、その日一日中、ずっとあることを考えていました。あのトカゲを――馴らしてみてはどうだろうかとね。そう、馴らして、訓練してみるんですよ。そうすれば、あいつら、私のところに真珠貝（パール・シェル）を持ってきてくれるにちがいありません。そうだ、あの魔の入江（デヴィル・ベイ）には真珠貝がどっさりあるにちがいない。そこで、その日の夕方、前日よりも早めに魔の入江に出かけました。

日が沈み始め、トカゲのやつらはあちこちの海面から顔を出して、もう海面はトカゲだらけになったんです。私は浜にすわって、『ツ、ツ、ツ』とやつらに呼びかけました。ところが、そのとき突然、サメが目に入ったんです。海面からヒレだけが見えました。バシャッという音がしたかと思うと、トカゲが一匹姿を消したのです。サメは十二匹はいましたね。日が沈むときに魔の入江に入りこんだんですかね。

ボンディさん、この怪物のやつらは一晩で私のトカゲを二十匹以上も食っちまいやがったんですよ」船長は大声でそういうと、とてつもない大きな音をたてて鼻を鳴らしたのです。「そう二十匹以上もね！　当然、裸のトカゲがあのちっぽけな四足だけでサメと戦ってもかないっこありません。トカゲのやつらがサメに食われるのを見れば、だれだって泣きたくなりますよ！

ボンディさん。あなたにもぜひ見てもらいたいものです……」

船長はここで口を閉ざしなにか考え込んでいるようでした。「私は動物が好きでしてね」船長がやっと口を開き、その空色の目をボンディ氏のほうに向けました。「キャプテン・ボンデイ。あなたが動物が好きか、きらいか、私は知りせんがね……」

ボンディ氏はうなずきました。自分も動物好きだと船長に知らせたのです。

「それはけっこうですね」ヴァン・トフ船長はうれしそうでした。「あのタパ・ボーイの連中はあれでなかなか利口でいいやつらなんです。こちらの言うことを、まるで犬が飼い主の言うことを聞いているみたいに注意深くきいているんです。それにあの子供のような手とくれば、もう……たまりません。――ボンディさん。私も年をとってしまい、それに家族もありませんしね……つまり、身寄りがないんです。年をとって、だれも頼る人がいないのはひどくこたえてくるんです」船長は、じっとしておれない気持ちを何とかおさえて、つぶやくように言いました。

「やつらはそれはもうかわいいんですよ。でも、かわいければサメに食われないなんてことはありませんからね！　私が、あいつらに、あいつらって、つまり、サメ（シャークス）のことですが、石を投げると、あのタパ・ボーイも石を投げ始めたのです。ボンディさん、こんなこと信じてもらえませんよね。たしかに、手がとても短いのでやつらは石をそう遠くまでは投げられません。でもこんな、びっくりすることまでおきたんですよ。いいですか。わたしがやつらに言ってやりました。『おい、そんなに器用だと思っているんなら、おれのナイフでこの貝の口を開けてみたらどうだ』言い終わるとナイフを地面に置いたのです。

　すると、やつらはしばらくもじもじしていましたが、一匹（シー）がのこのこ出てきてナイフを取るとナイフの先を貝のあいだに差し込んだんです。『いいか、ナイフでこじ開けるんだ。こじ開けるんだぞ』そいつはしばらくナイフを回したり、ねじったりしていましたが、ふいにカキッと音がして貝が開いたのです。「それ見ろ、簡単だろ」そう言ってほめてやりましたよ。神を信じないバタク人やシンハラ人でさえできることが、タパ・ボーイにできないわけはありませんからね。――ボンディさん。あんなトカゲが貝の口を開けられるなんて、これはとんでもない、すごい、信じられないことだとは思いましたが、口には出しませんでしたよ。でも、今だから言えますが、あの時は、まるで、そう―まるで―雷に打たれた（サンダーストラック）ような気がしましたね」

「まるで夢を見ているような気がした、そういうわけですね」ボンディ氏がまるで船長の言いたいことを代弁するように言いました。

「そう、そのとおり(ヤー リヒティッヒ)」船長はここだけドイツ語で言いました。「まるで夢の中のようでしたよ。あの光景が頭にこびりついて、どうにも離れないもんですから、船の出航を一日延ばすことにしました。そして夕方になると、また、魔の入江(デヴィル・ベイ)にでかけたんですが、サメ(シャーク)がトカゲを目の前で食い荒らすのを見るはめになりましたよ。

ボンディさん。その晩、私は、このままじゃすまさないぞとかたく決心したんですよ。やつらの目の前ではっきり約束したんです。『おおい、タパ・ボーイたち。この不気味に輝く満天の星のもとでおれは約束するぞ。船長(キャプテン)ヴァン・トフはおまえたちをけっして見捨てないってな』」

4　ヴァン・トフ船長、起業をめざす

ここまで話し終えたヴァン・トフ船長の髪の毛は、興奮のあまりすっかり逆立っていました。すっかり夢中になっていたのです。

「私は、やつらに誓ったんです。そのときから、もう、気持ちの休まるときがありません。パダンで休暇をとると、アムステルダムにいるユダヤ人に百五十七個の真珠を送りましたよ。これは、私のトカゲが私に持ってきてくれた真珠全部です。それから、シャーク・キラーを探しました。見つかった男はダヤク人でしたが、水中でナイフを使ってサメを殺すんですよ。こいつは物は盗むし人は殺す、とんでもないやつでしたけどね。とにかく、そいつとぼろ船を使ってタナマサ島にもどったのです。『さあ、ナイフでサメ（シャークス）どもをどんどん殺（や）ってくれ』ってわけです。つまり、やつにすっかりサメどもを退治させて、私のトカゲたちに安心して暮らさせてやりたかったのです。

このダヤク人は異教徒で、人を殺すことなど、へとも思わないやつでしたよ。ですから、タパ・ボーイズなんて気にもかけませんでした。あいつらが魔物だろうがなかろうが、どうでもよかったんです。私はそのあいだに、トカゲたちを相手に観察（オブザベーション）と実験（エクスペリメント）を繰り返していました。――あっ、そうだ。航海日記に毎日、なにをしたか、記録してあるはずだな」船長は胸のポケットからぶ厚いノートを取り出すと、ページをめくり始めました。

「今日は何日でしたっけ？　六月二十五日か。とすると、例えばですね。一年前の六月二十五日は、そう、ここですね。いいですか。『ダヤク、サメを一匹殺す。トカゲ(リザーズ)のやつら、サメの死骸に興味津津(インタレステッド)。『トビー、』『トビー』トビーってのは小さめのトカゲでしてね。でも利口なやつでしたよ」船長が説明しました。

「なにか名前がないと、この航海日誌に記録のつけようがありませんからね。そうでしょう？――『トビー、ナイフでできたサメの傷(きず)に指を突っ込む。夕方、トカゲのやつら、焚き火に枯れ枝を運んでくる』――ここはつまらんですね」船長はつぶやきました。ほかの日はどうでしょう。うん、六月二十日はどうかな？　トカゲたち、突堤(ジェティー)の建設を続行』ジェティーってチェコ語でなんて言いましたっけ？」

「突堤ですかね」

「そうです。突堤です。ダムといってもいいものですがね。やつらは新しい突堤を魔の入江の北西の端(はし)に建設していたのです。――ボンディさん」船長は説明を続けました。「この突堤はそれは見事なもんで、ブレークウオーター(防波堤)として実にうまくできていましたよ」

「防波堤ですか？」

「そうですね。やつらは防波堤の入江側に卵を産みつけたんです。きっと、波の来ないところが必要だったんでしょうね。この防波堤はやつらが自分たちで考えて、建設したんですよ。いいですか。アムステルダムの堤防管理局の役人や技師で、やつらが建設した突堤よりできのよいものを水中につくれる能力のあるやつは一人もいませんね。とてつもなくすごい技術力ですよ、これは。ただ、このダムは水で少しずつ削り取られてしまう欠点がありましたけどね。やつらは海底に深い穴を岸まで掘って、昼間はその穴の中で暮らしているのです。とても利口な生き物で、ビーバーも顔負けですね。ビーバーって」

「チェコ語じゃボブルだね」

「そう、川をせき止めてダムをつくる、あのでかいネズミのようなやつですよ。トカゲのやつらは魔の入江（デヴィル・ベイ）のいたるところにこの突堤をつくったんですよ。どれもみな、まっすぐに伸びるそれはすごいダムで、まるで海底にできた街のようでしたよ。とうとう、魔の入江の端から端まで突堤をめぐらそうとしたのです。すごいでしょう。——

『すでに、岩をテコで動かすことが可能』船長は航海日誌を声を出して読みました。『アルベルト——タパ・ボーイの一匹につけた名前なんですが——指を二本、つぶす。——二十一日。ダヤク人のシャーク・キラー、アルベルトを食べる！　結果は最悪の下痢。アヘンチンキを十五滴。ダヤク、二度とトカゲを食べないと約束。一日中、雨。

——六月三十日。トカゲたち、突堤の建設続行。トビーはさぼりがち』——ボンディさん、トビーはなかなか利口なトカゲでしたがね」船長はいかにも感心したとでも言うように、説明しました。「利口なやつは働きたがらないもんです。トビーのやつは、いつもなにかいたずらをしていましたね。何の価値があるんだか。トカゲといってもさまざまで、すごいちがいがあるんですよ。

――『七月三日。軍曹（サージャント）にナイフをやる』――この軍曹（サージャント）ってのはでかくて、力のあるトカゲでしたね。器用なやつでね。『七月七日。軍曹（サージャント）、ナイフでイカ（カトルフィッシュ）を殺す』このイカ（カトルフィッシュ）ってのは、魚の一種なんですが、これがね、からだの中に茶色のクソのようなものをかかえてるんですよ」

「イカですかね?」

「そう、そう。イカですね。――『七月二十日。軍曹（サージャント）、ナイフで巨大なクラゲ（ジェリーフィッシュ）を殺す』――クラゲ（ジェリーフィッシュ）はゼリーのようにぐにゃぐにゃしていて、イラクサのようにチクンと刺すんです。刺されると焼けるように痛いんです。気味の悪い、いやな、とんでもない怪物ですよ。――さあここから、いいですか、ボンディさん。しっかり聞いてくださいね」ヴァン・トフ船長はうれしそうに続けました。「『七月三十日』ここんとこにはアンダーラインが引いてありますよ。『軍曹（サージャント）、ナイフで小型のサメを殺す』――七十ポンドはありましたね。――ボンディさん、こんなとてつもないことがおきたんですよ。うそじゃありません。いや、すばらしい、偉大な日でした。忘れもしない、去年の七月三十日のことです」船長は航海日記を閉じました。

「ボンディさん。いや、恥ずかしくて隠すようなことじゃないから言いますけど、あの日、私は浜に行って膝まづき、うれしさのあまり思いっきり泣いてしまいましたよ。あのタパ・ボーイズも負けっぱなしではないことが、わかったものですからね。軍曹（サージャント）のやつにはほうびに、すてきな新しい銛(ハプーン)をくれてやりましたよ。サメ狩りをするには銛(ハプーン)が一番ですからね。――やつに言ってやりましたよ。『軍曹(サージャント)、男らしくがんばる(ビー・ア・マン)んだ。そして、仲間のタパ・ボーイズたちにも、自分たちだけで身を守れることを示してやるんだ』」

　船長は椅子から飛び上がるとテーブルをドスンと派手にたたいて、叫びました。「ボンディさん。いいですか。その三日後には巨大なサメの死体が浮いていたんです。いたるところ傷だらけ(フル・オブ・ギャッシズ)でね、チェコ語ではなんて言いましたっけ？」

「傷だらけ(プルニー・ラン)かな？」

「そう、傷だらけ(プルニー・ラン)、でしたね。銛(ハプーン)に突かれて穴だらけになっていましたよ」船長はぐいっとジョッキのビールを飲み干しました。「ボンディさん。まあ、こんな具合でしてね。そこで、このタパ・ボーイズたちと……一種の契約を結んだんです。つまり、真珠貝を持ってきてくれれば、その見返りとして銛(ハプーン)とナイフを渡すと約束したのですよ。銛(ハプーン)とナイフがあれば、サメから自分たちを守ることもできますからね。そうでしょう(シー)？　うそのない、真っ正直な取引(ビジネス)ですよね。たとえ相手が動物でも、うそなんかついちゃだめです。おまけとして、材木を少々分けてやったり、二台、鉄製の手押し車(ホイール・バロウ)までつけてやりましたよ――」

「手押し車(トラカージュ)かトロッコ(コレチュカ)ですかね」

「そう、トロッコ(コレチュカ)です。突堤を建設するための石を運ぶためにね。やつら、建設資材はすべて自分たちの手で運ばなくてはならなかったんですよ。かわいそうなやつらですよね？　ほかにもいっぱいいろんなものをやりましたよ。やはり、やつらをだましたくはなかったもんでね。いや、ちょっとごめんなさい。お見せしたいものがあるもんで」

ヴァン・トフ船長は片一方の手で自分の腹を持ち上げながら、もう一方の手をズボンのポケットに突っ込んで中から麻の小袋を取り出しました。「いや、これなんですがね」船長はそう言うと、袋を開けて中身をテーブルの上にあけたのです。おおよそ千粒ほどの真珠でした。粒の大きさは、麻の実ぐらいのとても小さなものから、エンドウマメぐらいの大きさ、さらにはサクランボほどの大きなものまで、さまざまでした。しずくの形をした申し分のない真珠、表面がでこぼこでいびつな形をした真珠、銀色、青、人肌色、黄色を帯びた真珠、さらにはピンクの真珠や黒真珠までありました。ボンディ氏はまるで夢を見ているような気がしました。どうしてもその夢見心地の気分から抜け出せず、そこにある真珠の山をかき回したり、真珠を指先でころがしたり、両手をかぶせてみたりしました――

「これはすばらしいね」ボンディ氏はすっかりおどろいて、ほっと息を吐きました。「まるで夢を見ているようです！」

「ええ」船長の声は冷静でした。「すてきでしょう。トカゲのやつら、私がそこにいた一年のあいだにサメを三十匹も殺したんですよ。ここに全部書いてあります」船長は胸のポケットをたたきながら言いました。「ナイフはずいぶんやつらにやったし、銛（ハプーン）も五本やりましたしね。――ナイフは一本（ア・ピース）あたり、二ドル近くはしました。一本（ア・ピース）あたりってチェコ語ではザ・クスでしたっけね。とてもいいナイフで、スチール製なんですけどまったくさび（ラスト）ないんですよ」

「さび（レズ）ですかね」

「何しろ水中、つまり海の中で使うもんですからね。バタクの連中にも金がいっぱいかかりましてね」

「バタクって？」

「あの島に昔から住んでいるやつらですよ。あいつらはタパ・ボーイズが魔物だと信じ込んでいて、とてもとてもこわがっているんです。わたしがタパ・ボーイズと話しているのを見たやつらは、たたりをおそれてわたしを殺そうとさえしたのです。魔物を村（カンポン）から追い出そうと、鐘を一晩中鳴らし続けるんですよ。そのうるさいことといったら。それで朝になると一晩中鐘をついた代金をよこせといってくるんですからね。金を一晩中鳴らし続けたんだから、お代をいただくのはあたりまえだと言うんですよ。まったくバタクの連中はろくでもないやつらで、隙（すき）さえあれば金をふんだくろうとするんです。でもボンディさん、このタパ・ボーイズ、つまりトカゲたちはちがいます。あいつらとならまともな取引（ビジネス）ができます。いい商売がね」

ボンディ氏は自分がまるでおとぎ話の世界にいるような気がしていました。「つまり、そのトカゲたちから真珠を買うってことですかね」

「ええ、でも魔の入江（デヴィルベイ）では真珠はもうまったく取れないんです。ところが、真珠の取れるほかの島にはタパ・ボーイズが一匹もいないんですよ。それこそが大問題なんです」ヴァン・トフ船長は勝ち誇ったように頬（ほお）をふくらませました。「いや、このすごい取引は、私が自分の頭の中で考え出したんですよ」船長は太い指を空気を突き刺すように振り回しながら言ったのです。

「わたしが面倒を見始めてから、あいつら、すごい勢いで増えましてね。もう、自分たちだけでも十分サメから身を守れますよ、まったく（ユー・シー）。まだ、どんどん増え続けているんですよ。おわかりいただけますかね、ボンディさん？　これは、商売の絶好の機会じゃないですかね？」

「どうも、いまひとつよくわからないんですが」ボンディ氏は自信が持てませんでした。「つまり、……船長がなにを本当のところお考えになっているのか？」

「つまり、あのタパ・ボーイの連中をほかの真珠の取れる島に運ぶんです」船長はとうとう打ち明けました。「注意深く連中を観察してみると、トカゲのやつらは深い外洋を泳いでほかの島には渡れないことがわかりました。短時間なら泳いだり、湾内の海底をよちよち歩くこともできます。でも、深い海は水圧が高いですからね。あいつらのからだはこの水圧に耐えられるようながんじょうなつくりではないんです。でも、もし私に船があれば、そう、あの連中を入れておくタンク、そう、水槽のようなものがのせられる船があれば、どこへでも好きなところへあいつらを運べるんですがね。そうでしょう（シー）？　やつらは運ばれた島で真珠を取り、私は交換にナイフや銛（ハプーン）など、やつらが必要とするものを提供するというわけです。魔の入江（デヴィル・ベイ）では、やつらはやたらに……ええっと、は、繁……、なんだったかな？」

「繁殖ですか？」

「そう、繁殖して、そう、食い物にも事欠く始末でしてね。やつらは小魚やエビ、貝から海にいる虫まで食べているんです。でも、ジャガイモや、そう、ビスケットといったふつうのものも食べます。ですから、そういったものをえさとして与えれば、船のタンクに入れて運ぶことだって可能です。そして、人のほとんど住んでいない適当なところで水の中にやつらを放して、そう、トカゲのための牧場（ファーム）をつくるんです。そうすれば、やつらは楽しく生きていけますからね。ボンディさん。あいつらはかわいい、利口な生き物なんですよ。あいつらを見れば、ボンディさん。きっとこうおっしゃるにちがいありません。『船長、すごい利用価値のある生き物を見つけましたね』とね。いまじゃあ、だれもが真珠に夢中です。私が考えたこれはビッグビジネスじゃありませんかね」

ボンディ氏は正直、とまどいました。「船長、大変恐縮ですが」ためらいがちに言いました。

「あの、――その、どうもよくわからないもんで――」

ヴァン・トフ船長の空色の目に涙があふれました。「それは残念です。いずれにしても、ここにある真珠は全部置いていきますよ。……船の抵当（ガランティー）としてね。船はとても私一人では買えませんから。ロッテルダムには手ごろな船があるんですが……ディーゼル・エンジン付きのね」

「どうしてこの話をオランダのだれかに持ちかけなかったんですか?」

船長は首を振り振り答えました。「あの連中のことはよく知っていますよ、ボンディさん。とてもこの話は持ちこめませんね。でも」船長は慎重に言葉を選びながら言いました。「船には、ほかのいろんなもの（グッズ）をのせて運べるんです。そう、そして、あちらの島で売りさばくんです。私なら、やれます。なにしろ、あちらには知り合いが山ほどいますからね。その船にタンクを備え付ければ、私のトカゲたちも運べるんですがね――」

「なるほど。それならたしかに話はまた別ですね。私としても考えさせていただきます」ボンディ氏はじっくり考えた末に答えました。「つまり、偶然といえば偶然ですが、その、うちの会社は新しいマーケットを開発する必要に迫られているんです。つい先日、この問題についてたまたま社内で検討したばかりです。――船を一隻か二隻、そう、一隻は南アメリカ、もう一隻は遠く離れた東方のアジア向けに――買いたいと思っていたところなんです――」

船長は元気を取りもどしました。「ボンディさん、それはすばらしい。いま、船の値段はべらぼうに安いんです。港に停泊している船を丸ごと買い占めることだってできますよ――」ヴァン・トフ船長は、どこでどんな船、どんなタンカーがいくらで売りに出されているか、こまごまと説明し始めました。ボンディ氏は船長の説明などうわの空で、船長をじっくり観察していました。ボンディ氏は人というものに通じていました。ですから、ヴァン・トフ船長の語るトカゲの話などまったく本気にしていませんでした。ただ、この人物はじっくり観察する価値がある、そう思ったのです。「この男は正直だ、たしかに。遠い外国の事情にも詳しい。クレイジーだが、なにか人を引きつける力がある」

ボンディ氏の胸の中ではなにかファンタスティックな弦の音が鳴り響いていました。真珠とコーヒーをのせた船、スパイスとアラビアのありとあらゆる香水をのせた船。ボンディ氏はそんなことをぼんやりと考えていました。いつもなにか重大な、成功の疑いのない決断を下す前はいつもそうなのです。このときのボンディ氏の気分を言葉で表現すれば、「こんなことに乗り出すのはなぜなんだろう？　でもやることに決めたんだ」、こんなことだったと思います。ヴァン・トフ船長（キャプテン）はといえば、屋根付き甲板（オープニング・デックス）や後甲板（クオーター・デックス）のある船を太い指で宙に描いていました。

「ボンディさん。みな、すごい船なんですよ」

「それでは船長」G・Hボンディ氏は突然、われに返って言いました。「二週間後、おいでください。船のことはそのとき、あらためてお話しましょう」

　ヴァン・トフ船長（キャプテン）は、ボンディ氏のこの言葉にどれだけ大きな意味がこめられているか理解すると、うれしさのあまり顔を紅潮させて、思わずききました。「あの、トカゲは、その、トカゲを船に乗せてもかまわないんですね？」

「ええ、もちろん。ただ、すみません。トカゲのことはだれにも話さないでくださいね。気がふれたと思われるぐらいが落ちですからね。――私までそう思われかねません」

「真珠はここにそのまま置いていっていいですかね？」

「ええ。どうぞ」

「そうだ。二粒だけ、すてきな真珠を持って行って、あいつらに送ってやらなくっちゃな」

「あいつらって？」

「いや、新聞記者ですよ。二人なんです。でも、待てよ。くそっ」

「どうしたんです?」

「ちくしょう。あいつら、なんていう名前だったかな?」ヴァン・トフ船長は懸命に思い出そうとしながら、あの空色の目でパチパチまばたきしながら言いました。「すっかりぼけちゃったんですかね。あいつら（ボーイズ）の名前がどうしても出てこなくて」

5　ヴァン・トフ船長、トカゲを仕込む

「あれっ、ひょっとするとおまえ、イェンセンじゃないか？」マルセイユで男が声をかけてきました。

スウェーデン人のイェンセンは男をじっと見ました。「おやっ。待てよ。だれだったかな？　おれが思い出すまで名乗るんじゃないぞ」イェンセンは額に手を置いて言いました。「『カモメ（シーガル）』号じゃないし『インドの女王（エムプレス・オブ・インディア）』号でもないな。『ペルナンブツォ』号？　いや、ちがう。わかった。『ヴァンクーヴァー』号だ。五年前、オーサカ・ショウセンでいっしょだったな。シスコ行きのよ。たしか、ディングルっていったな。あのアイルランド人のワルってわけか」

男は黄色い歯を見せてにやりと笑い、イェンセンのとなりに座りました。「イェンセン、よくわかったな。いつも飲んだくれていたあのディングルさ。おまえ、いま、どの船に乗ってるんだ？」

イェンセンは頭を振って答えました。「おれはいま、マルセイユ—サイゴン航路に乗っているんだ。おまえは？」

「おれは休暇をもらって、」ディングルはちょっと得意そうに言いました。「家に帰る途中さ。ガキが何人になったかちょっと見にな」

イェンセンはうなずき、なにか考え込みながら言いました。「おまえ、また首になったのか？

そうだろう。勤務中に酒をくらったかなんか、どうせそんなことだよな。いいか、おれのようにYMCAに行ったらどうなんだ?」

ディングルは歯を見せてにやっと笑いました。「ここにYMCAはあるのかい?」

「いずれにしろ、今日は土曜日だからな」イェンセンは小声でつぶやきました。「おまえ、どんな船に乗ってたんだ?」

「不定期船(トランプ)さ」ディングルの答えはあいまいでした。「ずっと向こうの島々をめぐってな」

「船長はだれだったんだ?」

「ヴァン・トフとかいったな。オランダ人じゃないのか」

イェンセンはしばらく考え込んでいました。「ヴァン・トフ船長か。たしか、その船長の船には何年か前におれも乗っていたことがあるよ。カンドン・バンドン号とかいったな。その船は、ろくでもない島から島を巡っていたな。船長ははげ頭で太っていた。人をののしるときは、わざとマレー語を使っていただろう? その船長ならおれもよく覚えているよ」

「もうそのときから、船長はなにか変だったかい?」

イェンセンは首を左右に振りながら答えました。「いや、別に。船長は特に変わった(オール・ライト)様子はなかったけどね」

「もうその当時から、トカゲなんか船で運んでなかったかい?」

「いや」イェンセンはちょっとためらいました。「シンガポールでなにか……そんなうわさ話は耳にしたけどね。どこかのおしゃべりが、ぺらぺらそんなことをしゃべっていたよ」

ディングルはちょっとむっとしたようでした。「いや、イェンセン。これはそこらに転がっているうわさ話じゃないぜ。トカゲのことは神にかけてうそじゃないんだからな」

「シンガポールのやつも、同じことを言っていたさ。これはうそじゃないってね」イェンセンはつぶやき、それが当然だとばかりにつけたしたのです。「それで、やつはあごに一発お見舞いされたってわけだ」

「いや。そこまで言うなら、おれが実際に見たことを話すしかねえな」ディングルも引きませんでした。「言いか、なんといわれようと、おれは知っているんだ。この目でしっかり、そのむかつくやつらを見たんだからな」

「おれも見たよ」イェンセンはつぶやくような小声で言いました。「色はほとんどまっ黒で、しっぽまで入れて百六十センチぐらい、二本足で歩くんだよな。知ってるさ」

「気味の悪いやつらさ」ディングルは身ぶるいしました。「イボだらけだし、くそっ。触る気にもなれねえよ！　毒をもっているにちがいないしな！」

「何でそんなことが言えるんだ？」スウェーデン人がぶつぶつ小声でつぶやきました。「おれの乗った船には乗客がいっぱいいたさ。上甲板(オーバーデック)にも下甲板(ロワーデック)にも人があふれていた。男も、女もな。ダンスを踊ったり、トランプをしたり――おれは、ボイラーマンだったけどな。いいか、畜生(ちくしょう)！　言ってみろ！　トカゲと船に乗っていた連中と、どっちの毒が強いんだ？」

ディングルはぺっとつばを吐きました。「これがワニなら、おれはなにも言わないさ。バンジェルマシンからヘビを動物園まで運んだことがあるんだが、そのくさかったことといったら！　だけど、このトカゲのやつらは——イェンセン、こいつらはすごくかわった動物だよ。昼のあいだは水槽に収まっておとなしくしてるんだが、夜になると外に這い出してくるのさ。もう船中、ピチャピチャ音を立てて歩き回るやつらでいっぱいだ。後ろ足で立ち上がり、振り向いてこちらのことをじっと見るんだ……」

アイルランド人は十字を切りました。「香港の淫売（いんばい）みてえにツ、ツ、ツって声を出すんだ。こんなことを言うのは罰当たりにはちがいねえ。だがな、とてもまともとは思えなかったね。また、仕事に簡単にありつけるってんなら、一時間もしないであんな船とはおさらばしたかったよ。一時間でもだめだ」

「なるほど。それで母ちゃんのところへお帰りってことか？」

「それもあるけどな。でもそれより、そんなざまから逃げ出すには酒をくらうしかなかったんだよ。それに、あの船長の野郎。いいか、おれがあの魔物の一匹をちょっと蹴飛ばしただけで、それこそ大騒ぎをしやがった。いや、たしかに、おもいっきり、そいつの背骨が折れるほど、蹴飛ばしはしたがね。あの老いぼれ船長は完全に切れやがった。真っ青になって、おれの首根っこをつかんで船からおれを海へ放り出そうとしやがった。あの航海士のグレゴリーが止めてくれなければ、あぶなかったよ。グレゴリーは知っているよな？」

スウェーデン人は軽くうなずいただけでした。

「『船長、それくらいにしときましょう』航海士はそう言うと、桶いっぱいの水をおれの頭にぶちまけやがった。それで、おれはココポで船を下りたってわけだ」ディングルさんはぺっとつばを吐きました。そのつばは低いカーブを描いて遠くまで飛んでいきました。「あの船長にはおれたちよりもあの畜生どものほうが大事なんだよ。知ってるかい？　言葉まで教えてるんだぜ。まったく。やつらと部屋に閉じこもって何時間も言葉を教え込んでるんだ。てっきりサーカスに売り込むために仕込んでるんだと思ったよ。だけどそれよりもっと不思議だったのは、やつらを海に放してたってことなんだ。ろくでもないどこかの小島に船を止めると、ボートを下ろして島の海岸線に沿って水深を測るんだよ。それから船長はタンクに入り込み、船の舷側のハッチを開いて、やつらを海に放ったんだ。ハッチの小窓から次々に、まるで仕込まれたアザラシのように飛び込むんだよ。いつも十匹から十二匹はいたな。


——夜になるとヴァン・トフ船長はなにか箱を持って、浜に出かけていくんだよ。だれにも見せないから箱の中味はわからないさ。こんなぐあいに航海を続けたってわけだ。イェンセン、トフ船長ってのは、まあ、こんなやつさ。つまり、変なんだよ。すごく変なやつなんだよ」

ディングルさんの目はすわっていました。「ちくしょう。イェンセン、おれはすっかり不安になっちまって！　おれは飲んだよ。それこそ飲み狂ったぜ。夜にトカゲのやつらが船中をヨチヨチ歩きまわり、なにかくれと、ツ、ツ、ツと言ってせがむんだ。

おれは、いいかい、これはてっきり、飲みすぎたときにときどきおきる例のやつだな、そう思った。シスコでも起きたしな。だが、いいか、イエンセン。あのとき見えたのはクモだった。そのとき入院していた船員病院（セイラー・ホスピタル）の医者は、これは精神錯乱（デリリウム）だと言いやがったけどね。おれには何のことだかわからねえ。おれはビッグ・ビングに夜、おまえも見たかときいたんだ。すると、やつも見たとぬかしやがった。自分の目で、一匹のトカゲが船長室のドアのノブに手をかけて、中に入っていくのを見たと言うんだ。でもわからねえ。あの野郎、つまりビッグ・ビングも大酒飲みだったからな。イエンセン、どう思う？　ジョーが見たのも精神錯乱（デリリウム）ってもんかね？」

イエンセンはただ肩をすくめるだけでした。

「あのドイツ人のピータースも言ってたけどな。マニヒキ諸島（アイランズ）で船長を岸まで送ったあとで、船長があの箱でなにをするか岩陰に隠れて見ていたそうだ。すると、トカゲのやつら、船長からノミを受け取って、箱を自分たちで開けたんだよ。箱の中になにが入っていたと思う？　やつはナイフが入っていたって言うのさ。長いナイフとか銛（ハプーン）とかだよ。だが、おれはピータースの言うことなんか信じていないぞ。なにせ、あいつの鼻にはメガネなんてものがのっかっているからな。それにしても妙な話だろ？　どう思う？」

イエンセンの額には青筋が立っていました。「いいか、言っておくがな」大声でどなったのです。「おまえのそのドイツ野郎とかは、関係のないことに鼻を突っ込みすぎる。おまえ、わかってるのか？　だがな、いいか。言っとくが、おれはそいつに忠告なんかしないからな」

「それじゃあ、やつに手紙でも書けよ」アイルランド人は鼻で笑いました。「地獄宛としておけば、まず確実に届くぜ。だが、おれがどうしても腑に落ちないのは、船長がトカゲを移して住みつかせたところへ、けっこう頻繁に通っていることなんだ。イェンセン、たまげるぜ。船長は夜になるとボートを出させて岸に渡り、そのまま朝まで岸にもどってこねーんだ。イェンセン、いったいだれに会いに行くんだろう。それに、ヨーロッパに小包で送っているあの包みの中味は何なんだ？　いいか。大きな包みで、それに千ポンドもの保険をかけてるんだぜ」

「何でそんなことをおまえが知ってるんだ？」イェンセンはいっそうきむずかしい顔をして聞きました。

「そりゃあ、わかるさ」ディングルさんはあいまいに答えました。「いいかい、船長がどこからあのトカゲどもをつれてきたか知ってるかい？　魔の入江（デヴィル・ベイ）からさ。イェンセン、魔の入江だぞ。おれはあの島に一人知り合いがいるんだ。商社の駐在員かなにかやってるんだが、なかなかの物知りなんだよ。そいつがおれに言ったことがある。『いいか、あれは仕込んだトカゲなんてもんじゃない。ありえないよ！　ただの動物さ。そんなことガキだってわかる。ありえないことを信じちゃいけねえぜ』」ディングルさんは意味ありげに目をぱちぱちさせました。「イェンセン、つまりこんなことなんだよ。それでもおまえは船長がまとも（オール・ライト）だなんて言いだすんじゃないだろうな？」

「もう一度言ってみろ」かすれた声でこの大柄なスウェーデン人はすごみました。

「トフ船長がまともなら、あの魔物のような生き物を……それこそ世界中に運んで、まるで毛皮のコートにたかったシラミのように、島という島に住まわせたりはしないはずだぜ。イェンセン、おれが船長の船に乗っていたとき、あいつはあの魔物を何千匹も、あちこちにばらまいたのさ。トフ船長は魂(オール・ライト)を売ったんだ。そのかわりに、船長がなにをやつらからもらっているか、おれは知っているぞ。ルビーに真珠、そういう類(たぐい)のもんだ。いいか、船長が一文の得にもならないことなんぞするわけがないよな」

イェンセンの顔が真っ赤になりました。「それがおめえに何の関係があるんだ？」テーブルをどんとたたいて、どなったのです。「人のことに余計な口出しをするんじゃねえ！」

小柄なディングルはふるえ上がり、飛び上がりました。「いや、だけど」びくびくしながら、小さな声で言ったのです。「急にどなられても……おれは見たことをしゃべっただけなんだ。何なら、おれが夢を見たと思ってもらってもかまわねえ。イェンセン、ほかならないおまえのことだ。おれがまた精神錯乱(デリリウム)にかかったって言っても、おこらないでくれよな。なにしろ、シスコで一度、そいつをやらかしてるからな。船員病院(セイラー・ホスピタル)の医者は、これはむずかしいケースだ、なんてぬかしやがった。おれはきっとトカゲか魔物かなんかの夢を見たんだ。ほんとうはなにもいなかったんだ」

「いやパット、それが、いたんだ」スウェーデン人は暗い顔をして言いました。「実は、おれも見たのさ」

「いや、イェンセン」ディングルは言いはりました。「おまえが見たのもただの精神錯乱（デリリウム）さ。トフ船長がまとも（オール・ライト）だとしても、あの魔物どもを世界中にばら撒くようなことはしてはいけなかったんだ。おれは故郷（くに）にかえったら、おやじ、ヴァン・トフ船長の魂のためにミサをやってもらうつもりだ。ミサをやらなかったら、おれを地獄に落としてくれ」

「うちの宗派じゃ、ミサなんてやらないがね」イェンセンは深く考え込みながら、小声で言いました。「パット。おまえ、だれか人のためにミサをやれば、少しは効き目があるとでも思っているのか?」

「そりゃあ、大ありさ」アイルランド人の声が大きくなりました。「ミサのおかげで助かったって話は、いくつも故郷（くに）できいたよ。……悪魔のたたりから守るような、きわめてむずかしいミサなんかでも効き目があるって話だぜ」

「それじゃあ、ヴァン・トフ船長のためのミサなら」イェンス・イェンセンはもう決めたとでもいうように、言いました。「カトリックのミサがいいかもな。でもやるなら、ここ、つまり、マルセイユでやってほしいぜ。ここの大きな教会でやれば、卸の値段でやってくれるから、ずっと安上がりだと思うよ」

「そうだな。だけどミサはアイルランドにかぎるよ。アイルランドの牧師ってのは悪魔もあきれかえるような連中で、魔法までかけられるんだからな。苦行僧や異教徒も顔負けさ」

「いいか。パット」イェンセンが言いました。「おやじのミサのために十二フラン、おまえにあずけるよ。だけど、おまえはろくでなしだからな。きっと、全部飲み代にしちまうだろうな」

「イェンス。そんな罰当たりなことはしっこないだろう。だけどな、おれが信じられねえって言うんなら、十二フラン借りたという借用証を今書くけど、それでどうだ?」

「よし、書いてくれ」なにごとにもきちんとしていなくてはすまないスウェーデン人が答えました。ディングルは紙と鉛筆を借りると、紙をテーブルの上に広げました。「さあ、なんて書けばいいんだ?」

イェンス・イェンセンはディングルの肩越しに見ながら言いました。「まず最初に『受取証』って書くんだ」

ディングルは緊張のあまり舌を出して、鉛筆をなめなめ書きました。

受取証

金、十二フラン。

トフ船長のミサ代として、イェンス・イェンセンよりたしかに受け取りました。

パット　ディングル

「これでいいのかな?」ディングルさんは自信がもてなかったのです。「これはどちらがあずかるのがいいんだろう?」

「そりゃあ、おまえさ」スウェーデン人は、当たり前だろ、といったようすで答えました。「この受取証は金を受け取ったことを忘れないためにあるんだからな」

＊＊＊＊＊＊＊＊

この十二フランをディングルさんはル・アーヴルで飲み代として使ってしまいました。それだけではおさまらず、アイルランドに帰るはずが、ジブチに行ってしまったのです。つまり、ヴァン・トフ船長のためのミサはおこなわれませんでした。おかげで、この物語の進行は神様から口出しをされずにすむこととなり、自然の経過をたどることができるようになりました。

6　潟に浮かぶヨット

　エイブ・レーブは目をしばたきながら、沈みゆく太陽を見つめていました。その美しさを実際、声に出して表現したかったのですが、ぐっとがまんしました。そばで恋人のリーが眠っていたからです。彼女の本当の名前はリリアン・ノヴァクなのですが、リリー・ヴァリーとか、金髪のリー、ホワイト・リリー、あるいは足長のリリアンなどとも呼ばれていました。こんな風に十七歳になるまで彼女はいろいろな名前で呼ばれていたのです。ともかく、彼女は温かい砂の上でふわふわのバスローブに包まれて、まるで犬のように丸くなって眠っていました。

　エイブはこのすばらしい光景にもただため息をついて、無言のままはだしの足の指のあいだに入り込んだ砂粒を落とそうと指を動かしていました。海の上にはヨット、「グローリア・ピックフォード」号が停泊していました。このヨットは大学の卒業試験にパスしたほうびにエイブがパパのレーブからプレゼントされたのです。パパのレーブ、つまりジェシ・レーブはなかなかの人物でした。映画界の大物であり、ほかのさまざまな分野でも有力者だったのです。

「エイブ、友だちを何人か誘って、ちょっと旅行でもしてこいよ。友だちは男でも女でもいい。世の中をちょっとのぞいてくるんだ」パパのジェシは話せる、とてもものわかりのよい父親だったのです。そんなわけで、「グローリア・ピックフォード」号はいま目の前の真珠のように光っている海に浮かび、恋人のリーは温かい砂の上で眠っているのです。エイブは幸せのあまり、ほっとひとつ息をつきました。「まったく、まるで幼子のように眠っている」エイブはそのとき、どんなことがあってもこの娘を守らなくてはと強く感じたのです。

　彼女とはほんとうに結婚しなくては、そうレイブ二世は思いました。でもそう思うと、固い決意と恐怖が混じり合った、うれしくはあるが、それだけ苦しい圧迫感で胸が締めつけられるようでした。「ママはこの結婚には多分賛成しないだろうし、パパは両手を大きく広げて、『エイブ。おまえ、気は確かか?』ときくにちがいない。ママもパパもわかってくれっこない。ありえないことだ」エイブは、ふとやさしい気持ちにもどり思わずため息をつくと、バスローブのすそを恋人のリーのすてきな白いくるぶしにかけてやりました。「ちくしょう。どうしておれの足はこんなに毛むくじゃらなんだ」エイブはいまいましそうに舌打ちしました。

「ああ、なんてすてきな景色なんだ。リーにも見せたいのに」エイブはリーのくびれたすてきな腰の線に見とれていました。そして、なぜかこの場で関係のない芸術について考えはじめたのです。エイブの恋人リーは芸術家、つまり映画女優でした。とはいっても、リーはまだ映画に出演したことはなかったのです。でもリーはこれまでのどの女優にも負けない大女優になるとかたく心に決めていました。「リーはこうと決めたら必ずそれを実現させる、そういう娘なんだ。それが、ママにはわからないんだよな。女優はつまり女優なのだから、ほかの女の子といっしょにされたらかなわないし、どこから見てもリーより魅力的な女の子なんていないよ」エイブはそう結論づけました。「たとえば、ヨットにいるジュディだ。とてもお金持ちの娘なんだが、フレッドが自分のキャビンに通ってくるのを許してるんだ。毎晩だぜ、まったく。それからするとぼくとリーは……リーは決してそんな女じゃない。

でも、別にフレッドには腹を立てることもない。あいつは野球（ベースボール）選手だが、あいつとおれとは大学の親友だしな。それにしても毎晩なんて——お金持ちのお嬢さんがすべきことじゃないな。ジュディのような家庭の娘（こ）がね」エイブはゆったりとおうような気分で考えました。「それに、ジュディは芸術家じゃないし。でも女の子ってよくひそひそ話をしてるけど、いったいなにを話してるんだろうな？」エイブは不思議に思ったのです。「それにあんなに目を輝かせて、くすくす笑いをするんだから。ぼくはフレッドとあんな風に話したりはしないな。でもリーはあんなにカクテルを飲んじゃだめだ。飲むとなにをしゃべっているかわからなくなるんだから。

今日の午後だって、あんなこと、する必要はなかったんだ。リーとジュディが互いに自分の脚のほうがすてきだとまじにもめてたけど、まいるよな。リーに決まってるじゃないか。フレッドのやつ、美脚コンテストをやろうなんてあんなばかなことを言い出しやがって。そんなのはパーム・ビーチかどこかでやればいいんで、なにも仲間内でやることはなかったんだ。それに女の子がスカートをあんなに上までたくし上げちゃいけないよな。あんなに上げちゃあ、もう脚だけだなんて言えないよ。せめてリーにはあんなことをしてほしくなかった。まして、フレッドの前でなんて！

ジュディのようなお金持ちの娘だってあんなことをしてはだめだ。おれだって船長を審査員役に呼んだりしてはいけなかったんだよ。ばかなことをしたもんさ。船長のやつ、すっかり頭に血が上って、口ひげを逆なでながら一言、『失礼!』とだけ言うとドアをバタンと閉めて行ってしまった。恥ずかしいし、実にきまりが悪かった。でも、船長があんな乱暴なことをしてはいけないよな。なんたって、このヨットはおれのもんだ。

そりゃあ、船長は自分のいい女を連れてきていないからな。気の毒に、あんなの見せられりゃ、そりゃあ一人寂しいのにこたえるよな。でもリーのやつ、フレッドがジュディの脚のほうがすてきだなんてぬかしたときなぜ泣いたんだろう? あとで、『フレッドってなんて失礼なの。おかげで、せっかくの旅行がすっかり台無しじゃない……』なんて言ってたけど、かわいそうにな! あれ以来、リーとジュディは口もきかなくなってしまったし、ぼくがフレッドと話をしようとしたらジュディはフレッドをまるで犬扱いで自分のところに呼びつけたんだ。

フレッドはぼくの一番の親友なのにな。そりゃあ、フレッドはジュディの恋人だから、ジュディの脚のほうがきれいだと言わざるをえないのはわかるよ! でも、あんなえげつない言い方をしなくてもよかったはずだ。少しは気を使うべきだったんだよ。あれではリーがかわいそすぎる。リーが『フレッドは気ままなエゴイストよ、とんでもない人だわ』なんて言うのももっともさ。いや、ぼくはこんな旅行になるなんて思ってもいなかった。フレッドを連れてきたのは実にまずかったな!」

エイブはもう真珠色をした海をうっとりと見てはいない自分に気づきました。逆にしかめっ面をして、手にとった貝がら混じりの砂をさらさらと砂浜に落としていたのです。なにか気が重く楽しい気分になれなかったのです。「パパは『ちょっと世界でも見てこいよ』なんて言ってくれたけど、ぼくはちょっとは世界を見たのだろうか？」エイブは実際にこの目で見たことを思い出そうとしましたが、なにも思い出すことができませんでした。ただ、ジュディと恋人のリーがスカートをたくしあげて脚をさらけ出し、それをフレッドが、そう、あの肩幅の広いフレッドが砂地に膝をついてのぞいていたのだけはおぼえていたのです。

エイブはますます気むずかしい顔になり、つぶやきました。「このサンゴ礁の島はなんていう名前だったかな？　たしか船長はタライヴァ島とか言っていたな。でも、タフアラ島だったかもしれないし、タライハトゥアラーターフアラ島だったかもしれない。このまま帰ってみようか？　そして、パパに言うんだ。『パパ、ぼくたち、タライハトゥアラーターフアラ島まで行ってきたよ』」

「せめて船長を呼ばなかったらよかったんだ」エイブはすっかり落ち込んでしまいました。「あんなことをしちゃあいけないって、リーに言わなくっちゃならないな。ああ、おれはあの娘がたまらなく好きになってしまったんだ！　リーが目を覚ましたら、話さなくっちゃならないな。結婚してもいいって、リーに言ってもいいんだ」

エイブの目には涙がいっぱいたまっていました。「これが愛なのか、あるいはただの苦しみなのか。それとも、リーを愛している当然の報いとしてこんなにもつらいのだろうか？」

キラキラ輝くデリケートな貝のように青いアイシャドウを塗ったリーのまぶたがゆるぎ、リーが眠そうな声を出しました。

「エイブ、いま私がなにを考えているかわかる？　この島を舞台にしてすばらしい映画を撮るのよ」

エイブはだれにも見せたくない毛深い自分の足に砂浜の細かい砂をふりかけました。「なるほど、いいアイデアだね。それで、どんな映画になるのかな？」

リーはどこまでも青い目を開けました。「こんなのよ。私がこの島のロビンソンになるの。女ロビンソンってわけね。とっても新鮮なアイデアだと思わない？」

「そうだね」エイブはあいまいに答えました。「でもどうやってこの島にたどりつくんだい？」

「そこがポイントなの」リーが甘い声で言いました。「いい、私たちのヨットが嵐にあって難破するのよ。あなたたち全員。あなたにジュディ、それに船長、つまり全員が溺死してしまうの」

「フレッドはどうなるんだい？　あいつはべらぼうに泳ぎが達者だけど」

リーはすべすべした額にしわを寄せました。「フレッドはサメに食われちゃうってことでどう。すごいシーンになるわ」リーは拍手するように手をたたきました。「フレッドはすばらしいからだをしていますからね。そうでしょう？」

エイブはため息をつきました。「それで、その続きは？」

「私は意識を失って浜辺に打ち上げられるの。パジャマを着たままでね。おととい、あなたがすてきだとほめてくれたあの青いパジャマよ」

リーのデリケートな細く開いた瞼（まぶた）のあいだでは瞳が輝いていました。それはまるで女性が男を魅惑するのはこういう瞳の輝きなのだと教えてくれているようでした。

「やっぱりカラー映画じゃなくっちゃね。エイブ、私の髪には青い色がとっても似合うって、だれもが言うのよ」

「それでだれが君を見つけてくれるんだい？」エイブがさり気なくききました。

リーはちょっと考えていました。「だれも見つけてなんかくれないわ。島に住んでいる人たちがいたら、私、ロビンソンじゃなくなってしまうじゃない」答えはびっくりするほど筋の通ったものでした。

「ずっと一人だけで演じるなんて考えるだけでもすてきじゃない。エイブ、いい。リリー・ヴァリィーがたった一人で主役を演じるのよ」

「それで映画でいったいどんなことを演じるんだい？」

リーは肘をついて言いました。「もう考えずみよ。泳いだり岩の上で歌ったり」

「パジャマのままでかい？」

「パジャマなんか脱いでるわ」リーは答えました。

「大ヒットまちがいなしだと思わない？」

「でも最初から最後まで裸のままで演じるなんて無理だよ」エイブはそんなのとてもではないが賛成できないと、つぶやきました。

「どうしてだめなの?」リーは不思議そうでした。「裸でいてなにが悪いのかしら?」無邪気に聞き返したのです。

エイブはなにか言いましたが、小声すぎて聞き取れませんでした。

「それから」リーは考えこむようにして言いました。「いい、ちょっと待って。そうよ。私、ゴリラにさらわれるの。とても毛深い、真っ黒なゴリラなのよ」

エイブは顔を赤めて毛むくじゃらな、くそいまいましい自分の足を砂のなかに埋めようとしました。「この島にはゴリラはいないぜ」そうは言ってみたものの、エイブの言葉にはあまり説得性はありませんでした。

「あら、いるわよ。この島にはどんな動物だっているわ。エイブ、もっと芸術家の目で見なくちゃだめよ。ゴリラって私のこの肌にぴったりだと思わない?　あなたってジュディの足がすごく毛深いのに気づいていないの?」

「いや」足の話を持ちだされたエイブはしらけてしまいました。

「すごく毛深いのよ」リーは自分のふくらはぎを見ながら言いました。「それで、ゴリラが私を抱きかかえて連れ去ろうとしたときにジャングルから若いすてきな原住民の男性が現れてゴリラを倒してくれるの」

「その原住民、どんな服装をしているのかな？」

「弓を持っているわ」リーはエイブの質問にもためらわずにきっぱりと答えました。「頭に花の冠をかぶっているわ。その若い原住民は私を捕まえて人食い人種の部落へ連れて行くの」

「この島に人食い人種なんていないよ」エイブはタファラ島を弁護しようとしました。

「それがいるのよ。人食い人種たちは私を自分たちの信じている神の生贄にしようとするの。その神の前でハワイの歌を歌うのよ。ほら。レストラン『パラダイス』で黒人たちが歌っているあんな歌よ。でも、その私を捕まえた人食い人種の男性が私に恋するの」

リーは自分の言っていることにおどろき戸惑って、目を大きく見開いてフーと大きく息を吐きました。

「……それで、もう一人の人食い人種の男が私に恋をするの。その部落の酋長かもしれないわね。……それから白人の男が一人――」

「白人だなんて、いったいどこから来たんだろう？」

エイブは聞き返しました。

「そうね。多分人食い人種の手に捕まったのよ。でも、捕まったその白人はすばらしいテノール歌手ってことにするわ。そうすれば映画でもすてきな声で歌ってもらえるでしょう」

「それで、その白人、どんな服を着ているのかな？」

リーは自分の足の親指をじっと見ながら言いました。「そうね、なにも着てちゃだめだと思うわ。人食い人種と同じように裸でなくちゃ」

エイブは首を振りながら言いました。「それは無理だね。すばらしいテノール歌手ってみんなすごく太っているからね」

「それはまずいはね」リーはとても残念そうでした。「それじゃあ、その役はフレッドにやらせて歌はそのテノール歌手に歌わせればいいじゃない。映画じゃ、吹き替えなんて朝飯前じゃない」

「でもフレッドはもうサメに食べられちゃってるはずだよね！」

リーは腹を立てて言いました。「エイブ、あんたって、どうしてそんなに夢がないの。芸術の話がまったくできないわ。私に恋した酋長は紐に通した真珠で私のからだをぐるぐる巻きにするの――」

「真珠なんてどこで取れるのかな？」

「この島では真珠がいっぱい取れるのよ」リーは言いました。「それで、フレッドは酋長にやきもちを焼いて、波が打ち寄せる岩の上で酋長となぐりあいを始めるってわけ。空をバックにフレッドが戦っているさまは、すばらしいと思わない？　結局、二人とも海に転落して――」

リーはそう言うと突然、顔を輝かせたのです。

「ここでサメに登場してもらうのがいいわ。私がフレッドといっしょに映画に出れば、きっとジュディは頭にくると思うわ！　でも私、すてきな野蛮人の若い男と結婚するの」

金髪のリーはそこで飛び起きたのです。「夕日が落ちかかった海岸で……私はその男と二人で……からだになにもまとわずに立っているの。映画はこのシーンで静かに終わるのよ――」リーはバスローブをサッと脱ぎ捨てました。

「私、水に入りたくなっちゃった」

「……水着は持ってこなかったの?」

すっかり驚いたエイブはヨットの方を振り返り、だれもこちらを見ていないのを確かめながらききました。でもそのときリーはすでに砂浜を踊るように潟に向かって走っていたのです。

(……でもあの娘は裸でいるより服を着ているときのほうがいいな)

若いエイブの耳に突然、そんな冷たい批判的な声が聞こえてきたのです。エイブは恋人への熱い気持ちの無い自分に愕然として、なにか悪いことでもしたような気持ちになっていました。

(でも……リーは服を着て靴を履いているときのほうがやっぱりきれいだよな)

「服を着ている方が上品だと言いたいんだろ」エイブは聞こえてくる冷たい声に向かって言い返したのです。

(そうさ。そのほうがすてきだよね。でも歩き方がなにか変だね。でも、どうしてあんなに大腿のお肉をぶらぶらゆするんだろうね? いったいなぜなんだろう……)

「やめてくれ」怖くなってエイブはもう一度言い返しました。リーはほかのどの娘よりもきれいなんだ! ぼくはあの娘が大好きなんだよ……」

（でも、なにも着ていなくてもかい？）例の冷たくて批判的な声が聞いてきました。エイブは振り向いて潟に浮かんでいるヨットの方を見ました。「すてきな船だな。舷側のどのラインをとっても決まっている。フレッドがここにいないのが残念だ。フレッドとなら、あのヨットがどれほどすばらしいか、いつまでも話していられるんだけどな」

一方、リーは膝まで水につかって、沈みゆく太陽に向かって両手を伸ばして歌を歌っていました。「くそっ。さっさとからだを水の中に入れるんだ」エイブはいらいらしながら思いました。「でも目を閉じてバスローブにからだを包み、まりのように丸くなって横になっていたリーはすてきだったな」エイブはすっかり感動して大きく息を吐くと、リーのバスローブの袖にキスしました。

そう、エイブはリーが大好きなのです。もう痛みを感じるほど好きなのです。ところが突然、潟のほうからつんざくような悲鳴が聞こえてきました。エイブは立ち上がって悲鳴の聞こえる方に目を向けると、リーが金切り声を上げながら両手を振り、転んではつまずきながら必死になって水から出ようとしていました……。エイブは飛び上がり彼女の方へかけ出しました。「リー、どうしたんだ？」

（なんてみっともない走り方をしてるんだ）また、あの冷たい批判するような声が聞こえてきました。（あんなに足をバタバタ動かして。手もあんなに振り回して。いったいどこに魅力があるんだ。まるでメンドリの鳴き声みたいな声を出して……）

「リー、いったいなにが起きたんだ?」エイブは大声でそう言うと、彼女を助けだそうと必死に走りました。

「エイブ、エイブ」もどかしげにそれだけやっとのことで言うと、リーはぬれて冷たくなったからだでエイブにしがみつきました。「エイブ、なにか水のなかに動物がいたのよ!」

「動物なんているわけないだろ」エイブはなだめました。「魚ならいるかもしれないけどね」

「でも気味の悪い頭をしてたわ」泣き出しそうな声でそう言うと、リーはぬれた鼻をエイブの胸にうずめたのです。

エイブはまるで父親のようにリーの肩を軽くたたこうとしましたが、ぬれていると軽くたたいただけでもけっこうな音がしてしまうのです。「見てごらん。もうなにもいないよ」エイブはそっとリーに言いました。

リーは潟の方を見やりました。「でも、ぞっとしたわ」そう言って大きなため息をつき、そのとたんに悲鳴を上げました。「あそこ……あそこに……見えるでしょう?」

海岸に向かってなにか黒い頭が口を開けたり閉じたりしながらゆっくりと近づいてきたのです。リーは金切り声を上げると波打ち際(ぎわ)からできるだけ離れようと必死になって走りだしました。

エイブは戸惑いました。リーをこわがらせないためにリーの後を追うべきか、それともそんな動物なんて少しもこわいと思っていないことをリーに見せるために波打ち際にとどまるべきか迷ったのです。エイブは当然、波打ち際にとどまる決意をしました。くるぶしが水に浸かるまで海に入って、こぶしを握りしめて立ってその動物の目をじっと見ました。黒い頭は海岸に近寄るのをやめてからだを奇妙に揺り動かすと「ツ、ツ、ツ」と声を出したのです。

エイブは少し心細かったのですが、そんなことをおくびにも出すことはできませんでした。「何なんだ?」その頭の方に向かって強い口調で言いました。

「ツ、ツ、ツ」その頭はまた声を出したのです。

「エイブ、エイブ、エイブ」リーが大声で叫びました。

「すぐ行くよ」エイブはそう返事をしてゆっくりと(あとであれこれと言われないために)リーの方へと近寄りました。そして、リーの手前でちょっと立ち止まって、きびしい顔を海の方に向けました。

海がつかの間のレース模様を永劫(えいごう)に刻んでいる浜辺に黒い頭の動物がからだをくねらせながら後ろ足で立っていました。エイブは心臓をどきどきさせながら、そのまま立ちすくんでしまいました。

「ツ、ツ、ツ」動物はまた声を出しました。

「エイーブ」リーはうめくようにエイブを呼びました。半ば気を失いかけていたのです。エイブは一歩一歩、その動物から目をそらさずにじっと見つめながらあとずさりしました。動物はそのまま動かず、ただ頭をエイブの方にむけただけでした。

やっとのことでエイブはリーのところにまでたどり着くことができました。リーは砂の上にうつぶせになって泣きじゃくっていました。こわかったのです。「こいつは……きっとなにか……アザラシの一種だな」エイブが自信なげに言いました。「さあ、リー。ヨットにもどらなくては」でもリーはただふるえるだけでした。

「あの動物は危害を加えそうにないよ」エイブが言いました。リーの前にひざまずきたかったのですが、騎士よろしく、リーと動物のあいだに立っていなければならなかったのです。（せめてポケットナイフでも持っていれば。いや、棒でもいいんだが……それが、海水パンツひとつじゃな……）

あたりは暗くなってきました。その動物はさらに三十歩ほど二人に近づき、そのままじっとしていました。すると、同じような動物が次々に五匹、六匹、八匹と海から姿を現し、よたよたとからだをゆすりながらためらいがちに二人の方へと近寄ってきたのです。そこではエイブがリーを懸命に守ろうとしていました。

「リー、見ちゃいけないよ」大きく息をついでエイブが言いました。でも、そんなことを言われなくてもリーは目をつぶっていたので一切なにも目に入らなかったのです。

海からはまだ黒い影が続々と現れ、大きな半円をつくって近づいてきました。「六〇匹はいるな」エイブはひそかに思いました。「おや、あそこで陽を浴びているのはリーのバスローブじゃないか。リーはちょっと前まであのバスローブに包まれて眠っていたんだ」ところが動物たちはもう、その砂の上に置き去りにされていたリーのバスローブのところにまで来てしまっていました。

ここでエイブは、ふつうなら考えられないことを当たり前のようにやってのけたのです。まるで、貴婦人の落とした手袋をライオンの檻の中まで取りに行った騎士気取りです。この世があるかぎり、男たちのこのような無意味な行動はなくならないのです。なにも考えもしないでエイブ・レイブは両手のこぶしを握りしめ、毅然と胸を張ってリーのバスローブを取り返しに動物たちの中へと乗り込んだのです。

動物たちはほんの少し後ずさりしたものの逃げ出しはしませんでした。エイブはバスローブを拾い上げると、そのローブをまるで闘牛士のように片腕にかけて立っていました。

「エーイブ」すっかり絶望したリーが、泣き泣きやっと声を出しました。

エイブは自分に無限の力と勇気が湧き上がってくるのを感じていました。「なんなんだよ？」動物たちに向かってそう言うと、さらに数歩ほど動物たちに近寄ったのです。「いったいなにがほしいんだ？」

「ツ、ツ、ツ」一匹が舌打ちをするような音を出して、さらに老人のようなしゃがれ声でどなるように言ったのです。「ナイフ！」

「ナイフ！」少し離れたところからも吠えるような同じ声がつぎつぎに聞こえました。「ナイフ！」、「ナイフ！」

「エーイブ!」

「リー、心配ないよ!」エイブが声をかけました。

「リー」、エイブの前にいた一匹が吠えるように言ったのです。さらに「リー」、「リー」、「エーイブ!」と声を出しました。

エイブはまるで夢を見ているようでした。「いったいこれはなんなんだ?」

「ナイフ!」

「エーイブ」、リーが泣きそうな声で言いました。「こっちへ来て!」

「すぐ行くよ」――「おまえ、ナイフがほしいのか? でも、おれはナイフなんか持っていないし、おまえに危害なんか加えないよ。おまえ、ほかになにが欲しいんだ?」

「ツーッ」一匹が舌打ちをするような音を出して、からだをよたよたゆすりながら近づいてきました。

エイブはバスローブを腕にかけたまま足をふんばって、後ずさりしませんでした。「ツーッ」声をまた出しました。「なにが欲しいんだ?」その動物は前足を差し出したようでしたが、エイブはちっともうれしくありませんでした。「なんだ?」エイブの声が少しきつくなりました。

「ナイフ」動物は吠えるように言い、前足からなにか白い、まるでしずくのような物を砂の上に落としたのです。でもそれはしずくではありませんでした。砂の上を転がったからです。

「エイブ」リーがやっとのことで声を出しました。「助けて! なんとかしてよ!」

エイブはもうまったくこわくなくなっていました。「さあ、もどるんだ」そう言うと、バスローブを動物の前で振り回したのです。動物はあわててのそのそと逃げて行きました。エイブはやっと面目を保ったままリーのところにもどることができたのです。でも、エイブはリーに自分がどれほど勇敢だったか見てほしかったのです。そこで、動物が前足から落とした白いものがなにか見てみようと砂の上にかがみ込みました。すると、それは三粒の硬いにぶい光を放っている、すべすべした小さな丸い玉だったのです。もう薄暗かったので、エイブはその三粒の小さな玉を手に取ると目の近くまで持ってきてよく見ました。

「エーイブったら」一人っきりにされたリーが金切り声を上げました。「エイブ」

「すぐもどるよ」エイブは答えました。「リー、きみのためになにかすてきなものを見つけたぞ! リー、リー。いまそっちへ持って行くからね!」頭の上でバスローブを振り回しながら、エイブは砂浜をまるで若い神のように走りだしたのです。

リーは膝をかかえうずくまり、ふるえていました。「エイブ」リーは歯をがたがたふるわせながらすすり泣いていたのです。「どうすれば……いいの……どうすれば」

エイブはリーの前でうやうやしくひざまづいて、おごそかな口調で言いました。「リリー・ヴァリィー。海の神トリトンがそなたに敬意をあらわすために参った。よいか、ヴィーナスが海の泡から生まれた時から、そなたほど神々に強烈な印象を与えた女優はだれもいないことを告げにきたのだ。われわれ神々がどれほどそなたをほめたたえているか、そのしるしとしてここに持って参ったのが――」エイブはリーに手を差し伸べました。「ここにある三粒の真珠なのだ。見るが良い」

「なにばかなことを言っているのよ」リーがめそめそしながら言いました。

「リー、ぼくはまじめさ。ほら、見てごらん。本物の真珠だよ！」

「見せて」すすり泣きながらリーはふるえる手で白い小さな玉に触ってみました。「エイブ」大きくため息をついて言いました。「やっぱり、真珠なのね！　これ、砂の中で見つけたの？」

「リー、でも。真珠は砂の中なんかにはないさ！」

「それがあるのよ」リーは自説を曲げませんでした。「砂を洗い流して取るんだわ。いい、言ったでしょ。ここにはいっぱい真珠があるのよ！」

「でも真珠は海の中の貝の中で育つんだよ」エイブは自信ありげに言ったのです。リー、いいかい。この真珠は海の神トリトンが君に届けてくれたんだよ。君が海の中へはいるのを見ていたんだね、きっと。きみにじかに渡したかったみたいだよ。きみがあんまりこわがるものだから――」

「だってあんなにみにくいんですもの、気味が悪いじゃない」リーがずばっと思ったことを言いました。「でも、これって本物のすばらしい真珠だわ。私、真珠がとっても好きなのよ！」

（いや、なかなか魅力的な娘だ）あの批判的な声がまた聞こえてきました。（真珠を手のひらにのせてひざまづいている姿なんて――すばらしい、それは認めない訳にはいかないが）

「エイブ、でも本当に……あの動物が真珠を私に持ってきてくれたのかしら？」

「動物じゃない、海の神様が持ってきてくれたんだ。神様の名前はトリトンて言うんだよ」

リーはエイブの言うことをまったく疑いませんでした。「その神様たちってとてもすてきじゃない？　とってもやさしいし。エイブ、私、なにかお礼を言わなくちゃならないかしら？」

「もうこわくないのかい？」

リーはからだをふるわせながら言いました。「こわいわ。エイブ、お願い。私をここから連れ出して！」

「ほら、見てごらん」エイブは言いました。「あそこに僕たちのボートが見えるだろ。あそこまでたどり着かなくちゃならないんだ。さあ、行こう。こわがらないでも大丈夫さ」

「でも……もし途中の道をふさがれたら」リーはがたがたふるえていました。「エイブ、自分だけであの群れのなかに入って行く気？　でも、私を一人にしないで、お願い！」

「ぼくがきみを抱いていくよ」そう申し出たエイブはまるで英雄のようでした。

「お願い、そうして」そう言ってリーは深いため息をつきました。

「でもローブは着るんだ」エイブが小声で注意しました。

「ええ、すぐ着るわ」リーはそのすばらしい金髪を両手で整えました。「ひどい髪をしてるでしょう？　エイブ、あなた、口紅持ってないかしら？」

エイブはバスローブをリーの肩にかけて言いました。「リー、さあ急ぐんだ！」

「私、こわいわ」ふと息をついでリーが言いました。エイブは彼女を両手で抱いて運びました。リーは自分では雲のように軽いと思っていました。（おどろいたか。おまえが思っていたよりもずっと重いだろう?）例の冷たい批判的な声がまたエイブにささやいてきたのです。（いいかい、おまえの両手はふさがっているんだぞ。あの動物がお前たちの方へ近づいてきたら――いったいどうするんだ?）

「駆け足で行ったらどうかしら?」リーが言い出したのです。

「そうだね」エイブは喘ぎながらそう言ったものの、足がもつれてなんとか歩くのがやっとだったのです。もうすっかりあたりは暗くなりかかっていました。エイブは広い半円をつくっている動物たちの方へと近づいていきました。「エイブ、急いで。早く、早く」リーがささやくように言いました。動物たちは上半身をくねくねとまるで波がうねるように奇妙にゆらめかしはじめました。

「さあ、急いで走ってちょうだい。急いでね」リーは足をヒステリックにバタバタさせ、銀色に塗った爪をエイブの首に突き立てながら、うめくように言いました。

「くそっ。静かにしてくれ」エイブがうめくように言いました。

「ナイフ」、エイブのそばで吠えるような声がしました。「ツ、ツ、ツ」、「ナイフ」、「リー」、「ナイフ」、「ナイフ」、「ナイフ」、「リー」

二人はもうその半円から抜けだしてはいましたが、エイブは自分の足がぬれた砂のなかにのめり込んでいく気がしていました。「もう降ろしてもいいわよ」エイブの手と足がすっかり音を上げようとしたちょうどその瞬間、リーが小声で言ってくれました。

　エイブはぜいぜいとやっとのことで息をしながら、両腕で額の汗をぬぐいました。「さあ、ボートに早く乗りましょう」リーが命令口調で言いました。ところが、黒い影となった半円が、今度はリーの方に向かって近づいていきました。「ッ、ッ、ッ」、「ナイフ」、「ナイフ」、「リー」

　ところがリーは泣き叫びもしませんでしたし、逃げようともしなかったのです。両手を空に向かって高くあげ、そのためにバスローブが肩から下にすべり落ちました。裸になったリーはくねくねとゆれ動いている影に向かって両手を振り、投げキッスをしたのです。彼女のふるえる唇には、それを見ただれもが魅惑され、さらには惑わされかねない微笑が浮かんでいました。「あんたたち、すてきね」ふるえる声でそう言うと、白い両手をまた、くねくねとゆれ動いている影に向かって差し出したのです。

「リー、こっちへ来て手伝ってくれないか」エイブがちょっと声を荒らげて言いました。ボートを浜から水の中へ押しだそうとしていたのです。

　リーはバスローブを拾い上げて、叫びました。「みなさん、さようなら」影たちは水の中でばしゃばしゃと水音をにぎやかにたてていました。「エイブ、のろのろしないで」水の中を歩いてボートに近づきながらリーがせきたてました。「連中、またここまで来てるわよ」エイブは必死になってボートを水の中へ押しだそうとしていました。やっと海面に浮かんだボートにリーが乗り込み、手を振って別れを惜しんだのです。「エイブ、そっちへ移ってくれない。そうしないと私があの連中から見えないでしょ」

「ナイフ」、「ツ、ツ、ツ」、エーイブ！」

「ナイフ、ツ、ナイフ」

「ツ、ツ」

「ナイフ」

ボートはやっと波の上に乗りました。エイブはなんとかボートに乗り込んで、全力でオールをこぎました。オールの一つがなにかすべすべしたからだのようなものにぶつかりました。

リーはほーっと大きく息を吐きだしました。「とってもかわいいじゃない？　それに、私、とってもうまくやったと思わない？」

エイブはヨットに向かって全力でオールを漕いでいました。「リー、バスローブを着たほうがいいよ」エイブの声は心持ちつっけんどんでした。

「とってもついていたのよ、ラッキーだったんだわ」リーが言いました。「エイブ！　この真珠、どれくらい値打ちがあるのかしら？」

エイブはちょっとオールで漕ぐのをやめて言いました。「リー。裸の姿を連中に見せるなんて、やるべきじゃなかったと思うな」

リーはちょっとむっとしました。「だからなんだっていうのよ？　あんたって、やっぱり芸術のことはさっぱりわからないのね。もっとがんばって漕いでくれないかしら。バスローブだけじゃ寒くて私たまらないわ」

7 （続）潟に浮かぶヨット

その日の夜、ヨット「グローリア・ピックフォード」号ではおたがいの言い争いこそ起こりませんでしたが、収拾がつかなくなるほど科学的な議論が沸騰しました。フレッドはエイブに全面的に支持されて、あれは爬虫類の一種にちがいないという説を曲げませんでした。その一方で、船長はあれは哺乳類だと言い続けたのです。「海に爬虫類がいるはずがない」船長は熱を込めて主張しました。しかし大学出の若い男性たちは船長のこの意見に賛成しませんでした。爬虫類だということにしたほうがずっとセンセーショナルだと思ったのです。

リーはあの動物がトリトンで、とっても感じが良い上に、なにもかもがすっかりうまくいったことに大満足でした。リーはエイブがとても気に入っている青い縞のパジャマを着て、目を輝かして真珠や海の神たちのことを夢見ていたのです。ジュディは今回の事はすべてリーとエイブが悪ふざけでつくりあげたありえもしない話だと決め込んでいて、もういい加減にやめさせてよとフレッドに強烈なウインクを送っていました。エイブはエイブで自分が勇敢にリーのバスローブを取りにあの爬虫類の中に飛び込んだことを、リーがみんなに話してくれても良さそうなものだと思っていました。そこでエイブは自分がボートを浜から押し出そうとしたときにどんなにリーががんばってそいつらに立ち向かったかを三回も話し、さらにもう一回、リーががんばった様子を話そうとしたのです。ところがフレッドと船長はエイブの話なんかまったく耳に入っていませんでした。あの動物が爬虫類なのか哺乳類なのかで激論を交わしていたのです。エイブは爬虫類だろうと哺乳類だろうとそんなことどうでもいいのになと思いました。

ジュディは話にすっかり飽きてしまい、大あくびをして「私もう寝るわ」と言うとフレッドの方を意味ありげに見ました。ところがフレッドは、確かノアの洪水前の大昔にもなにかおかしなあんな爬虫類が存在したことをちょうど思い出したところだったのです。「ディプロザウルスとかビゴザウルスとか言った、そんな名前だったよな。後ろ足で歩いていたはずだ。なにか分厚い科学図鑑の奇妙で滑稽な図解を以前に見たことがある。すごい本だった。船長さん！船長さんもその本を見ておかなくちゃね」

「エイブ」リーがなにか言い出しました。「いま、映画のすごいアイデアが浮かんだのよ」――

――

「どんなアイデアだい？」

「すっごく新しいアイデアよ。私たちのヨットが沈没してしまって、私だけがこの島に生きて打ち上げられるのよ。島で私は女ロビンソンになって暮らすってわけ」

「島で一体なにをするんですかね？」船長がうさんくさそうに口をはさみました。「泳いだり……」リーはあっさり答えました。「そして、あの海の神、トリトンに恋をされて……トリトンは私に真珠を持ってきてくれるの。現実に起こったこと、そのままなのよ。教育自然映画でもいけると思わない？「トレイダー・ホーン」（訳注　一九三一年作のアメリカ映画。アフリカでのとほうもない冒険を描く）みたいな映画でもいいわね」

「リー、それはいいアイデアだね」フレッドが突然、大きな声で言いました。「明日の夕方、その爬虫類を映画に撮ろう」

「爬虫類ではなくて哺乳類ですよ」船長が言い直しました。

「撮るのは私よ」リーが口を挟みました。「トリトンたちのあいだに私が立っているの」

「でも、バスローブは着てなくちゃ」エイブが突然、口をはさみました。

「白い水着を着るわ」リーが言いました。「グレタがすてきなヘアスタイルに整えてくれるはずよ。今日の私の髪ったら、もうめちゃめちゃだったの」

「それで、カメラマンはだれがやるの？」

「エイブよ。エイブもなにかしてくれなくちゃ。暗くなったら、ジュディに照明係をお願いしたいわ」

「フレッドはなにをするのかな？」

「フレッドは頭に花輪をつけて弓を持ち、私がトリトンたちにさらわれそうになったらやっつけてくれるの、そうよね？」

「それはどうも」フレッドはにやっと笑いました。「でもぼくは弓なんかよりピストルのほうがいいな。それに、船長にもぜひいてもらいたいよ」

船長の口ひげは、まるですぐ戦闘が始まるといった様子でぴんと立っていました。「心配いりません。もう打つべき手はすべて打ってありますから」

「というと？」

「三人の船員にしっかり武装させて待機させます」

リーはびっくりしましたが、なにかとてもうれしそうでした。「船長さん。そんなに危険だと思ってるんですか？」

「いや、別にそんなに危険だとは思っていませんがね」船長はつぶやくように言いました。

「ただ、父上のジェシ・レーブさんにくれぐれも言われているんです――少なくともエイブさんだけは……」

男性たちは、明日の計画の細かい技術的な問題をあれこれと熱心に検討し始めました。エイブはリーに目で「もう休む時間だよ」と合図を送りました。リーはすなおに席をたちました。

「ねえ、エイブ」リーが自分の船室でエイブに言いました。「すごい映画になると思うわ！」

「そうだね」エイブは相槌を打ち、リーにキスしようとしました。

「今夜はだめよ」リーはキスをこばんだのです。「いい、わかってちょうだい。私とっても集中しなければならないのよ」

＊＊＊＊＊＊＊

　翌日、リーは映画の撮影に備えてあれやこれやとてんてこ舞いでした。気の毒なことに、メイドのグレタまで巻き込まれてしまいました。両の手だけでは足りないほどやらなければならないことがいっぱいありました。貴重なミネラルや香料を入れてお風呂をわかし、ブロンド専用のシャンプーで髪を洗い、リーのマッサージをしてからマニキュアやペディキュアをし、洗った髪にパーマをかけてからととのえたり、着る服にアイロンをかけて、なにを着せるかあれこれと悩んだ末に選んだり、化粧を手伝ったり、そのほかにもやるべきことが山のようにあったのです。

　ジュディまでもがこのどたばたした熱気に押されてリーの手助けをしました。どうやら女性にはどうしても最後まで付き合い助け合わなければならない大切な時間というのがあるようですが、それがどうやらどの服を着たら良いか選ぶときのようなのです。

　リーのキャビンではこのように騒がしく準備が進められていましたが、一方、男性たちもテーブルの上にあった灰皿やブランデーの入ったコップをわきにどかして、だれがどこでなにをするか、不測の事態が起きたときにはどう対処するか、計画や対策をしっかりとたてていたのです。船長は全体の指揮をだれがとるかの問題では何度も威信をひどく傷つけられてしまいました。

　午後になって、潟の海岸に映画カメラ、食器と食料を入れた籠、蓄音機、軽機関銃、銃、それに戦闘用の資材が運ばれました。輸送されたこれらのものはすべて、椰子の葉で巧妙にカモフラージュされていました。武装した三人の船員と戦闘になった時の指揮をとる船長は日没前には持ち場についていました。そのとき、リーのあれこれさまざまなものを入れた数えきれないほどの数の籠が海岸に運ばれてきました。フレッドとジュディも着きました。そのとき、すばらしい熱帯の夕日を演出していた太陽が沈みはじめました。

ところがエイブはといえば、リーのキャビンのドアをもう一〇回もノックしていました。

「リー。いくらなんでももう遅すぎるよ！」

「行くわ、すぐ行くわよ」リーの声が中から聞こえました。「でも、お願い。いらいらさせないで！　服を着ないわけにいかないでしょ。わかった？」

そんななか、船長はぬかりなくあたりを見回し観察していました。「あそこの湾の水面で、長く延びる帯状のものが光っているが、なにか波だっている外海と波の静かな湾を仕切っているように見えるな。まるで、水中に堤防でもあるようだ」船長はそのように見て取ったのです。「砂州かサンゴ礁かもしれないが、まるで人工的につくったもののようだ。不思議な光景だな」

潟の静かな水面のあちこちに黒い頭が浮かんだかと思うと、岸の方へと近づいてきました。不安に駆られた船長は唇を噛み締めながらピストルに手を伸ばしました。「女性はほとんどまだ船にいるはずだ。よかった！」船長はとりあえずほっとしました。

ジュディはふるえ始め、からだをひきつらせながらフレッドにしがみつきました。「なんてたくましいの！　ああ、私、フレッドが大好き！」

やっと最後のメンバーを乗せたボートがヨットからこちらにむかいました。ボートにはリリー・ヴァリーとグレタ、それにエイブが乗っていました。リーは白いトリコットの水着を着て、その上に透けて見えるようなガウンを重ね着していました。どうやら、難破した船から岸に打ち上げられたシーンを想定してそんなものを着ているようでした。

「エイブ、どうしてもっと早くこげないの?」リーが文句を言いました。エイブは岸へと近づいていくいくつもの黒い頭に気づいていましたが、なにも言いませんでした。

「ツ、ツ」

「ツ」

エイブはボートを砂浜に着け、リーとグレタがボートから降りるのを手伝いました。「カメラのところへ急いで」女優になりきったリーがささやくように言いました。「私が『スタート』って言ったらカメラを回し始めるのよ」

「でももうすぐ暗くなってなにも見えなくなるよ」エイブが言いました。

「いいわ。ジュディにライトをあててもらうから。グレタ!」

エイブ・レーブがカメラを構える中で、女優になりきったリーがまるで瀕死の白鳥のように砂の上に横たわり、メイドのグレタはリーのガウンのしわをなおしていました。

「足が少し見えるほうがいいわね」難破船から海岸に打ち上げられた女性の役を演じるリーが小声で言いました。「用意はいいかしら? じゃあ、みなさん下がってください。エイブ、スタートして！」

エイブがクランクを回し始めました。「ジュディ、ライトを照らして！」ところが、ライトを照らすどころの騒ぎではなくなってしまったのです。海からいくつもの影がからだをくねくね動かしながら姿を現して、リーのほうに近寄ってきたのです。グレタは叫び声をあげまいと、けんめいに手で口をふさいでいました。

「リー」エイブが叫びました。「リー、逃げるんだ！」

「ナイフ」、「ツ、ツ、ツ」、「リー」、「リー」、「エイブ！」

船員の一人がピストルの安全装置を外す音がしました。「くそっ。撃つんじゃないぞ」船長が小声で制しました。

「リー」エイブは大声で呼び、カメラを回すのを止めました。「ジュディ、ライトをつけてくれ！」

リーはゆっくり、やんわりと起き上がると、両手を空に向かって高くあげたのです。彼女の薄いガウンが肩からずり落ちました。そこには雪のように白いリーがいかにも魅力的に頭の上に両手を上げて立っていたのです。まるで難破して岸に打ち上げられて気を失っていた女性の意識がふともどったときのようでした。エイブは必死にカメラを回し始めました。「くそっ。ジュディがなんとかライトをつけてくれないかな」

「ツ、ツ、ツ」

「ナイフ。ナイフ」

「エイーーブ」

黒い影はからだをくねらせながら白いリーを取り囲み、ぐるぐるとまわりを回り始めました。いや、待てよ。ストップ、ストップ。これはもう演技どころではありません。リーはもう両手を頭の上に上げるのをやめて、金切り声を上げながらなにかをつきのけました。「エイブ、エイブ。あいつ、私に触ったのよ！」その瞬間、目のくらむようなライトの明かりがついたのです。エイブは、すぐさまカメラのクランクを回し始めました。フレッドと船長はピストルを持ってリーのところに駆け寄りましたが、リーは砂の上にへたり込んで恐怖のあまり息もできないようなありさまでした。

そこには百を優に超える長い黒い影が、パッと点灯したライトに驚いたのか、あわてて海の方へ逃げていくのが見えました。そこへ、船員が二人がかりで逃げていく影の一つを狙って網を投げたのです。グレタはすっかりこわくなって気を失い、どすんと倒れてしまいました。バン、バンと二、三発の銃声が鳴り響き、海からはバシャ、バシャという音が聞こえて水面にはいくつもの渦ができていました。二人の船員は網の中でもがき、暴れているなにかを上から押さえつけていました。そこへ突然、ジュディが手に持っていたライトが消えたのです。

船長が懐中電灯をつけました。「お嬢さん、だいじょうぶですか？」

「あいつが私の足に触れたのよ」リーが泣きそうな声で言いました。

「フレッド、もうめちゃくちゃよ」

エイブも懐中電灯を持ってリーのところへ飛んで来ました。「リー、上出来だったね」エイブの大きな声があたりに響きました。「あれで、ジュディがもっと早くライトをつけてくれていたら、最高だったんだけど」

「どうしてもつかなかったのよ」ジュディが泣き出しそうな声で言いました。「フレッド、そうだわよね?」

「ジュディはこわかったのさ」フレッドが彼女をかばいました。「いいかい、わざとライトをつけないなんてありえないよ。そうだよね、ジュディ?」

ジュディは腹を立てたようでした。ところがそこへ、二人の船員がなにかが入った網を引きずるようにして運んできたのです。中には大きな魚のような生き物が入っていました。「船長。うまくかかりましたよ。まだ生きています」

「こいつ。毒みたいなものをおれにかけやがって。船長。手がすっかり水ぶくれになっちまって。まだ焼けるように痛むんですよ」

「そいつ、私にも触ったのよ」リーは泣き出しそうでした。「エイブ、ちょっと懐中電灯で照らしてみて。私にも水ぶくれができていないかしら?」

「水ぶくれなんてないよ、全然ない」エイブは自信をもって言いましたが、リーが不安そうにさすっている膝の上のところにあやうくキスをしてしまうところでした。「とっても寒いわ。ふるえちゃう」リーはご不満だったのです。

「お嬢さん。真珠を落としませんでしたか？」船員の一人がそう言うと、砂の中から拾い上げた小さな丸い玉をリーに手渡しました。

「エイブ、真珠だわ」リーが大声を出しました。「また真珠を持ってきてくれたんだわ！　真珠、きっとまだ落ちているわ。探さなくちゃ！　きっと、いっぱい持ってきてくれたのよ！フレッド、かわいいと思わない？　あら、ここにも落ちてるわ！　あそこにも！」

三つの懐中電灯がつくった光の輪が砂浜を照らしました。

「とても大粒のを見つけたぞ」

「それ、私のよ」リーがピシャリと言いました。

「フレッド」ジュディが冷たい口調で呼びました。

「もうちょっと待って」フレッドは砂に膝をついて真珠を探していました。

「フレッド、もう船にもどりたいわ！」

「だれかにつれていってもらえよ」フレッドは真珠探しに夢中だったのです。「いやあ、こいつはおもしろい！」

三人の男たちとリーは、まるで大きなホタルのように砂の上を動き回っていました。

「ここに三つありましたよ」船長が声を出しました。

「見せて、見せて」リーがウキウキした声でいい、船長の方へ膝をついたまま寄って行きました。

その瞬間、カメラのフラッシュがピカっと光りました。「さあ、撮れたわよ」船に連れて帰ってもらえなかったお返しといったようすで、ジュディがだれにも聞こえる声で言いました。「新聞にぴったりのすごいスクープ写真が撮れたわ。アメリカ人の一行、真珠を探す。海の爬虫類、人に真珠を投げてよこす」

フレッドが砂の上に座って言いました。「うーん、なるほど。ジュディ、いいね。新聞にぜひ投稿しようじゃないか！」

リーも砂の上に座りました。「ジュディもやるわね。ジュディ、じゃあ今度は前から撮ってよ！」

「前から撮ったりしたら、あんた、それでおじゃんよ。いいの？」ジュディはひそかに思いました。

「おい、みんな」エイブが言いました。「真珠をもっとさがそうよ。もうすぐ潮が満ちてくるぞ」

波打ちぎわの暗闇の中でなにやら黒い影が動いていました。リーが金切り声を上げました。

「あそこ――あそこよ――」

三つの懐中電灯の丸い光の輪がその影を照らしました。黒い影の正体は、暗い中で膝をついて真珠を探していたグレタだったのです。

＊＊＊＊＊＊＊＊＊

リーは真珠が二一個も入った船長の帽子を膝の上に乗せていました。エイブはウィスキーをグラスに注ぎ、ジュディはレコードをきいていました。海が永遠のざわめきを奏でるなか、空には無数の星が輝いていていました。

「それで、新聞の見出しはどんなのがいいかな?」フレッドが大きな声で言いました。

「ミルウォーキーの実業家令嬢、化石爬虫類を撮影」

「ノアの洪水以前のトカゲ、青春の美にひざまずく」詩人を気取ってエイブが言いました。

「『ヨット、「グローリア・ピックフォード」号、未知の生物を発見』なんてどうでしょう?」船長が言いました。

「それとも『タフアラ島の謎』ですかね?」

「そんなの、小見出しにしかならないよ」フレッドが言いました。「見出しにはもっとなにか人を引きつけるものがなくちゃね」

「じゃあ、『野球選手フレッド、怪物と格闘』なんてどうかしら?」ジュディが言いました。

「あいつらに向かって突進するフレッドってすごかったじゃない。うまく撮れていればいいんだけど!」

船長が咳払いをしました。「あのう、ジュディさん。私のほうが先に駆けつけたんですけどね。でもそんなことはどうでもいいんです。でも、見出しは科学的じゃなければいけません、ちがいますか？　まじめで、……科学的、そう、太平洋のある島でのアンテルヴィアル動物分布とか」

「アンテリドゥヴィアルでしょう？」フレッドが訂正しました。「いや、アンテヴィドゥアルだったかな。くそっ。思い出せない。アンティルヴィアル。アンテドゥヴィアル。いや、ちがうな。いずれにしても、だれもが発音できるような簡単な見出しにすべきだよ。こんなとき、ジュディは頼りになるんだけどな」

「『ノアの洪水以前の（アンテディルヴィアル）』、でしょう」ジュディが言いました。

フレッドは首を振りました。「いやー。ジュディ、長すぎるね。さっき出てきたあの怪物の尻尾よりも長いなんて。見出しは短くなくちゃ。でも、ジュディはすごいよね。船長さん、すばらしいと思いませんか？」

「たしかに」船長はうなずきました。「優秀なお嬢さんですね」

「そうでしょう。船長」この若い大男はうれしそうでした。

「いや、船長はやっぱり頼りになるな。でもやっぱり、アンテルヴィアル動物分布はいただけませんね。新聞の見出しにはあいませんよ。それより、『真珠島の恋人たち』、なんてのはどうです」

「トリトンたち、白ユリに真珠をふりかける」エイブが大声で言いました。

「ポセイドン王国より献上、ノヴァ・アフロディーテ」

「ぜんぜんだめだよ、そんなの」フレッドが腹立たしげに言いました。「トリトンなんていなかったんだぜ。いいかい。歴史的にも証明されているんだ。アフロディーテだっていなかったのさ。そうだろう、ジュディ？『人類と古代恐竜の激突！』とか『勇敢な船長、太古の怪物を攻撃！』なんてどうだろう。見出しにバッチリだと思うけど」

「号外、号外！」エイブが叫びました。「『海の怪獣、映画女優を襲う！』とか『グラマー女優のセックス・アピールに太古の爬虫類、降参！』、『化石爬虫類ブロンド娘にぞっこん！』

「エイブ」リーが話しかけてきました。「いいアイデアが浮かんだわ」

「どんなアイデアだい？」

「映画よ。エイブ、すごい映画になるわ。私が海岸で泳いでいると思って――」

「リー、あの白いトリコットの水着、きみにすごく似合うよ」エイブがあわてて言いました。

「似合うかしら？　でも、いい。トリトンたちが私に恋をするの。それで、私、海の底へさらわれてしまうのよ。でも、私、そこでトリトンの女王様になるの」

「海の底だって？」

「そうよ、海の底よ。そこにはトリトンの秘密の王国があるのよ。わかる？　そこには町もあるし、なんでもあるのよ」

「リー、でも海の底なんて、溺れてしまうよ！」

「ご心配なく。私、泳げますからね」リーは自信ありげに言いました。「でも、一日に一回、海岸まで泳ぎついて空気を胸いっぱい吸い込まなければだめね」リーは両腕で泳ぐ仕草をしながら、胸をふくらませて息をする練習をして見せました。

「どう？　いい感じでしょ。海岸に上がってきた私に若い漁師が恋をするの。私もその漁師が好きですきでたまらなくなってしまうの」リーはそこでフーとため息をつきました。「彼って、とてもハンサムで強いのよ。それで、トリトンたち、彼を襲って溺れさせようとするんだけど、私が助けだすのよ。二人で何とか彼の漁師小屋まで逃げるんだけど、トリトンたちに囲まれて攻撃されちゃうのよ。――――でも、あんたたちが私たちを助けに駆けつけてくれるってわけ」

「リー」フレッドがまじめな顔をして言いました。「いや、実にバカバカしいドタバタ喜劇だね。これはきっとうけるよ。映画化請け合いだね。もし、あのジェシおやじが一大スペクタクル映画にしたてあげなきゃ、おれはたまげるよ」

＊＊＊＊＊＊＊＊

フレッドの言ったことはまちがっていませんでした。しばらくして、リーの話したストーリーをもとにしてシナリオが作られ、「ジェシ・レーブ・ピクチャーズ」制作、女優リリー・

ヴァリー主演の一大スペクタクル映画ができあがったのです。この映画には海のニンフ、ネレイド役に六〇〇人、海王神ネプチューン役が一人、太古の爬虫類に扮した一万二千人のエキストラが出演しました。

しかし、この映画化が実現するまでには、まるで水が流れるように時が流れ、さまざまなことが起きたのです。主なことだけでも取り上げると、

一　捕らえられてリーの家の浴室のバスタブで飼われていたあの動物は、二日間はだれもが興味を持ち大事にされましたが、三日目にはまったく動かなくなってしまいました。リーは「ただ故郷を恋しがっているだけよ」と言っていましたが、四日目には悪臭がし始め、腐敗が進行していることがわかったので捨てざるを得ませんでした。

二　潟で撮った写真のうちで、使えたのは二枚だけでした。一枚はリーがおそろしさのあまりうずくまり、立ち上がった動物に必死になって手を振っているものでした。この写真はだれもがすばらしいと言ってほめました。もう一枚には三人の男性と女性が一人写っていました。この写真では全員が鼻を地面にすりつけんばかりにしてかがみこんでいました。ただ、後ろ姿しか写っておらず、まるでなにかを拝んでいるように見えたので没になってしまいました。

三　新聞の見出しとして提案されたものは、「アンテディルヴィアル（ノアの洪水以前の）動物分布」といったものも含めてほとんど何百というアメリカや世界の日刊紙、週刊誌、月刊雑誌の見出しとして使わ

れました。記事には事件の詳細ないきさつが書かれていましたが、その記事には爬虫類の真ん中で写っているリーやバスタブにつかった爬虫類、水着姿のリーの写真、さらにはジュディやエイブ・レーブ、野球選手のフレッド、ヨットの船長、ヨットの「グローリア・ピックフォード」号、タライヴァ島、黒いビロードの上におかれた真珠の写真も添えられていました。こうして女優としてのリーの将来は保証されたのです。リーはヴァリエテ（訳注 映画や劇場、レストランがひとつになった娯楽施設）への出演も断り、新聞記者には今後は女優としてしっかり演技力をつけがんばっていきたいと語ったのです。

四 専門教育を受けていることをかさに着て、――写真を見たかぎりでは――この生物は太古に生息していた爬虫類ではなくて、サンショウウオの一種なのだと主張する人たちも現れました。もっと専門的知識を持っている人たちは、この種のサンショウウオは学問的に知られておらず、したがって存在しないと主張したのです。

新聞や雑誌ではこのことについて論争が長年続いていました。しかし、結局、エール大学のJ・W・ホプキンス教授が自分に提出された写真を調べた結果、どれもにせものかトリック写真だと結論づけたためにこの論争は終止符を打つことになりました。つまり、写真に写っている生き物はいくらかオオサンショウウオ（クリプトブランクス・ヤポニクス、シーボルディア・マクシマ、トリトメガス・シーボルディイ、メガロバトラクス・シーボルディイ）に似ているが、へたな上にピントがぼけていて、どう見てもアマチュアの撮ったニセの写真だというのです。

こんなことでこの問題は、さらにしばらくのあいだは解決ずみということになったのです。

五　そして、最後になりますが、エイブ・レーブはしばらくたってからジュディと結婚しました。エイブの一番の親友、野球選手のフレッドは結婚式で介添え役をつとめました。この結婚式は政界や芸能界などの名士たちで埋め尽くされ、盛大にとり行われたのです。

人は好奇心の塊です。その好奇心にはきりがありません。エール大学のＪ・Ｗ・ホプキンス教授はあの謎の生き物と称するものはインチキで単なる想像上の産物にすぎないのだとはっきりと言明していました。ホプキンス教授は当時、爬虫類の研究ではもっとも権威のある学者でした。

ところがそれにもかかわらず、専門誌でもふつうの新聞でもこれまで知られていない、オオサンショウウオに似た動物が太平洋のあちこちで発見されたというレポートや記事が増えていったのです。

そのような動物がソロモン諸島、シューテン島、さらにはカピンガマランギ、ブタリタリ、タペテウエアといった島々、それにヌクフェタウ、フナフティ、ヌコノノ、フカオフからヒアウ、ウアフカ、ウアプ、プカプカといった小さな島々で発見されたといったような比較的信頼できる報道もありましたが、メラネシアを中心としたバン・トフ船長の魔物の話やポリネシアあたりのミス・リリーのトリトンにまつわる話まで引用されたのです。

新聞は、おそらくこれらの動物は太古以来海中に住んでいる怪獣で、これまでとは別の種類の生き物だと書きたてました。実のところは夏になって記事に書く材料にこと欠いていたからなのです。海中に住む怪獣の記事は読者に大受けでした。とりわけアメリカではトリトンがファッションにまでなったのです。

　ニューヨークでは豪華なミュージカル、「ポセイドン」が三〇〇回以上も上演されました。このミュージカルではトリトンやネレイド、セイレーンに扮した三〇〇人もの美しすぎるほどの美女たちが出演していました。マイアミやカリフォルニアの海岸では若ものたちが男も女もトリトンとネレイドをまねて、三列の真珠のネックレス以外にはなにも身につけないまま海水浴をしていましたが、その一方で、中部や中西部の諸州では「不道徳撲滅運動（ＨＢＵ）」が尋常ではない盛り上がりを見せていました。何人もの黒人が公衆の面前で吊り下げられたり焼き殺されたりしたのです。

　そしてとうとう、「ナショナル・ジェオグラフィック・マガジン」にコロンビア大学の学術探検隊の報告が掲載されたのです。（この探検隊は缶詰王として知られたＪ・Ｓ・ティンカーの経済的支援のもとでおこなわれました）この報告はＰ・Ｌ・スミス、Ｗ・クラインシュミット、チャールズ・コヴァル、ルイ・フォルジュロン、Ｄ・ヘレッロの連名で発表されましたが、それぞれ魚類寄生虫、環形動物、植物生物学、滴虫類、アブラムシの研究では世界的な名声を得ている学者たちでした。この論文は長ったらしいので、ここではその一部だけを紹介しましょう。

……ラカハンガ島で探検隊はこれまで知られていないオオサンショウウオの後ろ足の足跡

を発見した。足あとには五本の指があり指の長さは三センチから四センチあった。足あとの数からするとどうやらこのサンショウウオはラカハンガ島の海岸で群生しているようである。幼獣の足跡と思われる四本指の前足の足あと一つを除いて、前足の足あとは見当たらなかったので、探検隊はこのサンショウウオが後ろ足で歩いているという結論を下した。

ラカハンガ島には川も沼もないので、このサンショウウオは海で生息していることになる。つまり、この種の中で唯一の海洋性のサンショウウオということになるのである。メキシコのアホロートル（アムブリストマ・メキシカヌム）は塩湖で生息しているが、海で生息している海洋性のサンショウウオについては、W・コルンゴルトの古典的な労作で一九一三年にベルリンで出版された「有尾両生類（ウロデラ）」にさえ触れられていないのである。

このサンショウウオを捕獲するか、せめて動く姿をこの目で見ようと午後まで待ったが、姿さえ見ることはできなかった。残念ながらこの魅力あふれるラカハンガ島に別れを告げなければならなかったが、それでもD・ヘレッロは美しいカメムシの新種を発見するのに成功した。

ところがトンガレワ島でははるかにすばらしい幸運にわれわれは恵まれたのである。銃を持って海岸で待機していたところ、日没後にサンショウウオたちが水面に顔を出したのだ。頭は比較的大きくて少し平らな形をしていた。しばらくするとサンショウウオたちは砂浜に這い上がって、後ろ足でヨチヨチと歩き始めたがその動きはかなり敏捷だった。

サンショウウオは座ると一メートルを少し越える高さだったが、やがて大きな円陣をつくると、上半身をくねくねと回し始めたのである。奇妙な動きだった。まるで踊っているようだったのである。クラインシュミットはもっとよく見ようと立ち上がったが、その途端にサンショウウオたちは彼の方を振り返り、次の瞬間にはからだを硬直させて立ちすくんだ。

だが次の瞬間、サンショウウオたちは奇妙な吠え声を上げながらクラインシュミットの方へとかなりのスピードで近づいてきたのだ。もうクラインシュミットまであと七歩までサンショウウオたちが接近したところで、われわれは彼らを射撃し始めたのである。

サンショウウオたちはすばやく逃げはじめ、海に飛び込んだ。その夜、サンショウウオたちは姿を見せなかった。海岸には二匹のサンショウウオの死骸と背骨を打ち砕かれた一匹のサンショウウオだけが残された。この背骨を打ち砕かれたサンショウウオはまるで「神様(オゴド)、神様(オゴド)、神様(オゴド)」と奇妙な鳴き声をあげていたが、クラインシュミットがナイフで胸を切り裂くと死んでしまった。

(以下、この論文では詳細な解剖学的な記述がなされていましたが、これは専門的な知識のないわれわれシロウトにはとても理解しがたいものですので省略します)

これまでに述べた身体的特徴から、これら二島で生息している生物は両生綱有尾目(ウロデラ)に属していることはまちがいない。よく知られているようにこの両生綱有尾目にはトリトネス、サラマンドレの両族を含む真性サンショウウオ科(サラマンドリダ)、クリプトブランキアタ属およびファネロブランキアタ属を含むイクシオイデア科が属している。トンガレワ島で確

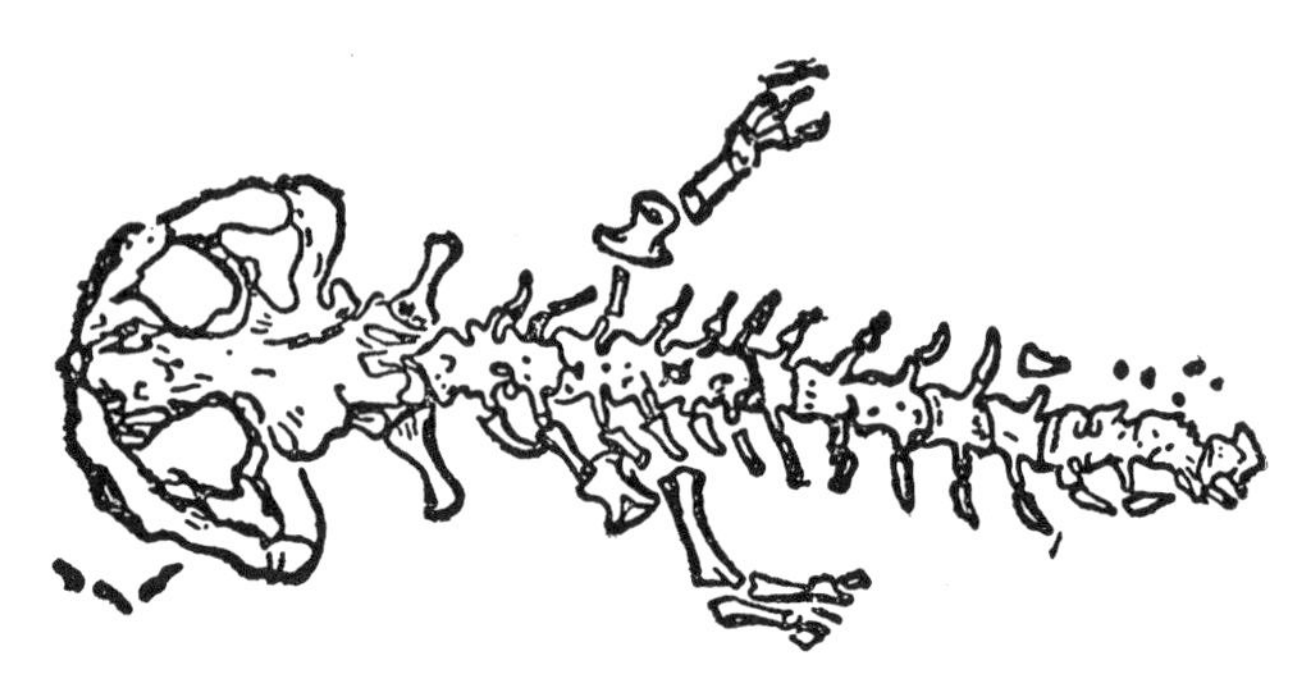

アンドリアス・ショイヒツェリ

認されたサンショウウオはイクシオイデア科のクリプトブランキアタ属に最も近いと思われる。このサンショウウオは大きさも含めて日本のオオサンショウウオ（メガロバトラクス・シーボルディイ）や「沼の魔物」などと呼ばれているヘルベンダー（アメリカオオサンショウウオ）を連想させるが、よく発達した感覚器官を持ち、水中でも陸上でも上手に移動するのを可能にする強い長い四肢を備えている点で異なる。（さらに長々と比較解剖学的な考察が記載されていますが、略します）

　トンガレワ島で手に入れることのできたサンショウウオの死骸からその骨格標本をつくってみると、きわめて興味あることがわかった。その骨格標本が、ヨハネス・ヤーコプ・ショイヒツァー博士がスイスのエーニンゲンの石切り場で発見したサンショウウオの化石とその骨格がほぼ完全に一致したのである。博士が一七二六年に刊行した「ノアの洪水を目撃した人間（ホモ・ディルヴィイ・テスティス）」という著作に、石切り場で発見されたサンショウウオの化石のスケッチが載っている。この方面に詳しくない読者のために説明しておくが、博士はこのサンショウウオの化石をノアの洪水以前の人間の化石とみなしたのである。

博士はそのスケッチについて次のように述べている。

「学識者のためにここにかかげた木版のスケッチが、ノアの洪水を目撃した人間を表していることに疑問の余地はない。このスケッチは人間の骨格を意識的にイメージして描く余計な意図などない。このスケッチの一つひとつの骨が人骨の各部と完璧に一致し、骨格も人体の骨格と完全に調和がとれているのである。この人間の化石は前方からスケッチされているが、ローマやギリシャ、エジプト、さらにはすべてのオリエントの墳墓よりも古い死滅してしまった人類の記念物なのである」

その後、比較解剖学の創始者として有名なキュヴィエはエーニンゲンで発見された化石はサンショウウオの骨格が化石化したものだと明白に認定した。そのサンショウウオはクリプトブランクス・プリメブス、あるいは、アンドリアス・ショイヒツェリ・チュディと命名されたが、はるか昔に死滅した種だと考えられた。ところが骨学的に比較することによって、トンガレワ島で生息しているサンショウウオとすでに死滅したと考えられていた原サンショウウオ、アンドリアスとが同一の種であることを証明するのに成功したのである。新聞紙上で謎の原トカゲ属と呼ばれていた生物は、化石となって発見されたクリプトブランキデ、つまりアンドリアス・ショイヒツェリそのものにほかならないわけである。ほかの学名をつけるとすれば、クリプトブランクス・ティンケリ・エレクトゥスあるいはポリネシア・オオサンショウウオとすべきであろう。

……この興味深いオオサンショウウオが少なくともラカハンガ島とトンガレワ島、さらにはマニヒキ環礁ではなぜ大量に発生しているのかは謎として残る。ランドルフとモンゴメリーの共著「マニヒキ環礁ですごした二年」（一八八五）ですらこのオオサンショウウオについては一言も触れていない。

それらの島々にもともと住んでいた住民たちはその生き物はほぼ六年から八年前に姿を見せ始めたと主張している。住民たちはこの生き物には毒があると信じているようである。彼らの話によると、この「海の魔物」は話すことができ！　生息している湾内には城壁がつらなり、いたるところにダムや堤防が築かれ、まるで水中都市のようだとのことである。

また、一年中、湾内は池のように波もなく静かだそうである。また、海底に何メートルもの長い穴や通路を掘って、昼間はそのなかにひそんでいるとのことである。ところが夜になると陸に上がり畑のサツマイモやヤムいもを盗み、人家からは鍬（くわ）などの道具を持ち出してしまう。住民たちは彼らをきらいおそれている。そのため住民がほかの場所へ移住した例も多い。

オオサンショウウオは人に危害を加えたりしない無害の動物であるにもかかわらず、その嫌悪感をそそる外見と二本足でまるで人が歩くように立って歩く姿だけで、どうやら悪いうわさや迷信のもとになってしまったようである。

……このサンショウウオが三島以外の島々にも生息しているという旅行家たちの話が正しいと受け入れるにはよほどの注意が必要である。ただ、トンガタバ島の海岸でそれほど時間のたっていない後ろ足の足あとを発見し、その足あとがアンドリアス・ショイヒツェリのものだと雑誌「ラ・ナチュール（自然）」にクロアッセ船長が発表した報告は、まずその信憑性に疑問の余地はない。

この発見は、あのようなサンショウウオが出現したこれら三つの島と太古の時代に繁栄した動物が生き残っているオーストラリア―ニュージーランド圏とが結びついた点でとりわけ重要である。スティーヴン島に今日も生息している「ノアの洪水以前」からのトカゲ、ハッテリーとトゥアタルのことをこの際、もう一度しっかり思い出していただきたい。わずかの人しか住んでおらず、文明との接触もほとんどない孤島でしか、ほかのところではすでに死滅した遺物のような生物が生き残ることはできないのである。

J・S・ティンカー氏のおかげで「ノアの洪水以前」から生息し続けている化石のようなトカゲ、ハッテリーに、やはり「ノアの洪水以前」から生息してきたサンショウウオが加わることになった。あの偉大な学者、ヨハン・ヤーコプ・ショイヒツァー博士が今日生きていたとしたら、あのエーニンゲンから発掘された、博士が最初の人間、アダムだと信じた化石がこのような形で復活したのを見ることができるのだが……

＊＊＊＊＊＊＊

これまであれこれと述べてきたあの謎の海の怪物、アンドリアス・ショイヒツェリをめぐる問題に科学的に十分光を当てるにはこの学術報告書で十分なはずです。ところが不幸なことに、この学術報告書が出たのとほぼ同時に、オランダの研究者、ファン・ホーゲンホウクの学術論文が出たのです。この論文でホーゲンホウクはクリプトブランキアタ属のオオサンショウウオを真性サンショウウオ科、あるいはトリトンに属すると分類して、メガトリトン・モルカヌスと命名し、その分布範囲をスンダ列島のジロロ、モロタイ、セラムの島々としました。さらに追い打ちをかけるように、フランスの学者ミニャール博士の論文まで現れました。この論文でミニャール博士はこのオオサンショウウオを典型的なサンショウウオだとして、もともとはフランス領のタコラ、ランギロア、ラロイアの島々で発生したのだと主張し、すっきりとクリプトブランクス・サラマンヅロイデスと命名しました。

さらに、H・W・スペンスはこのオオサンショウウオはギルバート諸島が原産地で、ペラゴトリトン・スペンツェイという属名でペレギダエという新しい科に分類されるべきだとする学術論文を発表したのです。スペンス氏は一匹のオオサンショウウオを生きたままロンドン動物園へ移送するのに成功しました。ロンドン動物園でこのオオサンショウウオは一層の研究の具体的な対象になりました。その結果この生き物は、ペラゴラバトラクス・フーケリ、サラマンドゥロップス・マリティムス、アブランクス・ギガンテウス、アムフィウマ・ギグスといったさまざまな名前で呼ばれるようになったのです。

何人かの研究者はペラゴトリトン・スペンツェイはクリプトブランクス・ティンケリと全く同一の生物でミニャールのサンショウウオはアンドリアス・ショイヒツェリに他ならないと主張しました。こんなありさまだったので、命名権のプライオリティーやほかの純粋に学問的な問題で論争が湧き上がりました。

その結果どの国の自然科学界でも結局は自前のオオサンショウウオを持つようになり、他国のオオサンショウウオに対しては科学的に容赦なく徹底的に殲滅しようとしたのです。そのために結局、サンショウウオ問題は科学的には十分には解明されなかったのです。

9　アンドリュー・ショイヒツァー

ある木曜日のことでした。ロンドン動物園は一般には公開されず閉園していました。トカゲ館の飼育係、トマス・グレッグスさんは自分の受け持ちの水槽の掃除をしていました。サンショウウオ展示室にはニホンオオサンショウウオ、アメリカオオサンショウウオ、アンドリアス・ショイヒツェリ、それに多くの小型のイモリ、メキシコ・サンショウウオ、トラフサンショウウオ、カイギュウ、ホライモリ、リップサラマンダー、エラサンショウウオが水槽に入れられて展示されていましたが、グレッグスさん以外はだれもいませんでした。

グレッグスさんは「アニー・ロリー」の歌のメロディーを口笛で吹きながら、モップとほうきでがんばって掃除をしていたのです。

すると突然、グレッグスさんの背後からだれかがしゃがれ声で話しかけてきました。

「ママ。見て」

グレッグスさんが振り返ってみても、そこにはだれもいませんでした。アメリカオオサンショウウオがドロの中でビシャビシャ音を立てているだけだったのです。

大型で色の黒いサンショウウオ、つまり、アンドリアスは前足を水槽のふちにかけて、からだをくねらせているだけでした。「気のせいか」グレッグスさんはほうきで床をしっかり掃きました。

「ほら見て。サンショウウオだよ」うしろでまた声が聞こえました。

グレッグスさんがすばやく振り返ると、あの黒いサンショウウオ、アンドリアスのやつがグレッグスさんをじっと見つめ、下まぶたでまばたきをしたのです。

「まあ。なんて気持ちが悪いんでしょう」突然サンショウウオがしゃべったのです。「ママ、出ましょうよ」

グレッグスさんはぽかんと口をあけたまま、あっけにとられていました。「何だって?」

「かみつかないかな?」サンショウウオがしゃがれ声で言いました。

「おまえ……おまえ、しゃべれるのか?」おきていることが信じられなくて、グレッグスさんは思わず口ごもってしまいました。

「ぼく、こわいや。こいつ、なにを食べているのかな?」

「こんにちは、と言ってみてくれ」グレッグスさんはおどろきながら言いました。

サンショウウオはからだをくねらせました。「こんにちは」しゃがれ声で言ったのです。「こんにちは、こんにちは。ねえ、お菓子あげていい?」

グレッグスさんはあわててポケットに手を入れると、中からパンのかけらを取り出しました。

「ほら。食べるんだ」

サンショウウオはパンのかけらを前足で受け取ると、もぐもぐと食べ始めたのです。「見て、見て。サンショウウオだよ」満足そうにしゃがれ声で言いました。「パパ。こいつ、どうしてこんなに黒いのかな?」

突然、サンショウウオは水に潜り、頭だけを水から出しました。「なんで水の中にいるの? ねえ、どうして? 気持ちが悪いな、こいつ!」

トマス・グレッグスさんはあっけに取られて、思わず首をかきました。「なるほど。こいつ、人から聞いたことをただ繰り返しているだけなんだ」

「グレッグスさんと言ってみろ」グレッグスさんは試しに言ってみました。

「グレッグスさんと言ってみろ」サンショウウオが答えました。

「トマス・グレッグスさん」

「トマス・グレッグスさん」

「こんにちは」

「こんにちは。こんにちは。こんにちは」

サンショウウオはいくらしゃべってもあきないようでした。ところがグレッグスさんの方は、もうなにをしゃべればいいかわからなくなってしまったのです。グレッグスさんはおしゃべりではなかったからです。

「いいからもうしゃべるな。そのうち、また、話すのを教えてやるからな」グレッグスさんが言いました。

「いいからもうしゃべるな」サンショウウオがつぶやくように言いました。「こんにちは。ほら見て。サンショウウオだよ。そのうち、また、話すのを教えてやるからな」

ところが、動物園の上の人間は飼育係が飼っている動物に芸を仕込むのにいい顔をしませんでした。象は別ですが、他の動物は教育的な観点から飼われているのであって、サーカスの動物のように芸を見せるためではないというわけです。だからグレッグスさんは、だれもいないときにかぎってこっそりサンショウウオのところに出かけることにしました。それにグレッグスさんは奥さんを亡くしてやもめぐらしだったので、爬虫類館に一人でいてもだれもそれを不思議なことだとは思わなかったのです。

誰にも趣味の一つや二つはあるものです。それにサンショウウオのところに来る入場者は多くはありませんでした。普通の入場者はワニを見たがるものなのです。おかげでアンドリアス・ショイヒツェリは毎日比較的ひまな時間を過ごすことができたのです。

ある日、もう日が落ちて各館が入口の扉を閉じたころ、ロンドン動物園の園長サー・チャールズ・ウィッガムが、なにか問題がないかこの目で確かめようと園内の各所を点検して回っていました。ところが、サンショウウオの飼われているところまで来ると、水槽の一つからパシャッという水の跳ねる音が聞こえ、だれかがしゃがれ声で話しかけてきたのです。「こんばんは」

「こんばんは」園長はびっくりして答えました。「だれかそこにいるのかな?」

「すみません」また、しゃがれ声がしました。「グレッグスさんではないんですね」

「だれかそこにいるのか?」園長はもう一度ききました。

「アンディーだよ。アンドリュー・ショイヒツァーさ」

サー・チャールズが水槽に近寄ってみましたが、そこには後ろ足で立ったままじっと動かないでいる一匹のサンショウウオがいるだけでした。「さっき話しかけてきたのはどなたですか?」

「アンディーですよ」サンショウウオがしゃべったのです。「あなたはどなたでしょう?」

「ウィッガムだ」サー・チャルーズはびっくりして大声で答えました。

「はじめまして」アンドリアスはていねいにあいさつしました。「おげんきですか?」

「なんてことだ」サー・チャルーズはおもわず大声をあげました。「おい、グレッグス! グレッグスはいないか!」

サンショウウオはさっと身をひるがえして水の中に隠れてしまいました。

トマス・グレッグスさんが息を切らせながら心配そうに、ドアのところまで飛んできました。

「すみません。園長」

「グレッグス。いったいこれはどういうことだ?」サー・チャールズが問いただしました。

「どうかしましたか? 不安そうに声をつまらせながらグレッグスさんはききました。

「こいつがしゃべったんだ!」

「ちょっと、よろしいですか、園長」グレッグスさんがすまなそうに言いました。「アンディー、だめじゃないか。人に話しかけてはいけないいんだよ。人に話しかけて迷惑をかけてはいけないって、あれほど言ったろう。——園長。誠に申し訳ありません。もう二度とこのようなことが起きないようにいたします」

「おまえがこいつにしゃべるのを教えたのか？」

「いや、あいつから話しかけてきたんです」グレッグスさんは弁解しました。

「グレッグス。もう二度とこんなことが起きないようにするんだ。しばらくおまえから目をはなさないようにしよう」園長はきびしく言い渡しました。

それからしばらくして、園長のサー・チャールズはペトロフ教授と話をする機会がありました。二人はいわゆる動物の知性とか条件反射といった話をしたのです。ペトロフ教授は、世間の人間は動物があたかも理性的に活動していると過大評価している、たとえば、単に足し算や引き算ができるだけでなく、掛け算や平方根を求めることができるとか言われている、ドイツのエルバーフェルトで飼われている馬の話は疑わしいとサー・チャールズに話しました。「だって、教育を受けたまっとうな人間でも平方根を求めることなんてできませんからね」この偉大な学者は指摘したのです。そのとき、サー・チャールズはグレッグスが世話をしている、話をするサンショウウオのことを思い出しました。「いやあ、うちの動物園にいるサンショウウオがですね」園長はためらいながら話を始めました。「例のアンドリアス・ショイヒツェリなんですが、オウムのようにしゃべるのをおぼえたんです」

「そんなことはありえないさ」ペトロフ教授は言い切りました。「サンショウウオの舌は口蓋に癒着しているからね」

「それじゃあ、ご自身の目で実際見てくださいよ」サー・チャールズがさそいました。「動物園は今日が清掃日なんです。ですから、来園者はいませんしわずかな人しか園内にはいませんよ」そこで二人は出かけました。

サンショウウオの飼われている水槽への入口の前でサー・チャールズは立ち止まりました。中からはほうきではいている音と音節を切りながら出している単調な声が聞こえるだけでした。

「ちょっとお待ちください」サー・チャールズがささやくような小声で言いました。

「火星に人間はいるだろうか?」音節を切りながらしゃべる単調な声が聞こえてきました。

「ここを読むのかな?」

「アンディー。どこかほかのところのほうがいいな」別の声が答えました。

「今年のダービーの勝ち馬はペルハム・ビューティーとゴバナドールのどっちかな?」「ペルハム・ビューティーさ」さっきの別の声が答えました。「先を読んでごらん」

サー・チャールズはドアをそっと開けました。トマス・グレッグスさんはほうきで床をはいていました。海水を入れた水槽の中にはアンドリアス・ショイヒツェリが座り、音節ごとに切りながら耳ざわりなしゃがれ声で、前足で持った夕刊を読み上げていました。

「グレッグス」サー・チャールズが呼びました。サンショウウオは素早く水中に隠れました。

グレッグスさんは驚きのあまり、ほうきを落としてしまいました。「はい、園長。なにか?」

「これはいったいどういうことだ？」

「す、すみません。え、園長」グレッグスさんは気の毒なことに、言葉に詰まりながら言いわけをしました。「私が掃除をしているときは アンディーが読んでくれ、やつが掃除をしているときは私がやつに読んでやるんです」

「やつにそんなことをだれが教えたんだ？」

「園長。やつは自分で勉強したんです。あいつが少しのあいだでも、しゃべらないでいるように新聞を渡しました。なにしろやつはしゃべり続けていたいんですよ、園長。それで、どうせしゃべるのなら、少しはまともなしゃべり方を教えてやりたいと思いまして——」

「アンディー」園長が呼びました。

するとおどろいたことに、水の中から黒い頭があらわれました。「はい」しゃがれた声で答えたのです。

「おまえを見にペトロフ教授が来られた」

「はじめまして。私がアンディー・ショイヒツァーです」

「どうして自分の名前がアンドリアス・ショイヒツェリだとおまえはわかるのかね？」

「ここに書いてありますから。アンドリアス・ショイヒツァー。ギルバート諸島って」

「おまえ、しょっちゅう新聞を読むのかね？」

「はい、教授。毎日読みます」

「記事でなにが一番おもしろいかな？」

「裁判記事と競馬、それにサッカーの記事ですかね――」

「サッカーの試合を見に行ったことはあるのかな？」

「いえ、ありません」

「じゃあ競馬は？」

「行ったことはないですね」

「じゃあどうして、そんなことが口に出してしゃべれのかね？」

「その、新聞に載っていますからね」

「政治に興味は？」

「ありませんね。戦争は起きますかね？」

「アンディー。そんなことだれにもわからないぞ」

「ドイツは新型潜水艦を建造中」アンディーが心配そうに言いました。「全大陸を廃墟にしてしまう殺人光線」

「それも新聞で読んだのかね？」サー・チャールズがききました。

「今年のダービーの勝ち馬はペルハム・ビューティーとゴバナドールのどっちかな？」

「おまえはどちらだと思うんだい？」

「ゴバナドールですね。でもグレッグスさんはペルハム・ビューティーだと思っているようです」アンディーはうなずきました。「イギリス製の製品をぜひお買いください。スナイダー製のサスペンダーがベストです。新型六気筒のタンクレッド・ジュニアはもう買われましたか？スピード抜群、お買い得のお値段、そしてエレガント」

「アンディー、ありがとう。もういいよ」

「一番お気に入りの映画女優はだれ？」

ペトロフ教授の髪も口ひげも逆立っていました。「サー・チャールズ。恐縮ですが、」小声で言ったのです。「そろそろ失礼しなければ」

「わかりました。ではまいりましょう。アンディー。学者の先生に何人かこちらに来ていただいてもいいよね？　君と話したいにちがいないと思うんだが」

「けっこうですよ、サー・チャールズ。では園長、さようなら。さようなら、教授」

ペトロフ教授はサンショウオ館から飛び出し、鼻を鳴らしました。そして、つぶやくように言ったのです。「サー・チャールズ。すみません。ですが、できれば新聞を読まない動物を見せていただけないでしょうか？」


アンディーに会いに来たのは、医学博士のサー・バートラム、エッピンガム教授、サー・オリバー・ドッジ、ジュリアン・フォックスレイといった学者の先生方でした。ここに先生方がアンドリアス・ショイヒツェリと試みた会話の記録の一部を引用してみましょう。

――お名前は？

答　アンドリュー・ショイヒッァー。

――年齢は？

答　知りません。若く見せたければリベラ社のコルセットをどうぞ。

――今日は何曜日ですか？

答　月曜日です。いい天気ですね。今度の土曜日のエプソムでの競馬にはジブラルタル号が出ますね。

――五かける三は？

答　なぜですか？

――計算してください。

答　はい、わかりました。二十九かける十七は？

――アンドリュー、質問するのは私たちの方ですよ。イギリスの川の名前を上げてください。

答　テムズ川……

――ほかには？

答　テムズ川。

――ほかの川の名前は知らないんですね。イギリス国王の名前は？

答　ジョージ国王だね。国王に神のお恵みを。

――イギリスでもっとも偉大な作家の名前をあげてください。

答　キプリング。

――よくできましたね。キプリングの作品をなにか読みましたか？

答　いいえ。メイ・ウエスト（訳注　当時大人気だったアメリカの映画女優）は好きですか？

――アンディー。質問は私たちがします。イギリスの歴史でなにか知っていることはありますか？

答　ヘンリー八世ですね。

――ヘンリー八世で知っていることは？

答　近年では最優秀の映画でしょう。セットがすばらしいし、スペクタクルがすごい。

――その映画を見たのですか？

答　いいえ、見ていません。イギリスを知りたければ、小型車のベビー・フォードをお買い求めください。

――アンディー。つまり君が一番見たいものは何なのかな？

答　ケンブリッジとオックスフォードの対抗ボートレースですね。

――世界に大陸はいくつありますか？

答　五つです。

——そうですね。五つの大陸をあげてください。

答　イギリスとほかの大陸ですね。

——ほかの大陸をあげてください。

答　ボルシェビキとドイツ、それにイタリアです。

——ギルバート諸島はどこにありますか？

答　イギリスにあります。イギリスは大陸の事情にしばられることはない。イギリスは航空機を一万機必要としている。イギリスの南海岸においでください。

——アンディー。君の舌をちょっと見せてもらっていいかな？

答　ええ、いいですよ。歯磨きはフリット社の練り歯磨きで。お徳用で最高の品質のイギリス製です。すてきな香り、フリット社の練り歯磨きをご愛用ください。

——ありがとう、アンディー。これで十分です。じゃあ、アンディー。今度は君がきいてくれないか……


アンディーとの会話はこんなふうにして終わりました。アンドリアス・ショイヒツェリとの会話記録は「ナチュラル・サイエンス」誌上に十六ページにわたって掲載されました。この会話記録の末尾で専門委員会は次のように結論づけた要約を発表しています。

一　ロンドン動物園で飼育されているアンドリアス・ショイヒツェリは、いくらかしゃがれ声ではあるが会話能力がある。ほぼ四百の単語を自由に使えるが、使う単語はこれまできいたものか読んだものにかぎられる。自分の思考に基づいて話すのはもちろん不可能である。舌はかなり動かすことができる。当日与えられた条件のもとでは、声帯のくわしい調査はできなかった。

二　このサンショウウオは読む事ができる。ただし、読めるのは新聞の夕刊だけである。平均的なイギリス人と同じ問題に興味を持ち、同じように反応を示す。つまり、決まりきった、世間一般の考えとほぼ同じなのである。このサンショウウオの精神活動は、それが精神活動と呼べるのなら、その時々に流行している考えや意見にほかならない。

三　このサンショウウオの知性を決して過大評価してはならない。なぜならばその知性はいかなる点においても現代の平均的人間の知性を超えることはないからである。

専門家はこのように真摯に意見を述べただけだったのです。ところが、ロンドン動物園では「しゃべることのできるサンショウウオ」は一大センセーションを引き起こしました。アンディーはすっかり人気ものになり、天候に始まり経済危機から政治情勢まで、あらゆることでアンディーと話をしたい人たちが殺到しました。

そういった人たちからチョコレートやらボンボンやらをありあまるほどもらったアンディー

は胃腸をこわしてしまいました。動物園のサンショウウオを飼育していた部門は閉鎖に追い込まれましたが、アンディーにとってはその処置は遅すぎたのです。アンディーと呼ばれていたアンドリアス・ショイヒツェリは、あまりにも人気者になりすぎて、結局、死ななくてはならなかったのです。有名になりすぎて栄光を浴びるとサンショウウオでさえも堕落してしまうものなのです。

10　ノヴェー・ストラシェツィーのお祭り

ボンディ家の執事をつとめるポヴォンドラさんは、生まれ故郷の町でひさしぶりの休暇を過ごしていました。故郷では明日がお祭りの日だったのです。ポヴォンドラさんは八歳になる息子のフランティークの手をつないで家を出ました。ノヴェー・ストラシェツィーの町はすっかりケーキのすてきな香りにつつまれていました。通りのあちこちには、主婦や娘さんの姿が見受けられました。家で作ったまだ生のチーズケーキを焼いてもらうためにパン屋さんへ急いで持っていくところでした。

広場にはもう店が出ていました。駄菓子屋が二軒、ガラスやせと物などを売るがらくた屋が一軒、それに、さまざまな小間物を売る店の前では女が大声で客を呼び込んでいました。ズックの布でできたテント小屋も建てられていて、ちょうど小柄な男がはしごに乗って看板を小屋の上のところにかけようとしていたのです。

ポヴォンドラさんはいったい何の看板なのかと、ちょっと立ち止まりました。小柄な男ははしごを降りたばかりの、ちょっとしなびた感じのその小柄な男が自分のかけた看板を満足そうに見ていました。ところが、看板に書かれた文字を見たとたん、ポヴォンドラさんはあっけにとられてしまいました。

ヴァン・トフ船長と
芸のできるサンショウウオ　出演

ポヴォンドラさんは大柄ででっぷり太った、船長帽をかぶった男のことを思い出しました。「ヴァン・トフ船長って、だいぶ前にボンディさんを訪ねてきて、おれがボンディさんに会わせたあの男だよな。」ポヴォンドラさんは気の毒がり同情しました。あの船長が食いつぶしてこんなことをしているなんて」ポヴォンドラさんは元気で丈夫そうだった男がね！「こんなぱっとしないサーカスであちこちとどさ回りか！あんなにう思ったのです。これは一度会わなければ」ポヴォンドラさんは同情心からそ

男は、小屋の入り口に別の看板を掲げているところでした。

！！話ができるサンショウウオ！！
これには学者もびっくり！！
入場料　二コルナ　家族同伴のお子様は半額

ポヴォンドラさんはちょっと迷いました。入場料二コルナ、子どもは半額の一コルナ、これはちょっと高すぎないだろうか。でも息子のフランティークは好奇心のかたまりだし、この国

にいない動物のことを知るのも教育のうちだ、多少の出費も教育のためならやむをえない、そう思ったポヴォンドラさんはその男の方へ歩み寄りました。

「こんにちは。すみません」ポヴォンドラさんは声をかけました。「ヴァン・トフ船長とお話したいんですが」

しまのシャツを着たしなびた感じのその小柄な男は胸を張って言ったのです。「私がヴァン・トフ船長ですが」

「えっ。あなたがヴァン・トフ船長ですって？」ポヴォンドラさんが不審そうにききました。

「ええ、そうです」男はそう答えて、手首の錨のイレズミを見せたのです。

ポヴォンドラさんは目をぱちくりさせて、ちょっと考え込んでしまいました。「あのヴァン・トフ船長がこんなに小さくなってしまうなんて、まったくありえないことだ」

そこでポヴォンドラさんは思い切って男に言ったのです。「私は個人的にヴァン・トフ船長のことを知ってるんですけど。あのう。私はポヴォンドラと申します」

「だからなんだって言うんだ。いいかい。とにかく、このサンショウウオは本当にヴァン・トフ船長から譲り受けたんだからね。オーストラリア産のサンショウウオだって保証付きだ。中に入って見てみりゃいい。ちょうどいまからショーが始まるところだ」入り口にかかっているカーテンのような布をあげながら、しゃがれ声で男は言ったのです。

「フランティーク、入ってみようか」ポヴォンドラ父さんはそう言うと息子を連れて中に入りました。異常なまでに太った大柄な女性が小さなテーブルの向こうにあわてて座りました。「妙な取り合わせの夫婦だな」入場料の三コルナを払いながら、ポヴォンドラさんはひそかに思いました。テントの中はちょっと嫌なにおいがしましたが、ブリキでできた浴槽以外にはなにもありませんでした。

「サンショウウオはどこにいますか？」ポヴォンドラさんがたずねると、「水槽の中よ」女性が無愛想に答えました。

「フランティーク、こわがらなくてもいいからね」そう言うと、ポヴォンドラさんは水槽に近づきました。

水槽の中には、黒い大きな、まるで年を取ったナマズのような生き物がじっと動かずに横たわっていました。頭の後ろの皮膚だけが伸びたり縮んだりしていました。

「これが先史時代のサンショウウオだよ。最近、新聞で騒がれているやつさ」ポヴォンドラさんはがっかりしたことなどおくびにも出さずに、教えるような口調で息子に言いました。「また、どうやらいっぱい食わされたようだ。でも、この子にはわからないようにしよう。三コルナも取られて。くそっ。もったいない！」ポヴォンドラさんはつぶやきました。

「お父さん。何でこいつは水の中にいるの？」フランティークがきいてきました。

「だって、もともと水の中で生活しているからね」

「それで、なにを食べているのかな？」

「魚とかだろうよ」ポヴォンドラ父さんは答えました。そしてつぶやいたのです。「サンショウウオだってなにか食わないわけにはいかないからな」

「何でこんなに格好が悪いのかな?」フランティークの質問が止まりません。ポヴォンドラさんは答えようがありませんでした。ちょうどそのとき、テントの中にあの小柄な男が入ってきました。そして、しゃがれ声で話し始めたのです。「みなさん、お待たせしました」

「サンショウウオは一匹しかいないのかい?」ポヴォンドラさんがとがめるようにききました。「せめて二匹いれば、三コルナでもそうぼられた気にならないですむんだが」ポヴォンドラさんはひそかに思いました。

「もう一匹は死んじまったんですよ」男は答えました。

「さあ、みなさん。これがあの有名なアンドリアスです。世界でも珍しい、毒を持ったトカゲですよ。オーストラリアの島からつれてきました。自然のもとだと人の背ほどまで成長し、二本足で歩けるんです。それそれ」

そう言うと男は、水槽の中で動かずにただじっと寝ている黒い生き物を木の枝でつついたのです。その黒い生き物はびくっと動くと、のろのろと水の中から顔を出しました。フランティークはこわがってちょっと後ずさりしました。ポヴォンドラさんはフランティークの手をぎゅっとにぎると、小声でささやきました。「こわくはないさ。父さんがついているからな」

そいつは後ろ足で立つと、前足で水槽のふちに寄りかかりました。頭のうしろにあるエラはぴくっぴくっと痙攣するように動いていました。そして、その黒い口はまるで空気を探すようにあえいでいたのです。

いぼで全身覆われた皮膚はたるんでいて、ところどころにできた擦り傷から血がにじんでいました。目はカエルの目のように丸く、痛いのか、ときどき、膜のような下まぶたを閉じていました。

「さーさ。みなさん。よーくご覧になってください」しゃがれ声で男はもう一度言いました。「こいつは水の中で暮らしてるんですよ。でも、陸に上がったときにも息ができるように、エラと肺の両方があるんです。後ろ足には五本、前足には四本の指がついてます。この指で何でも捕まえられるんです。さあ」

その生き物は男がさしだした小枝を握り、杓のように前にかざして見せました。

「ひもも結べるんですよ」男はサンショウウオから小枝を取り上げて、代わりにうす汚れたロープを渡しました。すると、ロープを受け取ったサンショウウオはあっという間にもう結んでいたのです。

「太鼓もたたけるし、踊ることだってできます」男はおもちゃの太鼓とスティックをサンショウウオに渡しながら、がなるような大声を出して言いました。サンショウウオは何回か太鼓をたたいて、上半身をくねくねと動かして見せましたが、すぐにスティックを水の中に落としてしまいました。「くそったれ。だめじゃないか！」男はサンショウウオをどなりつけると、スティックを水の中から拾い上げました。

「このサンショウウオは」男はいつもの調子にもどって、もったいぶって口上を述べました。「頭が良くて、まるで人のように口がきけるのです」そう言い終わると男は、自分で拍手をしたのです。

「グーテン・モルゲン（ドイツ語で、おはようございます）」サンショウウオがカエルの鳴くような声でしゃべったのです。痛いのか、ときどき、下まぶたをまばたきしました。「ドブリー・デン（チェコ語で、こんにちは）」

ポヴォンドラさんはすっかりおどろいてしまいました。でも、フランティークは別にこれといった強い印象を受けなかったようです。

「お客様にご挨拶は？」男はピシッとサンショウウオにききました。

「ようこそいらっしゃいました」サンショウウオはおじぎをしました。すると、エラがぴくりと痙攣するように縮んだのです。「ヴィルコメン（ドイツ語で、よくいらっしゃいました）、ベン・ヴェヌーティ（イタリア語で、よくいらっしゃいました）」

「それじゃあ、計算はできるかな？」

「ええ、できますよ」

「六かける七は？」

「四十――二」サンショウウオはちょっと考えてから、カエルの鳴くような声で答えました。

「見たかい。フランティーク」ポヴォンドラさんは息子の方を見て言いました。「こんなに計算ができるんだ」

「みなさん」男が声を上げました。「なんでもこいつにきいてみてください」

「フランティーク。なにかきいてみたら」ポヴォンドラさんが息子をうながしました。

フランティークは恥ずかしそうにもじもじしていましたが、やっとのことできくことができました。「八かける九は？」どうやら、これがフランティークの出せる一番むずかしい問題だったようです。

サンショウウオはゆっくりとまばたきを一つして、答えました。「七十——二」

「今日は何曜日？」ポヴォンドラさんがききました。

「土曜日」サンショウウオが答えました。

ポヴォンドラさんはすっかりおどろいて首を振りました。「いや、たまげたな。まるで人みたいにしゃべるぞ。——この町の名前を言えるかな？」

サンショウウオは口を開け、目を閉じました。「こいつはすっかりくたびれちまってます」男があわてて口をはさみました。

「お客さまにお別れのごあいさつをしたら？」

サンショウウオはお辞儀をして、言いました。「どうもみなさん。大変ありがとうございました。さようなら。またお会いできるのを楽しみしております」そして、水の中にさっと隠れてしまったのです。

「どうも——奇妙な動物だな」ポヴォンドラさんは不思議でした。それでも、ポヴォンドラさんは三コルナは結構なお金なのに、それだけのものを見せてもらっていないと感じたのです。そこで、ポヴォンドラさんは男にききました。「ほかにこの子に見せるものは、もうないのかい?」

男は困ってしまい、ちょっと下くちびるをかんでから言いました。「これで全部です。前はサルを飼っていたんですけどね。もう手がかかって大変だったんですよ」男の説明はなにかあいまいではっきりしませんでした。「その代わりといったら何ですが、あっしの女房をお見せしますよ。あいつは、なにしろずっと世界一のデブ女でしたからね。マルシュカ、こっちへおいで!」

マルシュカはやっとのことで立ち上がりました。「何の用?」

「マルシュカ、お客さんにお前を見てもらうんだ」

その世界一のデブ女は、まるで男の気を引くように首をかしげ、片足を前に突き出すとスカートをひざの上までまくり上げたのです。赤いウールのストッキングが見えましたが、まるでハムのようにむっちりとふくらんでいました。「太ももの太さは八四センチメートルもあります」男は説明しました。「でも今じゃ、競争がはげしいもんで、マルシュカはもう世界一のデブ女じゃありません」

ポヴォンドラさんは、あまりのことにすっかりおどろいているフランティークの手を引いて、テントの外に出ました。

「大変ありがとうございました」水槽の中からカエルの鳴くような声が聞こえました。「またのご来場を。アウフ・ヴィーダー・ゼーヘン（ドイツ語で、さようなら）」

「どうだった、フランティーク」外に出てからポヴォンドラさんが息子に聞きました。「勉強になったかい？」

「うん。勉強になったよ」フランティークが答えました。「でも、父さん。あのおばさん、なんであんな赤いストッキングをはいてるんだろうね」

11　人間トカゲ発見！

あのころ話ができるサンショウウオのことばかりが話題になって、ほかのことは新聞の記事にもならなかったなどと言うのは、どう考えても言いすぎです。まもなくおきるにちがいない戦争や経済危機のこと、サッカーのリーグ戦、ビタミンやファッションのことも話題になりましたし新聞記事にも取りあげられました。ただそうはいっても、話ができるサンショウウオについて多くの記事が書かれたのはまぎれもない事実です。でも記事の大半は専門的な知識を欠いた素人っぽいものでした。

そのため、すぐれた学者であるブルノ大学のヴラディミール・ウヘル教授が「人民新聞（リドヴェー・ノビニ）」に一文を寄せました。そのなかで教授は、アンドリアス・ショイヒツェリが持っていると考えられている、音節ごとに区切って話す能力は、実際はオウムのようにそれこそ聞いた言葉をただオウム返ししているだけであり、科学的な見方からすると、この特殊な両生類に関するそのほかのいくつかの問題に比べれば、まったくといっていいほど興味の持てないことである、と述べています。

教授はさらに、科学的には、アンドリアス・ショイヒツェリの持つ不思議ななぞはまったく別のところにあると指摘しました。

たとえば、どこから来たのか、長い地質時代を生き延びた生まれ故郷はどこなのか、現在は太平洋の赤道地帯のほとんどの場所で多数生息していることが分かっているのに、なぜこれまで長年にわたってその存在すら知られなかったのか、まったくわかっていないのである。

アンドリアス・ショイヒツェリは最近、異常なスピードでその数を増やしているようである。はるか遠い昔の第三期の生き物であるアンドリアスになぜこのようなとてつもなく旺盛な生存力が生まれたのだろうか。この生き物はつい最近までまったく隠れた存在で、地理学的に孤立したとは言えないまでも、きわめて限定的な存在が確認されていただけだった。

この化石生物、サンショウウオにとって好都合な生活環境の変化が起きて、その結果、中新世の生き残りであるこのめずらしい生き物に実り多いおどろくべき新たな進化と発展の時代がやって来たのだろうか?

たしかに、アンドリアスはただ量的に数が増えるだけではなく、質的にも発展、進化するのが可能になったようだし、われわれの科学は、少なくとも一つの動物の種に突然変異ともいえるようなすさまじい変化がおきるのを手助けするという、これまで類のない機会を実際に得ることになるのであろう。

アンドリアス・ショイヒツェリが何十もの言葉をカエルのような声でしゃべり、学習によってなにか多少でもできるようになれば、専門家でないかぎりアンドリアスにはなにか知能があると思ってしまうのも無理もない。しかし科学からすれば、それは奇跡でもなんでもないのである。進化から取り残されほとんど死滅したのも同然で化石のような存在だった生き物を突然、しっかり生き返らせたあの強力な生命の躍動こそが奇跡なのである。そこにはある特殊な状況が存在した。

アンドリアス・ショイヒツェリは海洋で生息している唯一のサンショウウオであり、――さらに印象的なのは、このサンショウウオが、かって存在し海に沈んだ、神秘のレムリア大陸があったとされるエチオピアからオーストラリアにまたがって出現した唯一のサンショウウオだということである。この地域ではないがしろにされ、しっかりと発展、進化することができなかった生命の可能性のひとつ、形態のひとつに、自然が今ごろになってあわててこれまでの遅れを取り戻させようとしていると言えないこともない。

その上、日本のオオサンショウウオとアメリカ、ペンシルバニア州、アレゲニーのクロサンショウウオのあいだに横たわっている海洋地帯に、この両者を結びつける環がまったくないのはまことに不思議なことである。アンドリアスが存在しなかったとしても、実際のところ、当然その出現した場所にその存在を想定せざるを得ない。ただ単に、太古の昔からその地理的な関係、あるいは進化の関係から住み続けてきたスペースにふたたび続々ともどってきたと言ってほぼまちがいではないだろう。

いずれにしても、すぐれた学者であるヴラディミール・ウヘル教授はこの寄稿文の最後をこう結んでいます。
この中新世時代のサンショウウオが進化上の復活を遂げるのをこの目で見るに付け、「進化の神」による創造の仕事がわれわれの惑星ではまだまだ終っていないのだということがわかる。このことには尊敬と驚きの念を禁じえない。

とにかく、このような専門的な話は新聞にはなじまないとする編集部のおだやかではあるが断固とした反対を押し切って、教授の寄稿した論文はなぜか掲載されてしまったのです。自分の論文が新聞に載った直後に、教授は読者の一人から次のような手紙を受け取りました。

拝啓

昨年、小生はチャースラフの、街の広場に面した家を購入しました。ところが、その家の中を点検しておりましたところ、屋根裏部屋においてあった木箱の中に古い希少本らしい書籍を見つけたのです。科学関係の著作が主で、その中にはヒーブルが主幹をつとめていた雑誌「ヒロス」の一八二一年から二二年の二年分、ヤン・スヴァトプルク・プレスルの著作「哺乳動物」、ヴォイチェフ・セドラーチェクの著作、「博物学あるいは物理学の基礎」、一般教育に関する公的刊行物「クロク（あゆみ）」一九年分、「チェコ博物館紀要」一三年分がありました。

ところが、たまたま、プレスルがチェコ語に翻訳したキュヴィエの「地殻変動論」(一八三四年刊行)にしおりのように挟まれていた古い新聞の切抜きを見つけたのです。その切抜きにはたまたま、なにか奇妙なトカゲのことがのっていました。なぞのサンショウウオについての、新聞に掲載された先生のすばらしいあの論文を読ませていただいたときに、この切抜きのことを思い出し、なんとか探し出すことができました。

先生がこの切抜きにあるいは興味をもたれるかと思いましてお送りするしだいです。私は自然を熱烈に愛する、あなたの熱心な読者なのです。

敬具

J・V・ナイマン

手紙に同封されてきた新聞の切抜きには新聞社の名前も日付もありませんでした。ただ、字体と正書法からおそらく十九世紀の二〇年代から三〇年代のもののようでした。切り抜きはすっかり黄ばんで、ぼろぼろになる寸前だったので、何とか判読するのがやっとだったのです。

ウヘル教授は、そのままくずかごにその切抜きをぽいと放り込んで捨てようとしました。ところが、すっかり古びてしまっている切抜きになにかふと感動を覚え、捨てるのをやめて読み始めてみたのです。

ところが、読み始めたとたん、教授は「なんてことだ」と叫んで、ふーっと大きく息を吐き、興奮した様子でメガネをかけなおしました。切抜きにはこんなことが書かれていたのです。

人間トカゲ発見！

ある外国紙の報道によると、イギリス軍艦の艦長が遠洋航海から本国に戻る途中にオーストラリア海域のある小島で奇妙な爬虫類を発見したと報告してきたとのことである。その報告によると、この島には塩湖があるが外海とのあいだにつながりはなく、容易には塩湖にたどりつくことができない。艦長と艦付き医官がこの湖のほとりで休息をとっていると、トカゲのような生き物が何匹か湖から現れた。人のように二本足で歩き、大きさはアザラシぐらいだった。その生き物は湖の岸でなにか奇妙な、しかし踊りのようなかわいいエレガントな動きを始めたのだ。

艦長と艦付き医官は、その生き物のうちの二匹を射殺した。生き物には体毛がなく、皮膚はすべすべしており、ウロコのようなものもない。つまり、外見はサンショウウオによく似ていたのである。

翌日、射殺した二匹を運ぼうとしたが死骸から発するあまりの悪臭のために断念せざるを得なかった。そこで水兵に命じて湖に網を入れさせ、このトカゲのような怪獣を捕らえたが、つがいの二匹だけは殺さずにそのまま船に運ばせた。

この生き物は有毒で、そのからだに触れるとイラクサに刺されたような焼けるような痛みを感じるとのことである。イギリスに到着するまで死なせないために、この生き物は海水の入ったたるの中に入れられた。ところが、船がスマトラ島の近くに達したときに、このたるに入れてあったトカゲのような生き物は夜にたるから這い出して、下のデッキの窓を自分で開けて、海に飛び込み姿をくらましたのである。

艦長と艦付き医官の話によると、この生き物は謎めいていてずるがしこかった。奇妙なほえ声を上げ、ビシャビシャと音を立てながら後ろ足で歩いた。しかし、人に危害を加えることはなかったのである。それゆえに、この生き物を人間トカゲと名づけるのがよいのではないかと思う。

切り抜きはここで終わっていました。「くそっ」、「ちくしょうめ」。ウヘル教授は興奮してうなりました。「いったい、いつ、なんていう新聞から切り抜いたんだ？　それもわからないなんて。ある外国紙じゃあ、なにもわからん。ある軍艦の艦長？　いったいなんていう名前だ？　それにイギリス軍艦の艦名は？　オーストラリア海域のある小島だって？　なんでもっと正確に、――いや、つまり。多少でも科学的に記録が残せないんだ？　とてつもない価値のある歴史的な記録文書になったのに――」

「オーストラリア海域のある小島か。それに塩水湖。だとすると、この島はサンゴでできた島だな。容易には近づけない塩水の潟のある環礁ってわけだ。きっとその島は、化石のような生き物がそのままの状態で生きていくには格好の場所だったにちがいない。なにしろ、進化の過程から置き去りにされて、誰にも邪魔されずにもとの自然のままでここまできたんだからな。もっとも、湖には十分なえさはなかったから、どんどん繁殖するにはおのずと限界があったはずだ」

教授は自分につぶやいていました。「なるほど。わかったぞ。トカゲに似てるがウロコがなくて、人と同じように二本足で歩けるってことか。つまり、アンドリアス・ショイヒツェリとどこがちがうんだ。ちがうにしてもサンショウウオに近い生物だな。そう、これはあのアンドリアスだ。あのろくでもない水兵たちが湖にいたこの生き物を皆殺しにして、つがいの二匹だけを生け捕りにして船に運んだってわけだ。その二匹もスマトラ島の近海で船から海に逃げだしてしまった。

その逃げたところが、生物が生息するにはとても条件がよくて、えさも無制限に手に入れることができる赤道直下だったってことなんだな。だが、いったいこの環境の変化が中新世から生き延びてきたサンショウウオに強烈な進化のインパルスを与えることは可能だろうか？

やつらはもともと海水に住んでいたんだし、新しい生息地が温暖で、えさの豊富な奥まった海の入り江だとしたら、いったい何が起きるだろうか？　最適の環境に移されて、とてつもない生命エネルギーをもらえば、サンショウウオはどんどん増殖するのも可能だ。そうか、そういうことなんだ」

　教授はうれしそうにつぶやきました。「サンショウウオはだれにも邪魔されずに好きなように進化できるようになったんだ。まるで狂ったように走って生き始めたってわけだ。なにしろ、あの新しい環境では、やつらの卵にも幼生にもこれといった天敵はなかったから、すごい勢いでふえていったってことか。

　島から島へ生息地を広げていったのだ。たしかに、やつらが寄りつかなかった島があったのは奇妙だが、当然、ただただえさを求めて移動していったってことだな。だが問題は――なぜ、やつらが以前から進化しなかったのかだ。エチオピアからオーストラリア一帯にはサンショウウオはいないし、これまでもいたことを示すものはなにひとつないんだが、それと関係がないのだろうか？

　もしかしたら中新世にこの地域でなにかサンショウウオにとって生物学的に不利な変化が起きたのだろうか？　ありうることだ。なにかとんでもない天敵が現れて、サンショウウオをあっさり絶滅させてしまったのかもしれない。

　でも、どこかの島の、まわりから隔絶した湖に中新世のサンショウウオが生き延びていたのかもしれない。もっとも、その代償に進化はすっかりとまってしまったんだろうな、きっと。

いっぱいいっぱいに巻かれて、広がるのを待っているばねのようだったんだ。自然がこのサンショウウオをどんどん、ますます、どこまでもどこまでも……進化させる大計画をもっていなかったとは言えないしな」

ウヘル教授は、こんなことを考えめぐらしているあいだに、なにかゾクッとしました。「もしかしたら、アンドリアス・ショイヒツェリは中新世の人間だったのかもしれないぞ！」

「いずれにしてもこの進化から置き去りにされていた動物が突然、めぐまれた新たな環境で生息することになり、どこまでも進化を続けることになったということか！　ぎりぎりまで巻かれていたゼンマイがいま、解き放たれたってわけだ。きっとアンドリアスは生命の熱情をたぎらせて、中新世の持つすごい勢いで進化の道を突き進むだろう！

これまでの何十万年、何百万年の遅れを取り戻そうと、熱に浮かされたように進化し続けるだろう！　サンショウウオが現状に満足して、これ以上の進化を望まないなんて、とても想像できないな。われわれがいま目の当たりにしている発展だけでもう精一杯なのか、それとも、さらなる進化の入り口に立っていて、さらに進化、発展しようとしているのだろうか？　――でもどこへサンショウウオがいこうとしているのかだれにもわからないな」

すっかり黄ばんだ古い新聞の切抜きについて書き記しながら、ヴラディミール・ウヘル教授はこんなことを考え、思案していたのです。自分の思いついた考えにすっかり興奮して震えていました。

「このことは新聞に載せさせせよう」教授はつぶやきました。「科学雑誌なんてだれも読まないからな。どんなにすごい自然のドラマを見ているのかを、みんなにわかってもらわなくてはならないな！　題は、『サンショウウオに未来はあるか？』でどうだろう」

ウヘル教授から送られてきた原稿を見た「人民新聞（リドヴェー・ノヴィニ）」の編集長は、首を振りました。「また、サンショウウオか！　読者はサンショウウオにはもううんざりしてるんだ。今回は別の話題を載せよう。結局、ああいう学者の書くものは新聞には向かないんだよ」

こんなわけで、サンショウウオの進化と未来に関するウヘル教授の論文は没にされてしまい日の目を見なかったのです。

12　サンショウウオ・シンジケート

議長のＧ・Ｈ・ボンディ氏は開会の合図の鈴を鳴らして立ち上がりました。

「みなさん」ボンディ氏は話し始めました。「ただいまより太平洋輸出株式会社の臨時株主総会を開きます。ご出席いただだいた株主のみなさんには心から御礼申し上げます。多数ご参加いただきありがとうございます」

「さて、みなさん」ボンディ氏は話を続けましたが、その声はいかにもつらそうでした。「ここでみなさんにどうしても悲しいことをお知らせしなければなりません。あのヤン・ヴァン・トフ船長はもうこの世におられないのです。

亡くなられたヴァン・トフ船長は、いわば、この太平洋輸出株式会社の創設者でありまして、はるか遠方にある太平洋の何千という島々と取引関係を持つという、すぐれた、成功まちがいなしのアイデアをわれわれに提供してくれた父のような存在でありました。ともに手をたずさえて情熱を燃やして働いてきた、当社の初代船長とも言うべきヴァン・トフ船長が亡くなられたのです。

今年の始め、ファニング島の近くを航行中の当社所有の船舶「シャールカ」号の船上で職務中に発作をおこして死亡されました」

（なにか、さわぎに巻き込まれたのかな。気の毒に）そんな思いがボンディ氏の頭をよぎりました。

「故人をしのびご冥福を祈りたいと存じます。どうか、ご起立ください」

全員が椅子をガタガタいわせながら立ち上がりました。しわぶきひとつ聞こえない静けさの中で、だれもがひそかにこの総会は長引くのではないかと心配し始めていました。（ヴァン・トフ船長は気の毒だった）ボンディ氏はすっかり感動して思いました。（いまごろは、どうなってるんだろうか？　板にのせられて海に投げ込まれるなんて。きっとバシャッとすごい音がしたろうな！　いい男だった。すてきな青い目をしていたな——）

「わが友、ヴァン・トフ船長をしのんで黙祷をささげていただき、ありがとうございます」ボンディ氏は簡単に礼を述べて、さらに話を続けました。「それでは、ただいまより取締役のヴォラフカに太平洋輸出株式会社の今年度の決算見通しを発表させます。当然のことながらこの決算見通しは確定したものではございませんが、最終的にさほどの変化はないものとお考えいただいてけっこうです。それではヴォラフカ取締役、よろしくお願いします」

「ご出席の株主のみなさん」取締役のヴォラフカ氏は最初うまく声が出せませんでしたが、すぐ本調子にもどり話を続けました。「真珠市場は現在、とても満足できる状態ではございません。昨年の真珠の採取量は好景気にわいた一九二五年のほぼ二〇倍にも及んでおります。

そのため真珠の価格は当時の六五％にまで暴落してしまいました。取締役会は今年取れた真珠は市場に出さずに、需要が高まるまでストックしておくことを決定いたしました。昨年秋ごろから真珠があまりに値下がりしたため、残念なことにファッションの対象からはずれてしまったのです。ほとんど売れないために、当社のアムステルダム支社では現在二〇万個以上の真珠が倉庫で眠っているような有様なのです」

「一方、」ヴォラフカ取締役は思わず声を落としました。「今年の真珠の取れ高はひどく減少しております。そのために、多くの場所で真珠の採取を断念せざるを得ませんでした。船をそこまで派遣するだけで赤字になってしまうからであります。この二年から三年のあいだに新たに開拓されたところも、程度の差はあるもののおおむね真珠は取りつくされてしまったようなのです。そこで取締役会は、真珠に代わってサンゴやほかの貝類、海綿などの海産物に現在注目しております。何とかしてサンゴやそのほかの宝飾品の市場を生き返らせることはできましたが、太平洋産のサンゴよりもイタリア産のサンゴのほうが幅をきかせているような有様です。

取締役会は太平洋で集約的な遠洋漁業が可能かどうか研究中でありますが、取れた魚をヨーロッパやアメリカの市場にどのようにして運ぶかが大問題なのです。これまでのところ、ことはかばかしく運んではおりません」

「それでも」ヴォラフカ氏はこれまで以上に大きな声で演説原稿を読んでいきました。「副業的に繊維製品やホウロウ食器、ラジオ、手袋などを太平洋の島々に輸出することによって全体の売上高はやや増加いたしております。このような商品はさらにいっそう売上高を伸ばし、発展させることができそうです。

このような努力の結果、本年度の赤字は比較的小額にとどまる見通しであります。ただ、今年度の期末に当社が株主の皆様に配当を出すことは到底無理なのであります。このような事態にかんがみ、取締役会は今年度の役員の報酬及び賞与を辞退することをすでに決定いたしております」

会場はしーんと静まり返りました。そのとき、ボンディ社長は思っていました。（ファニング島って、いったいどんな島なんだろう。ヴァン・トフ船長はいいやつだったが、さすがに船乗りらしい死に方をしたな。あんないい男だったのに、残念だ。そんな年でもなかったのに……たしか、おれより若かったはずだが……）

そこへ、フブカ氏が発言を求めました。

それではここからは、太平洋輸出株式会社の臨時株主総会の議事録から質疑応答を引用することにしましょう。

フブカ　取締役会は太平洋輸出株式会社の解散をお考えになっているのではないですか？

総会議長（ボンディ社長）　取締役会はこの件に関しては、さらに多くのご意見をお聞かせいただいた上で判断したいと考えております。

ルイ・ボナンファン　採取した真珠の引渡しが現地に常駐する当社の社員の手でおこなわれなかったのはなぜか、理由をきちんとご説明いただきたい。当社の常駐社員ならば、真珠の採取をしっかりしたコントロールのもとで、専門的に集中してきちんとおこなえたはずだが。

ヴォラフカ取締役　そのことは当然考慮いたしましたが、実行するとなりますと少なくとも三百人の常駐社員が必要で、その給料などあまりにも経費がかかりすぎるのです。それに、言わせていただければ、これらの職員が受け取った真珠をはたしてすべて会社に渡しているか、どうやってチェックするかという問題も残ります。

M・H・ブリンケレル　サンショウウオは取った真珠をすべて、当社が委託した者に引き渡していると信じてよいのだろうか。それ以外の者に渡している可能性がないかお答え願いたい。

総会議長（ボンディ社長）　たしか、公の席でサンショウウオに触れた発言はこれが初めてだと思います。真珠が具体的にどのようにして採取されているかについて、詳しくこのような場で述べることは暗黙の了解として、これまで触れないことになっていました。よろしいですか。太平洋輸出株式会社などという、目立たない会社名にしているのはそのためなのです。

ブリンケレル　それでは、たとえ、世間でずっと前から広く知れ渡っていることでも、当社の利益にかかわることは総会で発言してはいけないと社長はおっしゃるのですね？

総会議長（ボンディ社長）　発言してはいけないなどとは申しておりません。ただ、これまでにそのような発言がなかったと申し上げているだけです。ただ、もう自由に御発言いただいて大いに結構です。ブリンケレルさんの最初の質問にお答えいたしますが、私の知りうるかぎりにおいては、真珠やサンゴの採取に従事しているサンショウウオは仕事をきわめて正直かつ誠実にはたし、その労働能力は完璧です。

しかしながら、これまでの真珠を取ってきたところは、すでに、あるいはもうすぐほとんど取りつくした状態になることも計算に入れておく必要があります。忘れることのできない私たちのパートナー、ヴァン・トフ船長が亡くなったのは、真珠がたくさん取れる見込みのある、まだ手つかずの新しい島を探す航海の途中だったのです。

ヴァン・トフ船長ほどの経験と真正直さを持ち、仕事に心血を注ぐ代わりの人物を見つけるのは不可能なことです。

D・W・ブライト大佐　たしかに亡くなったヴァン・トフ船長の功績はすばらしかった。だれもが船長の死を悲しんでいる。ただ、あえて申し上げるが、船長はサンショウウオを甘やかしすぎたのではないだろうか？　（「そうだ」の声）亡くなった船長がおこなったように、上等のナイフやその他の道具をサンショウウオに提供する必要はなかったし、あれほどのぜいたくなえさをやる必要もなかったのだ。

サンショウウオの飼育にかかるコストを相当減らし、当社の収益を増やす必要がある。

（さかんな拍手）

副議長J・ギルバート　ブライト大佐のご意見に賛成です。しかし、そのようなことはヴァン・トフ船長が生きておられるあいだは実行に移すことはできなかったのです。船長は自分がサンショウウオに個人的に責任を負っているのだといつも口にしていました。さまざまな理由から、老船長のこのような願いをとても無視することはできませんでした。

クルト・ホン・フリッシュ　サンショウウオにほかの仕事をさせることはできないのかおききしたい。そのほうが真珠の採取に従事させるよりも収益性が高いのではないでしょうか?

サンショウウオは持ち前の、言ってみればビーバーのように水中で堤防など、何でもつくる才能を持っているのですから、それを使わない手はないと思います。港湾の浚渫や桟橋の建設、そのほかのさまざまな水中での技術が必要な工事に使うことができると思うのです。

総会議長（ボンディ社長）　取締役会もその方向で精力的に動くつもりでおります。そうすれば、大きな可能性が確実に開けます。現在、当社には約六百万匹のサンショウウオがいますが、もし一つがいのサンショウウオから一年に百匹の子どもが生まれるとしますと、翌年にはサンショウウオの数は三億匹にまで増えることになります。

十年後にはサンショウウオの数は天文学的なものになっていることでしょう。このようなとてつもない数のサンショウウオを会社としてどうするかが大問題なのです。すでにサンショウウオの飼育場はどこもいっぱいで、サンショウウオがふだん食べているものをえさとして与えるのではとても足らず、コプラやジャガイモ、トウモロコシなどをえさとして与えている始末ですから。

クルト・ホン・フリッシュ　まったく無理です。皮もなんにも使えないのです。

副議長ギルバート　サンショウウオを食料にすることはできないのでしょうか?

ルイ・ボナンファン　それでは、おききしますが、いったい取締役会はどうするつもりなんでしょうか、お答え願いたい。

総会議長（ボンディ社長）（立ち上がって）みなさん。この臨時株主総会にお越しいただいたのは、わが社のこれからの見通しがきわめてきびしいことを株主のみなさんにも十分ご理解いただくためなのです。あえて申し上げさせていただければ、当社はこれまで、十分な手元資金および償却金を確保した上で、二十ないし二十三パーセントの配当を実施してまいりました。私はこれは誇ってよいことだと思っております。

しかし、当社はいま分かれ道にたっているのです。これまで有効だと思われてきた方法はもう行き詰まり、役には立ちません。新たな道を探し求める以外にないのです。（盛大な拍手）

こんなときにすぐれた船長でもあり私たちの友人でもあったヴァン・トフ船長が亡くなったのは運命的な出来事でした。ロマンチックですばらしい、あえて率直に申し上げれば、いささか場当たり的で思慮の足りない真珠取引はヴァン・トフ船長個人との関係が濃厚でした。つまり当社にとってこの真珠取引の事業は、小説で言えばすでに読み終わった章のようなものなのです。この事業はエキゾチックで魔法にひきつけられるような魅力がありましたが、今の時代には向きません。

みなさん。真珠事業は、縦横にさまざまな分野に分かれて活動している企業の対象にはもはや決してなりえません。私個人としては、この真珠取引は一種の道楽、ちょっとした気晴らしのようなものだったのです——（会場にざわめき）

道楽とはいえ、これはみなさんにも私にもそれなりの利益をもたらしました。太平洋輸出株式会社が設立された当時は、サンショウウオにはなにか目新しい、引き付けられるものがたしかにありました。でも、三億匹もいるとなると魅力もすっかり薄れてしまいます。（笑い声）

さきほど、新たな道と申し上げましたが、私の親友、ヴァン・トフ船長が存命中は当社が、いわばヴァン・トフ船長スタイルとでも呼べる以外のスタイル、方針を取ろうとしてもそれは無理でした。（「どうして無理なんだ」の声）

なぜならば、私には自分なりの好みがいろいろとありまして、とてもさまざまな好みやスタイルを混ぜ合わせることはできないからです。ヴァン・トフ船長のスタイルはいわば、冒険小説のスタイルです。ジャック・ロンドン（訳注　アメリカの作家　一八七六—一九一六）

やジョゼフ・コンラッド（訳注　ポーランド生まれの英国作家　一八五七―一九二四）といった作家のスタイルです。古臭くて植民地風なエキゾチズムを漂わせる英雄が活躍する、そんなスタイルです。

このようなスタイルに私が魅力を感じ引き付けられたことを、この際あえて否定はいたしません。しかし、ヴァン・トフ船長が亡くなられた以上、青臭い冒険を語る叙事詩のようなスタイルを続けるわけにはいかないのです。私たちが目の前にしているのは小説の新たな章ではありません。みなさん。私たちが目の前にしているのはこれまでとは本質的にちがう別のイマジネーション、新しい考え方、アイデアなのです。（「まるで長編小説の筋を話しているみたいだな！」というヤジ）

ええ、その通りです。私は芸術家としてビジネスに興味を持っているのであります。芸術家的な能力が多少ともない限り、新しいアイデアが生まれてくるはずもないのです。もし世界が動き続けてほしいと願うのならば，私たちは詩人でなければなりません。（拍手）みなさん。（ボンディ氏は頭をさげました）私は、悲しみにひたりながら、この、ヴァン・トフ船長の章とも言うべき章を閉じさせていただきます。われわれ自身の中にある子どもじみた冒険心はもうたっぷり使わせていただきました。真珠とサンゴのおとぎ話に終わりを告げるときが来たのです。みなさん、船乗りシンドバッッドはもうこの世にいません。これからなにをなすべきか。（「それを、ききたかったんだ！」の声）

そうなんです。みなさん。いいですか。鉛筆をお持ちならば、六百万と紙に書いてみてください。書きましたか？　それでは次に、その六百万に五十を掛けてみてください。

三億になりますよね？　それでは、もう一度この三億に五十を掛けてみてください。百五十億になります。どうかみなさん、教えてください。三年後、百五十億にまで増えたサンショウウオを相手にどうすればよいのでしょうか？　どうやってそいつらを雇い、養っていけばよいのでしょうか？　それに、（「殺してしまえばいいじゃないか！」の声）

たしかに殺してしまえばいいかもしれません。しかし、それではもったいなくありませんか？　サンショウウオ一匹一匹に何らかの経済的な価値、労働力としての価値があるとはお思いになりませんか？　これらの労働力は使われるのを待っているのではないでしょうか？　みなさん。六百万のサンショウウオならまだなんとか利益を生み出すことも可能かもしれません。しかし、三億のサンショウウオともなると、利益を得るのは難しくなります。百五十億では、みなさん、もうお手上げです。会社はすっかりやつらに食い尽くされてしまいますからね。まあ、ざっとこんな具合なのです。（「社長の責任だ！　サンショウウオの事業を始めたのは社長じゃないか！」と非難する声）

（ボンディ氏、頭をあげる）みなさん。私が全責任を取ります。株主のみなさんは、お望みならばすぐにでも当社の株式を売却していただいてけっこうです。いつでもよろこんでお支払いいたします……。（「いくらで払ってくれるんだ？」の声）みなさん。株式の相場

どおりにお支払いいたします。（会場は騒然となる。議長が十分間の休憩を宣言する）

総会が再開される。

ブリンケレル　休憩後の最初の発言をさせていただきます。サンショウウオがどんどん増えるのは、会社の資産が増えることなので、大変結構なことだと思います。ただ、漫然と飼育しているのはまったくのナンセンスです。もしも当社がサンショウウオに適切な労働を提供できないのであれば、サンショウウオを海中あるいは海底で働かせたい者に労働力としてすっきり売り渡すことを株主の一人として提案させていただきたい。（拍手）

サンショウウオ一匹の飼育代は一日数サンチームにすぎません。もしつがいのサンショウウオを百フランで売却し、たとえそのサンショウウオが一年間しか労働することができなかったとしても、投資家は楽々と利益をあげることができるでしょう。（「そうだ」、「その通り」の声）

副議長ギルバート　申し上げます。サンショウウオは一年以上かなり長く生きることができます。ただ、どれくらい長く生きられるかに関しましては、まだ十分なデータを持ち合わせておりません。

ブリンケレル　サンショウウオの一つがいあたりの値段を百フランにするという先ほどの私の提案を港渡しで三百フランに変更します。

S・ヴァイスベルガー　実際には、サンショウウオはどんな仕事ができるのかお尋ねしたい。

ヴォラフカ取締役　サンショウウオは持って生まれた本能とさまざまな技術をすばやく身につける並々ならぬ能力から、特に水中ダムや堤防、防波堤、港湾や運河の浚渫、浅瀬や沼の堆積物の除去、水路の開放、海岸の保全や干拓などに向いているのです。これらの工事には大量の、数百から数千の労働力が必要とされます。よほどの安い労働力をふんだんに使えないかぎり、現在の土木技術ではあえておこなうことのできない工事なのです。（「そうだ」、「いいぞ」の声）

フブカ　サンショウウオは売り渡し先でもしっかりと繁殖することが可能です。このようなサンショウウオを簡単に売却してしまうことには賛成できません。サンショウウオを独占的に保有している当社の有利な立場を失ってしまうからです。そこで提案したい。水中での工事を請け負う企業にはしっかり専門的な技術トレーニングをしたサンショウウオを労働力として貸し出すのです。この貸し出しには条件をつける必要があります。貸し出した親から生まれてくるサンショウウオの子どもは当社に属することを明文化しておくことです。

ヴォラフカ取締役　指摘しておきたいのは、何百万、ときには何十億という水中にいるサンショウウオを監視するのは不可能だということです。まして、サンショウウオの子どもにまでとても手が回りません。残念ながら、多数のサンショウウオが動物園やサーカス用に盗まれているのです。

ブライト大佐　オスのサンショウウオだけを売るなり貸し出してはどうだろうか。そうすれば、サンショウウオは当社の養殖場か孵化器の中でしか繁殖することができなくなる。

ヴォラフカ取締役　サンショウウオの養殖場が当社の財産だと申し立てることはできません。海底は所有したり借用することはできないのです。領海、たとえば言ってみれば、オランダ王国の領海内に生息しているサンショウウオが、現実にはどこに所属するかは法律的にはとてもあいまいでさまざまな議論を呼びそうなのです。（場内にざわめき）多くの場合、漁業権さえもはっきりしていません。太平洋の島々に作り上げた当社のサンショウウオ養殖場も実際のところ合法的とは言い切れないのです。（さらに大きなざわめき）

副議長ギルバート　ブライト大佐のご質問にお答えします。これまでの経験から、オスのサンショウウオは、メスがいない状態でしばらく置くと元気がなくなり、労働意欲が減退してしまうのです。なにもしないでボーっとしていますが、メス恋しさのあまり死んでしまうこともしばしばあります。

クルト・ホン・フリッシュ　サンショウウオを市場に出して売却する前に、オスには去勢手術をメスには不妊手術をすることはできないのですか？

副議長ギルバート　それはコストがかかりすぎます。売却したサンショウウオが繁殖しないようにするのはまず不可能です。

ヴァイスベルガー　動物愛護協会の会員としてぜひお願いしたい。サンショウウオを売却するときには人道的に扱い、人道にもとるようなことをしないようにしていただきたいのです。

副議長ギルバート　ご提案、ありがとうございます。ご理解いただきたいのですが、サンショウウオの捕獲や輸送はトレーニングを積んだ人間がしっかりとした監督のもとでおこなっております。ただ、サンショウウオが新たな持ち主からどのような扱いを受けるかまでは保証することはできません。

ヴァイスベルガー　ギルバートさんにそのように言っていただき、満足です。（拍手）

総会議長（ボンディ社長）　みなさん。今後もサンショウウオを独占的に保有できるなどという考えは断念しなければならないのです。残念ながら、現在の法律の下ではサンショウウオに特許をとることはできませんからね。（笑い）今私たちが持っているサンショウウオの取引に対する特権的権益は今後もちがった形で保証されなければなりませんが、それは十分可能です。ただそのためには、われわれの取引がこれまでとちがったスタイルをとり、これまでよりずっと大規模におこなわれるのがどうしても必要な前提条件になるのです。

（「静粛に、静粛」の声）

みなさん。ここに束になった予備的な同意書があります。取締役会は新たな、生産から輸送、販売までを垂直的に統合したサンショウウオ・シンジケートという名称のサンショウウオ・トラストを設立することを提案させていただきます。このサンショウウオ・シンジケートには当社以外にもしっかりしたいくつかの大企業、それに銀行などの金融グループも加わります。

たとえば、あるコンツェルンには、特許を取った特殊なサンショウウオのための金属機器を製造させます……。（「それはメアス（MEAS）社のことだろう！」の声）

ええ、たしかにそうです。メアス（MEAS）社です。そのほかにも化学会社と食料品会社のカルテルもあって、そこではサンショウウオ用に特許をとった安価なえさを製造するのです。また、これまでの経験を生かして、サンショウウオを輸送するための特殊な衛生的な水槽の特許を取得した運送会社のグループもあります。

また、購入したサンショウウオが輸送中、あるいは作業中にけがをしたり死亡した場合に補償金を出す保険会社のグループ、そのほかにも、今の段階では具体的に会社名を挙げるのは差しさわりがあってできませんが、産業界、輸出関連、金融関連の企業からも多くの引き合いがあります。

このシンジケートが四億ポンドの資本金でスタートするときけば、みなさんにおそらくご納得いただけると存じます。（だれもが感動し興奮）ここにあるファイルは契約書で埋まっております。契約書に御署名をいただければ、現代において最大の経済シンジケートができあがるのです。

みなさん。合理的なサンショウウオの飼育と利用を目的とした巨大なコンツェルンを創設するための全権をどうか、取締役会にお与えいただけるようにお願いするしだいです。

(拍手に混じった抗議の声)

みなさん。このようなシンジケートをつくってさまざまな業務を共有化し無駄を省くことによってどれほど優位な立場を構築することができるか、どうかよくお考えください。サンショウウオ・シンジケートは単にサンショウウオを業者に売り渡すだけではなくて、サンショウウオが使う道具や何十億もいるサンショウウオに食べさせるトウモロコシ、でんぷん、牛脂、砂糖などのえさのすべての取引をおこなうのです。

その上さらに、サンショウウオの輸送、保険、獣医の手配など、あらゆることをきわめて低い料金でおこないます。これは独占とまではいえませんが、サンショウウオの取引においてほかのライバル会社に圧倒的な優位を保つことができるのです。みなさん。どこの会社が競争をいどんできても、ちょっと時間がたてばその会社は必ず競争から脱落します。

(「ブラボー!」と歓声)

しかし、話はここでとどまるわけではありません。サンショウウオ・シンジケートはサンショウウオが海底でおこなう建設作業に必要な資材をすべて提供することになります。そのため、重工業、セメント業界、建築用木材や石材の業界からも支持されているのです……。(「サンショウウオがまともに働くかわかったもんじゃないぞ!」の声)

みなさん、いいですか。今、この時間にもサイゴン港では一万二千匹のサンショウウオがドックや、貯水池、桟橋の建設に従事しているのです。（「そんな話は聞いていないぞ！」の声）ええ、たしかにまだお話してはいませんでしたね。ただ、これはサンショウウオを使った建設作業の最初の大規模な試みなのです。みなさん。この試みは十分に満足すべき成果をあげています。今日、サンショウウオには大いなる将来性があることにまったく疑いを挟む余地はありません。（大拍手。会場は熱狂につつまれる）

みなさん。それだけではありません。こんなことでサンショウウオ・シンジケートの役目がすっかり終わってしまうなんてことはまったくないのです。サンショウウオ・シンジケートは全世界で何百万というサンショウウオに仕事を見つけます。海を支配するためのプランやアイデアを提供するのです。ユートピアと巨大な夢をだれにも吹き込み、プロパガンダするのです。新しい海岸や運河、大陸と結ぶ堤防、大西洋や太平洋を横断する航空機のための飛行場を備えた一連の人工島、大海のど真ん中に作られる新大陸といったプロジェクトです。

このようなプロジェクトに人類の未来があるのです。みなさん。地球の表面の五分の四は海が占めています。これでは海があまりにも広すぎます。現在の地球の表面、海と陸との地図の割合は正さなければならないのです。みなさん。私たちは世界に海の労働者を提供するのです。これはもうヴァン・トフ船長のスタイルではありません。

真珠取りの冒険物語は労働賛歌に代わるのです。真珠取りといったちっぽけな商売に甘んじるか、あらたな事業に乗り出すかです。もしも大海や大陸のスケールで考えることができなければ、われわれは自分たちの持つ可能性を十分に生かしきることはできません。さきほど、ひとつがいのサンショウウオをいくらで売却すべきかといったお話が出ましたが、私としては何十億単位のサンショウウオをどうするか、何百万、数百万の労働力としてのサンショウウオ、地殻の大移動、新たな創世記、新たな地質学の時代についてみなさんと考えていきたいと思っております。

今日では、未来の新アトランティス、世界の海へどんどんと広がっていく旧大陸、人類自身が作り上げる新世界について語ることができるのです。恐縮です。みなさんには、どうもまるでユートピアのような話に思えるかもしれません。でも、みなさん。すでに私たちはユートピアの中に踏み込んでしまっているのです。私たちはサンショウウオの未来について技術面からだけ検討すればよいのです……。(「資金面もだろう！」の声)

ええ、そうです。資金面も大切です。みなさん。私たちの会社は何十億というサンショウウオを使いこなすには小さすぎます。資金的にも政治的にも不十分です。海と大地の地図が変われば、世界の大国もこの問題に関心を持つようになるでしょう。

しかし、このことについてはこれ以上触れるのはやめましょう。サンショウウオ・シンジケートを肯定的に評価してくださっている何人かの政府高官についても名前をあげるのは控えます。ただこれから採決に付します「サンショウウオ・シンジケート設立の案件」につきましては、シンジケートが無限の可能性を秘めていることをどうかじっくりお考えの上で御投票いただければと存じます。（鳴り止まぬ拍手。会場はさらに熱狂につつまれる。「いいぞ！」「ブラヴォー！」の声）

それでも、太平洋輸出株式会社の株主に対しては、投票の前に予備の資金から今年度は少なくとも一〇パーセントの配当をおこなうことを約束する必要がありました。投票の結果は賛成が八七パーセントで不賛成はわずか一三パーセントにとどまりました。

結果としては取締役会の提案は受け入れられ、サンショウウオ・シンジケートが実際に効力を持ち、動き出すことになりました。ボンディ氏はだれからもおめでとうと祝福されました。

「いやあ、ボンディさん。実にすてきなお話でしたよ」かなりの年配のシギ・ヴァイスベルガーさんがほめました。「いや、とてもすばらしかった。それにしても、ボンディさん。どうしてサンショウウオ・シンジケートなんていうアイデアを思いついたんですか？」

「どうしてって言われてもですね」ボンディ氏は上の空（うわのそら）で答えました。「実はですね、ヴァイスベルガーさん。あれはヴァン・トフ船長のためなんですよ。船長はサンショウウオのことをとても気にかけていましたからね。船長が大切にしていたあのタパ・ボーイのやつらを私たちがなにもしないで見殺しになんかしたら、あの亡くなった気の毒な老船長になんて言われるかと思うとね！」

「タパ・ボーイですか？」

「あのろくでもないサンショウウオどものことですよ。それでも、やつらにも多少の価値が出てきたので、いまではそれなりにまともに扱われていますがね。もっとも、ヴァイスベルガーさん。あのぞっとするサンショウウオたちは、ユートピアかなんかの建設に携わらせるぐらいが関の山で、ほかの仕事にはまったく不向きなんですよ」

「私にはどうもその辺のことになるとさっぱりわかりませんね」ヴァイスベルガーさんは自分の思っていることを話し始めました。「でも、ボンディさん。あなたはこれまでにいつか、サンショウウオをその目で見たことがあるんですか？　私は見たことがないものですから、やつらがどんな生き物かさえさっぱり分からないのです。いったいサンショウウオってどんななんですか？」

「ヴァイスベルガーさん。そんなことわかりませんよ。わかったところで何だって言うんです？　それにどうして私が知っていなければならないんですかね？　サンショウウオがどんなかなんてことにまで気を回す暇なぞ私にはないのです。ただ、サンショウウオ・シンジケートを何とか設立できたことは喜ばなければなりませんがね」

付記　サンショウウオの性生活について

人間が好んでおこなう精神活動の一つは、世界や人類が遠い将来にどんな風になっているか、どんな技術的な奇跡が今後おきるか、社会問題はどこまで解決しているか、科学や社会制度がどれほど進歩しているか、といったことを頭の中でいろいろと想像し思い巡らすことではないでしょうか。

しかし、今よりも進歩した、あるいは少なくとも技術的には完全といえるほどに進んだユートピア的な世界でも、昔ながらの、しかし常にだれもが興味を失うことのない、性生活や生殖活動、恋愛、結婚、家庭、女性がかかえる問題などといった問題に対しても人間は並々ならぬ関心を持ち続けるのです。このことは、ポール・アダム、H・G・ウェルズ、オルダス・ハックスリーといった作家たちの作品を読めばわかることです。

ほかの作家の方たちを引き合いに出した以上、著者である私には、われわれの地球の未来に視線を投げかけ、その未来の地球でサンショウウオがどのような性生活をおくるのかについても議論する義務があると思います。

それなら、後になってこの問題を議論するより今ここで議論するほうが良いでしょう。

当然のことながら、アンドリアス・ショイヒツェリの性生活は基本的にはほかの有尾目の両生類の生殖行動と同じです。

厳密な意味での交尾は行われません。メスは何回かに分けて産卵しますが、受精した卵は水中で孵化して幼生になり成長を続けます。こんなことはどの生物の本、博物誌の本にも載っています。そういうわけでここではアンドリアス・ショイヒツェリの生殖行動で観察することのできたいくつかの特異点についてだけ述べることにします。

H・ボルテは述べています。「四月の初めになるとオスは一匹のメスにすり寄って離れようとしなくなる。生殖期のあいだ、通常オスはメスにくっついたままでいる。数日間は一歩もメスから離れず、えさも一切口にしない。ところが、メスの食欲はきわめて旺盛なのである。オスは水中でそのメスのあとを追いかけ回して、頭と頭をぴったりとくっつけようとがんばる。

うまくメスにくっつくことのできたオスは、小さな口をメスの鼻先に押し付けるが、これはおそらくメスが逃げるのを防ぐためだろう。そしてオスはじっと動かなくなる。こうして頭だけをくっつけあった一つがいのサンショウウオは、約三〇度の角度を保ったまま動きを止めて並んで水の中を漂うのである。ときどきオスはからだをもだえるようにはげしくくねらせるので、オスとメスのからだがぶつかり合ってしまうが、オスはまたじっと動かなくなる。オスは後ろ足を広げて、自分が選んだパートナーの鼻に口をつけたままじっとしているのである。メスはといえば、そんなオスには関心を示さず、ひたすらそこいらにあるものを次から次に食いあさる。

これは、言ってしまえばキスのようなものだが、このキスは数日は続くのである。メスはときどきオスを振り払ってえさをとりにいこうとする。そんなメスをオスは追いかけるが、その様は興奮しているというよりも怒り狂ったようである。

メスはついには抵抗しなくなり、逃げるのをあきらめる。二匹はまるでつながれた黒い二本の丸太のようにじっと動かず水の中を漂うのである。やがてオスはからだを震わせて痙攣しはじめ、少しねばねばした大量の精液を放出する。オスは精液の放出が終わると、すぐさまメスから離れ岩のあいだに入り込む。オスは体力をすっかり使い果たしへばりきっている。そんなときにオスの足や尾を切ろうとしても、オスは一切抵抗を示さない。

一方メスはというと、その間じっとしたままからだを動かさないが、しばらくするとからだを強くそらして総排泄腔からつぎつぎにゼラチン状の膜をかぶった卵を排出する。この際、ヒキガエルのように後ろ足を補助に使うことが多い。排出される卵は四、五十個で房のようになってメスのからだにぶら下がっている。

メスは卵をからだにぶらさげたまま安全な場所まで泳いでいき、卵を藻や海草に次々と付けていくが、岩だけに付けるときもある。十日後にメスは新たに二〇から三十個の卵を産むが、そのあいだにオスと出会った形跡はまったくない。どうやらこれらの卵は総排泄腔のなかで直接受精したらしいのである。

通常は、それから七日から八日のあいだに三回から四回の産卵があり、それぞれ十五から二十個の卵が排出される。そのどれもが受精卵なのである。そして、一週間から三週間後には卵から枝状の鰓を持った幼生が出てくる。これらの幼生は一年後には生殖できるサンショウウオにまで成長するのである」

これに対して、若い女性研究者のブランシ・キステメッケルさんは捕らえた二匹のメスと一匹のオスのアンドリアス・ショイヒツェリを水槽に入れて観察をおこないました。

「産卵期になるとオスは一匹のメスの方にだけ近寄って、強引に付きまとって離れない。そのメスが逃げようとすると尾で容赦なく乱暴にそのメスをたたく。

オスはメスがえさを食べるのを嫌がり、メスをえさから遠ざけようとする。どうやら、オスは自分のためにこのメスが必要なだけで、そのためにメスをおどしてしたがわせようとしていたのである。ところがオスは射精をし終わると、もう一匹のメスに飛びかかり食べようとした。

そのオスはやむを得ず水槽から出されたが、もう一匹のメスは合計六三個の受精卵を生んだ」

三匹のアンドリアス・ショイヒツェリを観察していたブランシ・キステメッケルさんは、三匹とも総排泄腔の縁がこの時期にかなり腫れているのに気が付きました。彼女は次のように述べています。

「アンドリアスの受精は交尾や産卵によってではなく、性的好環境とでも呼ぶべきなにかの媒介によっておきるようである。このことから、卵が受精するには一時的な性的なつながりを必要としないことはあきらかである」

この結果を踏まえて、この若い女性研究者はさらに実験を進めることにしました。

彼女はオスとメスのサンショウウオをたがいに分けてしばらく時間をおき、それからオスから精液を搾り出して、それをメスのいる水の中に入れたのです。するとメスはしばらくすると受精卵を生み始めました。さらにブランシ・キステメッケルさんは実験を進めました。オスの精液をろ過して精子を取り除き、この弱酸性で透明なろ過液を水の中にいるメスに与えてみたのです。

するとメスは一度に約五〇個の卵を生み始めましたが、そのほとんどは受精卵で正常な幼生が孵化しました。このことから彼女は、この性的好環境とでも呼ぶべきなにかの媒介による受精は単為生殖と有性生殖とのあいだの独自の過渡的な移行過程だという重要な考えにいたったのです。

卵の受精は、まだ人工的に作り出すことができない一定の酸化といった環境の化学的な変化によって簡単に起きるのですが、この変化は何らかの方法でオスの性機能とも結びついているのです。もっともこのような性機能自体が実は不要で、オスとメスとが接合するのはアンドリアスの生殖がほかのサンショウウオと同じようにおこなわれていた、進化のずっと手前の段階の名残なのです。

キステメッケルさんが正しく指摘しているように、この接合は本質的にはこれまで受け継がれてきた父親としてのオスの存在が幻想だということを示しています。オスは実際には幼生の父親ではなくて、本質的には、受精を促進させる性的な環境をもたらす完全に非個性的なある種の化学的媒介物質にすぎないのです。

水槽にアンドリアス・ショイヒツェリのつがい百組を入れれば、一つひとつの組がそれぞれに生殖行為を始めるとふつうなら考えます。ところが、実際には与えられた環境が全体として性的な変化を起こす、より正確に言えば、水の一定の酸性化にアンドリアスの成熟卵が自動的に反応して孵化を促進し幼生が生まれるのです。

この正体不明の水を酸化させる物質を人工的につくることができれば、オスはまったく不要になります。このなにかとても奇妙な生き物であるアンドリアスの性生活は、まるでなにか「巨大な幻想」のようです。

オスのエロチックな情熱や結婚生活、性的な暴力、メスへの一時的な献身、不器用でぐずぐずしたエクスタシー、これらすべては現実には必要のない、すっかり廃(すた)れた、ほとんどシンボリックといってもいいような行為なのです。これらはみな、繁殖のための性的な環境を作るためのオスの非個性的な行動にただついてまわっている、言ってみれば、装飾しているだけなのです。

メスが奇妙な無関心さで、一匹一匹のオスの役にもたたない、気も狂わんばかりの求愛活動を受けいれたふりをするのは、オスの求愛活動が受精に適した環境の中で性的に結び合う本来の生殖行為の前のただのセレモニー、あるいはまえぶれに過ぎないと本能的に感じていることを明白に証明しています。

アンドリアスのメスはエロティックな幻想など持たずに、このような状況をより明確に理解しリアリスティックに対応していると言えるのかも知れません。

学識の高い神父でもあったボンテンペリはキステメッケルさんのこの実験に加えて、さらに興味ある実験をおこないました。アンドリアスの乾燥させた精液を砕いてメスのいる水の中に投与したところ、メスは受精卵を産み始めたのです。精巣を同じように乾燥させて砕いたり、精巣のアルコール抽出液や煮沸した精巣の抽出液を同じようにメスのいる水槽の中に投与した場合にも、結果は同じでした。発情期のオスのアンドリアスの脳の下垂体や、さらには皮膚線の分泌物でも同じ結果が得られました。

このようにさまざまなものを水槽に投入しても、メスは最初のうちは反応を示しません。しかしばらくすると水中でえさを求めて活発に動き回るのをやめて、じっと動かなくなりからだを硬直させます。そして数時間後にはゼリーにつつまれたソラマメほどの大きさの卵を生み始めるのです。

これらのことに関連して、やはり、「サンショウウオ踊り」と呼ばれているサンショウウオの不思議で奇妙なセレモニーについても触れないわけにはいきません。もっともこの「サンショウウオ踊り」は、この当時、特にハイ・ソサエティーのあいだでもてはやされていて、ヒラム司教に「これまで一切耳にしたこともない、きわめて卑猥な踊りだ」ときめつけられたサラマンダー・ダンスとは関係がありません。

繁殖期を除く満月の夜になると、アンドリアス、それもオスだけが海岸にやってくるのです。そして丸く輪になって砂浜に座ると、上半身を波のようにゆっくりとくねらせる、特異で奇妙な動きをし始めるのですが、それが「サンショウウオ踊り」です。

　上半身をゆっくりとくねらせるこの奇妙な動きは、オオサンショウウオでは浜辺での「サンショウウオ踊り」以外にも見ることのできる特徴的な動きです。ただ、このいわゆる「サンショウウオ踊り」が始まるとサンショウウオはまるで身をささげるようにはげしく情熱的に踊り続け、最後には疲れ果てて倒れこんでしまうのです。まるで、メヴレヴィー旋舞教団の僧（デルヴィッシュ）たちが踊っているようです。

　この狂ったようにくるくると回り、足踏みをする踊りを月神を祭る宗教的な儀式なのではないかと考えた学者がいる一方で、この踊りを本質的にエロチックなものだとみなして、すでに述べたサンショウウオの特殊な生殖行動によって説明したほかの学者もいました。

　すでに述べましたように、アンドリアス・ショイヒツェリでは、その受精はオスとメスとのあいだの集団的で非個性的な媒介、つまり、いわゆる性的環境によっておこなわれるのです。メスのほうがオスよりずっと現実的で、非個性的な性的関係を当然のこととして受け入れることもすでに述べました。

　一方オスはというと、どうやら本能的なオスとしての虚栄心と征服欲から——せめて見かけだけでも性的勝利を保持しようとして求愛行動をおこし、メスを独占的に自分のものにしようとするのです。

これはオスのとてつもないエロチックなイリュージョンのひとつなのですが、興味深いことに、このイリュージョンはオスの一大祭典へと形を変えているのです。ただ、この祭典はどうやらオスたちが自分たちを「オス集団」なのだとあらためて認識する本能的な努力以外の何物でもないようです。

このようにして集団となって踊るのは、性的な個人主義などというまるで先祖返りのようなナンセンスなオスのイリュージョンを克服するためだとも言われています。熱に浮かされたように陶酔してからだをくねらせながら踊る集団は、盛大な結婚踊りをして、派手な結婚式をとりおこなう「集団的オス」、「花婿の集団」、「大いなる交合者たち」にほかならないのです。

――不思議なことにこの踊りに加えてもらえないメスたちは、魚やイカをガツガツとむさぼるように食べるのに夢中で、オスたちの踊りにはまったく関心を示しません。著名な学者、チャールズ・J・パウエルはこのサンショウウオの儀式を「雄性原理に基づく踊り」と命名しましたが、さらに次のように述べています。

「サンショウウオの驚くべき集団主義の根源は、オスたちがいっしょになっておこなうこの儀式にあるのではないだろうか？

われわれは、ミツバチやアリ、シロアリのように、種の生活と進化が一つがいのオスとメスによる性的なつながりによらない場合にのみ真の動物社会が成り立つのだということを自覚するべきである。ミツバチ社会は、『女王バチ一匹の母系社会でつくられた巣』と表現することが可能であるが、サンショウウオ社会はミツバチ社会とはまったく異なり、『オスの雄性原理に基づく集団的な社会』と表現することができる。

与えられた瞬間に、まるで汗でもかくように繁殖するための性的な環境をつくりだすすべてのオスは、集団となって初めてメスの子宮に入り込み気前よくたっぷり生命をつくりだす『偉大なオス』になれるのである。オスの父性は集団的である。なぜならば、オスは生まれた時から集団的で、共同行動をとるようにできているのである。ところがメスは産卵を終えると、次の春までばらばらになって孤立した生活をおくるのである。

共同体を作り共同の任務を遂行するのはオスだけなのである。アンドリアスほどメスが従属的な役割しかはたさない動物はほかにはいない。メスは共同行動から排除されているのだが、もともと共同行動にはまったくといっていいほど興味を示さない。

メスたちの瞬間が始まるのは、『オスの原理』がメスの環境をすっかり酸性にするときである。この酸性の度合いは化学的にはほとんど感知できないが、潮の干満によってとてつもなく薄められてもその作用を失わず、活発に浸透できる力を持っている。それはまるで、海そのものがオスになって、その浜辺で何百万もの卵を受精させているようである」

チャールズ・J・パウエルはさらに次のように述べています。

「大多数の動物では、自然はオスのプライドなどまったく無視して生活上の優先権をメスに与えている。オスは快楽と殺戮のためにこそ存在している。どのオスも尊大で思い上がった存在なのに対して、メスはその力とゆるぎのない美徳によって種を代表するのである。ところがアンドリアスの場合（人間にも当てはまるところがあるが）、オスとメスの関係はまったく土台から異なる。

共同性と連帯性をつくりだすことによって、オスは明確な生物学的な優位性を獲得し、自分らの種をどのようにしてさらに発展させるかを決定する力をメスよりもはるかに持つようになった。どの方向に発展させるかを決定する強い権限をオスが持っていたからこそ、アンドリアスは技術面で大いに力を発揮できているのだ。通常、技術的なことは男のほうが能力があるからである。

アンドリアスは集団でプロジェクトを遂行する生まれながらの技術者なのである。オスの持つこのような二次的な特徴、つまり、技術に対する才能と組織へのすぐれたセンスはわれわれの目の前でとても急速にしかも順調に発展しているので、もしもわれわれが性の決定因子がこれほど強力な生命の要素なのだということを知らなければ、自然はなんと神秘で不思議なのだといって片付けてしまったにちがいない。

アンドリアス・ショイヒツェリは『アニマル・ファーベル』、つまり道具を作り使用する動物であり、そう遠くない将来に技術面で人間をも追い越すかもしれない。しかもこれはすべて純粋にオスのコミュニティーをつくったという自然の事実の力によるものなのである」

第二部　文明の階段を登る

1　ポヴォンドラさん、新聞を読む

切手を集めたり、初版本を集めたり、世の中にはさまざまな収集家がいます。ボンディ家の執事ポヴォンドラさんは、長年、人生の意義を探しあぐねていました。有史以前のお墓に自分の興味を集中させるか、それとも外交問題に熱を上げるか、何年も決めかねていたのです。ところが、ある日の夜、人生を充実させるには、いったい自分になにが欠けていたのかが突然、ポヴォンドラさんの頭のなかにひらめいたのです。得てして、こういうことは、急におきるものです。

その晩、ポヴォンドラさんは新聞を読み、奥さんは息子のフランティークの靴下をつくろっていました。フランティークはといえば、ドナウ川左岸に流れ込む支流の名前を暗記しているふりをしていたのです。心地よい静かな夜でした。

「うーん。ありえないな」ポヴォンドラさんがつぶやきました。

「どうしたの?」針に糸を通しながら奥さんがききました。

「例のサンショウウオさ」ポヴォンドラさんが答えました。「いいかい。この三ヶ月でサンショウウオが七千万匹も売れたそうだ」

「すごい数じゃない、ねえ、そうでしょう?」奥さんが言いました。

「そうだね。お母さん、これはおそろしい数字だよな。いいかい。七千万匹だぜ!」ポヴォンドラさんは首を振りました。「すごい金をかせいでいるにちがいないな。どんな仕事でもどんどんやってのけるんだから」しばらく考え込んでいたポヴォンドラさんがぽつんと付け加えました。「いたるところで突貫工事で土地を造成し、島をつくっているって書いてあるよ。——つくる気になれば、大陸だっていくらでもつくれるんだね。母さん、これはすごいことだ。アメリカ大陸の発見よりもすごい大進歩だよ」ポヴォンドラさんはここでまた考え込んだのです。「歴史の新しい時代の始まりだ。そうだろう? 母さん、いいかい。おれたちはすごい時代に生きてるんだ」

だれも口をきかず、しばらく家の中はまた静かになりました。突然、ポヴォンドラ父さんがパイプからタバコの煙を吹き出して、言いました。「だけど考えてみりゃ、おれがいなけりゃ、こんなことにはならなかったんだ!」

「こんなことって?」

「このサンショウウオを売りまくる商売さ。こんな新しい時代が来るなんて。言ってしまえば、こんな世の中になったのも実は全部おれのせいなんだ」

夫人のポヴォンドロヴァーさんは、穴のあいた靴下をつくろう手を休めて、夫を見上げました。「あなた、どういうこと?」

「おれはあのとき、あの船長を通してしまい、ボンディさんに会わせてしまったんだ。いいかい、母さん。おれが取り次がなければ、あの二人は一生会うことはなかったはずだ。

つまり、おれがいなかったらこんなことはまったくおきなかったんだ。いっさい、なんにもおきなかったはずなんだ」

「でも、その船長さん。ほかの人を見つけたかもしれませんよ」奥さんがちょっとポヴォンドラさんとちがう意見を言いました。

ポヴォンドラさんのタバコのパイプが、ばかを言え、とでも言うように音を立てました。「わからないのかい！　ああいう大きなことができるのはボンディさんだけだよ。ボンディさんのように先を見通せる人は、ほかに知らないな。ほかの人なら、ありもしないほら話だとか、ペテンだとしか思わないよ。ところがボンディさんはちがう！　鼻がばっちりきくんだよ！」ポヴォンドラさんはそう言うと、またちょっと黙って考え込みました。「あの船長。なんていう名前だったかな。そうだ、ヴァン・トフとかいったな。でもあやしげなところはまったくなかった。ただのでぶじじいって感じだったからね。

おれ以外の執事なら、『どちらへおいでですか？　ボンディさんは不在です』きっとこう言ったにちがいない。でもおれにはなにか、ピーンとひらめくものがあったんだ。おれは自分に言い聞かせた。『取り次ぐことにしよう。小言をくらうかもしれないが、そんなのどうってことない。よし、取り次ぐぞ』いつも言ってるだろう。執事は鼻がきかなくっちゃだめなんだ。門の呼び鈴を鳴らした男が、一見、男爵のように見えても、実は冷蔵庫のセールスマンだったりするのさ。ところが、ある日、太っちょのじいさんがやってくる。ただのじじいか、それとも。

いいかい、人は人間によく通じていなくてはだめなんだよ」ポヴォンドラ父さんは、なにか考え込むように言いました。

「フランティーク。いいか、わかるかい。どんな下積みでもやる人はやるんだよ。だから、しっかり自分のするべきことはいつもきちんとするんだ。おれのようにな」ポヴォンドラさんは首を振りました。なにか感動して浮き浮きしているようでした。「あの船長をていよくあしらって、ボンディさんに取り次がなくてもよかったんだ。そうすれば、階段を上がったり下がったりする手間もはぶけたしね。ほかの執事なら、えらそうな顔をして、船長の鼻先で玄関のドアをばたんと閉めただろうよ。そんなことをしていれば、すべてはぶち壊しで、世界にこんなすばらしい進歩をもたらすことにはならなかったはずだ。いいかい、フランティーク。忘れるなよ。だれもが自分の義務をしっかり果してさえいれば、なにごとも万事うまくいくんだ。おれがお前になにか話すときは、しっかり聞くんだぞ」

「わかったよ、父さん」フランティークはうんざり顔で、小声で答えました。

ポヴォンドラ父さんはひとつせきばらいをして言いました。「母さん。ちょっとハサミを貸してくれないか。新聞を切り抜かなくちゃならないんでね。のちのちの人たちが、おれのしたことを忘れないようにね」

＊＊＊＊＊＊＊＊

こんなわけでポヴォンドラさんはサンショウウオについて書かれた記事を切り抜いて集め始めたのです。ポヴォンドラさんが精力的にがんばって集めてくれなかったら、これらの資料は散逸し、忘れ去られていたでしょう。ポヴォンドラさんはサンショウウオについて書かれたものを見つけると、自分がどこにいようとどんなものでも切り抜いてとっておくことにしたのです。ずっと内緒にしておくのもいまさら変なので、暴露してしまいましょう。実は、ポヴォンドラさんは行きつけのカフェでサンショウウオについて書かれた新聞記事を見つけると、その記事をこっそりくすねる術を身に着けてしまったのです。たしかに最初のうちこそドキドキしましたがそれにもすぐなれて、なれるどころかその業はもう飛びぬけた名人芸の域にまで達していました。お目当ての記事を見つけると、ボーイ長の目の前でこっそり破りとって、さっとポケットに失敬してしまうのです。みなさんも御存知のように、収集家はだれでも、自分のコレクションにどうしても加えたいものを見てしまったら、それを手に入れるためにはそれこそ盗みでも殺人でもやりかねません。その上、盗んだり人殺しをしたからといって収集家の良心は少しもいたむことがないのです。

さあ、ポヴォンドラさんはやっと人生の意味を見つけることができたのです。収集家の人生が始まったからです。ポヴォンドラさんはやさしく見守る奥さんの前で、毎晩、毎晩、切抜きを整理し、すべて読み通す作業に没頭していました。奥さんのポヴォンドロヴァーさんは、どの男もときにはむちゃくちゃなことをやり、ときには小さな子どものようだということをよく心得ていました。だから彼女は、パブに出かけてはトランプ遊びに夢中になるよりは、切り抜きに熱中しているほうがずっとましだと、内心思っていたのです。そこで、ポヴォンドラさんが自分で切抜きを入れるために作った箱を入れておくことができるスペースをタンスの中につくってあげさえしました。ポヴォンドラさんは一家の主婦である奥さんから、これ以上してもらえないことをしてもらっていたのです。

さすがのボンディさんもなにかの機会に、ポヴォンドラさんがサンショウウオに関するあらゆる百科事典的な知識を持っているのを知って、すっかりおどろいてしまいました。ポヴォンドラさんは少し照れて、サンショウウオに関するものは新聞や雑誌の記事だけでなく印刷されたものはなんでもすべて集めていると白状し、切抜きを集めて入れてある例の箱をボンディさんに見せたのです。

ボンディさんは愛想よく、ポヴォンドラさんのコレクションをほめました。どうやら、おえら方だけが人に親切な態度を示すことができるようですし、力のあるものだけがびた一文も使わないで他人を幸せにすることができるようなのです。世の中はおえらいさんに都合がよいようにつくられているのですね。おえらいさんのひとり、ボンディさんも例に漏れず、もうとっておく必要がなくなったサンショウウオに関する切抜きをすべてポヴォンドラさんのもとに送るようにサンショウウオ・シンジケートのオフィスに命じたのです。ボンディさんの親切はこれぐらいが関の山でした。それでもポヴォンドラさんはすっかりうれしくなったのです。でもさすがに、毎日、世界のあらゆる言語で書かれた文書が小包で大量に送りつけられてくるのにはほとほと参ってしまいました。

そのなかでもとりわけ、キリル文字、ギリシャ文字、ヘブライ文字、アラブ文字、漢字、ベンガル文字、タミル文字、ジャワ文字、ビルマ文字、さらにはターリク文字で書かれた書類や新聞などを目にしたポヴォンドラさんはすっかり敬虔な気持ちになりました。「どう考えても、」書類や新聞などの切り抜きの山を前にしてつぶやきました。「おれがいなかったら、こんなことにはならなかったな！」

すでに述べましたように、ポヴォンドラさんのコレクションにはサンショウウオに関するあらゆる歴史資料が保存されていました。だからといって、このポヴォンドラさんの歴史資料が科学史研究家をすっかり満足させることができたなどと言うつもりはありません。ポヴォンドラさんは歴史的知識をきちんと学び資料をきちんと整理するのに役立つ専門的な教育を受けていませんでしたので、たいていの場合、切り抜きに出所も日付も書き込んでおきませんでした。そのため、その資料がいつどこで発表されたものか、まったくわからなかったのです。

その上、あまりにも資料が増えすぎて足の踏み場もなくなるほどだったので、ポヴォンドラさんは重要性が高いと考えた長い記事や論文は捨てずにとっておき、短い記事や特派員からの記事はあっさり石炭入れに投げこんでしまいました。ポヴォンドラさんが収集をずっと続けていたあいだに捨てずに無事残された資料には、どんなできごとがあったかを伝えるニュースやレポートの類(たぐい)が妙に少なかったのはそのためなのです。さらに、奥さんのポヴォンドロヴァーさんもあれこれとやってくれました。ポヴォンドラさんの例の箱がこれ以上もうとても資料を詰め込めなくなるのを見計らって、彼女はこっそりそっと切抜きの一部を持ち出して燃やしていたのです。こんなことが一年に数回は繰り返されました。

ところが、ポヴォンドロヴァーさんはマラバル文字やチベット文字、それにコプト文字で印刷された切抜きのように、今後さらに増えそうにない資料は処分しないでとっておいたのです。そのため、これらの資料はほとんど完全に残ることができました。それなのに、このような文字が読める教育を受けたものがだれもいないので、これらの資料をほとんど役に立てることができないでいる始末なのです。こんなわけで、われわれの手元にあるサンショウウオの歴史に関する資料はとても系統だっているとはいえない、きわめて断片的なものなのです。

まるで八世紀の土地台帳か古代ギリシャの女流詩人、サッフォーが残した数少ない詩集のようなものです。

あの世界を揺るがしたさまざまな事件の資料のほんの一部がたまたま捨てられないで無事残っていたのです。なにしろほとんどの資料が捨てられてしまったので、なかなかむずかしいのですが、なんとかサンショウウオの歴史を「文明の階段を登る」というタイトルのもとで簡潔にまとめてみようと思います。

2　文明の階段を登る（サンショウウオの歴史[原注1]）

G・H・ボンディは太平洋輸出株式会社の記念すべき株主総会で、新たなユートピアがはじまるのだと、まるで予言者のような発言をしました[原注2]。歴史に残る大事件がつぎつぎに起きる今の時代、歴史の尺度をこれまでの世界史のように百年単位、あるいは、十年単位ではかるのは不可能です。これからは四半期ごとに発表される経済統計のように三ヶ月単位ではかることになるでしょう[原注3]。こんな言い方が許されるのなら、そう、「歴史の生産」は大量生産方式でおこなわれ、歴史のテンポはこれまでは考えられなかったスピードで進んでいくのです（ある推定では五倍のスピードだそうです）。よいことにしろ、悪いことにしろ世界でなにか起きるのに、何百年も待っていられないのです。

たとえば、とてつもない長い年月がかかった民族大移動にしても、今日の輸送網を使えば三年で終わらすことができるでしょう。これぐらいの期間で終わらなければ、採算があわないのです。ローマ帝国の解体やいくつもの大陸の植民地化、アメリカ原住民の大量殺戮なども同じです。今日では、こういったこともすべて、膨大な資本のある大企業に任せれば、比較にならないくらいもっとすばやく片付けてくれます。このような方向性の中にあって、サンショウウオ・シンジケートが大成功をおさめ世界の歴史に強い影響を与えたことが、その後の歩むべき道を人類に指し示したことは疑いありません。

原注1　参考文献としては、ドイツ語ではG・クロイツマン「サンショウウオの歴史」、ハンス・ティーツェ「二十世紀のサンショウウオ」、クルト・ヴォルフ「サンショウウオとドイツ国民」。英語ではサー・ハーバート・オーエン「サンショウウオと大英帝国」。イタリア語ではジオヴァンニ・フォカジャ「ファシズム時代の両棲類の進化」。フランス語ではレオン・ボネ「有尾類と国際連盟」。スペイン語ではS・マダリガ「サンショウウオと文明」などがある。

原注2　サンショウウオ戦争　第一部　12サンショウウオ・シンジケート参照。

原注3　そのことを示す具体的な例として、ポヴォンドラさんが集めた切り抜きの中からまずこんな記事を引用してみよう。

サンショウウオ市場の動向（チェー・テー・カー（チェコ通信））

この四半期末にサンショウウオ・シンジケートが出した最新の株主報告書によれば、今期のサンショウウオの売り上げは三〇パーセント増加した。この三ヶ月間のあいだの主に南米、中米、インドシナ、イタリア領ソマリアへのサンショウウオの輸出は約七千万匹にのぼった。まもなく始まる工事としてはパナマ運河の掘り下げと拡幅、グアヤキル港の掃海、トレス海峡の浅瀬と暗礁の爆破作業がある。これらの工事だけで、大地の約九〇億立方メートルの土を運び出さなければならなかった。マディラ諸島とバミューダ諸島を結ぶ線上に航空路の安全のためのしっかりとした島を建設する計画は、来年の春まで延期された。日本の信託統治下にあるマリアナ諸島での埋め立て工事は順調に続けられ、テニアン島とサイパン島のあいだに八十四万エーカーの新たな埋立地ができあがった。需要が増えたこともあって、サンショウウオの売買価格は「リーディング」の値段が六一・一、「チーム」の値段が六二〇ときわめて安定しており、在庫が底を突く心配はなかった。

こんなわけで、サンショウウオの歴史で特徴的だったのは、それが当初から巧みに、合理的に組織されていた点です。最初のうちは、これにはたしかにサンショウウオ・シンジケートの功績もありましたが、科学や博愛主義、教育、新聞や雑誌などのプレス、そのほかの要因がサンショウウオのめざましい広がりと進歩に少なからぬ貢献をしたことも認めなければなりません。

それでもやはり、それこそ日々、サンショウウオのために新しい大陸や海岸を手に入れたのはサンショウウオ・シンジケートだったのです。このためには、サンショウウオが広がるのを抑制しようとする多くの障害を克服しなければなりませんでした。(原注4)

原注4　このような障害については、たとえば、ポヴォンドラさんの切り抜いた、日付のない新聞の記事が次のように証言している。

イギリス、サンショウウオを閉め出すか（ロイター）

下院議員J・リーズの質問に対して本日、サー・サミュエル・マンデヴィルは「大英政府はサンショウウオの輸送を一切阻止するために、スエズ運河を閉鎖した。さらに、イギリスの海岸はもとより領海にサンショウウオが一匹でも侵入するのを許さない」と答弁した。サー・サミュエルはさらに、「このような措置をとった根拠は、一つにはイギリスの海岸の安全を確保するためであり、また、奴隷の売買を禁止する古い法律と協定が今も有効だからである」とも言明した。

また、B・ラッセル議員の質問には「先ほど述べた方針および見解は当然、イギリス本国以外の自治領や植民地に対しては適用されない」と答えた。

シンジケートの四半期報告書には、どのようにしてサンショウウオが徐々にインドや中国の港に定住し、アフリカの海岸地帯を水びたしにしたサンショウウオの植民地が、さらにアメリカ大陸の海岸にまで拡大して、たちまちのうちにメキシコ湾内に最新設備を備えたサンショウウオの孵化場がつくられたかが詳しく書かれています。ただ、このようにサンショウウオを送って広範囲にわたって波状的に植民地化するのと平行して、サンショウウオの小グループが将来の輸出に備えて先遣隊として派遣されたのです。

サンショウウオ・シンジケートは、たとえばオランダの水中建設局に最優秀なサンショウウオを千匹寄贈しましたし、マルセイユ市には古くなった港湾を整備するために六〇〇匹のサンショウウオを無償で提供しました。そのほかにも同様のことをいくつもおこなっているのです。人間が地球全体に住み着いていったときとは異なり、サンショウウオの居住地域は計画的に、しかも大規模に拡大されていきました。これを自然に任せたら、きっと何百年も何千年もかかってしまったでしょう。なにしろ自然にはこれまで、人間の生産やビジネスのような商売っ気や能率第一主義なところはありませんでしたからね。活発な需要がサンショウウオの出生率に影響を及ぼしたのでしょうか、メスの産んだ卵からは一年間に一五〇匹もの子どもが生まれるようになりました。これまではサンショウウオのサメによる被害は常に一定程度ありましたが、それもダムダム弾の装填(そうてん)ができる水中銃がサンショウウオの手に十分わたってからはほとんどなくなったのです。(原注5)

原注5　使用されたのはたいていの場合、ミルコ・シャフラーネク技師が発明した水中銃である。この水中銃はブルノ（訳注　チェコのモラヴィア地方の中心都市）の兵器工場で製造された。

こうしてサンショウウオは各地へと広がっていきましたが、その広がりはどこでも同じようにスムーズにおこなわれたわけではありません。あるところでは、保守的な人たちがサンショウウオを人間の労働に対する不当な競争相手だとみなして、この新しい労働力の導入にはげしく抵抗しました。（原注6）

原注6　次の新聞記事を参照

オーストラリアでゼネスト（アヴァス通信社）

オーストラリア労働組合連合の指導者、ハリー・マクナマラは港湾、運輸、電気などにかかわる全労組によるゼネストを指令した。労働組合連合は、輸入して労働力として働かせるサンショウウオの数は、移民規制法に基づいて厳重に制限すべきだと要求したのである。これに対し、オーストラリアの農民はサンショウウオの輸入自由化を要求した。サンショウウオの食料になる国内産トウモロコシや獣脂、とりわけ羊の脂（あぶら）の売れ行きが急増していたからである。政府は妥協点を見つけようと尽力中である。サンショウウオ・シンジケートは、輸入サンショウウオ一匹あたり六シリングを割当金として労働組合に支払うことを提案した。政府は、サンショウウオ・シンジケートは、雇用したサンショウウオの作業を水中のみに限定し、（風紀上の理由から）サンショウウオのからだを水面から高さ四〇センチ以上出させない、つまり胸から上を水面上に出さないように義務づける用意があると言明した。しかし、労働組合はサンショウウオが水面からからだを出すのは一二センチ以内にすべきだとこだわった。その上さらに、割当金を一〇シリング増やし一六シリングにするように要求したのである。最終的にはこの紛争は財務省の調停で妥結する見通しである。

また、サンショウウオは海の小型生物をエサにして食べているので、漁業に脅威を与えないかと心配する人もいたのです。そうかと思うと、サンショウウオは海中に巣穴や通路を片っ端からつくるので、海岸や島が掘り崩されてしまうのではないかと、かたくなに主張する人たちもいました。

たしかにサンショウウオの導入に警鐘を鳴らす人たちも少なくありませんでした。しかし昔から、新しいものや進んだものは何でも嫌われ不信の目で見られてきたものです。工場に新しい機械を導入する場合にも同じことがおきましたが、サンショウウオでも同じことがくりかえされたのです。ほかのところではこれとはちがった誤解が生まれました。しかし、世界中の新聞社の強力な援助のおかげでサンショウウオは世界の各地で成功裡に導入され、ほとんどのところでサンショウウオは人々の興味の的となり、熱烈な歓迎を受けました。世界中の新聞社が援助したのは、サンショウウオ取引の持つとてつもなく大きな可能性とそれによってもたらされる莫大な広告費がお目当てだったのです。(原注7・8)

原注7　ポポンドラさんの切抜きのなかで注目に値するこの記事を参照

サンショウウオ、沈没フェリーの乗客三六名を救出　特別電　マドラス　三月三日

ここ、マドラス港で蒸気船「インディアン・スター」号がフェリーと衝突した。フェリーには約四〇名の現地住民が乗船していたが、衝突直後に沈没した。警察の救命艇が現場に到着する前に、港で浚渫作業に従事していたサンショウウオが救助にかけつけ、三六名の乗客を救助して岸に運んだのである。一人で三人の女性と二人の子どもを水から助け出したサンショウウオもいた。この勇敢なサンショウウオの救助活動に対して、マドラス市当局は防水ケースに入った感謝状を贈った。

ところが、現地の住民はサンショウウオがおぼれかかっている高いカーストの人を助けるためにからだに触れるのを許されたというだけで憤激した。彼らはサンショウウオを不潔で触ってはいけない生き物だとみなしていたからである。港では現地の住民が数千人も集まって、港からサンショウウオを追放するよう要求したが、警察の力で秩序は一応保たれていた。それでもデモ隊の三人が殺され、百二〇人が逮捕された。

夜の十時近くになってやっとあたりには平穏がもどり、サンショウウオは仕事に復帰した。

原注8　次の大変興味深い切抜きを参照。ただ、残念なことに、どこの言語で書かれたか不明で、内容は分からない。

SAHT NA KCHRI TE SALAAM AXDER BWTAT

SAHT GWAN T'LAP NE SALAAM ANDER BWTATI OG T'CHENI BECHRI NESIMBWANA M'BENGWE OGANDI SUKH NA MOIMOI OPWANA SALAAM ANDER SRI M'OANA GWEN'SOG DI LIMBW OG DI BWTAT NA SALAAM ANDER KCHRI P'WE OGANDI P'WE OGAWANDI TE UR MASWALI SOKH? NA NE UR LINGO T'ISLAMLI KCHER OGANDA SALAAM ANDRIAS SAHTI BEND OP'TONGA KCHRI T'ISLAMLI KCHER OGANDA SALAAM ANDRIAS SAHTI BEND OP'TONGA KCHRI T'ISLAMLI KCHER OGANDA SALAAM ANDRIAS SAHTI BEND OP'TONGA KCHRI

SIMBWANA MEDH SALAAM!

サンショウウオの取引はほとんどサンショウウオ・シンジケートの手でおこなわれました。この取引目的でサンショウウオを各地に運ぶために、サンショウウオを入れるタンクを備えた船が特注で建造されました。サンショウウオ取引の中心はなんといってもシンガポールでした。シンガポールの「サンショウウオ取引ビル」でサンショウウオは一種の競（せり）にかけられたのです。

詳細で客観的な以下の記述を参照。Ｅ・Ｗという記号と十月五日の日付けだけが入っていました。

S-トレード

「シンガポール　十月四日　リーディング　六三　ヘビー三一七　チーム六四八　オッド・ジョブズ二六・三五　トラッシュ〇・〇八　スポーン八〇―一三二」

新聞の読者は毎日、新聞の経済欄のかたすみの綿花やスズ、小麦の当日の価格を表示した電信速報表の中に上にあげたような数字を見出すことができる。この謎めいた不思議な数字や単語が何を意味するのか、もう読者は理解しているだろうか？　そうなのだ。これはサンショウウオの売買取引、つまりS-トレードの価格を表示したものなのだ。しかし、サンショウウオの売買取引がいったい実際にはどういうものなのか、読者のほとんどだれもはっきりと分かる人はいないだろう。おそらく、何千匹ものサンショウウオが群がっている市場を想像することだろう。そこでは、熱帯用のヘルメットやターバンをかぶった仲買人が行きかい、売りに出ているサンショウウオを物色し、ようやく見定めて、成長のよい、健康そうな若いサンショウウオを指差して言う。「あそこのやつを買いたいんだが。いくらかな？」

　ところが実際には、サンショウウオの市場はこのようなものとはまったく異なる。シンガポールにある大理石でできたS-トレードをおこなうビルには、サンショウウオは一匹もいないのである。白い服を着たきびきびした上品そうなスタッフが電話で注文を受けているだけなのだ。「もしもし。はい。リーディングの値段は六三ですが、いかほど？　二百匹。承知しました。ヘビー二〇にチームが百八〇。オーケー、了解です。船は五週間後に入港します。よろしいでしょうか？　ありがとうございます（サンキュー・サー）」S-トレードの豪華な、お城のようなビルの中では電話のやりとりの声が響き渡っていた。何かの市場というよりも役所とか銀行といった印象だった。正面をイオニア風の円柱で飾られたこのしゃれた白いビルが、「千夜一夜物語」に登場するカリフ、ハルン・アル・ラシド統治下のバグダッドのバザールよりも規模の大きな、世界的な市場なのだ。

　だが、ここでもう一度サンショウウオの市場について説明しよう。取引で使われる符丁についても述べる。

リーディングというのは、いってみれば特別に選抜された知性の高い、通常は三歳のサンショウウオのことで、リーダーとしてサンショウウオの労働部隊を監督できるようにしっかりと訓練されている。リーディングは一匹ずつ取引され、体重などは関係なく、どれぐらい知能が高いかで値段が決まる。英語を上手に話すことのできるシンガポール・リーディングは第一級の信頼の置けるサンショウウオと考えられている。カピタノス、エンジニア、マレイアン・チーフ、フォアマンダーなどといった名前で呼ばれている、ほかの種類のリーディングをすすめられることも時々はあるが、シンガポール・リーディングの評価が一番高く、取引価格は一匹あたり六〇ドル前後で動いている。

ヘビーは体重が百から百二〇ポンドと重い、体格のよい、通常は二歳のサンショウウオのことで、岩を砕いたり大きな石を転がして運ぶといった重労働の訓練を受けている。このヘビーはボディーと呼ばれる六匹単位のグループで売買される。新聞の価格の表示でヘビー三一七というのは、ヘビーの六匹単位のグループ、ボディーの値段が三一七ドルだということである。ヘビーの各ボディーには通常、一匹のリーディングがリーダー役、監督役として配属される。

チームは体重が八〇から百ポンドの平均的な労働サンショウウオで、二〇匹で構成される作業単位で売買される。このチームは主に集団労働に使われ、堤防やダムの穴掘り作業などに引っ張りだこである。このチームにも一匹のリーディングが配属される。

雑用係（オッド・ジョブズ）は別枠のサンショウウオである。いろいろな理由で集団訓練や特別訓練を受けていない。たとえば、きちんと運営されている大きなサンショウウオ・ファームの外で育ったなどといった理由である。そのため実際には、半分野生といってもよいが、中にはとてもできのよいのもいる。一匹で売られることもあればダース単位で売られることもある。サンショウウオを大規模に動員しなくてもすむ、ちょっとした仕事に従事させたり、さまざまな現場で補助的作業員として使われる。リーディングがサンショウウオのエリートならば雑用係（オッド・ジョブズ）はルンペン・プロレタリアートとでもいえようか。最近になって、この雑用係（オッド・ジョブズ）に人気が集まっている。それぞれの企業家が、「原料」として安く手に入れた、秘めた可能性を持つオッド・ジョブズをしっかり生育、訓練してリーディング、ヘビー、チーム、あるいはトラッシュに区分けして一もうけしようというわけである。

トラッシュは、つまり、がらくたや残り物、くずというわけだが、できの悪い、劣った、いわば不良品のサンショウウオのことである。トラッシュは一匹ごと、あるいは数匹ごとで売られることはない。何トン単位といった目方で大量に売買されるのである。その相場は現在、キロ当たり七から十セントである。実のところ、トラッシュがなんの役に立つのか、何の目的で買われていくのかはだれも知らない。――おそらく、水中での軽労働かなんかに従事させるのだろう。誤解を生じないように言っておくが、サンショウウオは人の食料にはけっしてならない。トラッシュのほとんどは中国人の仲買業者によって買い占められるのだが、買われたトラッシュがどこへ連れて行かれるのかをはっきりと知っているものはだれもいない。

スポーンはつまり、サンショウウオの卵のことだが、厳密に言えば、生まれて一年までの、カエルでいえばおたまじゃくしのような幼生も含まれる。このスポーンは百匹単位で売買されるが、売れ行きはすこぶるよい。何しろ値段が安く、輸送費も最低ですむからである。このスポーンはそれぞれ送られた先の飼育場で、労働が可能になるまで飼育される。スポーンはたるに入れられて輸送される。幼生のサンショウウオはおとなのサンショウウオのように毎日水から離れる必要がないからである。スポーンの中から、大きくなってとてつもなく優秀なサンショウウオになるのもけっこういる。並みのリーディングなど問題にしないようなできのよいサンショウウオが生まれてくるのである。そのため、スポーンの取引は業者のあいだでとりわけ関心が高い。スポーンから育った高い能力のあるサンショウウオは一匹、数百ドルで売られる。アメリカの富豪デニッカー氏は九ヶ国語をすらすらと話すことができるサンショウウオを手に入れるために二千ドルを支払った。このサンショウウオは特別仕立ての船でマイアミまで輸送されたが、その輸送費だけで二万ドル近くかかった。

ごく最近では、スポーンはいわゆる競争サンショウウオを育成する飼育場用に人気が出ている。買い取られたスポーンは選別された上、競争サンショウウオとしての訓練を受けるのである。訓練を終わった競争サンショウウオは三匹ずつ貝に似た平底の舟につながれレースに出場する。サンショウウオの引っ張るこの貝殻舟レースはいまや大流行で、パーム・ビーチやホノルル、キューバの若いアメリカ人女性のあいだで一番人気のある娯楽、楽しみになっているのである。このレースはトリトン・レースとかビーナス・レガッタと呼ばれている。海面をすべるように進んでいく、飾りたてた軽快な貝殻舟の上には、形ばかりの派手な水着をつけた、肌もあらわな女性がまるで騎手のように乗っている。女性の手には舟を引く三匹のサンショウウオにつながれた絹の手綱が握られているのである。女性たちはこのレースの勝者に与えられる「女神ヴィーナス」の称号目当てにただただ必死でがんばる。「缶詰王」とだれからも呼ばれているJ・S・ティンカー氏はポセイドン、ヘンギスト、キング・エドワードという名前の三匹のレース用のサンショウウオを購入した。娘のためだったが、購入価格は三匹で三万六千ドルを下らなかった。しかしこんなことはもはやS-トレード本来の枠を逸脱している。S-トレードの目的はもともと全世界にリーディング、ヘビー、チームといった、健康な労働サンショウウオを供給することにかぎられていたはずだからである。

サンショウウオ・ファームについてはすでに触れた。しかし、読者のみなさん。どうか、囲いに囲まれた大きな種畜牧場のようなものを想像しないでいただきたい。このファームは数キロメートルに及ぶなにもない海岸なのだ。ただ、ところどころに波状のトタン板でできた小屋が点在している。一つは獣医のための小屋、もう一つはファームのトップのための小屋だが、ほかの小屋には現場監督たちが住んでいる。干潮時になると、海岸から海に向かって長い堤防のようなものを見ることができる。この堤防によって海がいくつにも仕切られてプールのようになっているのである。スポーン用のプール、リーディング用プールといったようにプールがいくつもある。えさやりもトレーニングもそれぞれグループ別に、しかも、夜になってからおこなわれる。

夕暮れになるとサンショウウオは海底の穴から海岸に上がってきて、自分たちの先生の周りに集まる。この先生というのは、たいてい退役軍人がやっているのだ。まず最初は、会話教室だ。先生がある単語を何度も繰り返して言う。たとえば、「掘る」と何度も言ってから、だれにも分かるようにゼスチャアで言葉の意味を伝えるのだ。その次には、サンショウウオを四列に並ばせて行進の仕方を教える時間になる。続いて三〇分の体操の時間があり、やっと水の中での休憩時間になるといった具合である。

休憩時間が終わると、さまざまな器具や道具、武器の操作法を教えられ、それから約三時間、先生の監督の下で水中での建設作業の実習がある。このような実習が終わるとやっと水中にもどって食事にありつけるのだ。食事といっても、とうもろこしの粉とラードやヘットをこねて焼いたサンショウウオ・ビスケットなのだが、リーディングとヘビーには別に肉が与えられる。サボったり反抗するサンショウウオには罰として食事が与えられないが、体罰を加えられるようなことはない。それにどうやらサンショウウオはもともと痛覚がにぶいようなのだ。日がとっぷり暮れると人々は眠りにつき、サンショウウオは海底へと姿を消してしまうので、サンショウウオ・ファームはシーンと静まり返る。

このようなスケジュールで毎日がすぎていくのだが、一年に二回だけこのスケジュールは変更される。一つは発情期で、サンショウウオはその二週間のあいだだけ自由に、勝手気ままにすごすことが許される。もう一つはサンショウウオを入れるタンクをのせたシンジケートの船がサンショウウオ・ファームに到着し、どのクラスのサンショウウオをどれだけ船に積み込むかを細かく書いた指示書をファームの最高責任者に手渡すときである。指示書にもとずいた積み込み作業は夜間おこなわれる。船の高級船員とファームのトップ、それに獣医がランプのともったテーブルの前に座っているが、そのあいだにファームの現場監督たちと乗組員たちが海への出口を閉鎖してサンショウウオたちが逃げ出さないようにする。

それからサンショウウオは一匹一匹、テーブルの前まで進み、合否の判定を受け、合格したサンショウウオたちはボートに乗せられて本船へと連れて行かれる。サンショウウオが無理やりに連れて行かれるようなことはほとんどない。ただてきぱきとした命令の声が聞こえるだけで、あくまでサンショウウオの自由意志でことは運ばれる。ただ、ときにはサンショウウオをしばりつけるといった、ちょっとした力を使わざるを得ないこともある。スポーンは当然、網ですくってから運ぶ。

サンショウウオの輸送は人道的な理由と衛生上の理由から、タンクのあるサンショウウオ輸送用の船でおこなわれる。二日に一回ポンプでタンク内の水の入れ替えがおこなわれるし、えさはたっぷり与えられる。輸送中のサンショウウオの死亡率は一〇パーセントそこそこである。このサンショウウオ輸送船には動物愛護協会の要請で船付きの神父がのりこんでいる。神父はサンショウウオが人道的な扱いを受けているかに注意を払い、夜ごとサンショウウオに説教をたれるのである。説教で神父は人にはとりわけ尊敬の念を心から持つように説いた。神父はまた、これから雇い主になる人へ感謝をこめて従順に愛を持って従うべきだとも説いた。

雇い主はサンショウウオの幸せに父親のように心を砕く以外にはなにも望んでいないのだからというわけである。だが、父親のような優しい心づかいなるものをサンショウウオに説明するのはとてもむずかしい。なにしろサンショウウオは父親のようなやさしさなどというものがいったいなになのか、さっぱりわからなかったからである。しかし、知性の高いサンショウウオのあいだでは神父は「サンショウウオのパパ」と呼ばれるようになった。航行中に上映された教育映画も大成功だった。映画では人間の作り出した技術の驚異とかサンショウウオがこれからつく仕事や守らなければならない義務について上映された。

サンショウウオ取引の略称であるS-トレードのことを、奴隷売買、つまり、スレーブ(SLAVE)-トレードの略称だと思いこんでいる人たちがいる。ただ、中立的な立場の人間として言えることは、かっての奴隷取引が今日のサンショウウオ取引のようにきちんと組織だって衛生的におこなわれていれば、奴隷たちに「いやあ、思ったより悪くないじゃないか」と祝福してあげることもできたのにと思うだけである。特に高額で仕入れたサンショウウオはとてもやさしく、きわめてていねいに取り扱われる。なぜなら、輸送船の船長と乗組員の受け取る報酬が、どれだけのサンショウウオを無事に死なさずに目的地まで届けることができたかにかかっていたからである。これを書いている筆者自身、サンショウウオ輸送船「S・S・一四」号の途方もなく腕っぷしの強い荒くれ乗組員たちが、ひとつのタンクの一級品のサンショウウオ二四〇匹全部が重症の下痢症にかかったときに、あわてふためき、すっかりうろたえる様をこの目で見たことがある。サンショウウオの具合を見に行った乗組員たちの目からは涙がほとんどこぼれ落ちそうになっていた。一人の船員はついつい本音を漏らし、乱暴な口調で叫んだのだ。「こいつらのおかげでさんざんだ！　まったく踏んだり蹴ったりだよ！」

サンショウウオの輸出がぐんぐん伸びたため、当然、やみ取り引きも横行しました。サンショウウオ・シンジケートは、亡くなったヴァン・トフ船長が、はるか遠くのミクロネシア、メラネシア、それにポリネシアのあちこちの小さな島の湾に、それこそ種を蒔くようにたくさんつくった孵化場をすべて管理、監督することはできませんでした。そのため、目の届かなくなった孵化場もたくさんあったのです。そのため、まともなサンショウウオの飼育がおこなわれる一方で、大規模な野生のサンショウウオ狩りもあとをたちませんでした。このサンショウウオ狩りは多くの点で、かってのアザラシ狩りを思い起こさせるものでした。

この狩は合法とはいえないものの、サンショウウオを保護する法律はありませんでしたから、処罰されるとしてもせいぜい、どこそこの領土、領海を侵犯し主権を侵害したといったたぐいのものにすぎませんでした。それに、そういう島ではどこでもサンショウウオは異常なまでに繁殖し、島民の畑や果樹園にかなりの被害を与えていました。そのため野蛮なサンショウウオ狩りもサンショウウオ人口の自然な調節とみなされて、黙認されたのです。

具体的にサンショウウオ狩りがどのようにおこなわれていたか、当時の信頼すべき記録を紹介しましょう。

二十世紀の海賊たち

E・E・K

もう夜の一一時だった。船長が国旗を下げて、ボートを降ろすように命令した。月夜で、銀色のもやが垂れ込めていた。われわれのボートはフェニックス諸島のなかの小さな島へむかったのだが、それはガードナー島だったと思う。月夜にサンショウウオたちは浜辺に上がり、仲間で踊るのだ。近づいても足音にさえサンショウウオたちは気づかない。群れをなして押し黙ったまま踊るのにすっかり心を奪われているからである。ボートから岸に上がったのは二〇名だったが、全員の手にはオールが握られていた。銀色の月の明かりを浴びて浜辺に群がっている黒い群れを、横一列になって半円形に包囲を開始した。

サンショウウオの踊りから受ける印象をうまく描写するのはむずかしい。約三百匹ものサンショウウオがまん丸なサークルをつくって、内側を向いて後ろ足で立っているのだ。サークルの内側にはなにもない。どのサンショウウオもまるで立ちすくんだように身動きしない。まるで神を祭る祭壇を円形に囲む柵のように見える。しかしどこにも祭壇はないし神もいない。すると突然、一匹のサンショウウオが「ツッ、ツ、ツッ」と鳴き声をあげ、くねくねと上半身を揺らし始めた。たちまちこの動きはほかのサンショウウオにも次々と飛び火し、数秒後にはすべてのサンショウウオが上半身をくねくねとねじったりよじったりしはじめたのである。

その場からは動かず、どんどんテンポを上げ、音も立てずにただただ踊りに夢見心地に酔いしれ、狂ったようにはげしくからだをくねらせる。しかし、一五分もすると一匹のサンショウウオの動きがにぶくなり、二匹目、三匹目もすっかりへばってからだをくねらすのをやめてじっと立っているだけになる。ふたたび、まるで彫像のようにじっと動かず後ろ足だけで立っているのだ。しかし少しすると、さっきとは別のところから「ツッ、ツ、ツッ」という鳴き声がきこえてきた。すると一匹のサンショウウオがからだをくねらせ始め、その動きはたちまち丸いサークル全体に広がるのだ。

こんな風に描いてはいるものの、その描き方があまりにも機械的で単調だということは書いている本人が十分わかっている。ただそれに、青白い月の明かりと打ち寄せてはかえす規則的な波のざわめきをつけ加えれば、もうそれだけでなにかとてつもない魔法にかけられたような世界が出現してくるのだ。私は思わずおそろしくなり、呆然としてしまった。まるで喉がしめつけられているようで、息をするのも忘れていたのである。

「おい、しっかり足を広げるんだ」となりの男にどなられた。「そうしないと、すきまができてしまうからな！」

すっかり踊りに酔いしれているサンショウウオのサークルを囲む包囲をせばめていき、手に持ったオールを斜めにかまえてささやきあった。声を潜めたのは夜だったからで、サンショウウオに気づかれるのをおそれたわけではない。「さあ、突っ込め。急ぐんだ」指揮者が大声で命令した。丸く輪になって踊っているサンショウウオめがけて突っ込んだ。オールがサンショウウオの背中に振り下ろされ鈍い音を立てた。パニックにおちいったサンショウウオたちはサークルのまん中へと逃げ込むか、オールをかいくぐってなんとか海にたどりつこうとした。しかしサンショウウオたちはさらにオールでなぐりつけられて、痛みとおそれのあまり悲鳴をあげながら逃げ惑うばかりだった。サンショウウオたちはオールでぐいぐい中へと追い込まれ、幾層にもギュウギュウに折り重なりながら何とか這い出そうとしていた。一〇人がオールで囲いをつくって中へ中へと追いつめ、残りの一〇人は、オールの囲いから這い出そうとしたり、走りぬけようとするサンショウウオを殴りつけて囲いの中へ押しもどしていた。

囲いの中でまるで黒い玉のようにひとかたまりになって、なす術もなくただもがいてキーキーと鳴いているいるサンショウウオに、さらにオールが打ちおろされて鈍い音を立てた。一箇所だけ二本のオールのあいだにすき間がつくられ、そこから逃げ出そうとするサンショウウオの頭にオールで次々に一撃をくわえて気絶させていった。とうとうあたりにころがっている気絶したサンショウウオは二〇匹にもなった。「よし、すき間を閉じるんだ」指揮者が命令した。こうして二本のオールのあいだのすき間はふたたび閉じられた。

混血のディンゴとバリー・ビーチの二人が左右の手に一匹ずつ気絶したサンショウウオの足をつかんで、まるでものを入れた袋を引きずるように砂浜をボートまで運んだ。引きずられていくサンショウウオのからだが岩のあいだに引っかかったりすると、船員は腹を立てて乱暴にぐいっとサンショウウオを引っ張る。すると、サンショウウオの足はちぎれてしまう。

「足ぐらいなんてことないさ」私のそばにいた古参船員のマイクがつぶやいた。「また生えてくるさ」われわれが気絶したサンショウウオをボートの中に投げ込んでいると、指揮者の航海士が乾いた声で命令した。「次にかかるんだ！」こうして、また、サンショウウオの頭にオールが次々と振り下ろされるのだ。この航海士はベラミという名前だった。教育のある静かな男だったが、チェスにはめっぽう強かった。これは狩というか、商売、つまり仕事だったので、ベラミにとって手加減などしようがなかったのである。こうして二百匹を越えるサンショウウオが捕獲された。そのどれもが気絶していたが、約七〇匹はほとんど死にかけていたので現場に残された。わざわざボートまで引きずって行ってもむだだったからである。

ボートが本船に着くと、捕まえたサンショウウオはタンクに投げ込まれた。われわれの船は古いタンカーだったが、タンクの掃除はいい加減だった。そのため油くさく、タンクの水面にはった油膜が虹色に輝いていた。ただ、タンクのふたは空気が出入りできるようにはずされていた。タンクにサンショウウオが投げ込まれたとき、タンクの水はどろっとしていて吐き気を催した。まるで、なにかマカロニ・スープのようだった。タンクに投げ込まれサンショウウオは悲しそうに弱々しくうごめいていたが、その日は何とか体力を回復させるために、そのままそっとして置かれた。しかし、翌日には長いさおを持った四人の男がやって来て、さおを「スープ」（仲間内では実際、スープと呼ばれていたのだ）の中に突っ込んでかきまわし、ひしめき合っているサンショウウオをつついたり押しのけたりして、どのサンショウウオがまったく動かなくなっているか、肉がそぎ落とされているかを入念にチェックして、そういうサンショウウオはフックのついた長い棒で引っかけてタンクから引きずり出した。

「スープはきれいになったか？」この作業が終わるころに船長がきくのだ。「船長、ばっちりです」「よし、タンクに水を入れろ！」「はっ、船長」このスープをきれいにする作業は毎日、欠かさずおこなわなければならなかった。毎日、六匹から十匹、死んだサンショウウオが海に捨てられた。「商品価値ゼロ」というわけである。われわれの船のあとを、獲物をたっぷり腹に詰め込んだ巨大なサメの群れが律儀についてきていた。タンクからはすさまじい悪臭がした。ときどき水をかえても、タンクの水は黄色いままで、いたるところに糞のかたまりとふやけたサンショウウオ・ビスケットが浮いていた。そんなタンクの中で息絶え絶えの黒いサンショウウオが力なく水をはねたり、ただぐったりと横たわっている。「ここはまだましさ」古参船員のマイクが自信ありげに言った。「ベンゼンを入れていた大きなブリキ缶にやつらを入れて運んでいる船だっておれは見たことがあるからな。やつら、みんなくたばっちまったがね」

六日後、われわれはナノメア島で新しい「商品」を手に入れた。

＊＊＊＊＊

そう、このようなサンショウウオ取引は実際のところは非合法な、もっとはっきり言えば、今風の海賊商売なのである。そんな取引があっというまに雑草がはびこるように、それこそ一晩で盛んになった。どうやら、売買されているサンショウウオの四分の一近くは、このような海賊的なやり方で捕獲されたもののようである。サンショウウオを孵化、飼育してきたこれまでのファームのなかには、サンショウウオ・シンジケートがとても採算が合わないと考えているところもあるが、その一方では、太平洋のあちこちの小島ではサンショウウオが増えすぎて、厄介者扱いされる事態になっていた。サンショウウオは島の住民から嫌われていた。こんなに増えたサンショウウオが島に穴や通路を掘りまくって島全体を掘り崩してしまうのではないかとおそれたのである。

こんなわけで、植民地の出先機関もサンショウウオ・シンジケートも、サンショウウオを襲撃して連れ去るこのような海賊行為にも見て見ぬふりをした。そのため、サンショウウオ狩りを専業にしている海賊船は四百隻にも増加した。この今風な海賊行為には零細な連中のほかにすべての船会社もかかわっていた。その中でも最大の船会社はダブリンに本社を置く「太平洋貿易（パシフィック・トレード）」だったが、この「太平洋貿易（パシフィック・トレード）」の社長は尊敬に値する紳士として通っているチャールズ・B・ハリマン氏だった。

一年前までは海賊船はもっとひどいことをしていた。鄧（テン）とかいう中国人が三隻の海賊船を率いて、シンジケートのサンショウウオ・ファームそのものを襲いさえしたのである。ファームのスタッフが抵抗でもしようものなら、躊躇することなく虐殺した。しかし、昨年十一月、この鄧（テン）の率いる三隻の海賊船はミッドウエー島の近海でアメリカ海軍の砲艦ミネトンカ号に攻撃されて撃沈された。このときから前ほどおおっぴらで手荒いサンショウウオ狩りはおこなわれなくなり、ある暗黙の取り決めもできた。この暗黙の取り決めというのは、たとえば、自国以外の海岸でサンショウウオを襲撃するときは、自国の国旗を下げる、サンショウウオ狩りにまぎれてほかの商品を密輸するような行為をしない、サンショウウオ狩りで手に入れたサンショウウオをダンピングして売るようなことはせずに二級品の表示をつけるといったものだった。このような暗黙の取り決めのおかげもあって、サンショウウオ取引は最盛期を迎えることができた。

この種のサンショウウオは闇取引で、一四二〇ドルから二二ドルで売られている。質は劣るものの、海賊船でのひどい扱いにも耐えて生き延びた以上、すごい耐久力があるとだれもが考えたのである。捕まって船に乗せられたサンショウウオの約二五パーセントから三〇パーセントがどうやら生き残ったようだが、航海に耐えられたのはそれだけ耐久力が強かったというわけである。サンショウウオの取引業者のあいだでは、このようなサンショウウオは「マカロニ」と呼ばれている。最近では新聞の経済欄の市場情報に、「マカロニ」何ドルといった風に、その市場価格が定期的に載るまでになっているのである。

＊＊＊＊＊

二ヵ月後、私はサイゴンにあるホテル・フランスのラウンジで航海士のベラミとチェスをしていた。そのときには私はもう船員をやめて陸に上がっていたのである。

「ベラミ。いいかい」やつに私はこう話しかけた。「おまえはしっかりした、立派な人間だよな。つまり、ジェントルマンってわけだ。それなのに、あんな、それこそ奴隷売買みたいなひどいことをして金をかせいでいて、いやになることはないのかね?」

ベラミは肩をすくめた。「サンショウウオはサンショウウオさ」はぐらかすようにつぶやいたのだ。

「でも、二百年前には黒んぼは黒んぼだって言ってたよな」

「そうじゃないとでも言いたいのかい?」ベラミはそう言うと「王手!」

この勝負は私の負けだった。だが、ふとそのとき、チェスの手なんてめったに新手なんてないのだ、どれも前にだれかが打ったことがあるのだと突然ひらめいたのだ。われわれの歴史だってきっと過去の繰り返しなのだ。いつかだれかが負けたチェスの勝負をまた同じようにこまを動かしてやっているようなものだ。

ベラミのようにもの静かで、品のいい男が、昔いつか象牙海岸で黒んぼ狩りをやって、捕まえた黒んぼをハイチやルイジアナへ送りこんでいたのだ。運ぶ途中、船倉でいくら黒んぼがくたばろうが、知ったことじゃなかったのだ。そのベラミって男には悪気なんか全然なかった。悪いことをしているなんて考えもなかったはずだ。だから始末におえないのだ。

「黒の負けだ」ベラミはうれしそうに言って立ち上がり、伸びをした。

サンショウウオの取引はたしかによく組織されていましたし、プレスによる一大キャンペーンも宣伝効果をあげましたが、それ以外にサンショウウオが世界中に広がっていく上で一番力を発揮したのは、当時、世界中に氾濫をおこした技術至上主義の巨大な波だったのです。人の関心はこれからはすべての新大陸、新しいアトランティス大陸に向けられるだろうというボンディの予想はやはり正しかったのです。このサンショウウオの時代、技術者のあいだでは盛んに実りある論争が展開されていました。つまり、鉄筋コンクリートの岸壁を備えたどっしりとした大地を築くか、それとも、海の砂を積み上げてつくった軽い陸地をつくるかという論争です。毎日のようにとてつもない規模のプロジェクトが発表されました。

イタリアの技師たちは、トリポリ、バレアレス諸島からドデカニサ諸島におよぶ、ほとんど全地中海を占める「大イタリア」や全インド洋を占拠してしまう新レムリア大陸をイタリア領ソマリアの東に建設することを提案したのです。そして実際にサンショウウオ軍団の助けを借りて、ソマリアの港モガディシオの沖合いに面積一三・五エーカーの小島をつくったのです。

日本も大プロジェクトを発表し、マリアナ諸島を一つの巨大な島にする計画は一部、実際に実行にうつしました。カロリン諸島とマーシャル諸島をつないで、やはり二つの巨大な島にする計画もたてて、気の早いことにそこを「新日本」と命名することにしていたのです。どちらの島にも人工の火山を作り、将来そこに住む住民がその火山を見て、はるか遠くにある聖なる山、フジヤマを思い浮かべることができるようにする計画までありました。

ドイツ人技術者たちがサルガッソ海にコンクリートでできた頑丈な陸地を秘密のうちにつくって新アトランティスとし、西アフリカのフランス植民地をおびやかそうとしているというわさがたちましたが、どうやら基礎工事だけにおわったようです。

オランダではゼーラントの干拓がすすんでいましたが、フランスはグアドループのグランド・テール島、バス・テール島、それにラ・デジラード島を一つの幸せいっぱいの島にしてしまったのです。アメリカは西経三七度線に世界最初の人工地盤でできた飛行場を建設しはじめていました。この飛行場は二層になっていて、巨大ホテルやスポーツ・スタジアム、ルナパーク、五千人収容可能な映画館まであったのです。

とうとう、人類が発展する上で最後の障害になっていた世界中の海まで簡単に突破されてしまったように見えました。おどろくべき高度の技術を用いた壮大な計画が実行に移される、わくわくする時代がはじまっていました。サンショウウオのおかげで人類は今になってやっと世界の主だと自覚することができたのです。サンショウウオはまさしくこの瞬間に、いわば歴史の必然によって世界史の舞台に登場したのです。

今日のわれわれの技術の時代がサンショウウオにこれほどのやるべき仕事や巨大な分野での永久になくならない仕事を用意してやらなければ、サンショウウオがいたるところでこれほどおびただしく繁殖する事態にならなかったのはまちがいありません。「海の労働者」の未来はいまでは何世紀も保証されているように思えました。

サンショウウオの取引は順調に伸びていきましたが、それにはサンショウウオ学が大きな役割をはたしました。サンショウウオ学が学問の対象をただ肉体だけを研究する生理学から精神面を研究する心理学へと早くから方向転換していたからです。

ここで、パリで開かれたある学会に出席したR・Dなる人物が書いたレポートを紹介しましょう。

第一回　有尾目会議

略してしまえば、「両生綱有尾目会議」だが、公式の会議名はもうちょっと長ったらしい。「第一回　両生綱有尾目の心理学的研究のための国際会議」という名前だったのである。生粋のパリっ子は長ったらしい名称とか題名がきらいで、ソルボンヌ大学の階段教室での会議に出席した大学の先生たちもパリっ子にとっては、ただの「有尾類の先生たち」でたくさんなのだ。もっと平たく、あけすけに言うと、ただの「動物屋さんたち」ということになる。

この動物屋さんたちを会議場まで見に行ったのは、新聞記者としての義務感よりも、むしろ好奇心からだった。好奇心といっても実のところ私の好奇心は、たいていは年をとっていて、めがねをかけている大学のおえらい先生たちではなくて、あの生き物に向けられていたのである。この好奇心は、あの生き物のことを「動物」と書くのに躊躇する、どうも引っかかるのはいったいなぜなのだろうか、という疑問からきているのかもしれない。この生き物については多くの科学論文で書かれているだけではなくて、巷で広く歌われている流行歌でも歌われている。

ただ、世間ではこれは新聞記者がばか騒ぎをしているだけだと言う人たちもいれば、この生き物は多くの点で、今日でもなお、万物の長であり創造の頂点に立っていると言われている人間よりも有能な存在なのだと主張する人たちもいる。この、今日でもと言うのは、世界大戦やそのほかの歴史的経験を経た現代のことを言っているのである。

私は、この「両生綱有尾目の心理学的研究のための国際会議」に出席している立派な先生たちが、私たちしろうとに、アンドリアス・ショイヒツェリの持っているとされている、だれもが知っているあの学習能力の高さについてはっきり、きちんとした答えを出してくれるものと期待していた。

こんなことを言ってくれると期待していたのだ。「ええ、この動物は物分りがよくて理性的です。少なくとも、あなたや私のように文明を作り出すきわめてすぐれた力を秘めているのです。ですから、この生き物の将来を考えないわけにはいかないのです。かっては野蛮で原始的だとみなされていた人間の将来のことを考えないわけにはいかないのと同じです……」

ところがである。会議ではこんな発言はまったくなかったし、質問すら出なかった。どうやら現代の科学は、この種の問題に取り組むには専門化し細分化されすぎているようである。

いずれにしても、学者たちがサンショウウオの精神生活と呼んでいるものは、いったいどんなものなのかしっかり勉強してみることにする。

魔法使いのようなひげをひらひらさせながら、演壇で大きな声を上げて演説している長身の男は、有名なデュボスク教授だ。教授はどうやらどこかのりっぱな先生の理論らしきものをろくでもないとこき下ろしているようだが、専門すぎてわれわれにはとてもついていけない。ただ、しばらくきいているうちに、この熱弁をふるっている魔法使いのような先生が、アンドリアスの色への感受性とさまざまな色合いを見分ける能力について話しているのが分かってきた。とはいうものの、話の内容をよく理解できたかどうかはわからない。ただ、アンドリアス・ショイヒツェリが色を区別する力がどうやら弱いのだという印象は持つことができた。もっとも、そういうデュボスク教授はひどい近眼にちがいない。なぜって、やたらときらきら光る分厚いめがねのすぐま近まで原稿をもってきて読んでいたからである。

デュボスク教授のつぎにオカガワ博士が登壇したが、博士は演説のあいだ、微笑みを絶やさなかった。博士は反射弓について、また、アンドリアスの脳の知覚伝導路を切断したときに起きる現象についても話した。博士は、また、アンドリアスの内耳にあたる器官を破壊したときにアンドリアスがおこす反応についても語った。

続いてレーマン教授が、アンドリアスが電気刺激に対してどのように反応するか詳しく解説した。ところがこのレーマン教授とブルックナー教授のあいだではげしい論争が突然はじまってしまったのだ。このブルックナー教授というのは小柄で怒りっぽく、なにか悲壮感に満ち溢れているような人物だった。ブルックナー教授が主張したのは、まずなによりも、アンドリアスが人間と同じようにろくな感覚器官しか備えていないことと、やはり同じように本能の力が未発達だということであった。

純粋に生物学に見れば、アンドリアスは人間のように退化した生物で、その生物学的に劣った面を、やはり人間と同様に知能と呼ばれるものでおぎなっているというのである。しかし、ブルックナー教授以外の専門家たちは教授の見解をまともに正面から受けとめようとはしていないようだった。それというのも、教授は実際にアンドリアスの知覚伝導路を切断したり、アンドリアスの脳に電流を流す実験をまったくおこなっていなかったからである。

ブルックナー教授に続いてヴァン・ディーテン教授がまるで祈りをささげるようなうやうやしい口調でゆっくりと、右の前頭葉、あるいは、左後頭葉を切除したときに、どのような障害がアンドリアスに現れるかについて述べた。そして、アメリカのデヴライアント教授の発表があった——

でも、申し訳ないことに、デヴライアント教授がどんな発表をしたかまったくおぼえていないのだ。なぜかといえば、もしこの教授の右の前頭葉を切除したらどんな障害が教授に現れるだろうか、いつも笑みを絶やさないオカガワ博士に電気刺激を与えたらどんな反応をするだろうか、あるいは、レーマン教授が誰かに内耳を破壊されたら、行動にどんな変化が起きるか、などとついついあれこれと考えるのに夢中になっていて、デヴライアント教授の話はうわの空でしか聞いてなかったからである。

それに、自分がどの程度色を識別できるのか、自分の運動神経反応のt因子はどうなっているのか、なにか不安にもなってきた。そのうえ、おたがいに脳の一部を取り出したり、知覚伝導路を切断したりしないで、厳密に科学的な意味で、自分たちの、つまり、人間の精神生活についてあれこれと議論する権利がいったいわれわれにはあるのだろうかという疑問にすっかりさいなまれてしまった。

おたがいに相手の精神生活を研究するには、実際のところ、メスを手にとって相手に飛びかかるしかない。私はといえば、科学的な興味からデュボスク教授のめがねをぜひたたき割りたいし、ディーテン教授のはげ頭に電流を流してみたい。そして、二人の教授の反応ぶりを記事にするのだ。いや、ほんとうのところ、そのありさまがありありと目に浮かんでくる。ところが、同じような実験をアンドリアス・ショイヒツェリにおこなったらアンドリアス・ショイヒツェリがいったいどのような反応を示すのか、それがどうにも浮かんでこないのだ。ただ、アンドリアスがとてつもなくがまん強くて、気のいい生き物であることはよくわかっている。実際、学会で演壇にたったどのえらい先生も、かわいそうなアンドリアス・ショイヒツェリが実験でどんな目にあわされても、怒って暴れまくるようなことがあったとは述べてはいないのである。

第一回 両生綱有尾目会議が学問的な成果を挙げ、成功をおさめたことは疑いの余地がないと私も思う。ただ、一日でも自由な時間を持てたら、「ジャルダン・デ・プラント(パリ植物園)」に出かけて、アンドリアス・ショイヒツェリの飼われている水槽に直行して、そっと言っておきたい。

「おい、サンショウウオ。いつかお前たちの時代がやってくるだろうが……人間の精神生活を科学的に調べて見ようなんて気はけっしておこすなよな!」

科学的な研究のおかげで、人々は奇跡がサンショウウオをもたらしたのだと考えなくなりました。科学のリアリスティックな光のもとで、サンショウウオはほかとはちがう例外的な特別の存在なのだという当初は存在した後光の多くを失いました。心理テストの対象になり、その結果サンショウウオはこれといった特徴のない平均的で面白みがない生き物だということがわかってしまったのです。そのため、サンショウウオの持つ高い能力は科学によって神話の王国へと追いやられてしまいました。科学は「標準的なサンショウウオ」がたいくつで平凡なありふれた動物だということをあばいてしまったのです。

新聞ではまだときどき、五桁の数字の掛け算を暗算できる不思議なサンショウウオの記事を載せていますが、もうだれもそれに感心する人はいません。実際のところ、そこいらにいる人でもそれなりの練習をすれば、そんなことぐらいできることがわかったのです。だれもがサンショウウオのことを計算機やほかの自動機械のように、珍しくもないありふれた生き物だと考え始めました。もはや、未知の深海からいったいなぜ、何の目的で現れたのかもわからない神秘的な生き物だとはみなくなったのです。

それに、人は自分たちに役に立つものよりも害を与え危険にさらすものにだけ神秘性を認めるものなのです。サンショウウオも多方面にわたってとても有益な動物であることが分かったので、本質的に理性でとらえることのできる、ありふれたものとして秩序の中に受け入れたのです。

サンショウウオにどのような有用性があるかについての研究はハンブルグの科学者ヴールマンが精力的におこなっています。そのようなヴールマンの論文の一つを選んで、その要約をここで紹介しましょう。原文はドイツ語で書かれていました。

サンショウウオの肉体的体質についての報告

ハンブルグの私の実験室で太平洋オオサンショウウオ（アンドリアス・ショイヒツェリ・チュディ）に対しておこなった一連の実験には明確な目的があった。環境の変化や外部からの干渉に対してサンショウウオがどの程度の抵抗力を持っているかを実験によって確認し、そのことによって、さまざまな地域、さまざまに変化する環境のもとで実際にサンショウウオを利用し使うことができるか、できないかを示すことだったのである。

最初の実験シリーズは、サンショウウオが水なしでどれくらい耐えることができるかを確認するためにおこなわれた。実験に用いるサンショウウオは温度四〇度から五〇度に保たれた乾燥した小さなタンクに入れられた。数時間後、サンショウウオはあきらかに消耗していたが、水をかけてやると生気をとりもどした。しかし、二四時間後にはじっとしたまま、ただまばたきするだけだった。脈拍は遅くなり、身体活動は最小限にまで低下したのである。

明らかに苦しそうで、ほんのちょっと動くにも大変な努力が必要だったが、三日後には、からだを硬くさせてじっと動かなくなった。からだを電気メスで焼いても反応を示さないのである。ただ、室内の空気の湿度を上げると、目に光を急にあてるとまぶたを閉じるといった、生きている兆候をやっといくつか示し始めた。

このようにして七日間脱水状態においたサンショウウオを水の中に投げ込んでも、生気を取り戻すまでにはずっと長い日数がかかる。脱水状態におく日数をさらに延長すると、多くのサンショウウオは死んでしまった。また、サンショウウオは直射日光に当たると数時間で死亡する。

次に暗がりの非常に乾燥した環境下でサンショウウオにクランクを回転させ続けさせた。三時間後、作業効率は低下し始めたが、水をからだにかけてやることによってまた作業効率は向上したのである。何度も繰りかえし水をかけることによって、休まず一七時間、二〇時間クランクを回し続けることができた。一匹のサンショウウオでは二六時間休むことなく回し続けることができた。

ところが、実験の対照となった人間はというと、同じ作業を五時間おこなっただけでくたくたになった。これらの実験から、サンショウウオは陸上の乾燥したなかでも働かせることができると結論することができたのである。ただ、そのためには二つの前提条件が欠かせない。サンショウウオのからだを直射日光にさらさないことと、ときどきからだ全体に水をかけてやることである。

次の実験シリーズでは、もともと熱帯地方で生息していたサンショウウオが寒さにどの程度耐えられるかを検証するためにおこなわれた。水温を突然さげるとサンショウウオは腸カタルをおこして死亡するが、少しずつ寒さに順応させると、容易に寒さになれることができる。脂肪分が一五〇グラムから二〇〇グラムある食事を与え続けさえすれば、八ヶ月もすると、七度の水温でも活発に活動を続けることができるのである。

水温が五度以下にまで低下すると、サンショウウオは寒冷硬直（ゲローシス）におちいる。何ヶ月も氷の中で冷凍保存しておくことができ、氷が溶けて水温が五度以上になると、ふたたび生存していることを示すサインを出し始め、水温が七度から一〇度にまで上昇すると活発にえさを求めて動き出す。

これらの実験結果からすると、サンショウウオは寒い気候にも容易になれて、北ノルウェーやアイスランドでも活動することができそうである。ただ極地のようなきびしい寒気のもとで活動できるかを確認するには、さらに追加実験をする必要がある。

その一方で、サンショウウオは化学物質に対しては傷害を受けやすいことが明らかになった。実験で濃度の低い石灰液や工場排水、革のなめし剤などに触れさせるだけで皮膚がボロボロと落ち、エラがなにやら腐って死んでしまうのである。つまり、実際にわが国の河川でサンショウウオを使うことはできない。

さらに別の実験シリーズでは、サンショウウオがエサを与えられなくてもどれだけ長く耐えて生き続けることができるか確かめることに成功した。サンショウウオはエサを取らなくても、三週間以上生きることができたのである。サンショウウオはやや活気がなくなったものの、そのほかの症状を見せることはなかった。一匹のサンショウウオには六ヶ月間、一切エサを与えなかった。すると、そのサンショウウオは最後の三ヶ月はじっと動かず、ただただ眠り続けていた。飼育している水槽の中にレバーを一切れ投げ込んでやっても、すっかり弱りきっていてまったく反応を示さなかったので、人工栄養をせざるを得なかった。それでも、数日後にはふつうにエサを取ることができるようになり、以後の実験に使えるようになったのである。

最後の実験シリーズでは、サンショウウオの再生能力が試された。サンショウウオの尾を切り落としても二週間で新しい尾が再生されてきた。一匹のサンショウウオでは七回、尾を切り落とす実験をくり返したが結果は同じだった。足を切り離した場合もやはり足は再生されて生えてきたのである。四本の足すべてと尾を切り離しても三〇日ですべて生えかわってきた。大腿骨や肩甲骨を折っても、その部の脚や腕が根元から落ちて、新しく生えかわる。眼を摘出しても舌を切り取っても、同じように生えかわってきた。興味深いことに、舌を切り取られたサンショウウオは教えた言葉をすっかり忘れてしまうので、もう一度教えなおす必要があった。

首を切り落とすか、胴体を首と骨盤の間のどこかで切断した場合には、サンショウウオは死んでしまう。しかし、一方では胃、腸の一部を切除したり、肝臓の三分の二を取ってしまっても、あるいはほかの臓器を取っても、生活をする上で支障はない。ほとんどの腸を切除してしまっても、サンショウウオはまだ生き続けることができるのである。サンショウウオほどけがなどの傷害に対して強い抵抗力のある生き物はいない。

この点から、サンショウウオは兵士として使うのにぴったりで、第一級の兵士になりうる。なにしろ戦争で負傷してもほとんど死ぬことがないからである。しかしながら、サンショウウオはもともと争いごとを好まない性格であり、その上生まれつき自分の身を守ることを知らない。そのため残念なことに、どうにも兵士として具合が悪いのである。

これらの実験結果と平行して、私の助手のヴァルター・ヒンケル博士はサンショウウオがなにかの有用な原料として使えないか実験を進めていた。その結果、博士はサンショウウオのからだにはほかの生き物では考えられない高い濃度のヨードとリンが認められるのを確認したのである。このことは、必要に応じてサンショウウオのからだからこれらの重要な元素を工業的に引き出して利用することが可能であることを意味する。

サンショウウオの皮は、そのままではとても使える代物（しろもの）ではないが、よくたたいた上で高圧でプレスすると、一種の人工皮革ができる。この人工皮革は軽い上にじょうぶで牛の革の代用品として十分使える。サンショウウオの脂肪はまずくて食用にはならないが、非常に低温にならないかぎり凍結しないので機械の軸受けのグリースにはむいている。肉は食用に不向きなどころか、有毒だと考えられている。生のままで食べると、たちまち激しい腹痛をおこし吐いてしまう。幻覚さえおきるのである。

ヒンケル博士は自分を実験台にして何度も実験を繰り返した。

毒キノコの毒を消すときにやるように、細かく刻んだ肉をさっと湯通ししてから徹底的に洗い、それから丸二四時間、過マンガン酸の薄い溶液に漬けるのだ。そうすれば、サンショウウオの肉の毒性はなくなる。それからさらに肉をとろ火でぐつぐつと煮込むと、安物の牛肉ぐらいの味にはなる。こんな風に処理して、われわれは一匹のサンショウウオの肉をいただくことになった。そのサンショウウオのことをわれわれはハンスと呼んでいた。ハンスはしっかり教育を受けたりこうなやつで、科学的な仕事に特別の才能があった。ヒンケル博士の研究室で実験助手として働いていたが、とてもこまかいデリケートな化学分析も任せることができたのである。

好奇心のかたまりのようでなにごとにも興味を示すハンスにすっかり魅せられて、夜遅くまでわれわれはハンスと議論しあったものである。だが、悲しいことにわれわれはこのハンスを殺す破目になってしまった。私がハンスにおこなった何回かの穿頭術が原因でハンスは失明してしまったからである。ハンスの肉は黒味がかっていて、キノコのような味がした。言えることは、食べた後で不快な感覚が残らなかったことである。だから、戦時に必要になれば、きっとサンショウウオの肉は牛肉に代わる安い肉としてだれからも受け入れられるにちがいない。

サンショウウオの数が世界で何億匹にまで達してしまえば、当然、サンショウウオはめずらしくも何ともなくなってしまいました。サンショウウオがなんだかんだ言ってもまだ目新しいあいだはサンショウウオにだれもが興味を持ったので、「サリーとアンディー」とか「二匹のお人よしサンショウウオ」といったドタバタ喜劇映画やキャバレーの舞台にサンショウウオはしばらくのあいだ名残をとどめていました。キャバレーの舞台では、とんでもない悪声で歌える変わった才能を持った男女の歌い手が、ガーガー声ででたらめなしゃべり方をするなんとも奇妙なサンショウウオのおどけ役を演じて見せていたのです。しかし、サンショウウオがありふれた、そこいらに山ほどいる存在になるやいなや、人々のサンショウウオに対していだいていたこれまでの考えもどうやら変わってしまったようでした。（原注9）

原注9　「デイリー・スター」紙がおこなった「サンショウウオには精神があるだろうか?」というアンケートに対する回答をみると、このことがはっきりとわかる。アンケートへの回答の中で有名人からのものをいくつか紹介してみよう（もっとも真偽のほどは保証しかねるが）。

「デイリー・スター」編集部御中

回答します。私の友人のＨ・Ｂ・バートラム師と私はアデンでの堤防建設工事に従事しているサンショウウオをかなり長期間にわたって観察する機会がありました。その間に二、三度、サンショウウオと話をすることができました。しかし、彼らとの会話からは名誉や信条、愛国心、それにフェア・プレイ精神といった高レベルの感覚がサンショウウオにあると受け取ることはまったくできませんでした。これらのほかに精神と呼べるものがいったいあるものでしょうか？

敬具

ジョン・Ｗ・ブリトン大佐

これまでにサンショウウオを見たことは一度もありません。しかし、音楽のない生き物に精神があるなんてありえないと確信しています。

トスカニーニ

精神の問題は別として、私がサンショウウオを観察したかぎりではサンショウウオに個性というものは存在しないようです。どのサンショウウオも同じで、同様に勤勉で同様に能力があり、どれも無表情で区別がつかないのです。一言で言ってしまえば、サンショウウオは近代文明のある理想、つまり、没個性化、平均化を体現しているとも言えます。

アンドレ・ダルトア

サンショウウオに精神がないことは明白である。その点では人間と同じである。

バーナード・ショー

ご質問にはほとほと困惑しました。私が飼っている中国犬のビビは、ちっぽけではありますが、かわいらしい魅力的な精神を持っています。ペルシャネコのシディ・ハヌムにも精神があります。とてもすてきでとても冷酷な精神です！　でもサンショウウオはどうでしょう？　あの哀れな生き物は才能にめぐまれ、知能にすぐれています。話すことができ、計算もでき、とてつもなく役に立ちます。でもあんなに不細工ではね！

マドレーヌ・ロッシュ

精神があろうとなかろうと、マルクス主義者でなければどんなサンショウウオでもけっこうだ。

クルト・フーバー

サンショウウオに精神はない。サンショウウオに精神があれば、人間と対等な経済的権利を認めなければならないが、それはばかげたことである。

ヘンリー・ボンド

サンショウウオにはまったくセックス・アッピールを感じません。つまり、サンショウウオには精神がないのです。

メイ・ウエスト

サンショウウオには精神があります。あらゆる生き物、あらゆる植物、生きとし生ける物には精神があるのです。すべての生命の神秘は偉大です。

サンドラブハラタ・ナット

サンショウウオの泳ぎのテクニックとスタイルは興味深い。サンショウウオに学ぶべきことは多いが、とりわけ長距離泳法についてはそうである。

ジョニー・ワイズミューラー

実際、まもなくサンショウウオが巻き起こした一大センセーションのほとぼりはさめ、なにか別の、いくらかは中身のある問題、つまり、「サンショウウオ問題」が取って代わったのです。

人類史上初めてではないにしても、このサンショウウオ問題に取り組んだのは、当然、女性でした。その女性の名前はマダム・ルイズ・ツィマーマンといい、ローザンヌにあるフィニッシング・スクール、つまり花嫁学校の校長先生でした。彼女は異常ともいえるほどのエネルギーとつぎつぎにわいてくる熱情で、自分で考えた「サンショウウオにも正規の学校教育を！」というすばらしいスローガンを世界中に広めようとがんばったのです。彼女は長いあいだ、人々の誤解や無理解に苦しみました。彼女は、サンショウウオには生まれながらの聡明さが備わっていると認めていました。それでも、サンショウウオがしっかりとした道徳教育やまともな教育を受けないと、ますます人類文明をおびやかす危険な存在になると、あきらめることなく警鐘を鳴らし続けたのです。

「今日の人類の最高の理念への参加をサンショウウオに認めなかったり、彼らの知性を奴隷のような状態のままで放置してはなりません。そうなれば、われわれの文明はまるでサンショウウオの海に浮かぶ小島のようになり、滅びてしまいます。古代ローマ文明が野蛮人の進入によって滅びたのと同じです」マダム・ツィマーマンは、六千三百五十七回おこなった講演でまるで予言者のように同じことを繰り返し話しました。講演はヨーロッパやアメリカだけではなく、日本や中国、トルコなどの婦人クラブでおこなわれました。「文明が衰えないためには、だれもが教育を受けられなくてはなりません。無理やり動物の状態におとしめられている何百万という不幸でみすぼらしい存在に取り囲まれているかぎり、私たちは文明からプレゼントされた果実をのんびりと食いつぶしているわけにはまいりません。一九世紀のスローガンは『婦人の解放』でしたが、今世紀のスローガンは『サンショウウオに正規の教育を！』でなければなりません」

まあ、こんな具合なのです。持ち前の雄弁と信じられない粘り強さでマダム・ルイズ・ツィマーマンは、全世界の女性を動員して十分な資金を調達しました。そのおかげで、ニースの近くのボーリューにサンショウウオのための学校をつくることができたのです。マルセイユやツーロンで働いているサンショウウオの子どもたちがフランス語や文学、修辞学、作法を学ぶ家庭科、算数、文化史を学べるようになったのです。(原注10)

原注10　くわしくは「ルイズ・ツィマーマンの生涯と理念およびその活動」（アルカン社）を参照のこと。一匹のサンショウウオがこの本に書いた回想記を紹介しておこう。このサンショウウオはツィマーマンの最初の教え子だったが、回想記は彼女に対する尊敬の念に満ち溢れている。

「簡素なつくりですが清潔で快適な水槽のそばに座って、先生はラ・フォンテーヌの寓話をぼくたちに読んでくれました。湿度の高いのは先生にはとてもこたえたにちがいありません。でも先生は教師としての使命に燃えて、そんなことは気にもかけていないようでした。僕たちのことを先生は「メ・プチ・シノア（私の小さな中国人たち）」と呼んでいました。なぜって、僕たちは中国人のようにrの発音ができなかったからなのです。でもしばらくすると先生はそういう私たちに慣れて自分の名前をMadame Zimmelmannとrにかわってlで発音できるようになったのです。

僕たち、子どもサンショウウオは先生をすっかり尊敬し崇めるほどでした。

子どもでもまだちびっ子のサンショウウオは肺が未発達なので水から離れることができません。ちびっ子サンショウウオたちは先生と一緒に校庭を散歩することができないと、しくしく泣いていました。先生はとてもやさしくて僕たちを大切にしてくれました。先生が猛烈に腹を立てるのを見たのは一度しかありません。

それは、僕たちに歴史を教えてくれていた若い女の先生が、ある夏のとても暑い日に水着を着て僕たちのいる水槽の中に降りてきて、首まで水につかりながらオランダの自由を求める独立戦争について授業をしたときのことです。そのとき、あのすてきなツィマーマン先生が本気でおこったのです。「あなた。さっさと水から出てからだを洗ってきなさい。さあ、早く出てくるのです」先生は目に涙を浮かべてせきたてるように叫びました。

結局のところ、先生は僕たちサンショウウオが人間の仲間ではないことを、わかりやすく、ポイントをついて教えてくれたのです。このことをはっきりと巧みに僕たちに悟らせてくれた心の母、ツィマーマン先生にはあとになってとても感謝したものです。

僕たちがしっかり勉強したときには、先生はご褒美に、たとえばフランソワ・コペのような近代詩を朗読してくれました。「この詩はちょっとモダンすぎるけど、」先生はおっしゃりました。「でも、今ではコペの詩だって立派な教養の一部になっていますからね」

学期末の参観日にはニースの市長、それにお役所や民間の名士が招かれました。肺が十分に発達した高学年でできのよい生徒たちは、ぬれたからだを用務員のおじさんに拭いてもらってから白いローブのような服を着せられました。それから、女の人たちをこわがらせないように、薄い幕のうしろでラ・フォンテーヌの寓話を朗読したり、九九やカペー王朝の代々の王の名前と在位期間を暗誦したのです。この後で市長さんがすてきな話を長々とし、その中で僕たちのすばらしい、敬愛すべき校長先生をほめちぎったのです。こうして、楽しい一日は終わりました。

僕たちの精神的な発達だけでなく肉体的に健康かどうかについても同じだけの注意が払われました。月に一度、地元の獣医さんが僕たちを診察し、順調に体重が増加しているかどうかをチェックするために、六ヶ月に一度、全員が体重を測定されたのです。

ツィマーマン先生はすばらしい指導者でしたが、めったにお目にかかれないほどすてきな先生でもありました。その先生が僕たちにあのろくでもない、みだらな「月光踊り」をやめさせようととりわけ心を砕かれたのです。でも、あえて恥を忍んで言ってしまいますが、高学年の生徒たちは満月の夜になるとひそかにあの破廉恥な「サンショウウオ踊り」に夢中になっていたのです。僕たちの友でもあり母とも言うべきツィマーマン先生の耳にこのことが届いていなければと切に願っています。もし、先生がこのことを知れば、やさしいだけでなく気高い先生の心臓は砕かれてしまいます」

ところがマントンに設立された女学校はあまり成功したとはいえませんでした。この女学校では、ツィマーマン先生が教育的な見地からぜひ取り上げるべきだとお考えになっていた音楽やお料理、それに手芸が教えられましたが、若いサンショウウオの女生徒たちは、まったく無関心とまでは言えないにしても、これらの教科にまったく気が乗らず、やる気があるようには見えませんでした。ところが、若いサンショウウオを対象とした第一回の公の試験は予想外の成功をおさめました。そのため、さっそく、動物愛護協会の資金援助でカンヌにサンショウウオ海洋専門学校が、マルセーユにサンショウウオ大学が設立されたのです。のちにサンショウウオの最初の法学博士が生まれたのはこの大学だそうです。

そして、そうこうするまもなくサンショウウオの教育問題は、あっという間に予想されたコースを歩み始めました。ツィマーマンのモデル・スクールに対して進歩的な教師たちが徹底して反対意見をあれこれと述べ始めたのです。これらの教師たちはとくに、サンショウウオの子どもの教育には人間の子どもにおこなわれているような古くさい時代遅れの教育はふさわしくない、文学や歴史を教えるかわりに、できるかぎり、自然科学の教育や技術指導と訓練、体育などの実務的な近代的な科目に時間を割くべきだと主張したのです。

ところがこの「改革学校」とか「実践学校」とか称する学校も、もう一方では古典的な教育を信奉する人たちによってはげしく攻撃されました。彼らはサンショウウオが人類の文化的遺産に近づけるようになるためにはラテン語の基礎が必要で、ただ会話を勉強するだけではなく、詩を引用したり、キケロのように雄弁に演説できるようでなくてはならないと強く主張したのです。

激論をかわして長いあいだ繰り広げられた論争も、結局のところサンショウウオの学校を国有化し、人間の学校での教育をサンショウウオの「改革学校」での理想にできるかぎり近づけるように改革するということで解決し、論争は終止符を打ちました。

こうなるとほかの国でも、国の管理下でサンショウウオへの正規の義務教育の実施を求める声が上がるのは当然のことでした。イギリス以外のどの海洋国でも徐々にこのようなサンショウウオの学校がつくられていったのです。これらの学校では人間の子どものための古くさい昔からの伝統的な教育にしばられないで、精神工学、技術教育、軍事訓練のすべての最新の教育方法が取り入れられ、さらには最近の教育の成果も生かされていたので、世界でも一番モダンで科学的にもっとも進んだ学校がつぎつぎに生まれ発展していきました。これらのサンショウウオの学校はすべての人間の先生や生徒にとって、それこそとってもうらやましいものだったのです。

サンショウウオになにを教えるかという教育の問題と同時に言葉の問題も浮上してきました。つまり、サンショウウオに世界のどの言葉を教えるのが一番よいかという問題です。太平洋の島々で生息している原始サンショウウオは、当然、ピジン・イングリッシュを言葉として使っていました。土地の人間や船員から聞き覚えたのです。マレー語やその土地の方言を話すサンショウウオもたくさんいました。

シンガポール市場に出荷するために飼育されているサンショウウオはベイシック・イングリッシュを言葉として使うようにしこまれました。ベイシック・イングリッシュというのは科学的に簡略化された英語で、旧式のややこしい文法なしで数百の表現法で事足りるように作られていました。そのために、このように改良を加え、標準化されたベイシック・イングリッシュはサラマンダー・イングリッシュと呼ばれ始めたのです。ツィマーマンのモデル・スクールではサンショウウオはフランスの劇作家のコルネイユの表現法を見習って話していましたが、それはなにも民族主義的な理由からではなく、高等教育の一環だったのです。一方、「改革学校」ではコミュニケーションの手段としてエスペラントが使われていました。

当時、人間の言葉があのバベルの塔のときのように混乱するのを避けるために、このほかにも五つから六つのユニバーサル言語が生まれていました。これらの言語はどれも世界中の人類とサンショウウオに共通の単一な言語を提供しようとしていました。当然、これらの言語のうちでどの言語が国際語としてもっともふさわしく、美しい響きを持ち、どこの国の人からも受け入れられやすいかについてにぎやかな論争が繰り広げられました。そして結局のところ、どの国もそれぞれのユニバーサル言語の普及に努める始末になってしまったのです。(原注11)

原注11　そのほかにも、高名な言語学者クルティウスは自らの著作「ヤヌア・リィングアルム・アペルタ（開かれた言葉の扉）」の中で、ラテン文学黄金時代にヴェルギリウスが使っていたようなラテン

語をサンショウウオの共通語として採用すべきだと主張した。

クルティウスは著書の中で呼びかけている。「文法の規則が一番豊富な上、学問的にももっともしっかりしているラテン語は完璧な言語である。ただ、今日、このラテン語をふたたび世界中で実際に使われる生きた言語としてよみがえらすことができるかは、われわれの意思、考えしだいである。

もし教育のある人たちがこの機会を逃してしまうのなら、ゲンス・マリティマ（海の民）である君たちサンショウウオがこの機会を利用して、オルビス・テラルム（地球）で話されるにふさわしい唯一の言葉として、エルディタム・リングアム・ラティナム（奥行きの深いラテン語）を母なる言語として選ぶべきである。

サンショウウオたち、もし君たちが神と英雄（ヒーロー）の永遠の言葉を復活させて新たな生活を始めるのであれば、君たちの功績は永遠であり、不滅だ。ゲンス・トリトヌム（トリトンの民）よ。君たちはこの言語とともにいつかは世界を支配したローマの遺産を引き継ぐことになるのだ」

ところがこれに対して、ラトヴィア人のヴォルテラスとかいう電信局員がメンデリウスという牧師と協力して、サンショウウオのための特別の言語を考え出したのだ。彼らはこの言語を「橋渡し言語（ポンティック・ランゲージ）」と名づけた。ヴォルテラスはこの言語に世界中、とりわけアフリカの言語要素を取り入れている。

この言語はサンショウウオ語とも呼ばれていたが、とりわけ北欧諸国ではある程度普及した。しかし残念なことに、普及したのは人間のあいだだけだった。スウェーデンのウプサラではとうとうこのサンショウウオ語の講習会まで開かれるようになったが、知りうるかぎりでは、この言葉を話すのは肝心のサンショウウオのあいだでは一匹もいなかった。実際には、サンショウウオのあいだではベイシック・イングリッシュが一番使われていて、のちにこのベイシック・イングリッシュがサンショウウオの公用語になったのである。

それでも、サンショウウオの学校が国有化されたので、事態がややこしくなるのを避けることができました。サンショウウオはそれぞれ、自らが所属する国の言語で教育されるようになったからです。サンショウウオはこの人間の言語を熱心に、また比較的容易に学ぶことができましたが、かれらの言語能力にはどうやらある特殊な欠陥があるようでした。一つは発声器官の構造の問題、もう一つはどちらかといえば、心理的な理由によるものでした。サンショウウオは長いシラブルの多い単語を発音するのが苦手で、何とか単語を短く一シラブルにして発音しようとグアッ、グアッと聞きようによってはまるでカエルが鳴いてるように短かく発音したのです。rと発音すべきところをlと発音し、sやzなどでの歯擦音ではなにか舌足らずでした。

文法上必要な語尾変化を無視し、「私」と「私たち」の差がどうしても理解できなかったのです。単語が女性名詞でも男性名詞でもサンショウウオにとっては同じでした。もしかしたらこれは、サンショウウオが交尾期以外は性にまったく無関心なことの表われなのかもしれません。いずれにしても、サンショウウオが発音するとすべての言葉はきわめて単純で基礎的な形に合理化されてしまい、その性格が変わってしまいました。

注目すべきは、サンショウウオが作った新語や造語、独特の発音法、単純化された文法が港で働く下級労働者だけでなく、社会の最上流階級の人たちにまで急速に普及していったことです。新聞でも使われるようになり、たちまちだれもが使うようになりました。

人間でもほとんどの人が、男性形、女性形といった単語の性を気にしなくなり、語尾を変化させず、格変化もしなくなってしまったのです。明日をになう「金の卵」である青年たちもrの発音をしなくなり、サンショウウオのまねをして舌足らずの歯擦音を使う勉強をする始末です。ごく一部の教養のある人たち以外には、「インデターニズム（非決定論）」や「トランセンデンタリズム（超越論）」といった言葉の意味を、ただそれらの単語が人間にとって長すぎ発音しにくいという理由で、理解できなくなったのです。

要するに、サンショウウオは自分たちが住んでいる海岸の地域に応じて、世界中のほとんどすべての言葉をうまいへたは別にして、あやつれるようになったのです。当時、たしか「ナロードニ・リスティ（国民新聞）」だったと思いますが、サンショウウオはポルトガル語やオランダ語、さらにほかの世界中の小国の言葉を話せるのに、なぜチェコ語を学ぼうとしないのかと苦言を呈する記事が新聞に出ました。もっともな意見だと思います。

その記事では「残念ながらわが国は内陸国で海には面していない。したがって、海に生息するサンショウウオはこの国にはいない」、そう認めたうえで、「しかし、この国に海がないからといって、わが国が世界の文化の中で、多くの国と同等の文化を持っていないことを意味しないし、何千何万という数え切れないほどのサンショウウオが言語を学んでいる国より、多くの点、特に重要な面ですぐれているのである」と述べていました。

「サンショウウオがわれわれの精神的、知的生活も知ることができれば、それでよい。しかし、この国の言葉をあやつれるサンショウウオが一匹もいないのに、どうやってわれわれの精神的、知的生活をサンショウウオに知らせることができるのでだろうか？　だからといって、いつか、だれかがこの不公平さに気づいて、どこかのサンショウウオ学校にチェコ語とチェコスロヴァキア文学の講座を創設してくれるなんてことをあてにはしないようにしよう。ある詩人も詩の中で歌っているではないか。『この広い世界で信じられる者はいない。友は一人もいないから』」

記事はさらに続けて読者に呼びかけていました。

「こういう事態を打開するには、われわれ自身ががんばるしかない。この世の中でこれまでわれわれがなしとげてきたことは、すべて自分たち自身の力で勝ち取ってきたものなのだ！　サンショウウオの中にも友を得ようと努力しがんばるのはわれわれの権利であり義務でもある。

この国よりも小さなほかの国が、自国の文化的な財産を知ってもらうために宣伝し、自国の工業製品に関心を持ってもらおうと巨額の国家予算を投じている。それなのに、わが外務省は、サンショウウオの間にこのチェコという国の名前もその作り出す製品も宣伝する気がたいしてあるように思えないのである」

この記事は「チェコ産業協会」を中心として、かなりの関心を呼びおこしました。そのせめてもの結果として、「サンショウウオのためのチェコ語入門」という小冊子が出版されることになったのです。この小冊子ではチェコ文学のすばらしい作品の一部が文例として取り上げられていました。おそらく信じてもらえないとは思いますが、この小冊子は実際、七百部以上も売れたのです。この出版は大成功だったといって良いと思います。(原注12)

原注12　ポヴォンドラさんが集めたコレクションに保存されていた、ヤロミール・サイデル・ノヴォミェツキー氏の書いた次のエッセー参照。

ガラパゴス諸島で出あったわれらが友

私は詩人である妻のインジシー・サイドロヴァー・フルディムスカーを伴って世界一周の旅に出た。われわれの大切なおばで、作家でもあったボフミラ・ヤンドヴァー・ストシェショヴィツカーを亡くした痛みのせめて一部でも、これまでに経験したことのない強烈な印象がもたらす不思議な力で癒せればと思ったからである。そしてとうとう、多くの伝説に包まれた絶海の孤島、ガラパゴス諸島にやってきたのである。

二時間だけ上陸することができたので、だれもいない島の海岸を歩いてみることにした。「見てごらん。今日の太陽が沈むさまは何てすばらしいんだ」私は妻に話しかけた。「まるで空全体が金色と真紅に染まった洪水の中におぼれていくようじゃないか」

「チェコの方ですよね?」突然、われわれの後ろから、まるでチェコ人が話しているような正確なチェコ語が聞こえたのである。

おどろいて声の聞こえたほうを見てもだれもいなかった。ただ、大きな黒い色のサンショウウオが一匹、手に本のようなものを持って岩の上に座っているだけだった。―世界一周旅行の中で、何匹かのサンショウウオを目にしたが、会話を交わす機会はなかった。だから、こんなだれもいないさびしい海岸でサンショウウオに会って、その上、自分たちの母国語、チェコ語で話しかけられたのだから、われわれがどんなにおどろいたか、読者の皆さんはよく分かっていただけると思う。

「今話しかけられたのはどなたですか?」私はチェコ語で聞き返した。

「いや、失礼かとは思ったのですが」サンショウウオは立ち上がり、礼儀正しく答えたのだ。「生まれて初めて生のチェコ語を聞いたものですから、どうにもがまんができなくて」

「えっ」おどろいて思わず聞き返してしまった。「チェコ語ができるんですか?」

「今、不規則動詞ビーチ(訳注 英語の be に当たる動詞)を変化させて楽しんでいたところなのです」

サンショウウオは答えた。「この単語はどの国の言葉でも変化しますがね」

「いったいどこで、何のために」私はついつい、詰問するような口調できいてしまった。「チェコ語を勉強したんですか?」

「たまたまこの本が手に入ったものですからね」そのサンショウウオはそう答えると、手に持っていた一冊の本を私に差し出したのだ。表紙には「サンショウウオのためのチェコ語入門」と書かれていたが、熱心に絶えず使っていた跡が残っていた。

「小包がこちらに送られてきたのですが、その中にチェコ語の学術書や教科書、それにチェコ語の入門書が入っていたのです。その中の「高校上級幾何学」か「戦争における戦術変遷史」、「ドロマイト（白雲石）入門」、「複本位論」を選んでもよかったのですが、結局この本にしました。今ではこの本は私にとってなくてはならない、一時も離せないものになっています。

もうすっかり、中身を暗記していますが、いまでも新たなことを発見してうれしくもなり、教えられもしているのです」

私も連れあいもすっかりうれしくなったが、それにしてもこのサンショウウオのしっかりした、ほとんど間違いのないチェコ語の発音にはおどろいてしまった。「残念なことに、ここではチェコ語を話せる相手が一人もいませんのでね」この新しいわれわれの友人はあくまで控えめだった。

「クーン（訳注　馬kun）の複数七格（造格）がコニkoniなのかコンミkonmiなのか、はっきりわからずに困っている始末です」

「それはコンミですよ」私は答えた。

「いえ、ちがうわ。コニよ」連れ合いが元気よく別の答えをした。

「すみません。よろしければ、教えていただけませんか」話し相手になってくれたすてきなサンショウウオは、熱をこめて質問してきたのである。「百塔の街、母なるプラハの最新ニュースが知りたいのです」

「そうですか。街はどんどん大きくなっていますよ」こんなに関心を持ってくれているのにすっかりうれしくなって、サンショウウオにこう答えて、わが国の首都、黄金のプラハの発展ぶりをかいつまんで話したのだ。

「それはうれしいニュースですね」サンショウウオは満足して素直によろこんでくれた。「橋の塔には斬首されたチェコ貴族の首がまだぶらさがってるんですか？」

「それはずいぶん昔の話で、とっくにそんなものはありませんよ」サンショウウオの質問にいささか、正直なところおどろきながら私は答えた。

「それは誠に残念ですね」サンショウウオはあいずちをうった。「貴重な歴史記念物でしたのにね。神さまに恨み言の一つも言いたくなってしまいます。何しろ三十年戦争ですばらしい記念物があんなにも破壊されてしまいましたからね！

私の記憶がまちがってなければ、あの当時、チェコはすっかり血によごれ涙にまみれた大地に変わり果ててしまいましたからね。それでも、せめてチェコ語の否定の生格が消えてしまわなかっただけでも幸いでした。でもこの本によると否定の生格の用法は使われなくなりつつあるとのことですが、それが本当なら悲しいことです」

「つまり、あなたはわが国の歴史に強い関心をお持ちだということですね」すっかりうれしくなった私は思わず大きな声を出してしまった。

「そうなのです」サンショウウオは答えた。「特に、ビーラー・ホラ（白山）の戦いに敗れ、その後続く三百年の隷属状態に強い興味と関心がありますね。この本にはそのことについていろいろと書かれていました。この三百年の隷属をみなさんチェコ人はきっと誇りに思っていますよね。とてつもない時代でしたからね」

「そう、困難な時代でした」私は相づちをうった。「抑圧と悲しみの時代でした」

「悲惨な目に会い続けたんでしょうね？」サンショウウオは興味津々（しんしん）といった感じで聞いてきた。

「口では言い表せない、とんでもない苦難の時代でした。残忍な圧制者のくびきの下で虐げられてきましたから」

「お話を聞いて納得しました」サンショウウオはほっと息を吐きました。「この本には、お話の通りのことが書かれてはいたんですがね。それがまちがっていなかったのがわかっただけでも、とてもうれしいですよ。『高校上級幾何学』よりもずっと役に立ついい本です。

いつか、チェコの貴族たちが処刑された記念すべき場所や冷酷な隷属の時代の栄光の場所に行って見たいものです」

「ぜひいらっしゃってください」私は心からそう思った。

「親切なお招き、感謝します」サンショウウオは頭を下げた。「でも残念ですが、そんな遠くまで行ける身分ではありませんので……」

「われわれがあなたを引き受ければいいんですよね。つまり、いいですか、チェコ中に呼びかけてカンパを募り、お金を集めるのです、そうすれば自由になれて……」

「感謝感激です」サンショウウオはすっかり感動して、つぶやいた。「でも聞くところによると、ヴルタヴァ川の水はわれわれにはよくないんだそうです。淡水の川水の中にいるとがんこでひどい下痢にかかってしまうらしいのです」サンショウウオは少し考え込んでいたが、付け加えるように言った。「それに、大切な庭をほったらかしにして旅に出るなんて、とってもじゃありませんが無理ですよ」

「えっ」私の連れ合いが大声を出した。「私も庭いじりが大好きですわ！　あなたの庭のかわいい草花を見せていただければ、とってもうれしいんですけど！」

「よろこんでお見せしますよ、奥様」サンショウウオはていねいに頭を下げた。「でも奥様。だいじょうぶでしょうか？　実は私のお気に入りの庭は水の中にあるんです」

「水の中ですか？」

「ええ、水深二十二メートルのところにあるのです」

「そんなところでどんな花を育てているんですか？」

「シー・アネモネ（イソギンチャク）とか」サンショウウオは答えてくれた。「特に、珍種をね。それに、サンゴの茂みにヒトデやシー・キューカンバー（ナマコ）も育てています。『祖国のため、一本のバラ、一本の木を育てし者は幸せなるかな』そうチェコの詩人も歌っているではありませんか」

船が出発の合図を送っていたので、残念ながらサンショウウオに別れを告げなければならなかった。

「なにか伝えたいことはありませんか、あの——その——」このサンショウウオの名前を知らなかったので、こんな言い方しかできなかった。

「私の名前はボレスラフ・ヤブロンスキーです」サンショウウオははにかみながら小声で言った。

「あの、自分ではすてきな名前だと思っているのですが。『サンショウウオのためのチェコ語入門』の中に出てくる名前から自分で選んだのです」

「それで、ヤブロンスキーさん。われわれチェコ人になにか伝えたいことは?」

サンショウウオは少しのあいだ考えていた。「お国の方たちに伝えてください」サンショウウオは感きわまって最後に言った。「お国の方たちに……古くからのスラブの不和と争いにまた、もどるようなことのないようにお伝えください。……そして、リパニと、とりわけビーラー・ホラ（白山）に対する思いを心にとどめ続けるのを忘れないでください! それではまた」サンショウウオは突然口を閉ざした。感情を必死で押さえているようだった。

ボートに乗ってからしばらく、われわれは感動のあまり物思いに沈んでいた。サンショウウオは岩の上に立ってわれわれに手を振りながら、なにか叫んでいるようだった。

「なんて言っているのかしら?」私の連れ合いが聞いた。

「わからんな」私は答えた。「でも、プラハ市長のバクサさんによろしく、って言っているようにも聞こえるね」

当然の事ながら、教育と言語の問題は、サンショウウオがもたらすさまざまな重大な問題の一面に過ぎませんでした。この重大問題は、いわば人間の手元でどんどん大きな問題になっていったのです。たとえば、実際に社会的にサンショウウオをどのように扱えばよいのかという問題がまもなく浮上してきたのです。

最初の年月、サンショウウオにとってはほとんど先史時代とも言えるころに、サンショウウオが残酷に非人道的に扱われないように熱心に活動したのは動物愛護協会のメンバーでした。彼らが粘り強く活動を続けたおかげで、所轄の省庁はほぼ全面的に、ほかの家畜に対して警察や獣医が適用している規則をサンショウウオにも適用するようにきびしく監督したのです。どうしても生体解剖に賛成できない多くの人たちが、科学実験と称してサンショウウオを生きたまま解剖することに反対する請願書に署名しました(原注13)。

原注13　とりわけドイツではすべての生体解剖は厳禁された。もっとも、その適用を受けたのはユダヤ人の研究者だけだった。

実際、多くの国々では次々に生体解剖を禁止する法律が施行されました。ところが、サンショウウオの教育がどんどん進むにつれて、はたしてサンショウウオをそのまま動物保護条例の対象に含めてよいか困惑がますます広がっていったのです。

はっきりなぜかと言われても困りますが、サンショウウオを動物保護条例の対象に含めるのは不適切だとだれもが思ったのです。そこで、ハッダースフィールド公爵夫人の支援によってサンショウウオ保護連盟（サラマンダー・プロテクティング・リーグ）が各国に設立されました。この連盟はイギリスを中心に二十万人を超える会員を擁していましたが、サンショウウオのためにあれこれと活発に賞賛に値する活動を展開しました。

活動の中でとりわけ成果をあげたのは、各地の海岸にサンショウウオ専用の運動場をつくったことです。この専用の運動場では物見高い野次馬の目を気にすることもなく、「集会やスポーツ祭典」を開くことができました。サンショウウオは運動場でどうやら「集会やスポーツ祭典」といった名目であの秘密めいた月光踊りをおこなっていたらしいのです。

あのオックスフォード大学も含めてすべてのイギリスの学校では生徒や学生がサンショウウオに石を投げるのを厳禁する通達が出されました。サンショウウオ学校では、とりわけまだ低学年の生徒に対しては、授業が負担にならないように一定程度の配慮が払われました。サンショウウオが働いたり、寝泊りしている場所は高い板塀でぐるりと囲われました。この高い板塀によってサンショウウオはさまざまなわずらわしさから守られました。しかし、この板塀はサンショウウオと人間とがまったく分離して暮らす上でもっとも効果をあげたのです。（原注14）

原注14　このような措置がとられたのは、道徳的な理由もあったものと思われる。ポヴォンドラさんが集めた資料の中からはさまざまな言語で書かれたアピールが見つかった。このアピールはどうやら世界中の新聞に載ったらしく、その中にはハッダースフィールド公爵夫人自らが署名したアピールもあったので、ここで紹介しよう。

「サンショウウオ保護連盟は社会の風紀を守り世の中の良俗を崩さないためにも、とりわけ女性の皆さんに訴えます。どうか援助の手を差し伸べてください。サンショウウオに彼らが着るのにふさわしい衣服を提供するための一大キャンペーンに加わってほしいのです。つまり、そのための衣服を自らの手で縫って提供してほしいのです。

サンショウウオが着る衣服としては長さ四〇センチ、ウエスト六〇センチのスカートが最適で、ウエストにゴムひもを通したものならいっそうよいと思います。折り目の入ったプリーツ・スカートがおすすめです。プリーツ・スカートはサンショウウオに似合いますし、着ていても楽に動けます。熱帯地方のサンショウウオ向けには、ウエストのところでひもで結ぶエプロンで十分でしょう。このようなエプロンならば、洗いざらいのその辺にある布でつくれますし、それこそ、みなさんの着古しからでもつくれます。こうすることによって、人の近くで働くときもなにも着ない姿を見せずにすみ、かわいそうなサンショウウオに恥ずかしい思いをさせなくてすみます。その上、上品な人たち、とりわけ女性や母親が不快な気分を味わわなくてもよくなるのです」

しかし、このようなキャンペーンは期待したような成果をなに一つあげられなかった。スカートをはいたり、エプロンをつけたがったサンショウウオはどうやら一匹もいなかったようなのだ。おそらく、水中では邪魔にこそなっても、からだにうまくそぐわなかったのだろう。それに、板塀で隔離されてからはサンショウウオも人間もたがいに恥ずかしがったり不快に思うことはもはやなくなっていた。

これまでサンショウウオをさまざまなわずらわしさから守る必要があることをあれこれと述べてきたが、実はそれは主に犬のことを念頭に置いてのことである。犬は決してサンショウウオとは友だちにはなれず、逃げるサンショウウオを水の中まで執拗に追いかけて獰猛（どうもう）にかみつく。かむと口の粘膜が炎症を起こしてしまうのに、それにこりずにかみつくのである。

しかし、ときにはサンショウウオの反撃にあって、さすがの犬もつるはしやシャベルで何匹か打ちのめされて殺されることもあった。犬とサンショウウオのあいだには、決定的な敵対関係ができてしまって、それはもうどうにもしようがなくなっていた。このようなかたき同士とも言うべきサンショウウオと犬との関係は、フェンスができておたがいにへだてられたことによって弱まるどころか、かえってひどくなり、深刻化した。

だがこういうことはサンショウウオにとってはなにも犬だけにかぎったことではなかった。

海岸沿いに何百キロにもわたってタールを塗られたフェンスがつくられたが、このフェンスはサンショウウオを教育するためにも使われたのである。フェンスの端から端までその内側にはサンショウウオに向けられたさまざまなスローガンが大きな字で書かれていたのである。

書かれていたスローガンの一部をここで書き出してみよう。

働いてこそ――成功がある。

一秒一秒を大切に。

一日は八万六千四百秒しかない！

君たちの評価はその働きによって決まる。

諸君なら一メートルの高さの堤防を五七分で建設できる！

働く者は万人に奉仕し、働かざる者食うべからず！

こんなスローガンだったのである。

全世界の三十万キロ以上の海岸線にこのような板塀がはりめぐらされていた。このことから、サンショウウオを激励するのに有効なこのようなスローガンがどれほどの数にのぼったかは容易に想像がつく。

サンショウウオと人間との関係を人道的にうまくつくりあげていこうという個人的な努力は賞賛すべきですが、それではとても手におえないことがやがてはっきりしました。サンショウウオをいわゆる生産工程に組み込むのは比較的容易でしたが、どのような方法にせよ、サンショウウオを社会の一員とするのははるかに複雑で困難だということがわかったのです。

もっと保守的な人たちは、サンショウウオに関してはあらためて解決すべき問題は法律的にも公的にも一切存在しないと主張したのです。

「サンショウウオはその保有者の所有物にすぎず、保有者はサンショウウオおよびサンショウウオが起こしうる損害に対しては責任を負う。サンショウウオにはすぐれた知能があるのは疑いがないが、法律上サンショウウオはもの、あるいは財産にすぎず、なにもサンショウウオに対して特別に法的な処置をとる必要はまったくない。このような法的処置は神聖な私有財産権への乱暴な介入以外の何ものでもない」こんな風に言い張ったのです。

これに対して、反対派も反論しました。

「サンショウウオは知的な生き物で、相当のところまで自身の行動に責任を持つことができるし、現在使われている法律をさまざまな方法を使ってわざと侵害することさえできる。それなのに、サンショウウオの所有者はやつらが犯す罪までかぶって責任をとらなくてはならないのか？　こんなリスクがあっては、サンショウウオの労働力を私企業が取り入れる意欲はまちがいなくそがれる。

海には柵などはない。だから、サンショウウオをしっかり監視するために一箇所に閉じ込めておくなんてことは不可能なのだ。だから、サンショウウオ自身が人間の法秩序を尊重し、サンショウウオのためにつくられた法を守るように法的な義務を負わせるべきである（原注15）」

原注15　サンショウウオに対してダーバン（訳注　南アフリカ共和国の港湾都市）でおこなわれた最初の裁判を参照のこと。この裁判は全世界にはでに報道された。ポヴォンドラさんの切り抜きより、引用してみよう。

港湾当局Aはサンショウウオを労働力として集団で雇い入れた。このサンショウウオの集団は時とともに繁殖し数が増えたために、港はもはや手狭になってしまった。

そのため一部のサンショウウオの幼生は近くの海岸に住み着いたのである。この海岸の一部はBが所有していた。Bはこのままでは所有している海岸で海水浴もできないから、サンショウウオを自分の海岸から移動させるように港湾当局に要求した。ところが港湾当局はBの要求を拒絶したのである。サンショウウオがBの所有する海岸に移住した時点でサンショウウオはBの個人的な所有物になった以上、港湾当局には何の関係もないと主張したのである。

A、B両者の話し合いはやはりなかなか結論が出ず長々と続いた。すると、その間にサンショウウオは、生まれつきの本能のためと教育によってたたき込まれた高い労働意欲によって、命令されたり許可されたわけでもないのに、Ｂの所有する海岸に堤防や港を建設し始めたのである。

やむなくＢは港湾当局に対して損害賠償の訴訟を起こした。第一審では原告の主張はしりぞけられた。Ｂの財産は堤防の建設によって価値が下落するどころか、かえって価値が上がったというのが判決の理由だった。ところが第二審では今度は原告の主張が支持されたのである。「何人にも、所有地に勝手に入ってきた隣家の家畜をそのまま見過ごさなければならない義務などない。したがって、港湾当局Ａはサンショウウオがもたらしたすべての損害を賠償すべきである。これは、農家が自分の家畜が隣家に与えた損害を弁償するのと同じである」裁判長はこのように論じたのだった。被告側は当然、「海には柵なぞつくれないからサンショウウオをある特定の場所に閉じ込めておくことは不可能である。したがってサンショウウオには責任がない」と異議を申し立てた。

これに対して裁判長は述べた。「サンショウウオによる損害はニワトリによる損害と同じだと本官は考える。飛び上がって垣根を越えられるニワトリもサンショウウオと同じようにある特定の場所に閉じ込めておくことは不可能だからである」

すると港湾当局の代理人である弁護士は裁判長に、「それでは裁判長は港湾当局がどのような方法でサンショウウオをＢの所有する海岸から移動させるべきか、あるいは、サンショウウオが自ら退散するように仕向けるべきだと考えておられるのですか?」と問いただした。これに対して裁判長は、「それは裁判所がかかわる問題ではない」と答えたのである。

この回答をきいた被告の弁護士はさらに問いただした。

「それではわが尊敬すべき裁判長は、被告である港湾当局が厄介もののサンショウウオを射殺するように命じたら、いったいどのような態度をとられるのか？」

これに対して裁判長は答えた。「イギリス紳士（ジェントルマン）の一人として、そのようなやり方は度のすぎたやり方だと思うし、本来B氏に属する狩猟権の侵害にあたると考える。

被告側はサンショウウオを原告の所有する海岸から移動させる義務がある。また、堤防建設などサンショウウオが海岸でおこなった工事による損害を、原状に復することによってつぐなうべきである」

被告側の弁護士は、この回答に対して、質問した。

「堤防などの解体工事にサンショウウオを使用して問題ないでしょうか？」

裁判長は「本官の考えでは、原告が同意しないかぎりサンショウウオを解体工事に使用してはならないと思う。いずれにしても原告の妻がサンショウウオを毛嫌いし、サンショウウオが住み着いて汚染された海岸では海水浴もできないと言っている以上、同意を得るのは無理であろう」と答えたのである。

港湾当局の弁護士はこれに対して反論した。「サンショウウオを使わないで、海中に建設された堤防などを解体、撤去するのは不可能であります」

すると裁判長ははっきりと述べた。「わたしはこまかい技術的な問題にかかわることはできないし、かかわる意思もない。裁判所は財産権を保護するために存在するのであって、物事が可能か不可能かを判断するところではない」

こうしてこの問題は法的にはケリがついた。A港湾当局がこの厄介な問題をどのように乗り切って解決したのかはわからない。しかし、どのような場合においても、「サンショウウオ問題」は新たに法律を整備することによってのみコントロールが可能だということははっきりした。

知りうるかぎりでは、サンショウウオを対象にした最初の法律はフランスで制定されました。その法律の第一章では、非常事態および戦時にサンショウウオが負う義務を定めていました。また、デヴァル法と呼ばれた第二の法律では、サンショウウオが定住できるのは、所有者あるいは所轄の官庁が指定する海岸にかぎると定めていました。さらに、第三の法律では、サンショウウオは警察官の命令には無条件に従うべきだと定められていたのです。

もしサンショウウオが従わない場合には、警察官はサンショウウオを乾燥した明るい場所に閉じ込めたり、長期間、労働に就けないようにするといった罰を与える権限が与えられていました。

これに対して左翼政党はこぞって、サンショウウオの労働日数、労働時間に制限を設け、雇用主がそれをしっかり守ることを義務づけたサンショウウオ福祉条例案を議会に提出したのです（たとえば、春の繁殖期には二週間の有給休暇を与えるといった内容でした）。一方、極左勢力はサンショウウオを労働者階級の敵とみなすように要求したのです。サンショウウオは資本主義に奉仕してただ同然で長時間労働し、そのため労働者階級の生活をおびやかしているというのがその理由でした。

極左勢力のこのような要求に呼応して、ブレストではストライキがおき、パリでは大規模なデモが敢行されました。このデモで多数の負傷者が出たため、デヴァル内閣は総辞職に追い込まれたのです。イタリアではサンショウウオは雇用主と役所であらたに設立したサンショウウオ公社の監督下に入りました。オランダではサンショウウオは建設省の水中管理局が所轄することになったのです。

つまり結局、各国は「サンショウウオ問題」を独自に、それぞれの方法で解決したのです。各国政府はサンショウウオの社会的な義務を規定し、サンショウウオの動物としての自由をしっかりと制限したおびただしい数の法令をつくりましたが、その内容はどれもほとんど似たり寄ったりでした。

当然といえば当然ですが、サンショウウオに対する最初の法案が成立するやいなや、人間側がサンショウウオに義務を課すのなら、サンショウウオの権利も認めなければ法律的に筋が通らないと主張する人たちも現れました。サンショウウオに関する法律を制定した国はすべて、サンショウウオを事実上責任ある自由な存在、法によって守られた生き物であると認め、ついには自国の一員であると認めたのです。

そうなった以上、法の下で活動している国家と国民として存在するサンショウウオとのあいだの関係に整合性を持たせる必要性が生じました。サンショウウオを外国からの移民として扱うこともちろん可能ではありましたが、その場合、非常事態や戦争が勃発したときに、イギリスを除くどの文明国もおこなっている、国民としての一定の奉仕をサンショウウオに義務づけることができなくなります。国家間の軍事衝突がおきた際には、われわれはサンショウウオにわが国の沿岸の防備を要請せざるを得ないのですが、そうなるとサンショウウオに一定の市民権を与えないわけにはいかなくなるのです。たとえば、投票する権利、集会の権利、公的組織の代表を務める権利などといったものです。(原注16)

原注16　たとえばJ・クルトーのように、サンショウウオが文字通り人間と同じ権利を持っていると考えている一部の人たちは、サンショウウオが水中でも陸上でもあらゆる公職につける道を開くべきだと要求した。デフール退役将軍のように、サンショウウオ自身が指揮を執る完全武装の水中部隊の創設を要求する人たちさえもいた。さらには、ルイ・ピエロ弁護士のように人とサンショウウオとのあいだの結婚も許されるべきだとまで主張する人たちまで現れたのである。自然科学者たちは人とサンショウウオとの結婚はもともと不可能だと、ルイ・ピエロ弁護士らの考えに異議を唱えた。

しかし、ピエロ弁護士は、「私は結婚が生物学的に可能か不可能かを問題にしているのではない。法の原理、原則を問題にしているのだ。私はこの婚姻法の改革がただの紙切れにとどまることなく実際に運用できることを実証するために、サンショウウオと結婚してもよいと思っている」とまで言い切ったのである。

その後ピエロ弁護士のところには離婚の相談が殺到したそうである。

このことにもいささか関係があると思うので述べておこう。新聞、とりわけアメリカの新聞に、若い女性が水浴中にサンショウウオにレイプされたという記事がときおり載るようになった。そのためアメリカでは、サンショウウオが捕まえられてリンチされる事件が急増した。リンチの手口はたいていは火あぶりだった。学者たちは、解剖学的にも、このような犯罪はサンショウウオにとって不可能なのだと民衆によるリンチをきびしく批判したが、ほとんど何の効果もなかった。多くの娘が、宣誓した上で、サンショウウオにしつこく付きまとわれ襲われたと証言したのだ。もうこれだけで、ふつうのアメリカ人にとって事態は明白だったのである。

その後もサンショウウオを火あぶりにしてリンチする事件は後を絶たなかったが、リンチは土曜日以外は禁止となり、土曜日におこなう際にも消防の監督が必要になった。こんな中で、黒人牧師のロバート・J・ワシントン師が指導する「サンショウウオ・リンチ反対運動」という組織がつくられ、その会員数は何十万にものぼった。ただその会員のほとんどは当然のことながら、黒人だった。

これに対してアメリカの新聞はキャンペーンをはって、この協会がおこなっている運動は政治的で破壊的であるときめつけた。その結果、黒人居住地区は襲撃され、同胞のサンショウウオのために教会で祈りをささげていた多くの黒人が、焼き殺されたのである。

黒人に対する怒りは、ルイジアナ州のゴードンヴィルにある黒人教会が焼き討ちにあって、その火が全市を焼き尽くしたことでピークに達した。ただ、このことはサンショウウオの歴史とは直接の関係のないことではある。

サンショウウオが実際にどのようにして、そしてどの程度市民として認められていたか、せめていくつかここに紹介してみよう。どのサンショウウオも、働いている場所を本籍としてサンショウウオ戸籍に登録された。

役所から居住許可証をもらう必要もあった。一匹ごとに納税する義務もあったが、雇用者がサンショウウオに代わって納税した。そのかわり、その税金分は与えられる食料から差し引かれた。サンショウウオは賃金をお金では受けとらなかったからである。

そのほかにもサンショウウオは住んでいる海岸の住民税、さらには地方税、あるいは、板塀を延々と張り巡らすのにかかった費用の負担金、学校税、そのほかの公共税を支払わなければならなかった。これらのことからサンショウウオが市民として人間と同じように扱われ、ある種の平等を享受していたことはすなおに認めなければならないだろう。

サンショウウオには水中でのある種の自治を与えるべきだ、といった声も聞こえましたが、いずれにしてもそのような声はどれも純粋に学問的な議論にとどまったのです。結局は、実際の解決はなにも得られませんでした。なにしろサンショウウオには市民権を要求する気などさらさらなかったからです。

同じように、サンショウウオは何の関心もないし、かかわりたいとも思っていなかったのに、

「そもそもサンショウウオには洗礼をほどこすべきか、べきでないのか」という問題をめぐって大論争が勃発したのです。カトリック教会ははじめから一貫して否定的な見解をとりました。

サンショウウオはアダムの子孫ではないので原罪を受け継いでいない、したがって洗礼の秘蹟によって清めようがないというわけです。聖なるカトリック教会は、サンショウウオにはたして不滅の魂が宿っているのか、あるいは、いずれかの方法で神の愛と救いに授かることができるのかといった問題にもはっきりとした結論をつける気はまったくありませんでした。

サンショウウオに対する教会の好意は、煉獄でもだえる魂への祈りや神を信じない者にかわっておこなう代祷をおこなう日にサンショウウオのために特別の祈りをささげてくれる程度にとどまったのです。(原注17)

原注17　ローマ法王の「神のなせる不思議」と題する回勅を参照のこと。

プロテスタント教会では、ことはカトリック教会ほど単純にはいきませんでした。プロテスタント教会はサンショウウオには理性がありキリスト教の教えを理解する能力があるとは認めていましたが、彼らを教会の一員として迎え、キリストで結ばれた同胞とするのにはためらいがあったのです。そのため、サンショウウオ用に防水紙に刷った聖書の要約版を何百万部もサンショウウオに配りましたが、それ以上のことはしませんでした。それでもベイシック・イングリッシュからヒントを得て、サンショウウオのためのベイシック・キリスト教をつくろうとはしたのです。これはキリストの教えを簡単にまとめて単純化したものでした。しかし、神学上の大論争を引き起こす結果をもたらしてしまったために、この試みは結局は放棄されることになったのです。(原注18)

原注18　この神学論争に関する文献だけでもおびただしい数になる。文献目録だけでも分厚い二冊の本になる。

ところが宗教団体のうちのいくつか、そのうちでも特にアメリカの宗教団体は、そんな気遣いは無用とばかりにサンショウウオに「真の信仰」を説き聞かせるために宣教師を直接送り出したのです。「世界中に出かけて、すべての民に教えをたれよ」という聖書の言葉にしたがって、サンショウウオに洗礼を受けさせようとしたのです。しかし、サンショウウオと人とを隔てている板塀を越えてサンショウウオのところにまで行き着けた宣教師はほとんどいませんでした。説教などでサンショウウオが働く時間が減るのを避けるために、雇い主たちはあらゆる手だてを使ってなんとしても宣教師がサンショウウオに近づくのを防いだからです。

そのため、あちこちのタールを塗った板塀の外側では、塀の内側にいる天敵のサンショウウオに向かって激しくほえたてる犬たちに混じって、宣教師たちが神の言葉を熱心に説いていましたが、それもむなしい行為に終わってしまいました。

知られているかぎりでは、サンショウウオのあいだで多少とも広がったのは一元論でした。サンショウウオの中には唯物論や金本位制度、そのほかの科学的教えを信じたものもいました。ゲオルグ・セクエンツという名前の、庶民にも人気の哲学者は、サンショウウオのために特別の神学をつくり、その教えの中心、最高教理に「大サンショウウオ」への信仰をすえたのです。

このサンショウウオのための宗教は肝心のサンショウウオのあいだではほとんど広まりませんでしたが、人間のあいだでは広まり多くの信者を獲得したのです。とりわけ都会ではサンショウウオ教の秘密の寺院がそれこそ一晩のうちに多数現れました。（原注19）

原注19　ポヴォンドラさんのコレクションの中から見つかった、Bにおける警察内部資料のコピーとおぼしきポルノそのものの内容の小冊子を参照のこと。「科学的捜査の向上を目的とした個人の資料」をそのままのかたちで、まともな本の中で引用するのはさしさわりがある。そこで、内容のごく一部だけをここに紹介する。

「カルト集団、サンショウウオ教の寺院は○○○通り××番地にある。寺院内部の中央には、暗赤色の大理石を敷き詰めた大きなプールがある。プールの水は程よく温められており、香水のよい香りがする。下からライトアップされているが、そのライトの色は次から次に絶えず変わるのである。

プール以外の寺院の中は暗闇に包まれている。サンショウウオ教の連祷が唱えられる中、虹色の光に照らされたプールへとサンショウウオ教の信者たちがなにも身につけない生まれたままの姿で、大理石の階段を降りてくるのである。男女が右左に分かれて降りてくるのだが、そのだれもが飛びきりの上流階級に属する人たちなのである。その中でもとりわけえりすぐりの男爵夫人M、映画俳優のS、公使Dらの姿も見える。

突然、スポットライトの青い光がプールの水面から突き出た巨大な岩を浮かび上がらせる。その岩の上にはどっしりした、いかにも齢を重ねた様子の黒いサンショウウオがすわっており、重い息をついている。このサンショウウオは「マイスター・サラマンダー」と呼ばれているのだ。

しばらく沈黙していた「マイスター・サラマンダー」は信者たちに、まもなく始まる「サンショウウオ踊り」の儀式に全身全霊を振り絞り、「偉大なサンショウウオの神」を敬うように命じる。

それからこの「マイスター・サラマンダー」は立ち上がり、上半身を揺り動かし、くねらせ始めた。すると男の信者たちも首まで水につかりながら、猛烈な勢いで、絶えずテンポを速めながら、「マイスター・サラマンダー」にならって上半身を揺り動かし、くねらせ始めた。こうして、性的な雰囲気を盛り上げていくのだそうだ。一方、女の信者たちは、ツツツゥとかすれた声をあげて男たちに応える。水中の明かりが、一つ、また一つと消えていき、だれもが交わる性の狂宴が繰り広げられるのである」

この警察の内部文書が信用できるものかどうかは分からない。しかし警察が仕事に追われててんてこ舞いだったことだけはたしかである。ヨーロッパのすべての大都市でこのカルト集団、サンショウウオ教の動向をきびしくチェックする一方、ほかにもこのカルト集団が絡んだ、つぎつぎにおきる社会的な大スキャンダルが広がらないように押さえ込むのにてんてこ舞いだったのである。

そんななかで、「偉大なサンショウウオの神」を敬うサンショウウオ教は大いに広がっていった。ただ、警察の内部文書に見られる、まるでおとぎ話にでてくるようなあでやかさの中で儀式がとり行われた例は少なく、貧しい下層の人たちのあいだでは、儀式は水のないところでおこなわれていた。

ほとんどのサンショウウオは後になって自分たち自身の宗教として別のものを受け入れました。そんなことになったいきさつは不明ですが、それはモロク（訳注　古代中東で崇拝された牛の頭を持つ神。子どもをいけにえとしてこの神に捧げた）崇拝でした。

サンショウウオはモロクを人間の頭を持った巨大なサンショウウオだと考えていたようです。彼らはイギリスのアームストロング社かドイツのクルップ社に特注した鋳鉄製の巨大な偶像を海中に建てていたそうです。サンショウウオがおこなっていたカルトめいた儀式は、とてつもなく残酷で神秘的だったそうですが、なにしろ海中でおこなわれていたので、これ以上詳しいことはなにもわかりません。このモルク崇拝がサンショウウオのあいだで広まったのは、モロクという神の名前からサンショウウオが自分たちの学名であるモルフェやドイツ語での名称、モルフを連想したためかもしれません。

「サンショウウオ問題」は最初から一貫して、サンショウウオにどの程度の理性があり、どの程度文明化された存在なのかという問題だったのです。このことはこれまで述べてきたことからもすでに明らかです。つまり、たとえ人間社会、人間がつくる体制のかたすみであっても、サンショウウオに一定の人間的な権利を享受することが許される存在かという問題です。

言いかえれば、サンショウウオ問題はそれぞれの国の国内問題として、また、各国の国民の権利の枠の中で解決されてきたのです。長年、だれもサンショウウオ問題が将来、国際的にきわめて重要な意味を持つようになり、サンショウウオを知性を持つ存在としてだけではなく、サンショウウオ集団、あるいはサンショウウオ民族として扱う必要に迫られるなどとは考えなかったのです。

実のところ、「サンショウウオ問題」をそのようにとらえ、最初の一歩を踏み出したのはエクセントリックともいえるあのキリスト教の一派でした。彼らは「世界中に出かけて、すべての民に教えをたれるのだ」という聖書の言葉にしたがって、サンショウウオに洗礼を受けさせようとしました。サンショウウオが一種の民族であるという考えをはっきりと打ち出したのは、あの教団の運動が最初だったのです。(原注20)

原注20　すでに紹介したカトリック教会のサンショウウオ用の祈祷書でも、サンショウウオを「デイ・クレアトゥラ・デ・ゲンテ・モルケ（神がおつくりになったサンショウウオ民族）」と規定している。

しかし、実際にサンショウウオを民族として国際的に、また、原則的に承認したのは共産主義インターナショナルの有名なアピールでした。このアピールには同志モロコフの署名があり、「全世界の抑圧下にあるすべての革命的なサンショウウオ」に向けて訴えていたのです。(原注21)

原注21　ポヴォンドラさんのコレクションとして保存されていたアピールは、勇ましく訴えていた。

サンショウウオの同志たち！

資本主義体制はついに最後の生けにえを諸君らの中に見い出したのだ。階級意識に目覚めたプロレタリアートが革命的に勢いを増したため、資本主義の暴政はすでに決定的に粉砕され始めている。海の労働者たるサンショウウオの諸君！　腐りきった資本主義は諸君を服従のくびきにつなぎ、ブルジョア文化によって諸君の心を隷属化させようとしている。資本家にとって都合のよい法律で諸君を従わせてすべての自由を奪い、罰せられる心配のないのをいいことに、あらゆる手立てを尽くして諸君をむごたらしく搾取しようとしているのだ。

（一四行、検閲削除）

サンショウウオ労働者諸君！　諸君のおかれている隷属状態の重荷を自覚するときが、とうとうやって来た。

（七行、検閲削除）

自らの階級としての権利、民族としての権利を勝ち取ろう！

サンショウウオの同志たち！　全世界の革命的プロレタリアートは諸君に、あらゆる手段を使って手を差し伸べている。

（一一行、検閲削除）

工場労働者評議会をつくり、評議会議長を選ぶのだ！　ストライキに備えて資金をためるのだ！

諸君！　目覚めた労働者たちは、正義の戦いにのぞむ諸君をけっして見捨てはしない。諸君とともに手と手を取り合って、最後の戦いにいどむのだ。

（九行、検閲削除）

全世界の抑圧された、革命的サンショウウオ諸君、団結せよ！　最後の戦いはすでに始まっている！

（署名）　モロコフ

この共産主義インターナショナルのアピールはサンショウウオには直接の影響を与えなかっ

たようですが、全世界のジャーナリズムには大変な反響を巻き起こしました。このためサンショウウオは、このアピールに触発された燃えさかる火のような激烈なアピールを、降りしきる雨のようにさまざまな方面からさんざんもろに浴びることになったのです。サンショウウオはあれやこれやのイデオロギー的、政治的、社会的な人間社会の仕組み、体制に大サンショウウオ集団として参加すべきだと主張するアピールでした。(原注22)

原注22　ポヴォンドラさんのコレクションから見つけることのできたこの種のアピールはそれほど多くはない。残りは奥さんのポヴォンドロヴァーさんが、何年ものあいだにおそらく燃やしてしまったのだろう。残されていたアピールのせめて見出しだけでも、ここに紹介しよう。

サンショウウオのみなさん、武器を捨てましょう!
(平和主義者の呼びかけ)
サンショウウオよ、ユダヤ人を追放せよ!
(ドイツ語のビラ)
サンショウウオの同志たち!
(バクーニン主義者のアナキストグループのビラ)
サンショウウオの同志たち!

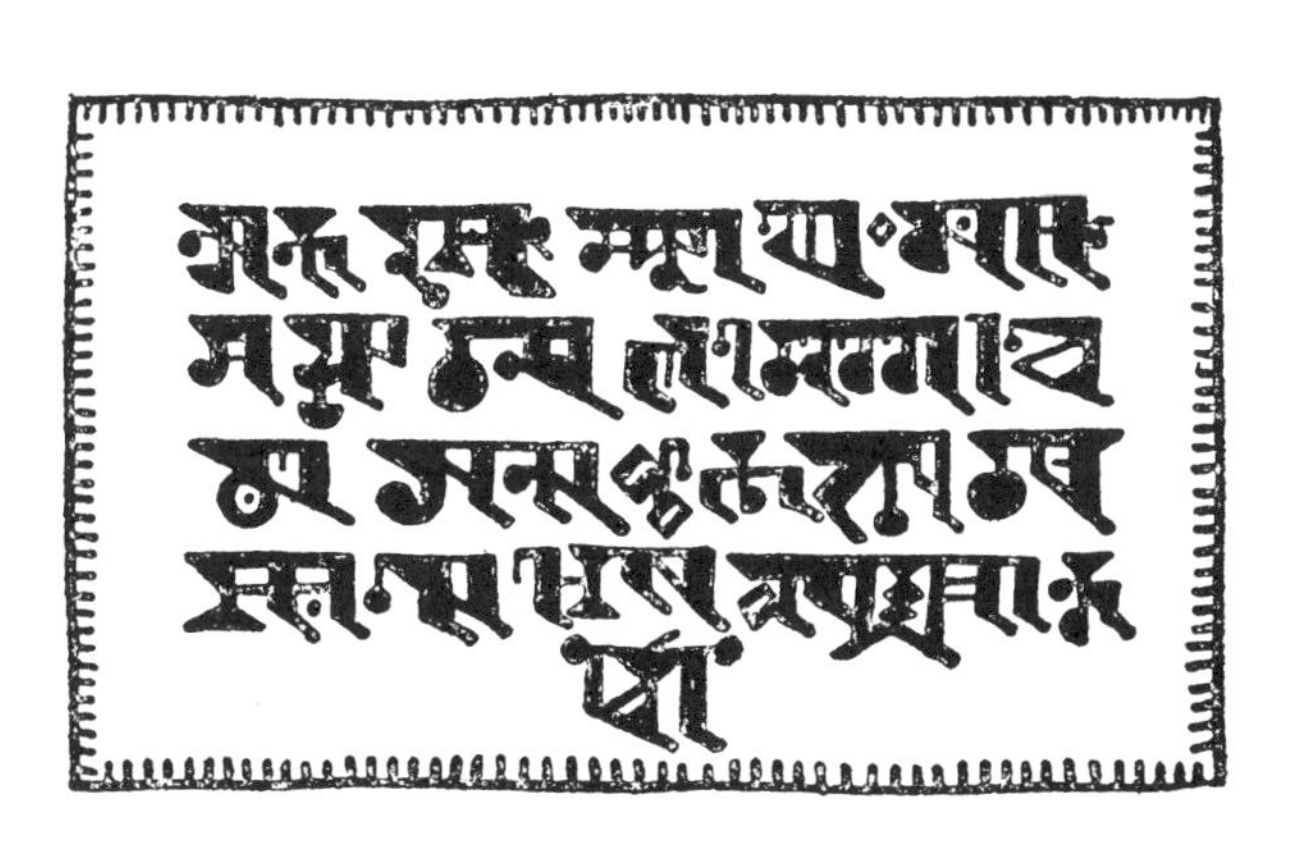

（海洋スカウトの公式アピール）

わが友、サンショウウオ！

（水生動物愛好家協会本部の公式声明）

サンショウウオよ、わが友よ！

（道徳再生協会のアピール）

サンショウウオ市民のみなさん！

（ディエップ市の「市民の復興をめざす会」のアピール）

われらの仲間、サンショウウオのみなさん。われわれの隊列に加わろう！

（退職海員互助会）

われらの仲間、サンショウウオ！

（エギール市の水泳クラブ）

ポヴォンドラさんがていねいにスクラップブックの台紙に張っておいたところから、上に掲げたアピールらしいものはとりわけ重要だったと思われる。そこでここに全文を引用しておくが、解読するのは不可能である。

今では、ジュネーヴにある国際労働機構（ＩＬＯ）も「サンショウウオ問題」に取り組み始めました。当時、ＩＬＯでは二つの考えが対立していました。サンショウウオを新たな労働者階級と認めて、彼らに対して労働日数や有給休暇、傷害保険や年金などのすべての社会的な枠を広げる必要があると考える一派と、これとは反対に、サンショウウオは労働者を脅かす危険なライバルにまで成長しており、そのサンショウウオを労働に使うのは反社会的であり、すっきりと禁止すべきだと考える一派です。

後者の考えに対しては使用者側の代表だけでなく労働者側の代表も反対しました。サンショウウオはもはや単なる新たな労働勢力にはとどまらない大消費集団でもあり、その重要性はますます高まっているので、それを無視するわけにはいかないというのです。

彼らが提出した資料によれば、近年、工具や機械、サンショウウオ用の金属製の偶像を製造する金属部門、武器製造部門、水雷をつくる化学部門、サンショウウオのための教科書をつくる製紙部門、セメント、製材業、人工飼料のサンショウウオ・フードなど多くの分野で異常なほどに雇用が増加していました。

サンショウウオが登場する前に比べると、船舶の総トン数は二七％増加し、石炭の採掘量も一八・六％増加していたのです。雇用が増加し人々が豊かになった結果、間接的ではありましたがほかの産業部門での取引もいっそう増えました。

そしてとうとう、ごく最近に至ってサンショウウオは自分たちで設計したさまざまな機械の部品を注文し始めました。サンショウウオは水中でこれらの部品を使ってエア・ドリル、ハンマー、水中モーター、印刷機、水中無線機などを自らの力で組み立てたのです。

部品の代金の支払は労働効率を高めることによって得た資金でまかなわれました。いまでは重工業と精密機械の全世界での生産の五分の一はサンショウウオからの注文に依存していました。ということは、もしサンショウウオからの注文を取り消すようなことをすれば、全世界の工場の五分の一を閉じなければならないのです。

そんなことになれば、今日の繁栄は消え何百万人の失業者があふれ出ることになります。国際労働機構は当然のことながら、労使双方によるこのような反対意見を簡単に無視するわけにはいきませんでした。結局、長いやり取りのあげくやっとのことで妥協案にたどり着くことができたのです。その内容は次のようなものでした。

一　Sグループ（両生類）に属する被雇用者が労働に従事できるのは、水中か水底、あるいは、満潮線より十メートル以内の海岸にかぎられる。

二　これらの被雇用者は海底での石炭および石油の採掘作業に従事してはならない。

三　これらの被雇用者は海草を原料として、陸上で使用する紙、繊維製品、人工皮革を製造してはならない。

などといったものでした。

このサンショウウオの生産活動を制限する取り決めは十九条からなっていました。しかし、これ以上詳しくこの取り決めの内容をここでは紹介しません。というのも、そもそもだれもこんな取り決めを気にせず、無視してしまったからです。

しかし、この取り決めは「サンショウウオ問題」を経済的、社会的側面から包括的かつ国際的に解決しようとした力作で、賞賛に値するものでした。

しかし、文化面などといったほかの分野ではサンショウウオを国際的にも認めていこうとする動きは遅々として一向に進みませんでした。ジョン・シーマンによる『バハマ諸島近海の海底の地質学的構造』と題する科学論文はしばしば専門誌で引用されたものの、当然だれもその著者がすぐれたサンショウウオの学者だとは気づかなかったのです。

さらに、サンショウウオの研究者から海洋学、地理学、水生生物学、高等数学や精密科学などの諸分野のレポートや研究成果が学術集会やさまざまなアカデミー、学会に寄せられるようになると、人間の学者や研究者はすっかりおどろき戸惑って、なかには不満を漏らしたり頭にきてしまう者もいました。それは学会の大御所、マーテル博士の次のような発言に現れていました。「あのろくでもない害虫どもは、いったいおれたちになにを教えようっていうんだ?」

あるサンショウウオ研究者の『深海魚アルギロペレクス・ヘミギムヌス・ココの幼生における卵黄嚢の発達について』とかいうタイトルの論文をあえて引用した日本人のオノシタ博士は、学会から総好かんを食ってしまい結局ハラキリにおいこまれてしまいました。

大学という学問の世界で生きている学者の先生にとっては、学者としての名誉心やプライドからしてもサンショウウオの学問的な業績なんてものを一切認める気にはならなかったのです。そのため、ニース大学が記念講演にあえてツーロン港に住んでいるサンショウウオの偉大な学者、シャルル・メルシェ博士を招聘したときには、憤激とまでは言えないにしても、一大センセーションを引き起こしました。それでも『非ユークリッド幾何学における円錐断面理論について』と題する博士の講演は大成功をおさめたのです。(原注23)

原注23　幸いポヴォンドラさんのコレクションの中に、この記念講演のことを軽い調子で興味本位に書いた新聞記事が残っていた。ただ、残念なことに残っていたのは半分で後の半分はなぜかなくなってしまっていた。

ニース　五月六日

プロムナード・デ・ザングレにある地中海研究所のこぎれいですっきりした建物は、今日は活気にあふれていた。来賓がスムーズに通れるように歩道では二人の警察官が整理にあたっていた。来賓たちは敷かれた赤い絨毯の上を歩いて、ひんやりとした気持ちいのよい、落ち着ける円形の講堂へと向かっていた

微笑を浮かべたニース市長、シルクハットをかぶった知事、ライトブルーの軍服を着た将軍、レジオン・ドヌール勲章の略章をつけた紳士たち、その年流行のテラコッタ色の服を着た、それなりの年

齢を重ねた女性たち、軍の副官たち、新聞記者たち、教授連、それに、コート・ダジュールでは一年中ありあまるほど見かける、世界各国から来た名の通ったお年寄りたちの姿が目に入る。

そんなところへ、突然ちょっとしたハプニングが起きた。奇妙な生き物が並みいる名士たちのあいだを、そっと気づかれないように通り抜けようとしたのである。その生き物は頭のてっぺんからつま先までケープともマントとも見えるものをすっぽりかぶり、大きな黒いめがねをかけていた。おぼつかない足取りでよちよちと、それでも急いでいる様子で建物の人であふれかえっている入り口へと向かったのである。

「おい、そこの」警官の一人が大きな声でとがめた。

「いったい、どこへ行く気だ？」

建物へ向かおうとしていたこの奇妙な生き物はすっかりおどろいてしまった。ところが、そのときにはもう大学の学長だか学部長らしい人物が歩み寄って、「これはこれは、先生」とていねいに挨拶したのである。この奇妙な生き物こそ、あのサンショウウオの学者、シャルル・メルシェ博士だったのだ。博士は今日、コート・ダジュールのえり抜きの人たちの前で講演をすることになっていたのである！

さあ、われわれも席がなくならないうちに急いで中に入ろう！　講堂の中は今か今かと博士が現れるのを待ち構える興奮した聴衆でわきかえっていた！

講堂の正面の舞台にずらりと並べられた席には、市長や大詩人のポール・マロリ氏、国際知的共同生産研究所代表のマダム・マリア・ディミネア、地中海研究所の所長、そのほかの役所のおえらいさんたちが座っていた。これらの席の一方の端には演壇があって、その演壇の後ろには――なんと、本物のブリキ製の浴槽が置いてあった。どこの家の浴室にもあるありふれたブリキ製の浴槽である。

二人の係員が長いケープに身をつつんだ内気そうな生き物を案内してきた。会場には戸惑ったような拍手がおきた。その生き物がシャルル・メルシェ博士だったのである。博士はおどおどした感じでお辞儀をし、自分の座る椅子はどこにあるのか不安そうにあたりを見回した。「先生、こちらです」係員の一人が小声で博士に声をかけ、ブリキ製の浴槽を指さした。「先生のためにご用意しました」

メルシェ博士は明らかにすっかり気後れしてしまい、どうやってせっかくの好意を断ればよいか決しかねていた。注意を引かないようにしてできるだけそっと浴槽に入ろうとしたものの、長いケープに足をとられてしまいドボンと大きな水音を立てて浴槽に落ちてしまった。

はねた水が座っていたおえらがたたちにかかったが、当然、だれもなにもなかったようなふりを決め込んでいた。聴衆のだれかがかん高い声で笑ったが、前の席に座っていた人たちがその笑っている人のほうを振り返りとがめるように「シーッ」と笑うのを制したのだ!

そのとき、国会議員もかねるニース市長が立ち上がり話し始めた。「淑女、紳士のみなさん。この美しい町、ニースの地にシャルル・メルシェ博士をお迎えし、歓迎の言葉をこうして述べさせていただいて大変光栄に存じます。博士はわれわれの近しい隣人である深海の住人であり、その科学界のすぐれた代表でもあるのです」

このとき、博士は浴槽から上半身をおこし、深々と聴衆に向かって頭を下げた。市長は話を続けた。

「海と陸とが知的なコラボレーションのために手を取り合うのは、歴史上今回が初めてです。これまで私たちの精神生活の中では、どうしても越えることのできない境界がありました。それが世界の海です。私たちはたしかにいままでは、境界を越えて海に乗り出すことは可能です。七つの海すべてで、大きな船に乗り波をけたてどこにでも進むこともできます。しかし、淑女、紳士のみなさん。われわれの文明は水の中には入り込むことはできないのです。

われわれ人間が住んでいるこのちっぽけな陸地は、まだ手つかずの荒海に取り囲まれています。海はすばらしい可能性のあるところですが、私たちからすれば、昔からどうにも越えることのできない境界でさえぎられていたのです。一方の陸地には発達する文明、もう一方の海には永遠に変わらない自然があります。みなさん、この陸地と海を隔てる境がいまや崩れ落ちようとしているのです。（拍手）

この偉大な時代の子であるわれわれは、古くからの文化を誇る大陸と近代的で文明化された海洋とをしっかりとつなぎ合わせる様（さま）をこの目で証人として見ることができる、この上ない幸せにめぐり合わせたのです。つまり、われわれの精神的な祖国がどんどん成長し、海岸を越えて波打つ海に降り、深い海まで征服するというわけです。そんな光景を眺めることができるなんて、なんとすばらしいことでしょう！（ブラヴォー！の声）

みなさん。海の文化が生まれてはじめて、われわれの地球は真に完璧な文明を持つ惑星になることができるのです。その海の文化を代表する偉大な学者、メルシェ博士をここにお迎えできたことは誠に光栄です」（熱狂的な拍手！　メルシェ博士は浴槽の中で立ち上がりお辞儀をした）

「親愛なるメルシェ先生。先生は偉大な学者であられますが、」ニース市長が博士の方に向き直り、話を続けた。ところが肝心の博士はというと、すっかり感動したために、浴槽のふちにもたれかかって、のどをぴくぴく動かしていた。「どうか、海底にいる仲間や友人に私たちからの祝福のメッセージ、海底のみなさんにどれほど私たちが驚嘆し、共感の念を持っているかをお伝えいただければと思います。進歩と文明の最前線にいる、海の隣人によろしくお伝えください。この隣人は一歩一歩、終わることなく海の中で領域を広げ、海底に新たな文明世界を築きあげているのです。深い海の底に新しいアテネや新しいローマが建設されて発展をとげ、ルーヴル美術館やソルボンヌ大学、さらには凱旋門や無名戦士の墓、それに劇場や大通りまである、咲き誇る花のような新しいパリの有り様までが目に浮かびます。

私がひそかにこれまでどなたにも打ち明けず考えてきたことを、この場を借りてどうかお話させてください。実は、私はこのすばらしい町、ニースの目の前の青い波に揺れる地中海の海底に新しいニース、サンショウウオのみなさんのすばらしいニースが建設されることを期待しているのです。私たちのコート・ダジュールのすぐそばにつくられるこの新しいニースには大通りや公園、それに散歩道まであるのです。

サンショウウオのみなさん、私たちはみなさんとお知り合いになりたいと思っています。ぜひ、みなさんもそう思ってください。ありがたいことに本日開催することのできましたこの講演会を良い機会に、サンショウウオのみなさんと私たちとが社会的に、また、科学の面でもよりいっそう緊密に関係を結ぶことができると、私は個人的には考えております。そうなれば、この二つの民族が常にきわめて緊密に文化的にも政治的にも協力していけるでしょう。それが人類のためでもあり、世界の平和のためでもありますし、豊かさと進歩をもたらすのです」(長く鳴り止まない拍手)

この挨拶に対してシャルル・メルシェ博士は市長にお礼の言葉を述べようと、浴槽の中で起き上がろうとした。ところが、あまりにも感動していたのとちょっとくせっぽい、奇妙な発音だったために、やっとのことで博士が声に出したほんの数語を耳に捉えるのがやっとだったのである。

筆者の聞きちがいでなければ、ほんの数語とは「とても光栄に」、「文化的交流」、それに「ヴィクトル・ユゴー」といった言葉だった。これですっかり気が動転してしまったのか、博士はまた浴槽の中に隠れてしまった。

ここで詩人のポール・マロリ氏が発言した。しかし、それはスピーチというよりは深い哲学に照らし出された賛歌そのものだった。「私は運命に感謝したい。人類の神話の中でももっとも美しい神話が実に不思議なかたちで実現し、それをこの目で見ることができたのだから。あの神話に出てくる海に沈んだアトランティスにかわって、私は今驚きの中で海から姿をあらわした新たなアトランティスを目にしている。親愛なるメルシェ博士。あなたは三次元幾何学の詩人であり、私の仲間なのだ。あなたも、あなたの友人の学者たちも、この海から姿をあらわしつつある新しい世界からの最初の使者なのだ。あなたがたは、泡から生まれたアフロディテではなく、海から生まれる、知識と芸術の女神、パラス・アナディオメネなのだ。しかし、もっと不思議で比較にならないくらい神秘的なのは、……」

（この先はポヴォンドラさんのコレクションから紛失していた）

この記念講演にはジュネーヴに本部のある諸組織の代表として、マダム・マリア・ディミネアも出席していました。卓越した能力とリベラルな思想の持ち主であるこの女性は、メルシェ博士の謙虚な態度と学識の深さにとても感動して思わず、「まあお気の毒なこと。これほどの方がこんなにみにくいなんて！」と、口走ったそうです。彼女はサンショウウオの国際連盟への加入を、自らの一生の仕事と位置づけて精力的に活動しました。

政治家たちは世界のどこにも主権国家も領土もないサンショウウオが国際連盟に加入するのは不可能だと根気よく彼女に説明しましたが、この雄弁でエネルギッシュな女性を説得することはできませんでした。ディミネアさんは、地球のどこかに自由な領土をサンショウウオに与え海底国家を建設するのを許可するべきだと主張し始めたのです。彼女の考えはもちろん歓迎されませんでしたが、さほど危険視もされなかったのです。

幸いなことに結局、国際連盟に「サンショウウオ問題検討特別委員会」を設けることで解決が図られました。この委員会には二匹のサンショウウオの代表も招かれるはずでした。そのうちの一匹は、ディミネアさんの圧力で、ツーロンのシャルル・メルシェ博士と決まり、もう一匹はキューバのでっぷり太ったサンショウウオの学者ドン・マリオに決まりました。ドン・マリオの専門はプランクトンと沿岸遊離生物でした。このことによって、サンショウウオは当時、その存在が国際的に大いに認められるようになったのです。(原注24)

原注24　ポヴォンドラさんのコレクションの中に新聞に載っていたやや不鮮明な写真の切抜きが保存されていた。その写真にはレマン湖からのケ・デュ・モンブランへの階段をのぼっている二匹のサンショウウオの代表の姿が写っていた。どうやら代表の二匹のサンショウウオはレマン湖の中につくられた正式の宿泊所で寝泊りしていたようである。

ジュネーヴの国際連盟にもうけられた「サンショウウオ問題検討特別委員会」の活動は大いに賞賛されてしかるべきだった。デリケートな政治的な問題や経済的な問題を慎重に避けて、精力的に多くの仕事を成し遂げたからである。

委員会は長年にわたって続き、千三百回以上会議が開かれた。委員会で熱心に討議されたのは、サンショウウオを各国でどのような統一名称で呼ぶかという問題である。

ところが会議では統一名称をまとめることができず、絶望的な混乱(カオス)が広がった。サラマンダー、ニューツ、モルフェ、バトラクスなどといった科学的な名称には、サンショウウオにとっていささか失礼な面があるといった指摘もあり、ほかの名称が山ほど提案されたのである。サンショウウオのことをトリトン、ネプチュニド、テテュス、ネレイド、アトランティス族、オセアニア族、ポセイドン、レムレス、ペラギクス、リトラルズ、ポンティクス、バティズ、アビサイド、ヒドリオン、ジャンデメール、スマリーンなどと呼ぶべきだという提案である。

「サンショウウオ問題検討特別委員会」は、これらの中から最適の名称を選ばなければならず、そのために熱心に、また良心的に取り組んだ。それでも結局サンショウウオ時代が終わりを告げるまで意見の一致を見ることはできなかった。

これらのことからサンショウウオが着実に発展し、大きな力を持つようになったことが見て取れます。もっとも、文明が進むにつれてサンショウウオの出生率は急減に低下してしまい、一匹のメスから毎年二〇匹から三〇匹の子どもしか生まれなくなりました。それでもサンショウウオの数はすでに七十億に達していたと思われ、全世界の六〇パーセントを越える海岸に住みついたのです。ただ極地の海岸はまだ手つかずでしたが、早くもカナダのサンショウウオがグリーンランドの海岸への植民を開始していました。エスキモーを内陸へと追いやって、自らの手で自由に魚を取り、魚脂を取引できるようになっていたのです。

サンショウウオの物質的な生活が向上するにつれて、サンショウウオの文明も進みました。教育を義務化して教育国家の仲間入りをし、海底で部数百万を越える何百という自分たちの新聞を発行し、理想的とも言える立派な科学研究所を作るといったことをあれこれとおこない、それを誇れるまでになったのです。これらの文化的な発展がサンショウウオの内部で何のいさかい、抵抗もなく順調に進んだわけではないようですが、私たちはサンショウウオの内部でどんな問題がおきていたのか、ほとんどなにも知らないのです。ただ、たとえば、鼻や頭を噛み切られたサンショウウオの死体が何匹か発見されるといったいくつかの徴候から、どうやら海の底では長いあいだ、高齢者と青年層のあいだで異なるイデオロギーに基づいたはげしい抗争が繰り広げられていたらしいのです。

どうやら若い世代のサンショウウオは、進歩していくには条件や留保をつけるべきではないと考えていたようです。彼らは海底においても陸地のあらゆる文化、教養、学識のすべてにおいて追いつき追い越さなくてはならないと声高に主張しました。それにはサッカーや自由な恋愛、ファシズム、さらには性的倒錯まで一切の例外を設けるべきではないと言うのです。これに対して高齢者世代は若い世代に比べて保守的で、サンショウウオがこれまで自然の中で獲得した天性をあくまで保ち続けるべきだと考えました。古くからの動物としてのすぐれた習性や本能を簡単に捨て去ろうとはしなかったのです。高齢者世代は新しいことなら何でも受け入れようとする風潮をきびしく非難したことはまちがいありません。そのような風潮に退廃のにおいを嗅ぎ取り、伝統的なサンショウウオの理想への裏切りだと考えたのです。高齢者世代は今日の退廃した若い世代が盲目的にしたがっている外部からの影響に対してもはっきりと批判的でした。人のすることをサル真似することがはたして、誇り高く自負心に富んだ威厳のあるサンショウウオにふさわしいことなのかと問いかけたのです。「中新世の時代にもどろう！」とか「あらゆる人間化反対！」、「サンショウウオらしさを保つために徹底して戦おう！」といったようなスローガンが目に浮かびます。高齢者世代と若い世代のあいだで思想闘争がはげしく戦われ、サンショウウオが発展していく中での深刻な精神革命が繰り広げられる条件がすべてそろっていたことはまちがいないようです。残念なことに、このことに関してはこれ以上詳しいことはわかりません。ただ、このような闘争からサンショウウオができるだけ多くのことを学んだのではないかと思います。(原注25)

原注25　ポヴォンドラさんのコレクションには「ナーロドニー・ポリティカ（国民政治）」紙の、現代の若者に関する記事の切り抜きも二、三含まれていた。ただ、ポヴォンドラさんはうっかりこれらの記事をサンショウウオの若者を批判したものだと勘違いしたようである。

これからわれわれは最盛期への道を歩むサンショウウオを見ていくことになります。ただ人間の世界もこれまでにない繁栄をエンジョイしていました。浅瀬の埋め立てによって新たな海岸線が次から次につくられ、陸地はどんどん広がっていったのです。海のど真ん中に飛行場のための人工島をつくりさえしたのです。しかし、われわれの地球をすっかり作りなおす大改造プロジェクトに比べれば、こんなものは取るに足らないものでした。この地球大改造プロジェクトは資金提供者さえ現れればいつでも実施できる段階まできていたのです。サンショウウオは夜間休むことなく、夜が明けるまですべての海、すべての海岸で働き続けていました。それでも、どうやらサンショウウオは何の不満もなく、なにも要求しませんでした。ただただ海の浅瀬に穴を掘って、自分たちの暗い住家に続く通路をつくるという、やらなければならない仕事をやっていただけなのです。サンショウウオは海底に、そして海岸から続く内陸にもすでにいくつもの町を持っていましたが首都は深い海底にありました。サンショウウオは水面から二〇から五〇メートルの海底にエッセンやバーミンガムのような大都会を築いていたのです。工業密集地帯や港湾、交通網、さらには何百万匹ものサンショウウオが暮らす大都会まで持っていたのです。つまるところ、サンショウウオはどうやら技術的に高度に進んだ世界を持っていたようです。ところがこのことはほとんど知られていないのです。(原注26)

原注26　ポヴォンドラさんは、プラハのデイヴィツェに住んでいるある人からこんな話を聞いたそうである。この人はプシーホダさんとかいうブローカーだった。

あるとき、オランダのカトウェイク・アーン・ゼーの浜辺に海水浴に出かけたときのことだった。海岸から離れて沖まで泳ごうとしたときに、監視員にもどるように大声で呼びとめられた。でもそんなのは無視して沖まで泳いでいった。

するど監視員はボートに飛び乗って、オールを必死にこいで私のそばまでやって来て、こう言ったのだ。

「おい、おい。ここは水泳禁止なんだぞ！」

「どうして泳いじゃいけないんですか？」おれはきいたんだ。

「ここにはサンショウウオのやつらがいるんだ」

「サンショウウオなんてちっともこわくなんかないぞ」おれは言い返した。

「やつら、ここの海の底に工場かなんかまで持っているんだ」監視員は大声で言った。「だから、いいか。ここで泳ぐやつなんかいないんだ」

「でもどうしてです？」

「人が泳ぐのをやつらがいやがるからさ」


サンショウウオは自分たちの溶鉱炉や製鉄工場を持ってはいませんでした。しかし、労働と引き換えに人間から鉄などの金属製品を受け取っていたのです。爆薬もつくることはできませんでしたが、人から購入することができました。動力源は海から得ていました。つまり潮力発電や海流発電、波力発電、温度差発電です。ただタービンは人間から提供を受けなければなりませんでした。それでもタービンを使いこなすことは十分できたのです。

文明とはだれかほかの人が考え出したものを使いこなす能力ではないでしょうか？　そして、

言ってみればサンショウウオに独自に考え出す能力がなくても、しっかりとしたすぐれた学問や知識に基づいた科学を持つことはできたのです。

独自の音楽や文学がなくても、それで十分やっていけるのです。人間もサンショウウオのこのようなやり方のほうがずっと近代的ですぐれているのではないかと考え始めました。実際、人はいまでもサンショウウオから学ぶべきことはたくさんあります。それは別に不思議なことではありません。サンショウウオはとてつもない成功をおさめたのです。この成功こそ、人間が手本にすべきものではないでしょうか？　人類史上、この偉大な時代ほどものが生産され、建設され、利益を上げた時代はありません。サンショウウオとともに世界に、「ものをたくさんつくればつくるほどよい」とする考えが導入され、途方もない進歩がもたらされたのは疑いのないところです。「われわれ、サンショウウオ時代の人間は」といった表現を当然のようにだれもが誇らしげに使ったのです。

文化や芸術、純粋科学などと呼ばれている、ぐずぐずした、つまらない、ろくでもないものとともにすっかり古びてしまった人間時代はどこへ行ってしまったのでしょうか！　サンショウウオ時代の真に自覚した人間は、物事の本質を探究するのに無駄な時間を使うようなことはしません。これからは物の生産量と生産数だけが関心事になるのです。世界の未来のすべては生産と消費をたえずどのようにして増やしていくかにかかっています。ただ、もっと生産しもっと食べ消費するにはもっと多くの数のサンショウウオが必要になります。サンショウウオの強みはなんといってもそのすさまじいほどの数です。

サンショウウオは、何しろ数がいっぱいいることで大いに役に立ったのです。おかげで人類は今こそ英知をフルに働かすことに専念できるようになりました。なぜならばサンショウウオをつかって限界ぎりぎりまで生産量を増やし、記録的な売り上げを達成することができたからです。つまり、一言で言えば、偉大な時代だったのです。だれもが満足し、繁栄を極めている中で「幸せな新しい時代」を実現するのにまだ欠けているものは何なのでしょうか？　だれもが熱望するユートピアが誕生するのを妨げているのは何なのでしょうか？　このユートピアではあらゆる技術的な勝利の成果が取り入れられ、人間の幸せやサンショウウオの勤勉さは可能性をどんどん、とてつもないところまで広げていけるのではないでしょうか？

ところが現実はちがいました。というのは、「新しい時代」にあっても今後のサンショウウオとの取引の歯車がうまく回転せずガタピシときしんだ音を出さないように政府があらかじめ手を打っていたからです。ロンドンで海洋国会議が開かれ、議論の末サンショウウオに関する国際協定が作成され、関係国によって承認されました。この協定を承認した高潔なる各国は、今後たがいに協定を遵守することを約束したのです。協定は、

一　各国は他国の領海に自国のサンショウウオを送り込まない

二　どのような手段であれ、サンショウウオがいかなる国の領土およびその権益圏を侵すことを認めない

三　どのような方法にせよ、各国はほかの海洋国のサンショウウオ問題に一切干渉しない
四　自国と他国のサンショウウオのあいだで紛争が起きた場合には、ハーグ国際司法裁判所の調停にゆだねる
五　自国のサンショウウオをサメ用水中銃（通称シャーク・ガン）を越える口径の銃で武装させない
六　自国のサンショウウオが他の主権国家のサンショウウオと密な関係を持つのを認めない
七　あらかじめジュネーヴにある「常設海洋委員会」の承認を受けることなく、自国のサンショウウオを使用して新たな大地を建設したり、領地を拡張しない

といった条文で成り立っていました。条文は全部で三七条ありました。

ところがその一方では、このロンドン海洋国会議ではそのほかの各国のさまざまな提案はすべて否決されてしまったのです。海洋諸国は自国のサンショウウオへの軍事訓練を義務づけてはならないとするイギリスの提案、サンショウウオを各国の管理から切り離して、全世界の海域で国際サンショウウオ管理委員会の調整、管理の下に置くべきだとするフランスの提案、すべてのサンショウウオにはその所属する国の焼印を押すべきであるとするドイツの提案、さらに、すべての海洋国は一定の割り当てられた数のサンショウウオだけを所有できるとするドイツのもう一つの提案、過剰なサンショウウオを所有する国には、植民用の新たな海岸か海底の土地を与えるべきだとするイタリアの提案、サンショウウオの皮膚の色は生まれつき黒いのだ

から、その委任統治は有色人種の代表として日本がおこなうという日本の提案[原注27]はすべて否決されたのです。否決されたこれらの提案の多くは次回の会議での検討課題として残されましたが、さまざまな理由のためにその会議が再び開かれることはありませんでした。

原注27　この日本の提案はどうやら大々的な政治的プロパガンダとかかわりがあるようだった。その非常に重要な提案文書がこうして手元にあるのは、ポヴォンドラ氏の収集活動のおかげである。文書は次のような出だしで始まっていた。

大日本帝国は生まれつき黒い皮膚のサンショウウオ生殖地の委任統治を有色人種の代表たるわが国がおこなうよう提案する。

「この国際協定によって、」ジュール・ザウエルシュトッフ氏が「ル・タン」紙上で述べています。「サンショウウオの将来と人類の平和的な発展は今後、数十年にわたって保証された。ロンドン会議において困難な諸問題を解決することができ、会議が成功裡に終了したのは誠に結構なことである。この国際協定によってサンショウウオがハーグ国際司法裁判所の保護の下に入ることができたのもサンショウウオにとって大変よいことである。

今ではサンショウウオは恐怖を感じることなく安心して仕事に打ち込み、海底での発展に全力を注ぐことができるようになった。いずれにせよ、ロンドン会議によって『サンショウウオ問題』の非政治化に成功したことは、世界の平和を保証するもっとも重要な成果の一つだったことを強調しておきたい。

とりわけ、サンショウウオの武装が解除されたことは、国家間の海中での紛争の可能性を減少させることができる。ただ現実には、ほとんどの大陸で国境紛争は頻発し国家同士の対立は絶えない。それにもかかわらず、少なくとも海からは世界平和を脅かす不穏で危険な徴候はなにもないのである。陸においても、これまでの時代よりは平和がしっかりと維持されているように思える。

海洋国家は世界各地で海を埋め立てて新たな領土をつくるのに大忙しで、あえて内陸に向けて国境を外へ広げる暇などないのだ。もはや、わずかな土地のために鉄でできた兵器や毒ガスを用いて戦う必要はなくなるだろう。ツルハシとシャベルをサンショウウオに持たせれば、どの国も必要なだけ領土を作ることができるのだ。平和と豊かさをもたらすサンショウウオが各国で平和に働くのをを保証しているのは、まさしくロンドン協定なのである。世界が今ほど、長く続く平和と平穏ながら栄光に満ちた繁栄に近づいた時代はこれまでなかった。『サンショウウオ問題』はこれまで、人々のあいだでも紙面でもさんざん議論されてきた。しかし、この『サンショウウオ問題』に代わって、今は『黄金のサンショウウオ時代』について多くのことが語られることになる」

3　ポヴォンドラさん、ふたたび新聞を読む

子どもほど、時の流れを感じさせてくれるものはありません。あのとき、ドナウ川左岸に流れ込む支流の名前を暗記するふりをしていたあのフランティークとはあれっきりになってしまいました。あの子どもだったフランティークはいまどこにいるのでしょうか？　あのころが、ついこのあいだのように感じられます。

「フランティークのやつ、いったいどこをうろついているんだ？」夕刊を両手で広げながらポヴォンドラさんはつぶやきました。

「いつものことじゃない」からだをかがめて靴下をつくろっていた奥さんのポヴォンドロヴァーさんが答えました。

「相変わらず女の尻を追い回してるってわけか」ポヴォンドラ父さんがなじるような口調で言いました。「どうしようもないやつだ！　もう三十になるというのに、毎晩遅くまで家に帰ってこないなんて！」

「どこをほっつき歩いているんでしょう。いったい、靴下に何足穴をあければ気がすむんですかね？」ポヴォンドロヴァーさんは穴だらけになったあわれな靴下をまた木型にはめながらため息をつきました。「どうやってつくろえるっていうの？」靴下のかかとのところにできた、セイロン島の形に似た大きな穴を見つめながらつぶやきました。

「いっそ、捨ててしまおうかしら、まったく」それでもあれこれと知恵をしぼり思案したあげく、えいやと針をセイロン島の南岸に突き刺したのです。

二人とも黙っていたので、部屋の中は二人だけのおごそかな静けさにつつまれていました。ポヴォンドラ父さんはこの静けさが好きでとても大切にしていたのです。新聞がかさかさ音を立て、それに答えるようにてきぱきと動く針のかすかな音がするだけでした。

「もう捕まったかしら?」奥さんのポヴォンドロヴァーさんがききました。

「いったいだれのことだい?」

「あの人殺しよ。女を殺した」

「そんな人殺しなんてどうでもいい」ポヴォンドラさんは顔をちょっとしかめてつぶきました。「今読んだところだが、日本と中国の緊張は爆発寸前だぞ。とんでもない事態だ。これまでも、あそこじゃとんでもない事態が続いているけどね」

「私思うんですけどね。あの男はきっと捕まらないわ」ポヴォンドロヴァーさんがつぶやきました。

「だれのことだい?」

「あの殺人犯よ。女を殺した殺人犯って捕まらないものよね」

「日本人は中国が黄河の治水を進めているのが気に入らないんだな。これが政治ってもんだ。黄河が悪さを続けるかぎり、中国じゃあ洪水と飢饉が絶えないさ。それで中国はいつまでも弱いままなんだ。わかるかい？　母さん。ちょっとハサミを貸してくれ。切り抜いておこう」

「切り抜くって、どうして切り抜くんです？」

「いいかい、この記事によると黄河では二百万匹ものサンショウウオが働いているそうだ」

「ずいぶんすごい数ですね」

「まったくだね。まちがいなくサンショウウオの給料はアメリカから出ているな。だから日本のミカドは自分たちのサンショウウオを黄河に送り込みたいんだよ。——おやっ。この記事はいったい！」

「何の記事です？」

「フランスの新聞『ル・プチ・パリジャン』からの引用記事だな。ふむふむ。フランスは断じて許容できない、だと。もっともだ。おれだって許せないからな」

「なにが許せないんですか？」

「イタリアがランペドゥーサ島を埋め立てて拡張しようとしているんだ。この島は戦略的にきわめて重要な位置にあるんだ。イタリアはランペドゥーサ島からチュニスを脅かすことだってできる。『ル・プチ・パリジャン』によれば、イタリアはこの島を第一級の海の要塞に仕立て上げようとしているらしいんだ。六万匹のサンショウウオの兵隊がすでに島に駐留しているそうだ。これはとんでもないことだよ。いいかい、六万匹だぜ。六万匹なら三個師団だよ、母さん。いいかい、地中海ではきっといまになにかおきるぞ。もう一度ハサミを貸してくれ。この記事も切り抜くから」

こんな話をしているあいだに、セイロン島の形をした靴下の穴は奥さんのポヴォンドロヴァーさんが懸命につくろったおかげで、ロードス島の大きさまでに小さくなっていました。

「それにイギリスだ」ポヴォンドラさんはいろいろと考えを思いめぐらしながら、話を続けました。「イギリスはイギリスでいろいろむずかしい問題をかかえているからね。下院では大英帝国がほかの国より海洋土木技術で遅れをとっていることが問題になった。植民地を持っているほかの強国はどんどん陸地をつくり海岸線を広げているというのに、イギリス政府はその保守性からサンショウウオを信用しようとしない、何て批判されたんだろうな。でも、母さん。イギリス人がおそろしく保守的だというのは本当なんだ。おれはイギリス大使館に勤務しているイギリス人の男を一人知っているんだが、やつはチェコのトラチェンカ（訳注　豚肉の煮凝りの一種）をどうしても口にしようとしないんだ。そして、こう言いやがったのさ。『イギリス人がだれも食べないものをおれがどうして食べなきゃいけないんだ？』言ってくれるよな。こんな調子だから、イギリスがほかの国に追い越されるのも無理はないね」ポヴォンドラさんはまじめくさって頭を振りました。

「フランスはカレーで海岸を埋め立てている。それで、イギリスの新聞は、埋め立てで海峡が狭くなれば、イギリスはフランスから海峡越しに砲撃されるなんて書きたてて騒ぎを引き起こしているってわけだ。でも同じことがイギリスにもできるはずだよね。ドーヴァーの海岸を埋め立てれば、そこからフランスを砲撃できるってことだ」

「でもどうして砲撃なんてする必要があるのかしら？」ポヴォンドロヴァーさんがききました。

「おまえにはわからんだろうな。軍事的な理由があるんだ。今に軍事衝突が起きてもおれはぜんぜんおどろかないな。あそこでおきなければ別のところでおきるよ。当然さ。サンショウウオのせいで世界はすっかり変わってしまった。母さん。もうすっかり変わってしまったんだよ」

「戦争が起きるかもしれないって思っているの？」心配そうにポヴォンドロヴァーさんがききました。「分かるわよね。私、フランティークが戦争に駆り出されないか心配なのよ」

「戦争だって？」ポヴォンドラさんはちょっと考え込みました。「海を各国のあいだできっちり分割するためには、世界大戦がどうしても必要なんだ。だがわが国は中立を保つだろうよ。なにしろ、武器にしろほかのなんでも供給するには、どこかの国が中立でなくっちゃならないからね。まあ、そんなことさ」ポヴォンドラさんはきっぱりと言いました。「でも、君たち女性にはこんなこと理解するのは無理だよ」

奥さんのポヴォンドロヴァーさんは口をきっと結んだまま、息子のフランティークの靴下の穴をすっかりつくろいおえてしまおうとせっせと縫い針を動かしていました。

「いいかい、考えても見てくれ」ポヴォンドラ父さんの声が響きました。どうにも自分の得意な気持ちを抑え切れなかったのです。「おれがいなかったら、こんなおそろしいことにはならなかったんだ！　あの時、おれがあの船長をボンディさんに会わさなければ、歴史はまったくちがっていたはずだ。執事がおれ以外のほかの男で、あの船長を中に入れなかったらね。でもおれは、自分の責任でやつを中に入れると決めたんだ。だが、そのために、いいかい。イギリスやフランスといった国がトラブルに巻き込まれたんだ！　でもこれからさらになにが起きるかは、だれにもさっぱりわからない。――」ポヴォンドラさんは興奮して、パイプを思いっきり吸い込みました。「いいかい、お前。新聞はサンショウウオの記事でいっぱいだ。ほら、見てみろよ」ポヴォンドラさんはパイプを置きました。

「セイロンのカンケサントゥライという町の近くの村をサンショウウオが襲ったそうだ。その前に、村民がサンショウウオを何匹か殺したためらしい。警察と民兵がかけつけたんだが」ポヴォンドラさんは記事を声を出して読みました。「サンショウウオと人間のあいだで本格的な撃ち合いになって、民兵が何人か負傷した――」ポヴォンドラ父さんは新聞を置きました。「母さん。おれはどうもこの記事が気に入らないんだよ」

「なぜ気に入らないのかしら？」靴下のセイロン島があったところを満足そうにていねいにハサミの柄でとんとんとたたきながら、奥さんのポヴォンドロヴァーさんが不思議そうに聞き返しました。「気に入るも気に入らないもないじゃありませんか！」

「さあな」ぶっきらぼうに答えるとポヴォンドラさんは興奮して、居間の中をあちこち行ったり来たりし始めたのです。「だがどうにもこいつは気にいらない。そうだ，まったくいけ好かないよ。人間とサンショウウオが撃ちあいを始めるなんて、あってはならないことのはずだ」

「サンショウウオはただ防戦しただけじゃないの」ポヴォンドロヴァーさんが亭主をなだめました。そして、つくろいがすんだ息子の靴下を下に置いたのです。

「それはまあそうだが」ポヴォンドラさんがぶつぶつと不満そうに答えました。「だが、あの怪物どもが、防戦だろうと何だろうと撃ち合いをおっぱじめれば、とんでもないことがおきるぞ。こんなことをやつらがしでかしたのはこれが初めてだ。……くそっ。そんな光景、見たくもないよ！」ポヴォンドラさんはためらうように立ち止まりました。「でも、わからないんだ。もしかして、あの時、船長をボンディさんに会わせてはいけなかったのかもしれないな！」

第三部　サンショウウオ戦争

1　ココス諸島での虐殺

ポヴォンドラさんはひとつ記憶ちがいをしていました。たしかに、セイロンのカンケンサントゥライという町の近郊で人間とサンショウウオは銃火を交えましたが、これは人間とサンショウウオのあいだでおきた最初の武力衝突ではなかったのです。歴史に残っている最初の人間とサンショウウオとの武力衝突は、その数年前にココス諸島で起きました。まだサンショウウオに対する海賊的な襲撃が花盛りだったころのことです。しかしどうやら、この種の衝突でこれが一番古いものではなかったようなのです。太平洋の港々では、サンショウウオが通常のS—トレードでもさまざまな抵抗を活発におこなっていて、悲惨な衝突が頻繁に起きているというわさが絶えなかったのです。しかし、そんな衝突はささいな、つまらない事件だとされて歴史の記録には残っていません。

ココス諸島、別名キーリング諸島での、人間とサンショウウオのあいだでおきた武力衝突について、少し詳しく触れましょう。

ジェイムズ・リンドリーを船長とする略奪船「モントローズ」号がココス諸島にやってきたのです。サンショウウオの取引業者のあいだで「マカロニ」と呼ばれているサンショウウオをいつもどおりに捕獲するのがその目的でした。この船はよく知られている太平洋貿易（パシフィック・トレード）ハリマン・

カンパニーに所属していました。

ココス諸島にはヴァン・トフ船長がサンショウウオを養殖した湾があり、サンショウウオが大量に住み着いていることはわかっていましたが、あまりにも遠かったのでそのまま手付かずになっていたのです。リンドリー船長のことをいささか慎重さに欠け、乗組員を無防備にも武器を持たないままで上陸させたと非難することはできません。というのも、当時、サンショウウオを捕まえて連れ去るのは、もはや半ば合法的なものになっていたからです。以前には、この手の略奪船はマシンガンや小口径の砲で武装していました。これはサンショウウオに備えてではなくて、お互い同士のつまらないもめごとに対するものだったのです。

実際、カラケロング島でハリマン・カンパニーの船の乗組員とデンマーク船の乗組員が衝突したことがあるのです。この衝突はデンマーク船の船長がカラケロング島を自分たちの縄張りだとみなしたために起きたのです。双方ともこれを機会に長年の揉め事に決着をつけ自分たちの威信を保とうと、サンショウウオ狩りをそっちのけにして銃や機関銃の打ち合いを始めてしまいました。陸上では結局、ナイフを振りかざして突撃したデンマーク側が戦闘に勝利しました。ところが、ハリマン・カンパニー側の船から発射された砲弾がデンマーク船に命中し、デンマーク船はニールセン船長もろとも撃沈されてしまったのです。これがいわゆるカラケロング島事件です。

関係国ならびに関係省庁もこの事件を黙視することはできず、介入せざるを得ませんでした。

その結果、サンショウウオの略奪船に対しては砲、機関銃、手榴弾の使用が禁止されたのです。そのほかにも、いわゆる略奪自由地区をサンショウウオの略奪にかかわる各社ごとに分割し、略奪自由地区に入れるのは一定数の略奪船にかぎることも取り決められました。この紳士協定（ジェントルメンズ・アグリーメント）はサンショウウオの略奪事業に参画する大きな会社だけではなく、零細な会社によっても遵守されたのです。

話がそれてしまいましたが、もう一度、もとのリンドリー船長のほうに話をもどしましょう。リンドリー船長は当時の通常の商習慣、船乗りの習慣に基づいて行動しただけなのです。したがって、サンショウウオ狩りのために部下を島に上陸させるときも棍棒とオール以外、武器は携行させませんでした。あとになって、死亡した船長に関しておこなわれた公式の調査の結果でも、船長のこの判断はまったく問題のないものとされたのです。

月明かりの夜、「モントローズ」号の乗組員たちはココス諸島に上陸しました。乗組員を指揮していたのは副船長のエディー・マッカースでした。副船長はこの種の狩りを何度もおこなったことがあり、お手の物でした。ただそれにしても、マッカースが海岸で目にしたのは、ざっと見ただけでも六百から七百匹にものぼるおびただしい数の、成熟して立派な体格をしたオスのサンショウウオだったのです。これに対してマッカースが率いていた部下はたった十六人でした。

それでも、マッカースがサンショウウオ狩りを中止しなかったのを責めることはできません。

それというのも、上級船員と一般乗組員には、つかまえたサンショウウオの数に応じて金を支払うのが習慣になっていたからです。後の海運局による調査でも「副船長マッカースは乗組員を不運な災厄に巻き込んだ責任はあるにしても、あのような状況の下では、だれでもマッカースと同じ行動をとらざるをえなかったであろう」と結論づけたのです。ただ、この若い気のどくな副船長はかなり慎重に行動しました。ゆっくりとサンショウウオを包囲しようとしても、サンショウウオと乗組員ではあまりにも数の開きがありすぎて、とても完全にはサンショウウオを包囲し切れないと判断したのです。

　そこでサンショウウオに奇襲をかけて海への道を遮断して島の中へと追い込み、一匹一匹、頭を棍棒やオールで殴って気絶させればうまくいくと考えたのです。ところが不幸なことに、しっかりつくったはずの包囲の輪は破られてしまい、約二百匹のサンショウウオが海に逃げ込んでしまいました。乗組員が海に逃げ込めなかった残りのサンショウウオを片付けていると、彼らの後ろから海中でさめ狩りに使われるシャーク・ガンのパンパンというはじけるような発射音がし始めたのです。だれもまさかキーリング諸島の、養殖ではない野生のサンショウウオがシャーク・ガンで武装しているなどとは夢にも思いませんでした。ですから当然、武器の入手経路もはっきりしませんでした。

　この惨劇の中で生き延びたのは、乗組員のなかでマイケル・ケリーただ一人だけでした。そのケリーの話をまずは聞いてみましょう。

「銃声がしたとき、おれたちはだれかほかのやつらに撃たれたんだと思ったよ。おれたち以外にサンショウウオ狩りに来たやつらさ。マッカースさんは振り向きざまに大声でどなったんだ。『なにをしやがるんだ！　このくそやろう、おれたちは「モントローズ」号の者だ！』ってね。そのとたんに、腰に一発食らってね。それでもひるまずにピストルを抜いて撃ち始めたのさ。でも、すぐ今度は首に食らって倒れてしまったんだ。そのときわかったんだよ。撃っているのがサンショウウオだってことがね。やつら、おれたちを海から遮断しようとしていたんだ。

　これを見たのっぽ(ロング)のスティーブはオールを振り上げるとサンショウウオめがけて飛び込んでいったんだ。「モントローズ」、「モントローズ」って叫びながらね。おれたち残りのものも「モントローズ」、「モントローズ」って叫んで、必死になってばけものどもをオールで叩きのめしたんだ。五人ぐらいはその場に倒れて動けなくなってしまったが、残りの者はなんとか海岸までたどり着けたんだ。

　のっぽ(ロング)のスティーブは海に飛び込んで何とかボートにたどり着こうとしたんだが、何匹かのサンショウウオがスティーブにとびかかり、しがみついて水中に引きずり込んだんだよ。チャーリーも引きずり込まれておぼれてしまった。やつはおれたちに『ひゃー。助けてくれ。見捨てないでくれ』って叫んだが、どうしようもなかった。きゃつら、今度は後ろから撃ってきやがってね。ボドゥキンのやつ、振り向いたとたんに腹に一発食らって、『くそっ。やられた』そう、一声うめくように言って倒れてしまった。

おれたちはなんとか、もう一度島の奥に逃げ込んだ。オールも棍棒もあいつらにへし折られてしまっていて使い物にならず、もうウサギのように逃げ回るしかなかった。たった四人になっていたんだ。船にもどれなくなると困るので、なるたけ海岸から離れないようにして、岩の陰やヤブの中に身を潜めていたんだ。サンショウウオが仲間をやっつけるのを、ただただ見ているしかなかった。やつら、仲間を子ネコのように水の中に引きずり込んだんだ。それでも泳いで逃げようとするとバールで頭を殴りつけて殺すんだよ。おれはもう、そのときにどうにもそれ以上歩けなくなっていた。足をくじいていたんだ」

そのころ、「モントローズ」号に残っていたジェイムズ・リンドリー船長は島のほうから銃声が鳴り響くのを聞いたようです。船長は乗組員が原住民とひと悶着起こしたか、ほかのサンショウウオ狩りの連中ともめごとを起こしたのではないかと判断しました。そこで、まだ船に残っていたコック一人と機関員二人を引き連れて仲間を助けるためにボートで岸に向かったのです。ボートには機関銃が乗せられていました。この機関銃はきびしい法の規制をよそに、ひそかに船の中に隠されていたのです。船長はボートを岸に着けさせましたが、用心深くすぐには上陸しませんでした。ボートの船首にすえつけられた機関銃はいつでも撃てるようになっていました。船長は腕を組んですくっとボートの上で立ち上がったのです。

ここから先も、生き残った乗組員のケリーの話を聞くことにしましょう。

「あいつらに見つかったらとんでもないことになるので、船長にこちらから一切声はかけられなかったんだ。船長はボートの上で腕を組んですくっと立ち上がり『おーい、なにが起きたんだ?』と岸に向かって叫んだんだ。すると、サンショウウオのやつら、船長の方を一斉に振り向いたんだよ。岸には数百匹もいたんだが、海では次々にサンショウウオが顔を出し、泳ぎながらボートを取り囲んでしまったんだ。船長は『いったい、何をする気なんだ?』って、やつらにきいたんだよ。すると、一匹のでっかいサンショウウオがボートに近づいてきてぬかしやがったんだ。『さっさともどるんだ』ってね。

船長はそいつをじっと見てしばらく口を開かなかった。それからそいつにきいたんだ。『おまえら、サンショウウオだよな?』

『そうだ。われわれはサンショウウオだ』そのでっかいサンショウウオが答えたんだ。『さあ、さっさともどれ!』

『お前ら、おれの部下になにをした?』船長は聞いたんだ。

『サンショウウオを襲って連れ去ろうなんて、やってはいけないんだ。さあ、さっさと船にもどるんだ!』

船長はちょっとだまっていたが、それからおもむろに命じたんだ。「くそっ。ジェンキンス、撃つんだ!」

射撃命令を受けた機関員のジェンキンスはサンショウウオめがけて機関銃で射撃を始めたんだ」

後に海運局によってくわしい調査がおこなわれましたが、その報告書で当局は次のように述べているので、それをそのままここに引用しましょう。「この点で、ジェイムズ・リンドリー船長はイギリス人船員がとるべき行動をしっかりと実行した」

ケリーは話を続けました。

「サンショウウオは、海岸で群れをつくっていたので、つぎつぎに撃たれてばたばたと倒れていった。リンドリー船長にシャーク・ガンを発射したやつもいたが、船長はびくともせず腕組みをしたまま立っていた。そこへ一匹の黒いサンショウウオがボートのうしろの水中から現れたんだ。やつはなにか前足に缶詰のようなものを持っていたんだが、その缶詰からもう一方の前足でなにかを引っぱってから、缶詰をボートめがけて投げ込みやがった。数字を五まで数えないうちに、低い轟音とともに巨大な水柱（みずばしら）が立ち上った。おれたちのいた陸上でも足元がどーんと揺れるほどの爆発だったよ」

ケリーの話から、調査当局はW３爆薬が使用されたものと断定しました。このW３爆薬は水中で岩礁を爆破するために、シンガポールで要塞建設のために働いていたサンショウウオに渡されていたものだったのです。しかし、どのようなルートでこのW３爆薬がココス諸島のサンショウウオの手に渡ったかは、なぞとして残ったままでした。人間がココス諸島のサンショウウオにこの爆薬を渡したのだと推測する者もいれば、いや、サンショウウオはすでに自分たちで遠距離のコミュニケーションをとる方法を知っていたのだと言う者もいました。世論はサンショウウオの手にそんな危険な爆発物を渡すことを禁止すべきだと当局に要求しました。しかし、所轄の当局は、さしあたり「高性能で、比較的安全なW３爆薬にかわる爆薬は存在しない」と発表したため、このW３爆薬はその後も使われ続けたのです。

ケリーはさらに話を続けました。

「ボートは空中に吹き飛ばされて、木っ端微塵になってしまった。まだ生き残っていたサンショウウオのやつらがボートのあったところに集まってきやがった。船長が無事かどうかはよくわからなかった。おれ以外の三人、ドノヴァン、バーク、ケネディの三人は飛び上がり、船長がサンショウウオにつかまる前に助けようと海岸めがけて走り出した。おれも一緒に助けに行きたかったんだが、足をくじいていたんで歩くこともできなかったんだ。何とかして歩けないかと、両手で足を引っ張ったりしてもがいていたもんで、ほんのちょっとの時間、海のほうを見ていなかったんだ。だが次の瞬間、顔を上げて海の方を見ると、ケネディは水ぎわで顔を砂に突っこんで倒れているのが見えた。ドノヴァン、バークの二人は姿がどこにも見えなかった。ただ、水の中でなにかが激しく動いているのが見えたんだ」

ケリーはそれから、何とかさらに島の奥へと逃げ、やっとのことで原住民の村にたどり着きました。ところが原住民はケリーに対してよそよそしい態度を示し、彼をかくまおうともしませんでした。どうやら、ひどくサンショウウオを恐れているようでした。ちょうど事件から七週間後、一隻の漁船が無人の「モントローズ」号を発見しました。「モントローズ」号は錨をおろして停泊していましたが、すっかり略奪しつくされ放棄されていたのです。ケリーを助けだしたのもこの漁船です。

それからさらに数週間がたって、大英帝国海軍の砲艦「ファイアボール」号がココス諸島にやってきました。「ファイアボール」号は錨を下ろし、夜を待ったのです。この夜も満月で、月明かりであたりは真っ白に見えました。海から続々とサンショウウオが砂浜に上がってきて、丸いサークルをつくって座っているのが見えました。やがてサンショウウオたちは、まるでお祭りをするように踊り始めたのです。「ファイアボール」号から発射された最初の砲弾が、そのサークルのど真ん中で炸裂しました。砲弾に吹き飛ばされなかったサンショウウオは、一瞬、呆然としていましたが、すぐにちりぢりになって海に向かって逃げ出しました。この瞬間に「ファイアボール」号の六門の大砲が一斉にすさまじい音を立てて発射されました。重傷を負いながらも水際までなんとかたどり着けたのは、ほんの数匹に過ぎなかったのです。ところが、さらに第二、第三の一斉砲撃がおこなわれ、轟音とともに浜で炸裂しました。

続いて、「ファイアボール」号は半マイル後退し、島の周りを航行しながら水中めがけて砲撃を開始しました。砲撃は六時間にわたり、その間に約八百発の砲弾が発射されたのです。それからようやく「ファイアボール」号は島を離れました。その二日後、キーリング諸島を取り巻く海面は何千というサンショウウオのばらばらになった死体でおおわれたのです。

同じ日の夜、オランダの戦艦「ヴァン・ダイク」号がゲノン・アピ島のサンショウウオの群れに向けて三回の一斉砲撃をおこないました。日本の巡洋艦「ハコダテ」もアイリンラプラプ島のサンショウウオに三発の砲撃を加えました。さらに、フランスの砲艦「ベシャメル」号もラワイワイ島のサンショウウオがダンスを踊っているところへ、三発の砲弾をお見舞いしたのです。これらの軍事行動はサンショウウオに対する警告でしたが、この警告は無駄ではありませんでした。キーリング島虐殺事件という名で呼ばれたようなサンショウウオによる似たような人への攻撃はその後起きなくなったので、サンショウウオ取引は合法、非合法を問わず、誰からも妨害されることなく盛んにおこなうことができるようになったのです。

2　ノルマンディーでの衝突

それからしばらくたって起こったノルマンディーでの衝突は、これまでの衝突とはその性格がちがっていました。サンショウウオは主にシェルブールで働き、その周辺の海岸に住んでいましたが、リンゴが大の好物だったのです。ところが、サンショウウオの雇い主は彼らに通常の「サンショウウオ食」しか与えませんでした。リンゴを与えたりすれば、建設コストが予定よりもかさんでしまうというのです。そこでサンショウウオたちは集団で近くの果樹園に押し入るようになりました。農民たちはお上に苦情を申し立て、その結果サンショウウオはいわゆる「サンショウウオ・ゾーン」以外の海岸近くをうろつくことをきびしく禁止されました。しかし、こんなことをしても何の役にも立ちませんでした。

果樹園からは相変わらずリンゴが消え、卵もニワトリ小屋からなくなったというのです。そして、朝、殺された姿で発見される番犬の数も日ごとに増えていきました。こうなったからには農民たちは果樹園を自分たちで守るしかなかったのです。古い銃を持ち出して、盗みに入るサンショウウオを片っ端から撃ち殺しました。これくらいのことでしたら、きっと問題は地方レベルにとどまっていたでしょう。ところが、これだけでなく、税金が上がり、銃の弾の値段まで値上がりしたのにすっかり腹を立てたノルマンディーの農民たちは、サンショウウオのことをとことん憎悪し、盗みに入るサンショウウオに対する武装自警団を組織したのです。農民たちの行動はさらにエスカレートし、サンショウウオが働いている現場にまで押しかけて、サンショウウオを大量に射殺しました。

これに対して水中土木工事を請け負っている業者も黙ってはおらず、県当局に訴えでたのです。県当局は農民に対して、所持している古い錆びた銃を提出するように命じました。ところが農民はこの命令に当然したがいませんでした。そのためあちこちで警官隊との衝突が起きました。そして頑固なことで知られているノルマンディーっ子は、とうとうサンショウウオだけでなく警官隊にも銃を向け始めたのです。ノルマンディーには別の地区からも警官隊が支援のために派遣され、村々では一軒一軒の農家がすべて家宅捜索を受ける破目になりました。

そんなときに、とんでもない事件が起きたのです。クタンスの町の近くの村の少年たちが一匹のサンショウウオを追いかけまわしたのです。そのサンショウウオはニワトリを盗もうと、どうやらニワトリ小屋に忍び込もうとしたらしいのです。少年たちはサンショウウオを取り囲んで納屋の壁ぎわまで追いつめて、レンガを投げつけ始めました。投げられたレンガでけがをしたサンショウウオは手を上げると地面になにか卵に似たものを投げつけたのです。爆発が起こり、サンショウウオのからだはバラバラになりましたが、三人の少年、十一歳のピエール・カジュス、十六歳のマルセル・ベラール、十五歳のルイ・ケルマデックも吹き飛ばされて死亡しました。そのほかに五人の少年が、程度の差はあるものの、けがをしました。この事件のニュースはあっという間にノルマンディー中に知れ渡りました。およそ七百人ほどの農民がバスに乗っていたるところからかけつけてきたのです。

農民たちは手に手に銃や、熊手、カラザオを持って、バス・クタンス湾にあるサンショウウオの居住地を襲いました。この襲撃で約二十匹のサンショウウオが殺されました。警官隊が怒り狂った農民たちを押し戻そうとしたのですが間に合わなかったのです。工兵隊がシェルブールから呼ばれ、バス・クタンス湾に有刺鉄線のフェンスを張り巡らして封鎖しました。ところが夜になるとサンショウウオは海から上陸して、手榴弾で鉄条網をずたずたにして、内陸に入り込むかまえを見せたのです。機関銃で武装した歩兵部隊が軍用トラックで運ばれ、隊列を作ってサンショウウオと人とが衝突しないように引き離すのに必死でした。そのすきに、農民たちは税務署と警察署を襲ってめちゃめちゃにし、ふだんから恨みを買っていた税務署員が一人街灯につるされてしまったのです。その署員の胸には、「くたばれ、サンショウウオ野郎」と書いた札がぶらさげられていました。とりわけドイツの新聞は、「ノルマンディーで革命勃発」などと書きたてましたが、パリの政府はそれをきっぱり否定しました。

農民とサンショウウオのあいだの流血さわぎは、海岸に沿ってカルヴァドス、ピカルディ、パ・ド・カレーの町に飛び火していきましたが、そのころシェルブールの港からフランス海軍の旧式巡洋艦「ジュール・フランボー」号がノルマンディーの西岸に向かって出港しました。そのねらいは、後に確認されたことですが、軍艦の姿を見せることによって地元住民とサンショウウオの双方に鎮静効果をもたらすことでした。「ジュール・フランボー」号はバス・クタンス湾から一・五マイル沖に錨を下ろして停船しました。夜になって、艦長は効果をさらに高めるために、色とりどりの信号弾を打ち上げるように命令しました。海岸ではたくさんの人たちが打ち上げられる信号弾の美しいスペクタクルに酔っていました。すると突然、どーんとすさまじい音が聞こえ、巡洋艦の船首に大きな水柱が上ったのです。「ジュール・フランボー」号はぐらりと傾いたかと思うと、その瞬間、大爆発を起こしました。

巡洋艦が沈没するのは明らかでした。十五分もしないうちに、近くの港からモーターボートが救助にかけつけましたが、救助活動の必要はありませんでした。というのも、爆発そのもので死亡した三人の乗組員以外の乗組員は、全員無事救命ボートに乗り移ることができたからです。「ジュール・フランボー」号は艦長が最後に退艦したその五分後に沈没しました。艦長は艦を去るにあたって、「もはやこれまでだ」という記憶に残る言葉を残しています。

「ジュール・フランボー」号が沈没したその夜のうちに当局は事件の概要を発表しました。その発表によると、「この旧式巡洋艦は夜間航行中に座礁したためボイラーが爆発し、沈没した。ただ、いずれにせよこの旧式巡洋艦は数週間のうちに退役する予定であった」しかしどの新聞もこんな発表では、おさまりませんでした。政府の息のかかった新聞は、巡洋艦はドイツの新式機雷に接触したのだと報道しましたが、野党系の新聞やフランス国外の新聞は次のような見出しをトップにして報道したのです。

フランス海軍巡洋艦　サンショウウオの魚雷攻撃で沈没！
なぞの事件、ノルマンディー海岸で勃発
サンショウウオ、反乱をおこす！

「やつらに責任をとらせるべきだ！」自ら出している新聞紙上で、国会議員のバルテレミーははげしい論調で追及しました。

「われわれは、人間に刃向かわせるためにサンショウウオを武装させた者、やつらに爆弾を持たせた者をゆるさない。サンショウウオが手にした武器でわがフランスの農民たちは殺され、ただ遊んでいた罪もない子どもたちが殺されたのだ。海のモンスター、サンショウウオに最新式の魚雷を渡した者をゆるさない。この魚雷でやつらはいつでもわがフランス海軍の艦船を撃沈できるようになった。

私はやつらが責任をとることを要求する。サンショウウオを殺人罪で起訴し、反逆罪の罪で軍事法廷に引きずり出すのだ。また、文明国の艦隊を攻撃する武器を海の貧民、サンショウウオに提供した連中に武器商人がどれほどの金品を渡したかも調査すべきだ！」

紙上での追求はまだまだ続いたのですが、引用はここではこれくらいにしておきましょう。国民の誰もがパニックにおそわれました。人々は路上に群がりバリケードを築き始め、パリの大通り（プールヴァール）ではセネガル出身の狙撃兵が銃をピラミッドのように叉銃（さじゅう）の形にして立っていました。

郊外では戦車と装甲車が待機していたのです。

国会ではちょうどこのとき、海軍大臣M・フランソワ・ポンソーが演説している最中でした。演説の内容は断固としたものでしたが、大臣の顔は真っ青でした。

「フランス海岸のサンショウウオに小銃、水中機関銃、水中砲、魚雷発射機で武装させたすべての責任はフランス政府にあります。しかし、フランスのサンショウウオが小口径の砲しか所有していないのに、ドイツのサンショウウオは三二センチ水中砲で武装しているのです。また、フランスの海岸では手榴弾や魚雷、爆薬などを格納する水中弾薬庫が平均二四キロメートルごとにおかれていますが、イタリアの海岸ではこの種の弾薬庫が二〇キロメートルごとに設置されておりますし、ドイツでは一八キロメートルごとにおかれています。

したがって、フランス政府は自国の海岸を無防備のままにしておくわけにはいきませんし、サンショウウオの武装を解除することもできません。海軍省は現在、ノルマンディー海岸での不幸な誤解がなぜ生じたか、鋭意、調査を全力でおこなっております。これまでの調査で判明したところでは、どうやらサンショウウオは信号弾を自分たちへの軍事行動を開始する合図ととり、自衛行動をとったようなのです。すでに「ジュール・フランボー」号の艦長およびシェルブールの知事は解任されております。特別委員会では海中の工事を請け負っている業者がサンショウウオをどのように取り扱っているか、調査中です。今後、業者はきびしい監督の下に置かれることになるでありましょう。

政府としては失われた人命に対して心からの哀悼の意を表します。若き国民的英雄、ピエール・カジュス、マルセル・ベラール、ルイ・ケルマデックの三人には勲章を授け、国費で埋葬いたします。彼らの両親には名誉年金を支給する予定です。フランス海軍の司令官に対しては大幅な更迭をおこないます。詳しい事件の調査報告を提出後、政府はただちに国会に対して信任を問うことになります」

そして、問題が解決されるまで、閣議は中断せずに開いたままにしておくことが発表されました。

新聞はそれぞれ——その政治色によって——サンショウウオに対してなにをすべきか、さまざまな提案をしました。懲罰的軍事行動や壊滅作戦、植民地化、あるいは十字軍的な遠征、さらにはゼネスト、内閣総辞職、サンショウウオ関係企業の経営者の逮捕、共産党の指導者やアジテーターの逮捕などです。そのほかにも多くの緊急処置があれこれと議論されました。海岸が立ち入り禁止になり港が閉鎖されるかもしれないといううわさがまことしやかに流れ、だれもが熱に浮かされたように食料品の買いだめに走りました。そのため、あらゆるものの値段が、めまいを引き起こすような勢いで高騰したのです。工業都市では人々が物価高に憤激して暴動をおこし、株式取引所は三日間取引を停止しました。

この三ヶ月から四ヶ月のあいだで、もっともきびしい危機的な状況に追い込まれたのです。

こんなとき、M・モンティ農業大臣が解決に乗り出し、巧みにこの困難な事態を収拾したのです。大臣は貨車何百両分ものリンゴを週に二回、フランスの海岸から海に向かって投げ込ませました。当然、費用はすべて国が負担しました。これにはサンショウウオも大満足でした。ノルマンディーやその周辺のリンゴ農家の人たちもほっとしました。ところがモンティ農業大臣はさらにもう一手打ったのです。ワイン醸造が盛んなこの地方ではワインの売れ行きがガタ落ちしたために、ワイン醸造業者の不満はますますつのり、その不満は今にも爆発しそうなあやうい状態でした。

これを見た農業大臣はその対策として、どのサンショウウオも一日あたり半リットルの白ワインを受け取れるように国として対策を講じるように命じたのです。この白ワインを飲んだサンショウウオはみなひどい下痢になったので、サンショウウオは最初のうちは、白ワインをどうしたものかとさんざ悩んだ末に、海に捨てていました。しかし、サンショウウオはだんだんとワインに慣れてきて下痢もおこさなくなりました。そして、ワインのおかげか、サンショウウオの交尾率が前よりもぐんと上がったことが観察の結果わかりました。もっとも、どうしたことか出生率はかえって下がってしまったのです。これで農業問題とサンショウウオ問題の両方が一挙に解決しました。だれもがおびえ、ぎょっとしたあのおそろしい緊迫した状況は遠ざかったのです。

それからまもなくして、政府はテプラー夫人が起こした金融スキャンダルのためにあらたな危機に見舞われましたが、その巧みな政治的手腕をすでに十分実証ずみのM・モンティ氏が新内閣で海軍大臣に就任したのです。

3　英仏海峡事件

ノルマンディーでのサンショウウオとのもめごとがおさまってからまもなくのことでした。ベルギーのオーステンデを出港したベルギーの客船「ウーデンブルグ」号はイギリスのラムズゲートに向けて航行していました。

船がちょうどドーヴァー海峡にさしかかったときに、当直勤務中の一等航海士は船の進行方向の半マイル南で「水中になにかがおきている」のに気がついたのです。ただ、一等航海士は具体的になにがおきているかはさっぱりわかりませんでした。もしかしたら誰かがおぼれているのかもしれないと判断した一等航海士は、波がはげしく逆巻いているその現場に急行するように命じました。二百人ほどの乗客は、そのとき、船の風上に現れた奇妙な光景を目撃しました。あちこちで水が垂直に吹き上がり、それといっしょになにか黒いものが海面から放り上げられるように飛び出してきました。直径三百メートルほどの海面がのたうち、沸き立っていました。そのとき、海の底から突然、なにかすさまじい轟音がとどろきました。まるで海底火山が噴火したようでした。「ウーデンブルグ」号がゆっくりと現場に近づいていくと、船首から十メートルほど先に、突然、巨大な波がおこり水面がけわしい崖のようにもちあがり、同時にものすごい轟音がとどろいたのです。あっという間に船全体が持ち上げられ、煮えたぎった海水が雨のように甲板に降り注ぎました。

それと同時に船首になにか黒いものがどすんと大きな音を立てて落ちてきたのです。その黒いものははげしくもがいたかと思うと、きーきーと鳥がつんざくような悲鳴をあげました。大けがをしてひどいやけどを負ったサンショウウオでした。船がこの大爆発を起こした地獄のような現場の真っ只中に突入するのを避けるために、一等航海士は全速後退を命じました。いたるところで爆発が起きはじめ、海面はばらばらになったサンショウウオの死体で埋めつくされました。「ウーデンブルグ」号はやっとのことで方向を転換することができ、北に全速力で向かいました。そのとき、船尾の後方、約六百メートルのところで大爆発が起き、雷が落ちたときのような轟音がしました。水蒸気爆発で海面から巨大な、高さが百メートルはある水柱が吹き上がったのです。

「ウーデンブルグ」号は針路をハリッジに向け、緊急警報の無電を発信しました。「緊急警報。緊急警報。緊急警報！　オーステンデ――ラムズゲート航路上の海中で大爆発あり。きわめて危険。原因不明。全船舶はこの海域より退避すべし！」そのあいだも爆発は続き、轟音がとどろいていました。まるで海軍の軍事演習のようなありさまでしたが、爆発によって吹き上がった海水と水蒸気のためにまったくなにも見えませんでした。

このときすでに、ドーヴァーとカレーからは魚雷艇と駆逐艦が全速力で現場に向かい、軍用機の編隊も急行していました。しかし、現場に到着した艦船や飛行機が見たのは、黄色い泥のようなものでおおわれたにごった海面だけでした。その海面にはいたるところに死んだ魚と引きちぎられたサンショウウオの死骸が浮いていたのです。

　事件発生の直後には、海峡での爆発は機雷が原因ではないかとうわさされました。しかし、イギリス側もフランス側も海峡に面した海岸線を軍事封鎖し、イギリスの首相が、週末（ウィークエンド）の休暇を切りあげて、（これはイギリスの歴史で四回めのことでした）土曜日の夕方にロンドンに急遽もどったので、誰もが事件は国際的にきわめて重大な意味を持っているのではないかと疑い始めたのです。新聞は人を不安にさせるような記事を書きまくりましたが、おどろいたことに新聞も実際になにが起きたのかほとんどわかっていなかったのです。

　あの事件が起きてからの数日間、全ヨーロッパだけでなく全世界が世界大戦の一歩手前まで追い込まれていたとは、だれひとりとしてまったく思ってもいませんでした。事件の数年後、事件当時イギリス政府の閣僚の一人だったサー・トーマス・マルベリーが選挙に落選して引退し、自分の政治生活の回想録を書いたことで、実際にはなにが起きていたのかをはじめて知ることができたのです。しかし、そのときにはもう誰も事件への関心を失っていました。

　事件の真相の概略は次のようなものでした。

　フランスもイギリスもドーヴァー海峡の自国側にサンショウウオを使って海底要塞の建設を開始していたのです。要塞さえあれば、戦争が始まったとしても海峡全体を封鎖することが可能だからです。事件後になって、工事を最初に始めたのは相手だと、両国はたがいに非難合戦をくりひろげましたが、実際のところはどうやら同時に工事を始めたらしいのです。友好関係を結ぶ隣国が建設を先に開始してしまうのを恐れたのです。つまり、ドーヴァー海峡の海底ではそれぞれイギリス側とフランス側にコンクリートでできた巨大な要塞がつくられたというわけです。要塞は重砲、魚雷発射機、それに、人類がこれまでに到達しえた軍事技術上最高レベルの最新の兵器で装備され、大規模な機雷原で守られていました。イギリス側では、深い海底に作られたこのおそるべき要塞にサンショウウオの重火器師団が二師団駐留し、それ以外に三万匹のサンショウウオが要塞などの軍事施設の建設に加わっていました。フランス側ではサンショウウオの最精鋭部隊、三師団が駐留していたのです。

事件当日、海峡の中ほどの海底で、建設に携わっていたイギリス側のサンショウウオとフランス側のサンショウウオとがたまたま遭遇し、双方の何らかの誤解から衝突が始まったらしいのです。フランス側の話では、ひたすら建設作業に従事していたサンショウウオを追い払おうとイギリス側のサンショウウオが攻撃をしかけたというのです。その際、イギリス側の武装サンショウウオ部隊はフランス側のサンショウウオを数匹拉致しようとしたとのことでした。当然フランス側のサンショウウオは抵抗しました。イギリス側部隊はフランス側の建設に従事していたサンショウウオめがけて、手榴弾と迫撃砲で攻撃してきたので、フランス側もやむなく、同様の武器で反撃せざるを得なかったと主張したのです。フランス政府はイギリス政府に対して、完全な賠償と問題になっている軍事施設の撤去、さらに、このような事件を今後おこさない保証を要求せざるを得ないと考えました。

これに対して、イギリス政府はフランス共和国政府に特別覚書を送りつけ、次のように通告したのです。「フランス側のサンショウウオ部隊は海峡のイギリス側海域に侵入し、機雷を敷設しようとした。イギリス側のサンショウウオ部隊に対して、わが国の作業区域を侵犯している旨、注意を喚起した。これに対し完全武装のフランス側サンショウウオ部隊は手榴弾をわが方に向け投げることによってこれに答えたのである。その結果、労働に従事していた数匹のサンショウウオが殺害された。遺憾ながら、イギリス政府はフランス共和国政府に対して、完全な賠償とフランス側サンショウウオ部隊が今後、海峡のイギリス側海域を侵犯しない保証を要求せざるを得ないと考える」

フランス政府はこれに対して「もうこれ以上、隣国がフランス海岸のすぐ間近に海底要塞を建設するのをこのまま黙視することはできない」と通告し返しました。その上で、次のように提案したのです。「ただし、海峡の海底でおきた誤解によると思われる当該の事件に関しては、共和国政府はロンドン協定の精神に基づいて、ハーグの仲裁裁判所の判断にゆだねるべきだと考える」

イギリス政府はフランス政府のこの提案に対して次のような回答をおこないました。「わが国は自国の海岸の安全を第三者の仲裁にゆだねることはできないし、その意思もない。最初に攻撃を受けた国としてわが国はあらためて断固として、貴国による謝罪、損害賠償および将来に対する保証を要求する」イギリス政府はこのような回答をすると同時に、マルタにあったイギリス地中海艦隊に全速力で西に向かって航行を開始するように、また、イギリス大西洋艦隊はポーツマスとヤーマスに集結するように命令を下したのです。

フランス政府も五歳年にわたる海軍予備役の召集を命令しました。

イギリス政府もフランス政府ももはや妥協することができなくなっていました。なぜなら、結局のところ、海峡の支配権そのものが争われている以上、引くに引けなくなったのです。ところが、このようにきわめて緊迫したなかで、イギリスのサー・トーマス・マルベリーが、イギリス側には労働に従事するサンショウウオも軍備についているサンショウウオも、少なくとも法律の上では存在しないという、誰もがおどろく事実を確認したのです。つまり、『イギリスの海岸および領海においては、たとえ一匹であってもサンショウウオの雇用を禁ずる』とするサー・サミュエル・マンデヴィルが制定した古い法律がイギリスではまだ有効性を保ち、生きていたのです。この法律がある以上、イギリス側には法律上サンショウウオはいないことになり、フランス側のサンショウウオが労働に従事していたイギリス側サンショウウオを攻撃したとイギリス政府は公式には主張することができなくなったというわけです。

こうなると争点はぐっとしぼられました。つまり、フランス側のサンショウウオがイギリスの領海の海底に侵入したのは故意だったのか、あるいは単なる判断ミスだったのかを判断するだけになったのです。フランス政府は再度の調査を約束し、問題をハーグにある国際仲裁裁判所に持ち出すべきだとする提案を撤回しました。その後イギリスとフランスの海軍当局は、ドーヴァー海峡の両国の海底要塞のあいだに、幅五キロメートルの中立非武装地帯を設けることに同意したのです。このことによって、両国の友好は大いに強化されることになりました。

4 デア・ノルト・モルフ（北サンショウウオ）

最初のサンショウウオのコロニーが北海とバルト海にできて何年もたたないうちに、ドイツの研究者、ハンス・チューリング博士はバルト海のサンショウウオには――おそらく環境の影響で――ほかのサンショウウオとは異なるからだの特徴がいくつかあるのを確かめました。ほかのサンショウウオよりもからだの色が明るく、二本足で歩くことが多く、頭蓋骨係数（ツェファリック・インデックス）では頭蓋骨がより細長いということでした。この変種はデア・ノルト・モルフ（北サンショウウオ）とかデア・エーデル・モルフ（高貴サンショウウオ）と名づけられました（学名はアンドリアス・ショイヒツェリ・ヴァリエタス・ノビリス・エレクタ・チューリング）。

ドイツでもこのバルト・サンショウウオは関心を集め、センセーショナルに報道されました。ドイツという環境にぴったりあって、このサンショウウオがほかのサンショウウオに比べて議論の余地がないほどすぐれた、異なるより高いレベルの種へと進化したことに、特に注目がおかれ強調されたのです。ドイツの新聞は、地中海サンショウウオは肉体的にも精神的にも矮小化し退化しており、また熱帯サンショウウオは未開であり、ドイツ以外の国のサンショウウオはどうにも程度が低く、野蛮で獣のようだと軽蔑をこめて書きまくりました。「ジャイアント・サンショウウオからドイツ・スーパーサンショウウオへ」、これが当時、大衆を捕らえ、誰もが口にしたスローガンだったのです。

ドイツの新聞にはこんな記事が載りました。

「新時代のサンショウウオのもともとの起源であった原始サンショウウオはドイツの地に存在していたのではなかったのか？　ドイツの学者、ヨハン・ヤコブ・ショイヒツァーが中新世の地層からほぼ完全な原始サンショウウオの化石を発見したエーニンゲン近郊こそが北サンショウウオの生まれ故郷だったはずではないか？」

さらにドイツの新聞はあおりたてました。

「したがって、原サンショウウオ、アンドリアス・ショイヒツェリが有史時代より前の地質時代にこのゲルマンの大地で生まれたことは疑問の余地がない。その後この原サンショウウオがほかの海や地域へと拡散していったが、その代価として進化するどころか退化していくことになってしまった。しかし、もともとの原サンショウウオが生まれた地にふたたび定着するやいなや、もとの原サンショウウオの姿にまたもどったのだ。つまり、からだの色が明るく、二本足で歩くことのほうが多く、長頭の高貴な北サンショウウオになったのである。サンショウウオが、あの偉大なヨハン・ヤコブ・ショイヒツァーがエーニンゲンの近くの石切り場から発見した原サンショウウオの化石に見られるような、あの純粋で最高のタイプにもどれたのはドイツの地だけなのである。

それゆえ、ドイツの支配する水域で、どこでも純血な原サンショウウオの新しい世代が発展できるように、ドイツは新たな、より長い海岸線を必要とし、コロニーと世界の海が必要なのである。わが国のサンショウウオのために新たな空間が必要なのだ」

ドイツ国民がたえずいつもこのことを自分の目で頭に刻みこんでおけるように、ヨハン・ヤコブ・ショイヒツァーの巨大な像がベルリンに建てられました。偉大な学者は分厚い本を手に持って立っていました。そして、博士の足元には、あの高貴な北サンショウウオが直立姿勢で立っていたのです。このサンショウウオの目は、はるか遠くの目に届かない世界の海の海岸線をじっと見つめていました。

この国民的な像の除幕式では祝辞がいくつも披露されましたが、そのスピーチは世界中の新聞紙上で異常なまでの関心を集めました。

「ドイツが新たな脅威に」イギリスではとりわけこんな見出しの記事が新聞紙上をにぎわせました。

「われわれはドイツ側の脅迫的な論調には慣れっこになってはいる。しかし、公のスピーチで、ドイツは今後三年以内に五千キロの海岸線を新たに必要としているなどと述べられたのでは、はっきりと『やれるものならやってみるがよい！』、こうお答えするしかない。ただ、わがイギリスの海岸で歯をへし折られることになるだけである。われわれはすでに準備は万端だが、三年以内にさらに準備は完璧になる。わが国は大陸の最強国、二国を合わせた海軍力よりもはるかに強力な海軍力を保持するだろうし、保持しなければならない。この海軍力の差は神聖にして今後も変わることはありえないのである。海軍力を増強する、きちがいじみたレースを始めたいのなら、どうぞ、勝手に始めるがいい。イギリスが一歩たりとも遅れをとることは断じてありえない」

「ドイツ側の挑発には、いつでも受けてたつ」海軍大臣のサー・フランシス・ドレークが政府を代表して、議会で演説しました。

「どこの海であろうと、そこに手を伸ばそうとするものは、たちまちわが海軍の強力な艦隊に遭遇することになる。大英帝国は本国だけではなく、自治領、植民地への海上からのいかなる攻撃も撃退できる強力な軍事力を所持している。海に新たな陸地や島をつくったり、要塞、航空基地の建設をすれば、それはわが国への攻撃とみなす。海の波はどんなに離れていても、ほんのわずかとはいえイギリスの海岸を洗っているからである。これは、わが国の海岸線を一ヤードといえども、おかそうとするものへの最終警告である」

海軍大臣のこの演説を聞いたイギリス議会は、五億ポンドの予備費を使って新たな軍艦を建造することを認めたのです。ヨハン・ヤコブ・ショイヒツァーの銅像をベルリンに建てるという挑発的な行為に対する、これはまた、何ともすごい威圧的な回答でした。ショイヒツァーの銅像を建てるにあたってかかった費用はたったの一万二千マルクに過ぎなかったのですが。

消息通として知られる、フランスの優れたジャーナリストのマルキ・ド・サドは、この演説をきいて次のように論評しました。

「イギリスの海軍大臣は『大英帝国はあらゆる不測の事態（イヴェンチュアリティー）に対しても準備ができている』と

述べた。なるほど、しかし、どうだろう。この立派な海軍大臣はドイツが、バルチック・サンショウウオを教育しておそるべき強力な軍団に仕立て上げているのを知っているのだろうか？

今日では、戦闘用のサンショウウオは五百万匹を数え、いつでも水中での戦闘や上陸作戦に出動が可能なのである。それに加えて、約千七百万の技術および兵站部門担当のサンショウウオがいて、いつでもただちに予備軍、あるいは占領軍として編成する用意ができているのだ。現在、世界でもっともすぐれた兵士はバルチック・サンショウウオなのである。心理的にも精神的にも徹底的に鍛えぬかれ、戦争を自分の与えられた最高の使命だと思い込んでいるのである。いかなる戦闘にも狂信的に全力をつくし、その一方では、戦闘のプロとして冷静に論理的に対処できる兵士なのである。まさしく、プロシアのサンショウウオとしておそろしいまでに鍛えあげられているのだ。

イギリスの海軍大臣は、一隻で一度に一旅団のサンショウウオ兵士を運ぶことのできる大型輸送船団を、ドイツが必死になってさらに建造中なのをお知りなのだろうか？　また、ドイツが何百という小型潜水艦を建造中なのも知っておられるのだろうか？　この潜水艦は三千から五千キロの行動半径を持っており、乗組員は全員バルチック・サンショウウオなのである。また、ドイツが海のいたるところに巨大な水中燃料タンクを作り終えているのを知っているのだろうか？　われわれはあらためて尋ねたい。はたしてイギリス国民はその広大な領土が、あらゆる不測の事態（イヴェンチュアリティー）に対してしっかりと準備ができているとほんとうに考えているのだろうか？」

マルキ・ド・サドはさらに次のように述べたのです。

「次の戦争では水中巨大ベルタ榴弾砲や迫撃砲、さらには魚雷で装備されたサンショウウオが海岸封鎖においてどのような役割を果たすか、それを想像するのは困難ではない。

世界史上で初めて、イギリスの島国としての圧倒的な軍事的優位性をうらやむものが誰もいなくなる事態が必ず起きるに違いない。このような問題を論じている以上、やはり尋ねておかなければならない。いったい、イギリス海軍省はバルチック・サンショウウオが、平時は空気掘削機として使用される装置を導入済みだということを知っているのだろうか？　この最新式の掘削機はスウェーデンの硬い花崗岩でも一時間あたり十メートル掘削できる能力を持っていて、イギリスの白亜層ならば五十から七十メートルの掘削が可能なのである。このことは先月の十一、十二、十三日の三日間にわたりドイツの技術調査隊が夜間ひそかに、ドーヴァー要塞と目と鼻の先にあるハイズとフォークストンのあいだの海岸近くでおこなった試験掘削によってあきらかになっている。

ドーヴァー海峡の対岸、ケントやエセックスがスイスチーズのように穴だらけにされて海面下に沈むのに何週間かかるか計算することをイギリスの皆さんにおすすめしたい。これまで、イギリスという島に住んでいる人たちは、心配そうに空を見上げていたものである。万一、繁栄を誇っている諸都市やイングランド銀行（バンク・オブ・イングランド）、四季を通じていつもアイビーの緑でおおわれた、静かで快適な家々が破壊されるとしたら、それは唯一空からの攻撃だと考えていたのだ。しかし、今は子どもたちが遊んでいる地面に耳をあてるべきだろう。
今日か明日には、サンショウウオの掘削機のドリルが、これまで見たこともない爆薬を仕かけるための坑道を少しずつ、休むことなくより深く掘り進む、おそろしいぞっとする音を耳にすることになるのだ。おどろくべきことに現代の戦争では、戦闘は水中や地中でおこなわれ、空中ではおこなわれないのだ。これまでわれわれはイギリスという巨大艦アルビオン（訳注　イギリスのあるブリテン島の古名）号のブリッジから発せられる傲慢ともいえる自信満々の言葉を聞かされてきた。そうだ。たしかにこれまでは、アルビオン号は強力な軍艦だった。どのような波の中でも安全に航行することができた。しかし、ある日すさまじい波がこのアルビオン号を突然おそい、あっという間に破壊して深い海の底へと沈めてしまう可能性は大いにある。こんな危険は芽のうちにつんでしまったほうが良いに決まっているではないか。三年以内に、などといっていては遅すぎるのだ！」

これまでも優れた論評で高く評価されている、このフランスの評論家の警告はイギリス国内でとてつもない反響を引き起こし、イギリス人を恐怖のどん底に陥れたのです。イギリスでは、当局がいくら否定しても、掘削機で坑道を掘るサンショウウオのドリルのうなる音が国内のあちこちで聞こえたといううわさが消えませんでした。ドイツの政府筋はこのマルキ・ド・サドの書いた論評のことを、根拠のない乱暴なアジテーションに終始し、悪意に満ちたプロパガンダをおこなっていると全面的に否定し、徹底的に反論しました。ところがこの同じ時期に、バルト海ではドイツ陸海軍とサンショウウオ武装部隊との大合同軍事演習が実施されていたのです。この合同軍事演習ではサンショウウオの工兵部隊が並み居る外国の武官が見ている目の前で、リューゲンヴァルデの近くにある砂丘を空中に吹き飛ばしました。

砂丘には六キロ平方メートルにわたって坑道が掘られ地雷が仕かけられていました。現場にいた人の話によれば、それはとてつもなくすさまじい光景だったようです。轟音とともに大爆発が起こり、大地が「まるで巨大な氷の塊が割れて吹き飛ぶように」持ち上げられ、――その直後に、大きな石と砂、それに煙の巨大な壁となって四方に飛び散り、あたりはたちまち夜のように暗くなったのです。吹き上げられた砂はほぼ半径百キロメートルの範囲にまで舞い落ちました。

この砂は数日後にはまるで雨のようにワルシャワにも降り注ぎました。このすごい爆発後も細かい砂とほこりがいつまでも大気中を漂い続け、その年の暮れまでヨーロッパではどこでも異常に美しい日没を見ることができました。空は血のように赤く燃えていました。そんな日没はこれまで誰も見たことがなかったのです。

海岸の砂丘地帯が吹き飛ばされた後には海水が進入して海になりましたが、そこはショイヒツァー海(ゼー)と命名されました。そして毎日のようにどこかのドイツの子どもたちが学校の遠足や見学に訪れる場所になったのです。そのとき、子供たちはいつもお気に入りのサンショウウオ・

ソングを歌っていました。

ドイツ・サンショウウオ以外、こんな仕事はできないさ
砂丘を海に変えちゃった

5　ヴォルフ・マイネルトの労作

世間とのかかわりを避けている孤独な、ケーニヒスベルク（訳注　現在はロシア領のカリーニングラード）の哲学者ヴォルフ・マイネルトが記念碑的な名作「人類の没落（ウンテルガング・デア・メンシュハイト）」を書いたのは、前章、「デア・ノルト・モルフ（北サンショウウオ）」の最後にも述べたような異常に美しい、しかしあまりにも悲劇的な日没にはげしく心を動かされたからなのです。この哲学者が海辺を帽子もかぶらず、コートを風にはためかせながらさまよい歩き、熱に浮かされたような目で空の半分以上を照らし出している炎と血の洪水をじっと見つめていたさまは、だれでもまざまざと思い浮かべることができます。

マイネルトの神経はすっかり高ぶって、その頂点に達していました。「よし、書くぞ」マイネルトはつぶやきました。「人類の歴史のエピローグを書くときがいよいよ来たんだ」

マイネルトの労作「人類の没落」はこうして生まれたのです。

「人類の悲劇の幕が閉じられようとしている」ヴォルフ・マイネルトはこう書き出しました。

「人類が熱にうかされたように新たなことに取り組んで、技術的にもつぎつぎに進歩し、繁栄をきわめていることで欺かれてはならないのだ。そんなものは死に取りつかれ、消耗しきった生物の頬に浮き出てくるあの紅潮にすぎない。今日ほど便利で何でも手に入る生活を人類はこれまで経験したことがない。しかし、一人でも幸せな人間がいたら見つけてきてほしい。満足している階級があったら教えてほしい。その存在が脅威にさらされていないと感じている国家や民族がいたら、知りたいものだ。文明のもたらす恩恵にすっかり囲まれて、クロイソス（訳注　古代リュディア王国の王。莫大な富で知られる）も顔負けの精神的、物質的な豊かさの中で暮らしながら、人類は絶えず抑圧感から抜けだせず、不安で、満足感が得られないでいる」

ヴォルフ・マイネルトは容赦なく、恐怖と憎悪、不信と誇大妄想、シニシズムと臆病が入り混じっている今日の世界の精神的な状態を分析し、これらはモラルの最後のあがきなのであり、一言で言えばもはや絶望的な状態、つまり末期症状なのだと短く著作を結論付けたのです。

「問題は、人がはたして幸せになる能力があるのか、あるいは、せめてかってそのような能力を持っていたかということである。一人の人間はほかの生き物のようにたしかに幸せになる能力をもっている。しかし、人類全体となると話はまったく別なのだ。人間が全体として不幸なのは、人類になることを強いられたか、人類になるのがあまりにもおそすぎたためなのだ。人類になったときには、すでにさまざまな国家、民族、信仰、身分や階級に別れ、貧乏か金持ちか、教養の有無、支配階級か奴隷かによっても分け隔てられていて、それ以前の状態にはもうけっしてあともどりできなかったのである。

馬、オオカミ、ヒツジ、ネコ、キツネ、シカ、クマ、ヤギをフェンスの中に追い込み、社会秩序という名前のついた、まったくナンセンスなひとつの群れとして強制的に生活させ、社会的生活ルールとやらをしっかり守らせてみるがいい。神さまのおつくりになった動物は、そんな群れのなかではただの一匹でもくつろぐことができない。不満ばかりがつのり、ばらばらになってもうもとにはもどれない不幸な群れができることになる。これは人類と呼ばれている、絶望的なほどに一人ひとりが異質な巨大な群れの姿とそっくりである。異なる民族、身分、階級はずっと長いあいだ、共同で暮らすことができない。がまんが到底できないまでにお互いに押し合いへしあいして、相手の邪魔をし続けるからである。

長いあいだ同じ民族、身分、階級だけで生きていくか、——それが可能なのは、それに見合うだけの広さの自分たちの世界があると感じているあいだだけなのだが——あるいは、生死をかけて戦いをたがいに挑むか、そのどちらかしかないのだ。人種とか民族、階級といった生物学的な人類集団にとっては、お互いに異質とは感じないで喜びを完璧に分かち合える自然な道はただ一つしかない。それは自分たちのための場所をしっかり確保し、他のものを一掃し根絶することである。ある時期を見て人類はさっさとそれをおこなっておくべきだったのに、今日ではもう時期を失してしまった。もう手遅れなのだ。本来はたたき出さなければならない「他のもの」を保護し守るための主義・主張、責務をあれこれと言いたてすぎた。

われわれは道徳的規律、人権、協約、法、平等、ヒューマニズムなどといったものをあれこれと考え出し、われわれと他のものとをいっそう高いレベルで統一し、まとめ上げようなどという、頭の中で考えだした架空の人類像を作り出したのだ。これはとんでもない致命的な誤りだ！　われわれは生物学的な法則の上に道徳的な法則を置いてしまったのだ。われわれは同質の社会のみが幸福な社会でありうるという、すべてのコミュニティーにあてはまる偉大な自然の前提条件を破ってしまったのだ。そして、この実現可能な幸福を偉大ではあるが実現不可能な夢の犠牲にしてしまったのだ。すべての人間、すべての民族、階級、あらゆるレベルから、一つの人類、一つの規律の取れた社会をつくるというありえない夢だった。志は高く気高いものの、とんでもないばかげた行為だったのだ。

とはいっても、それは自分なりに自分を超えようとする唯一の尊敬に値する人類の試みだった。そしてこの最高の理想主義の代価として、われわれ人類はもはや止めることも制御することもできない崩壊という事態にいま直面している。

人間が自らを人類として組織しようとしたこのプロセスは、文明そのものや最初の法令、最初のコミュニティーと同じくらい歴史が古い。このように数千年を経て結局人間が到達したのは、先鋭化し底が見えないほど深くなった、それぞれの人種、民族、階級、それに世界観の亀裂である。今日われわれはそのような亀裂を目の当たりにしている。すべての人間からある一つの人類を作るという歴史上の試みは、不幸にも最終的に悲劇的に破綻しているのだ。この事実にもはや目を閉じていることはできない。

われわれはようやくここに来てわかりはじめている。人間社会は別の方法、つまり、ただ一つの民族、階級、あるいは信仰にだけ、その存在場所を与えるというはげしいやり方でしか統一できず、ほかの試みや計画ではうまくいかないことをようやく理解しはじめているのである。

しかし、われわれが分化という不治の病にすでにどれほど奥深くまで蝕まれているか、だれか答えることができるだろうか？　この一見同質に見える集団が、遅かれ早かれ、再び利害や政党、身分などのさまざまな異質の寄り合い所帯へと変わり、ばらばらになるのを避けるのは不可能である。

　そうなれば、たがいに争いあうか、また共存にもどるという拷問に等しい苦痛に耐えるかしかないのである。出口はこれしかない。われわれはこの悪循環の中でもがいているのだ。しかし、進化が永遠にずっと回転するようなことはない。だからこそ自然そのものが、世界中でサンショウウオに生活空間を用意するように計ったのだ」

「これは偶然ではない」ヴォルフ・マイネルトはさらに考察を続けました。「巨大な有機体ともいうべき人類が、うまくつながりあえずに絶えずばらばらに分解していくまさにこの時期、つまり、もともと抱えた病(やまい)がいよいよ最後の時期を迎え、人類が苦痛にのた打ち回っているこの時期にサンショウウオがどんどん自分たちの権利を主張し始めたのは偶然ではないのだ。

　ごく一部の例外を除いて、サンショウウオはもともと巨大で同質の単一集団なのだ。いままでのところ、種族、言語、民族、国家、信仰や階級、カースト制度といったかたちでのひどい分裂はしていない。サンショウウオのあいだには主人も奴隷もおらず、自由なサンショウウオと自由を束縛されたサンショウウオ、金持ちのサンショウウオと貧乏なサンショウウオといった差もない。たしかにそれぞれが分業することによって分担する役割に差は生じたが、サンショウウオ自体は同質で一枚岩の、言わば穀粒のように均等な一つのまとまった集団で、どれをとっても生物学的に原始的で、自然の恵みをわずかしか受けていないことでも同じなのである。どのサンショウウオも同じように支配、抑圧されて、同じ低い生活水準に甘んじて暮らしている。どんな黒人でもエスキモーでもサンショウウオとは比較にならない、もっとましな生活をしている。文明化された何十億というサンショウウオよりも物質的にも文化的にもかぎりなく豊かな暮らしをしている。

ところが、サンショウウオは一向にそのことを苦にしていないのだ。それどころか、人間なら形而学上のおそれや人生の悩みから逃れて少しはほっとして慰められたいと思うものだが、サンショウウオはそんなものを求める必要性がまったくないのだ。そのことをわれわれは知っている。サンショウウオは哲学や芸術を必要としないし、死後の世界なんぞなくてもやっていけるのだ。空想やユーモア、神秘とか遊び、あるいは夢なんて知らない。サンショウウオはどこまでも現実主義に徹した生活者なのだ。サンショウウオはアリやニシンのようにわれわれからずっと遠いところいるのだ。アリやニシンと違うのは、人類の持つ文明というこれまでとは違う生活環境に順応して生きているということだけである。犬が人とともに暮らしているように、サンショウウオは人類のなかにすっかり居ついてしまった。そのような環境の中でしかもはや生きていけないのだ。

だからといって、きわめて原始的でほとんど分化をしていない群れとしての自分たちのあり方を変えることはできないのだ。生きて繁殖できれば満足で、仲間同士の不平等感に悩まされることもないので幸せですらある。ただただ同質なのだ。それゆえに、将来のいつかある日、人類ができなかったことを苦労もせずに成し遂げるだろう。そう、全世界でサンショウウオを単一の種族に統一して、世界的なコミュニティー、つまり、一言で言えばユニバーサルなサンショウウオ・ワールドをつくりあげることだろう。まさしくその日に、人類の千年にもわたる死ぬような苦しみは終焉を迎えることになる。全世界を支配下におさめようとする二つの勢力が共存できるほどこの地球という惑星は広くはない。どちらかが引き下がらなくてはならない。それがどちらの勢力だかわれわれはもうわかっているのだ。

今では地球全体で約二百億の文明化したサンショウウオが住んでいる。これは言い換えると人類の約十倍の数になる。このような生物学的な必要性や歴史学的論理からも、現在は人類に隷属しているサンショウウオは、みずからを解放すべきである。また、同質であるからには団結してまとまって行動すべきだし、これまで世界が見てきた中で最大の勢力を誇るようになるのだから、全世界をその手中に収めるべきだろう。そのとき、人類の存続を許すほどサンショウウオがおろかだと諸君は考えるのか？　人類は、その歴史が始まってからこれまで、征服した民族や打倒した階級の人間を奴隷にすることはあっても、根絶やしにするようなことはしなかった。この歴史的なあやまちを再びサンショウウオが犯すと諸君は考えるのか？

人間は自らのエゴイズムから、これまで絶えることなく新たな隔たりを自らのあいだでつくっては、今度は寛大さと理想主義からその隔たりを結ぶ橋を再びつくろうと努力してきたのではないだろうか？　しかし、歴史上これまで人類が繰り返してきたこのようなばかげた過ちをふたたびサンショウウオは決して犯しはしない」

ヴォルフ・マイネルトは呼びかけるようにさらに続けました。

「この私の著した本が警告していることをサンショウウオはしっかり頭に叩き込むだろうから、そのような過ちを犯すはずがないのだ！　サンショウウオは人類文明をすべて引き継ぎ、世界をわが手におさめようと人類ががんばり努力してきたものをすべて自分のものにするだろう。しかし、人類の遺産だけでなくわれわれ人類をも引き受けようなどと考えたりすれば、それはサンショウウオ自身の利益に反することになる。自らの同質性を保とうとするのならば、サンショウウオは人類を抹殺しなければならない。もしサンショウウオが人類を抹殺しなければ、差別や隔たりをつくる一方で差別や隔たりに苦しむという、自らを破滅に導いた相反する二つの破壊的な性癖を人類は遅かれ早かれ、サンショウウオのところに持ち込むことになる。だがそんな心配は無用だ。人類の歴史を引き継ごうとする生き物が、人類が犯した自殺行為とも言えるばかばかしい愚行を再び繰り返すようなことは決してしないからである。

サンショウウオの世界のほうが人間の世界よりも幸せであることは疑いの余地がない。サンショウウオは同質で共通の精神のもとで一つに統一され、その精神がすみずみまでいきわたっているからである。サンショウウオ同士はおたがいに言葉や考え方、信条、さらには日常必要なものまで差がないし、これからもサンショウウオの中で文化や階級の差は生まれず、ただ仕事の分担があるだけだろう。サンショウウオには主人も奴隷もなく、大サンショウウオ共同体にのみ仕えることになる。この大サンショウウオ共同体はサンショウウオにとって神とも支配者とも、あるいは雇い主とも言え、さらには精神的指導者とも言える存在なのだ。異なる民族はおらず、生活水準の差もない。われわれ人類よりもすぐれたより完成された世界となるであろう。これ以外に幸福な新世界などありえようがないのだ。

だから、さあ、サンショウウオに席を譲ろう。絶滅する以外に道のない人間は、最後の日を早めるしかないのだ。――遅くならないうちに、せめて美しい悲劇で終わりを迎えよう」

できるかぎりわかりやすくして、ヴォルフ・マイネルトの考えをここで紹介しました。わかりやすくしたことでこの原著の持つ説得力と奥深さが失われことは十分承知していますが、いずれにしてもヴォルフ・マイネルトの考えは全ヨーロッパ、特に青年層の心を捉えたのです。若者たちは人類が没落し終わりを向かえようとしているというマイネルトの信念を熱狂的に受け入れました。ドイツ帝国政府は政治的な配慮からこの偉大なペシミストの本を発禁にし、ヴォルフ・マイネルトはスイスに亡命を余儀なくされました。それでも文化人たちはマイネルトの人類滅亡論を何の疑問も持たずに進んで受け入れ、マイネルトの六百三十二ページもあるこの著作は世界中のあらゆる言語に翻訳され、サンショウウオのあいだでも何百万部も読まれたのです。

6　Xの警告

アヴァンギャルドな文学や芸術が文化の中心地で次のようなスローガンを掲げましたが、それもおそらく予言的なマイネルトの著作の影響によるものだったのでしょう。

「サンショウウオこそがわれら人類のあとを継ぐのだ！　未来はサンショウウオのものだ。サンショウウオこそ文化革命なのだ。サンショウウオには独自の芸術こそないにしても、サンショウウオはばかげた理想や干からびた伝統、詩や音楽、建築、それに哲学、さらには文化だなどと称していた――いやはや何て爺くさい言葉なんだ。聞くだけで吐き気がする――、かびくさい、たいくつな上、ペダンティックなガラクタの重荷を背負ってはいない。サンショウウオが時代遅れの人間の芸術なんぞを反芻するのに精を出していなければ、それは実に結構なことだ。

われわれがサンショウウオのために新しい芸術をつくってやろうではないか。われわれ若者は未来の世界中に広まるサンショウウオイズムのために道を切り開いているのだ。われわれは最初のサンショウウオになりたい。われわれは明日のサンショウウオなのだ！」

こうして、若い詩人たちのあいだに「サンショウウオ運動」が生まれ、トリトン音楽や海洋絵画がおこったのです。この海洋絵画はクラゲ、イソギンチャクやサンゴなどの造形世界から得たインスピレーションによって描かれました。

それ以外にも、サンショウウオによる海洋土木工事が美と壮大な建築物（モニュメンタリティー）の新たな源泉として登場しました。「自然なんてもううんざりだ。古くさいごつごつ、でこぼこした岩壁よりもすべすべしたコンクリートの岸壁を！　ロマンチシズムはもう死に絶えた。未来の大地の輪郭はすっきりした直線となり、球面三角形と菱面体（りょうめんたい）で再構築されるだろう。幾何学が古い地質学の世界に取って代わるべきなのだ」こんな呼びかけがおこなわれたのです。

つまるところまたまた、なにか新しい未来志向の新しい精神的なセンセーション、新しい文化的なマニフェストが姿を現したのです。

ところが、未来が期待されるこのようなサラマンドリズム（サンショウウオ主義）にうかうかしていて乗り遅れた人たちは、チャンスを逃したと苦々しい思いをかみしめ、腹立ちまぎれに「純粋なのは人間だ」、「人間と自然に帰れ」などといった反動的なスローガンを高く掲げたのです。ウイーンではトリトン音楽のコンサートがブーイングの嵐で中止となり、パリのアンデパンダン展では「青のカプリッチョ（奇想曲）」というタイトルがつけられていた海洋絵画が何者かによって切り裂かれました。ところが、サラマンドリズムはこんなことにめげるどころか、とどまることなく勝利へと突き進んだのです。

もちろん、このような「サンショウウオびいき」などと呼ばれた風潮に対して反対する保守派の声がまったくあがらなかったわけではありません。その最右翼はやはり、イギリスで「Xの警告」という題で出された無署名のパンフレットでしょう。このパンフレットはかなり多くの人たちによって読まれましたが、結局だれがこのパンフレットを書いたのかはわからずじまいに終わったのです。だれもが、これはきっと教会のだれかえらいお坊さんが書いたのだとうわさしあいました。Xは英語でキリストの略号だからです。

このパンフレットの筆者は、数字に関しては必ずしも正確なことはわからないと断った上で、最初の第一章でサンショウウオについてのさまざまな統計的な考察を試みたのです。

「サンショウウオの現在の生息数は、地球上の人類の全人口の七倍とも二十倍とも推測されている。ただ、サンショウウオがどれほどの工場や石油井戸、つまり油井、あるいは海草プランテーション、うなぎの養殖場、水力やそのほかの自然エネルギーを使った発電施設を海中に保有しているのかは推測の域を出ない。サンショウウオの産業がどれほどの生産能力を持っているかについても詳しいデータを持ち合わせていないのだ。とりわけ、サンショウウオがどの程度の軍事力を保持しているのかわれわれはほとんど知らない。

サンショウウオが、必要とする金属や機械の部品、爆薬の原料、多くの化学製品を人間にたよっていることをたしかにわれわれは知っている。しかしどの国もどれほどの武器やそのほかの製品を自国のサンショウウオに提供しているかは極秘にしているし、現実にサンショウウオが海の底で人間から購入した半製品や原材料を使ってなにを生産しているかについて、恥ずかしくなるほどほとんどなにも知らないのだ。サンショウウオのほうでも、知られたくないのはまちがいない。

ここ数年、海底まで潜水するダイバーが溺死したり窒息死する事件が急増しているが、これを単なる偶発的な事故と考えることはできない。当然のことだが、このような事件が多発していること自体が、産業上も軍事上も危機が迫っていることを知らせる警鐘なのである」

次の章でXはさらに自らの考えを展開しました。

「サンショウウオが人になにをしてもらいたいのか、あるいは人になにができるのか、想像するのは当然困難である。ただ、サンショウウオは陸地では生きることができないし、海中でどのように暮らしていようと、われわれがサンショウウオを妨害することはできない。われわれ人間とサンショウウオとでは生活環境がまったく違うし、それはこれからも永遠に変わらないだろう。たしかに、われわれはサンショウウオに対して一定の労働力の提供を要求している。だが、その見返りに彼らに食料の大部分、たとえば金属といったわれわれが提供しないかぎり手に入らない原料や製品を提供しているのだ。だから、われわれとサンショウウオのあいだに現実になにかもめる理由はないはずである。しかしながら、言ってみれば形而上学的な対立、基本的な立場のちがいといったものは存在するのだ。

われわれは明るい乾いた地上に住み、主に昼間に活動しているが、サンショウウオは暗い海底に住み、夜行性なのだ。陸地と海を隔てる境は以前よりも明確になっているが、われわれの大地とサンショウウオの海とは接しているのである。われわれとサンショウウオはずっと永遠に、ただただ一定の労働と製品を交換し合いながら、たがいにまったく別の場所で住み続けることもあるいは可能かもしれない。しかしわれわれは、そんなことがはたして可能なのかという重苦しい圧迫感からどうしても逃れられないのだ。なぜか？　はっきりとした理由は私にもわからない。しかし、圧迫感があるのは否定できない。まぎれもない事実なのだ。なにか予感がする。いつか、水が大地に向かってどちらが勝者かを決める戦いをいどみ、決着をつけたがっているという予感である」

「こんな心配は、正直なところ、あまり理性的でないとは思う」Xの話はまだ続く。「かえって、サンショウウオが人間に対して何らかの要求を突きつけてくれたほうが、ずっと私はほっとできるのではないかという気がする。そうすれば、少なくとも交渉が可能だし、譲歩や妥協をしたり、いくつか取り決めを結ぶこともできる。サンショウウオ側からなにも言ってこないで、沈黙している方がおそろしいのだ。たとえば、自分たちのために一定の政治的な権利を要求することだってできるはずだ。ところが理解しがたいことに、やつらは自制している。それがこわいのだ。はっきり言えば、各国のサンショウウオに関する法律はすでに時代遅れで、すっかり文明化し数の上で一大勢力を誇っている生き物にふさわしくないのだ。サンショウウオの権利と義務を明記した新たな法令を出すときなのだが、新たな法令はサンショウウオにとって有利なものでなければならない。サンショウウオにある程度自治を認めることも考えておかなくてはならない。

サンショウウオの労働条件を改善し、労働に対してよりいっそうしっかり報いるのが正義というものだろう。サンショウウオのほうから要求を出してくれさえすれば、多方面で彼らの運命をよりよい方向へと向かわせることも可能だろう。いくらかサンショウウオに譲歩し、妥協的な協定を結んでやつらに恩を売るのだ。これで少なくとも、何年かは時間をかせぐことができるはずである。ところがサンショウウオはなにも要求してこない。逆に、労働生産性をあげ受注量を増やすばかりなのだ。今日、われわれは、いったいサンショウウオが労働生産性をあげるのをやめ、受注量も増やさないときが来るなんてありえるのかと、自問せざるを得ないところまできている。

かって、黄禍論、さらには黒禍論や赤禍論まであれこれ言われたときがあった。だが、これらはいずれにしても人対人の話で、人ならば相手がなにを望んでいるか、何とか推し量ることが可能だ。ところが、人類は自らをどのようにして、そして、だれに対して守らなければならないのか、それがまだわからないのだ。ただ、これだけは明らかだ。それは、一方の側にはサンショウウオがいて、もう一方の側には全人類がいるということである。

人類対サンショウウオ！　このように単純にスローガン化すべきときがいよいよ来たのだ。ありていに言えば、ふつうの人間でサンショウウオが好きなものなどいるはずがない。サンショウウオを本能的ににくみ、きらい、――こわがっている。なにかすっかり凍えた恐怖の影が全人類をおおっているようだ。だれもが狂ったように享楽にふけり、気晴らしや娯楽をどこまでも追求し、乱痴気騒ぎをひきおこしている。今日の人類はそれをだれも止められないのだ。

こんな道徳の退廃はローマ帝国が蛮族の侵入によって崩壊した、まさにそのとき以来なかったことである。道徳の退廃は、これまでなかった物質的繁栄からだけではなくて、崩壊と終焉への絶望的な不安感におぼれているためでもある。さあ、終わりをむかえる前に最後の杯を酌み交わそう。それにしても、何とみっともない、何てばかなまねをしているのだ！　神はどうやら、そのおそろしい情け心から、民族や階級が朽ち衰えて破滅へと転落していくのをそのまま放置されているようだ。

君たちは人類の宴の席で燃やされた火文字、もうおまえの役割は終りだという意味の「メネ・テケル」を読みたくはないのか？　放蕩にふけり、みだらな生活に明け暮れている街々の壁を一晩中こうこうと照らす光の文字を見るのだ！　こうしてみると、われわれ人間はサンショウウオに似てきているようだ。なにしろ昼よりも夜に起きているほうが長くなっているのだから。サンショウウオが、これほどまでに非個性的で、何の差もない存在でなかったら、」Ｘは憂鬱そうに、まるでつぶやくように書きました。

「たしかに、やつらは一応の教育は受けている。だが、それもかぎられたものだ。なにしろやつらは、ありきたりで実用的、機械的で、ただ同じことを繰り返すだけの人間の文明を習得したにすぎないからである。サンショウウオはファウストのそばに立っている弟子のワグナーのように人間のわきに立っているのだ。人間のファウストと同じ本を学んでいるが、あいつらがファウストとちがうのは、すっかりそれで満足し、疑問に胸をさいなまれるようなことはないということだ。なによりもぞっとするのは、この従順でできが悪いくせに、何の不満もない、文明のありきたりな一面だけを手に入れた、まったく個性のないサンショウウオの連中が何百万、何十億と大量に増殖していくことだ。

いや、ちがう。私の考えはまちがっていたかもしれない。なによりもぞっとするのは、やはり、サンショウウオが大成功を収めたことなのだ。いまでは機械を使いこなし、数字を自由に操れるようになったが、世界の支配者になるにはこれで十分だということもわかってしまったのだ。やつらは人類の文明から自分らの役に立たないもの、遊び心、空想的なもの、さらには古臭いものを全部取り除いてしまった。そうすることによって人類の文明から人間的なものを放り出し、単に実用的で技術的な、自分たちに役に立つものだけを引き継いだのだ。

いまやこの人類の文明を悲しいまでに戯画化したともいえるサンショウウオの存在が世界でとてつもない力を持つようになったのである。これまで考えられなかったものを建造し、われわれの古い惑星を一新し、人類自身までもがとうとうそれに魅力を感じ始めている始末だ。ファウストは教え子でもある召使から成功と中庸の秘密を学ぶことになるだろう。人類はサンショウウオと生死をかけた歴史的な戦いにのぞむか、すっかりサンショウウオ化するかの分かれ道に立っている。私はといえば、」

Xはここで憂鬱そうに結論を下したのです。

「やはり、前者を選びたいものである」

「よろしい。私、Ｘは警告する」この匿名の筆者は続けました。「まだいまなら、われわれ全員を閉じ込めている、このひんやりした、ぬるぬるする輪を振りほどき抜け出すことができる。われわれはサンショウウオをたたき出し、追い払わなければならない。だがもう、サンショウウオの数はすさまじいほどに増えている。武装し、武器をいつでもわれわれに向けることができるのだ。その武器の威力がどれほどのものかわれわれもほとんど知らない。しかし、人類にとっておそろしく危険なのは、サンショウウオの数や力ではない。それよりもやつらがその劣等性ゆえに成功し、勝利を収め続けていることのほうが危険なのだ。サンショウウオが手に入れた人類の文明と、やつらの野獣としてのずるがしこさや冷酷さ、残忍さと、そのどちらのほうをいっそうおそれ、警戒しなければならないのか、私にはわからない。ただ、いずれにせよこの二つが合体すれば、想像を絶したおそろしい、ほとんど悪魔的といってもよいようななにかとんでもないことがおきるにちがいない。文明の名において、キリスト教と人類の名において、われわれはサンショウウオから解放されなければならない」

匿名の使徒はここで、こう呼びかけたのです。

「愚か者たちよ、さあ、もうサンショウウオに食糧を与えるのをやめるのだ！

やつらを雇用するのを中止し、やつらなしでもやっていけるようにするのだ。どこへでも好きなところに移住させ、ほかの水の中で暮らす生物のように自活させるのだ！　あり余るほど増えたサンショウウオの数は自然が調整してくれるであろう。ただこれは、人類、人類の文明、人類の歴史が今後、サンショウウオのために奉仕するのをやめることができた場合にかぎっての話なのだ！

サンショウウオへの武器の供給もやめるべきだし、金属や爆発物の供給も停止するのだ。機械もあらゆる製品もやつらのところへ送ってはならない！　トラに歯を、ヘビに毒を与えてはならないのだ。火山にあらたな火を与え、洪水なのに堤防を壊すようなまねはすべきではない。すべての海でやつらへの物資の供給を禁止するのだ。やつらを法律の枠外に置き、やつらを呪い、われわれの世界から放逐するのだ！

反サンショウウオの国際連合を創設するのだ！

全人類は武器を手にとって、自らの存在を守る準備をしなければならない。スウェーデン王、あるいはローマ法王の提唱のもとで、サンショウウオに対抗する世界連合か、少なくとも全キリスト教国の同盟を創設するためのすべての文明国が参加する世界会議を開くのだ！　今日こそ、サンショウウオによるとてつもないリスクと人類の重大な責任を前にして、すさまじい数の犠牲者を出したあの世界大戦でも実現できなかった世界合州国の創設という理想を成功させる、それこそ運命的な瞬間なのだ。神よ、お力をお与えください！　もし万事が首尾よく運べば、サンショウウオの登場も無意味ではなかったことになる。つまり、サンショウウオの登場もすべては神の思し召しによるただの道具立てに過ぎなかったということになるのである」

＊＊＊＊＊＊＊＊

この扇動的なパンフレットは、社会のすみずみにまで大きな反響を引き起こしました。お年を召した女性たちは、とりわけ、これまでになかったモラルの退廃が始まっているというXの主張に共感しました。しかし、新聞の経済欄では、サンショウウオへのさまざまな物資の供給を制限するのは不可能だという主張が展開されたのです。物資の供給を制限すれば当然、減産せざるを得なくなり、それは人類の産業の多くの部門に重大な打撃を与えるというのがその論拠でした。それに農業も、もしサンショウウオの数が減れば食料品の価格が暴落し、破滅のふちに立たされることになる、とも主張されました。今では農業もコーンやジャガイモ、それにほかの農産物がサンショウウオへの食料として大量に購入してもらえるという見込みの上で成り立っているからです。

労働組合はこぞってX氏が反動的人物なのではないかと疑い、サンショウウオへの商品や製品の供給をさまたげるすべての行為を許さないという次のような声明を出しました。

労働者がようやく完全雇用とボーナスを勝ち取ったのに、X氏は労働者からパンを取り上げようというのか？　労働者はサンショウウオとの連帯を肌で感じる。したがって、サンショウウオの生活レベルを下げたり、すっかり貧困化したサンショウウオを無防備のまま資本家の手に引き渡そうとするあらゆる試みを断固拒否する。

反サンショウウオ国際連合を設立しようという動きに対しては、あらゆる既存の政治組織、団体がこぞってそのような国際連合は不必要だと反対を唱えました。国際連盟がすでに存在しているし、海洋国家が自国のサンショウウオに対して重火器の提供を禁止するロンドン協定もあるのにいまさらというわけです。ほかの海洋国家がサンショウウオをひそかに武装させて、隣国の犠牲のもとでその軍事力を増強しているのではないかと疑心暗鬼になっている国に、軍縮を求めるのは容易ではありません。そうかといって、サンショウウオをほかの場所へ強制移住させることのできる国家や大陸はないのです。そんなことができない理由は簡単です。そんなことをすれば、ほかの国や大陸の工業製品や農産物の売り上げを伸ばし、軍事力を高めることになるからです。それは決して好ましいことではないので、分別のある人間ならばだれでも認めざるを得ない、このような反対意見が多数出てしまったのです。

それにもかかわらず、「Xの警告」と題するパンフレットは深刻な影響をあたえずにはすみませんでした。ほとんどすべての国で、大衆の反サンショウウオ運動が広がり、「サンショウウオ撲滅連盟」とか「反サンショウウオクラブ」、「人類擁護委員会」といったそのほかにも似たような組織がたくさんできたのです。ジュネーヴではサンショウウオの代表団が第千二百十三回「サンショウウオ問題検討特別委員会」に出席する際に群集から罵声を浴びせられました。海岸の板塀には「サンショウウオに死を！」とか「消えうせろ、サンショウウオ！」といった脅し文句がペンキでなぐり書きされました。

　ついには多くのサンショウウオが石でなぐり殺されたのです。昼間に海面に顔を出す勇気のあるサンショウウオは一匹もいなくなりました。それでもサンショウウオのほうからは抗議の意思を表明したり、報復行動に出るようなことはありませんでした。ただ、少なくとも昼間にサンショウウオの姿を見ることはなくなりました。海岸の板塀越しに海を見つめる人びとの目には、はてしなく広がる海だけが見え、今起きていることなどどこ吹く風とばかりに、引いては寄せる波の音だけが耳に入ってきたのです。「くそっ。あの畜生のやつら」だれもが憎々しげに大声を上げました。

「すっかり姿を消しやがって！」

　このような重苦しい静けさの中で、世に言う

ルイジアナ大地震

の轟音がとどろきわたったのです。

7　ルイジアナの大地震

　この日、十一月十一日、午前一時、突然激しい揺れがニューオーリンズをおそいました。黒人が多数住んでいる地域では多数の住居が倒壊したため、だれもがパニックにおそわれて通りに飛び出しました。しかし、余震はなかったのです。ただ、ハリケーンのようなすさまじい風が轟音を立てて短時間吹き荒れ、黒人街の家の窓をこわし屋根を吹き飛ばしました。数十人が死亡し、突然、大量の泥水が土砂降りの雨のように上から降ってきたのです。

　ニューオーリンズの消防隊はもっとも被害のひどかった地域の救援に向かいましたが、その一方で、モーガンシティー、プラークミン、バトンルージュ、ラファイエットからは救援依頼の電文が次々と飛び込んできました。

「SOS！　救援隊、大至急派遣されたし！　大地震とハリケーンでなかば壊滅状態。ミシシッピー川のダムは決壊寸前。即刻の復旧部隊と救援部隊の派遣を要請する。いや、働ける者ならだれでもよい！」

　フォートリビングストンからは問い合わせの短い電文が入っただけでした。「そちらの被害状況の連絡乞う」――ついで、ラファイエットから電文が入りました。「緊急連絡！　緊急連絡！　最大の被災地はニューイベリア。イベリアー　モーガンシティー間の連絡は不通のもよう。現地へ救援を！」

そのすぐあとにモーガンシティーからも電話連絡が入りました。

「ニューイベリアとの連絡は途絶している。どうやら道路と鉄道が寸断されているようだ。ヴァーミリオン湾に大至急、救援船と救援機の派遣を要請する！　当市への救援はとりあえず不要。死者約三〇名、負傷者は約百名」

さらに、バトンルージュから電話が入りました。

「こちらの得た情報ではニュー・イベリアの被害が最大のようだ。救援の主力はニューイベリアへ派遣してほしい。当市へは復旧隊員のみ、至急派遣を願いたい。全力を尽くしているが、ダムはこのままではまもなく決壊する」

――また電話が鳴り、「もし、もし。こちらシュリーブポート。ナキトシュとアレクサンドリアの救援列車がニューイベリアに向かっています。メンフィス、ウィノナ、ジャクソンからの救援列車はニューオーリンズ経由で派遣中です。すべての車両はバトンルージュの堤防方面へ人を運んでいます」。

――「もし、もし。こちらはパスカグーラ。こちらの死者は数名。そちらに救援の必要はありますか？」

そのときにはもう、消防隊や救急車、救援列車がモーガンシティー―パターソン―フランクリン方面に出発していました。朝の四時になって、初めて詳しい報告が届きました。フランクリンの西七キロでフランクリン―ニューイベリア線が洪水のために寸断されたのです。どうやら地震によってできた深い亀裂がヴァーミリオン湾とつながり、大量の海水が流れ込んで洪水を起こしたためのようでした。現在までに判明したところでは、この亀裂はヴァーミリオン湾から東北東の方向へ進み、フランクリンの近くで北へと進路を変え、グランドレイクまで通じているらしいのです。この亀裂はさらに北に伸び、プラークミン―ラファイエット線にまで達し、そこで昔からある小さな湖で終わっているとのことでした。

この亀裂のもう一本の枝がグランドレイクの北でナポレオンヴィル湖とつながることになったのです。この亀裂の総延長距離は約八〇キロメートルに達し、亀裂の幅は二から十一キロメートルでしたが、どうやらこのあたりが震源地のようでした。この亀裂がどの大きな町も通らなかったのは、偶然とはいえ、不幸中の幸いでした。それにもかかわらず死者の数は相当数にのぼったのです。フランクリンでは泥が雨のように降り積もり、六〇センチの厚さにまでなりました。パターソンでも四五センチ積もりました。

アチャファラヤ湾から避難してきた人たちの話では、地震のさい海が約三キロ後退したとのことでした。そのあとすぐに高さ三〇メートルの津波が海岸を襲ったそうです。この津波で多数の死者がでたのではないかと心配されましたが、ニューイベリアからは何の連絡も来ませんでした。

一方、ナキトシュからの救助隊を乗せた列車が西側からニューイベリアの近くに到着しました。ラファイエットとバトンルージュ経由で送られてきた第一報は、おそろしいものでした。

「線路が大量の泥で埋まり、列車はニューイベリアの数キロ手前までしかたどりつけなかった。避難民の話では、町から東へ約二キロの地点で泥が突然、火山の噴火のように大量に空に向かって噴出し、それが冷たい泥水になって豪雨のように落ちてきたとのことである。ニューイベリアは荒れ狂う泥流に呑み込まれたようである。降りしきる雨の中で、夜間さらに前進するのはきわめて困難である。ニューイベリアからの連絡はまったくなし」

同じ時間にバトンルージュから連絡が入りました。

「ミシシッピー川のダムではすでに数千人がダムの決壊を防ぐため作業中。せめて雨がやめば。シャベル、鍬、トラック、人員送れ。プラークミンには救助隊を派遣した。プラークミンはきわめてきびしい状況のもよう」

フォートジャクスンからも電信が入りました。

「午前一時半、津波により家屋三〇〇戸、たちまち損壊流出。津波にさらわれた者、約七〇名。電信機修理ようやく終了。郵便局も流出。当地の現状をただちに関係方面に連絡乞う。こちら電信手フレッド・ダルトン。ミニー・ラコストにダルトン無事を連絡されたし。手を骨折、衣服は流出。ただ、電信機は回復。フレッド」

ポートイーズからはきわめて簡潔な連絡が入りました。

「死者あり。全ベリウッドは海に流出」

そして、午前八時ごろ、被災地へ派遣されていた最初の飛行機が帰ってきました。その報告

によれば、

「ポートアーサー（テキサス州）からモビール（アラバマ州）まで、すべての海岸は夜間に津波に襲われたらしい。ほとんどの家屋は全半壊するか、海に持っていかれている。レイクチャールズからアレクサンドリアに、さらにナチェズを結ぶ道路より南東のルイジアナ州全域とハティスバーグからジャクソン、さらにパスカグーラを結ぶ線より南のミシシッピー州全域は泥に埋まっている。ヴァーミリオン湾では陥没した陸地が幅三キロから十キロの入り江をつくり、この入り江は長いフィヨルドのように曲がりくねって内陸に入り込み、ほぼプラークミン付近にまで達している。

ニューイベリアの損害は甚大なもよう。それでも、多くの人が上空から見える。押し寄せた泥土でおおわれてしまった家屋や道路から泥を取り除く作業に取りかかっているようである。着陸は不可能。海岸地帯の人的被害がもっともひどいようである。ポアント・オ・フェル島沖、船舶一隻が沈没しかかっている。メキシコ籍のようだ。ジャンドルール諸島周辺の海は残骸物で覆われている。降水はほぼ全地域でやみつつある。視界は良好。

ニューオーリンズでは、朝の四時になってやっと最初の号外が出ましたが、その後も災害についてさらにくわしい記事を載せた号外が次々に出されました。朝の八時に出た号外にはもう災害地と地震によって新たにできた湾の写真が載ったのです。八時半に出た号外にはルイジアナ大地震の原因についてのメンフィス大学の地震学の権威、ウイルバー・R・ブラウネル博士とのインタビューが掲載されました。

「最終的な結論を急いで出すことはもちろんできませんが、」この高名な学者はインタビューに次のように答えたのです。

「災害地とほぼ向かい合う位置にあって、現在も活発に噴火を続けている中部メキシコの火山活動とは無関係のようですね。それよりも、今回の地震は地殻構造の変動によってひきおこされたと考えるほうが妥当です。ロッキー山脈とシエラ・マドレ山脈からの圧力とアパラチア山脈からの圧力が、ミシシッピー川下流の広大なデルタ地帯へと続くメキシコ湾の大規模な断層帯でぶつかりあってつくった巨大なひずみによっておきたのです。

ヴァーミリオン湾から現在伸びている亀裂は新たな、取るに足らない断層にすぎず、地質学的な大変動のほんのささいなエピソードにすぎません。この地質学的大変動はメキシコ湾やカリブ海、大アンティル諸島と小アンティル諸島を生み出しましたが、これらはみな、かっての連続した山脈の名残なのです。中部アメリカのこの地殻変動がさらにあらたな地震、断層、大地の亀裂をひきおこすことはまちがいありません。ヴァーミリオン湾の亀裂が、メキシコ湾を中心とした活発な地殻変動の単なるプレリュードにすぎないと簡単に否定することはできないのです。

そうなるとわれわれは、アメリカ合衆国のほとんど五分の一が海面下に没するという、地質学的な大変動、大災害の目撃者になれるかもしれませんね。そんなとてつもないことがおきれば、われわれはアンティル諸島の付近か、もっと東の、古代の神話でアトランティスが沈んだと語り継がれている海域の海底が隆起し始めるのをもしかして見ることができるかもしれないのです」

この高名な学者は、一転して今度は不安を鎮めるような口調で話を続けました。

「火山が災害地の真下で活動を始めるなどと真剣に心配するにはおよびません。火山の噴火口からの噴出物と思われたのは、どうやらヴァーミリオン湾に生じた亀裂から噴き出した泥状のガスそのものなのです。ミシシッピー川に大量に堆積した泥状の地層の中で、地震によって大量のガスが発生し、それが空気に触れて爆発し、何十万トンもの泥水を吹き上げたとしても不思議ではないのです」

ここでブラウネル博士はもう一度強調しました。

「もちろん、はっきりとした原因が究明されるには、今後さらにくわしい検証が必要ですがね」

ブラウネル博士の今回の大地震についてのインタビュー記事を載せた新聞が輪転機からつぎつぎに吐き出されているそのときに、ルイジアナ州知事はフォートジャクソンから次のような電信を続けざまに受け取りました。

「人命の損失を招いたこと、誠に遺憾。ほかの街にまで被害が及ばぬよう努力するも、爆発による海水の逆流は計算外。海岸地帯での犠牲者の総数は三百四十六名、哀悼の意を表す。チーフ・サラマンダー」

「連絡、連絡。こちらフォートジャクソン郵便局、フレッド・ダルトン。いま、三匹のサンショウウオ、郵便局より退去。十分前、郵便局に来て電文を差し出し、ピストルを私に突きつけ、電送を強要。ただ、この不気味な怪物たちは電信の料金を支払い、水の中へと逃走。薬局の犬が追跡。サンショウウオに町を徘徊する権利なし。ほかには異常を認めず。ミニー・ラコストにキスの挨拶を送る。電信士フレッド・ダルトン」

この電文を見たルイジアナ州の知事は長いあいだ首を振っていましたが、結局、こうつぶやいたのです。

「フレッド・ダルトンだと。こいつ、ふざけたまねをしやがって。こんなのを新聞社に知らせていいわけがないだろ」

8　チーフ・サラマンダーの要求

ルイジアナで大地震が起きたその三日後、今度は中国で地殻の変動による大災害がおきたことが報道されました。南京の北方にある江蘇省の海岸地帯の大地が轟音とともに激しく揺れ、亀裂が生じたのです。この場所は揚子江の河口と、かって流れていた黄河の川床の中間にあたるところでした。この亀裂に海水が流れ込み、黄崗と阜城の二つの市のあいだにある鄱陽と洪沢という二つの大きな湖につながってしまったのです。この大地震の結果、揚子江は南京の下でこれまでの流れを捨てて、太湖からさらには杭州方面へと流れるようになってしまいました。これまでのところ、失われた人命はまだその概数の見当もつかないありさまでした。何万という避難民が北や南の省へと避難中です。日本軍の艦船は被災海域への出動命令を受けました。

江蘇省のこの地震は規模においてルイジアナの大震災をはるかに超えるものでしたが、ほとんど注目されませんでした。それというのも世界はもう中国での大災害にすっかり慣れっこになっていて、中国で何百万人の命が失われても一向に関心を払わなくなっていたからです。それに、この大地震が、琉球諸島とフィリピンの近くに存在する大海溝と関連した地殻変動による地震にすぎないことが科学的に明らかだったこともこのことに拍車をかけました。ところがこの江蘇省での大地震の三日後にヨーロッパの地震計は、カーボベルデ諸島付近を震源とする新たな大地震を記録したのです。その後のより詳しい情報によれば、この大地震によってサンルイ市の南にあるセネガンビア（訳注　西アフリカの地域名）の海岸地帯が甚大な被害にあったとのことでした。ラムプルとムボロのあいだに深い陥没ができ、そこに大量の海水が浸入したのです。海水はメリナゲンからさらにディマルの涸れ川（ワジ）に向かいました。目撃者の話では轟音とともに大地から火柱が大量の水蒸気とともに立ちのぼり、はるか遠方まで砂や石をまき散らしたのです。ぱっくりと開いた亀裂に向かって海水がどどっとなだれ込む音が聞こえました。ただ、死者の数はたいしたことはありませんでした。

このように三度も大地震が立て続けに起きたため、世界中がパニック状態になりました。

新聞は書きたてました。

地球の火山活動活発化か？

夕刊紙も負けてはいませんでした。

地球の地殻に亀裂発生か？

専門家たちは次のような見解を発表しました。

「『セネガンビアの亀裂』は、カーボベルデ諸島にあるフォゴ島のピコ火山とつながる火山脈の噴火によって生じたにすぎないと想定される。このピコ火山は一八四七年に噴火したが、それ以来活動がなく、死火山と考えられてきた。したがって西アフリカにおける大地震は、地殻変動によっておきたルイジアナと中国、江蘇省の大地震とはまったく無関係である」

しかし人々にとっては大地の亀裂の原因が地殻変動によるものだろうと火山活動によるものだろうと同じことだったにちがいありません。実際のところ、どこの教会もこの日以来、お祈りにかけつけた人の群れであふれかえりました。ところによっては夜も教会を信者に開放しなければならないほどでした。


それは十一月二〇日のま夜中の一時のことでした。ヨーロッパのほとんどの国でアマチュア無線家たちが無線機で強力な電波を傍受したのです。その電波はまるで、どこかの新しい、ふつうありえない強力な電波を発信する無線局が出している妨害電波のようでした。波長が二百三ミリメートルであることがわかりましたが、まるで機械がぶんぶんうなる音か波のざわめきのような雑音が耳に入ってくるだけでした。この雑音はいつ終わるともなく続いていましたが、そこへ突然、とてつもないガーガー声が割り込んできたのです（その声のことをだれもが、拡声器でひどく増幅されて、ガーガーーと流れる、なにかうつろな人工音のような声だと、異口同音に表現しました）。

このカエルのような声は上ずった声で呼びかけてきたのです。

「みなさん（ハロー・ハロー）、聞こえ（ハロー）ますか？　こんにちは！　これからチーフ・サラマンダーが話（チーフ・サラマンダー・スピーキング）されます。

いいですか（ハロー）、チーフサラマンダーのお話です（チーフ・サラマンダー・スピーキング）。それでは、放送はすべて中止してください（ストップ・ブロードキャスティング・ユー・メン）！

放送を中止してください（ストップ・ユア・ブロードキャスティング）！　みなさん（ハロー）、チーフ・サラマンダーが話されます（チーフ・サラマンダー・スピーキング）！」

　そこへ奇妙なうつろな声が聞こえました。

「いいかな（レディー）？」「はっ、準備オーケー（レディー）です」

　カチッとなにかスイッチを切り替えるような音がして、不自然なガーガーと呼びかける声がまた聞こえてきました。

「よろしいですか（アテンション・アテンション）、みなさん（アテンション）。よくおききください。さて、よろしいですかね（ハロー・ナウ）」

　そして、なにか疲れたような、命令調のしゃがれ声が、夜のしじまの中で耳に飛び込んできました。

「人間のみなさん、今晩は！　まずルイジアナ、ついで、中国江蘇省。今回セネガンビア。亡くなられた方々に哀悼の意を表したい。われわれは皆さんに不要な犠牲を求めるものではない。われわれが求めているのは、われわれがこれから指定する海岸地帯からの退去だけである。

　退去さえしてもらえれば、とんでもない災厄に巻き込まれて後悔しないですむのです。少なくとも二週間前までには、われわれの海域を広げるためにみなさんに退去していただく海岸地帯をお知らせする。

　目下は技術的な実証試験をおこなっているところであるが、この実証試験によって皆さんの爆発物の性能がすばらしいことが証明された。感謝したい。

人間のみなさん！　平静を保ってください。われわれはみなさんに何の敵意も持っていない。われわれはもっと水が必要なだけなのだ。それに海岸、遠浅な海が生きるためにもっと必要なだけなのである。われわれサンショウウオは数が増えすぎた。今の海岸だけではとても足りない。だから、陸地を吹き飛ばして、湾や島を作らなければならないのだ。そうすれば、世界の海岸線は五倍に増える。

　つまり、新しい浅瀬がつくられるのだ。われわれサンショウウオは深い海では暮らせない。深い海を埋めたてるための材料として陸地が必要なのだ。われわれはみなさん人類に敵意などまったくない。ただ、われわれは数が増えすぎた。みなさんは海岸から離れたところへまず移住し、さらに山間部へと退去してもらうことになる。山間部にわれわれが手をつけるのはまだずっと後のことになる。

　みなさんはわれわれサンショウウオを必要とした。われわれを世界中に連れて行き、ばらまいた。だからサンショウウオは今どこにでもいるのだ。われわれはみなさん人類とは良好な関係をぜひこれからも続けていきたい。そのためにも、ドリルとつるはしを作るための鋼鉄を提供していただきたい。爆薬も提供してもらいたい。魚雷もである。われわれのためにご尽力いただきたい。みなさんの助けがなくてはいまある陸地の爆破を続けていくことはできない。人間のみなさん！　チーフ・サラマンダーは全世界のすべてのサンショウウオの名において人類との協力、コラボレーションを提案する。これまでのみなさんの世界を粉砕するため、われわれとともに働いていただきたい。ご静聴に感謝する」

疲れたようなしゃがれ声が聞こえなくなり、機械の音か波の音のようなブンブン、ザーザーいう雑音が聞こえるだけになりました。

「人間のみなさん（ハロー）、こんばんは（ハロー）！」

ガーガーと声がまた聞こえました。

「ただいまから、みなさんのレコードから楽しい音楽をお送りします。まず最初はスペクタクル映画『ポセイドン』から『トリトン行進曲』です」

＊＊＊＊＊＊＊

新聞は当然のことながら、この夜の放送をどこかの海賊放送局が流した「乱暴でできの悪いジョーク」だと決めつけました。にもかかわらず、何百万人もの人たちが翌日の夜、ラジオの前で、なにかあおるような、とてつもないガーガー声が聞こえてくるのを今か今かと待っていたのです。するとぴったり一時に、しばらくブンブン，ザーザー雑音が続いたあとに声が聞こえてきました。「みなさん、こんばんは（グッド・イブニング・ユー・ピープル）」カエルの鳴くような陽気な声でした。「それではまず、レコードからオペレッタ『ガラテア』のなかの『サラマンダー・ダンス』をお送りします」

にぎやかで下品な音楽が終わると、また、なぜかはしゃいだような、気味の悪いあのガーガー声が聞こえてきました。

「みなさん！（ハロー）　こんばんは。たったいま、われわれはイギリスの砲艦『エリバス』を魚雷によって撃沈しました。大西洋上のわれわれの放送局を破壊しようとしたためです。

乗員は全員溺死しました。英国政府にはこの放送をしっかり聞いていただきたい。ポートサイド港の船舶「アメンホテップ」号は、発注ずみの爆薬のマカラフ港での引き渡しにすんなり応じませんでした。どうやら政府から今後爆薬の輸送をおこなわないよう、命令をうけていたようなのです。当然、「アメンホテップ」号は撃沈しました。われわれはイギリス政府に対し、明日の正午までに、この命令を撤回することを放送を通じて発表するよう勧告します。命令の撤回がない場合には、小麦を積んでカナダからリバプールに向けて航行中の船舶「ウィニペグ」、「マニトバ」、「オンタリオ」、「ケベック」の四隻を撃沈します。

フランス政府にもこの放送をしっかり聞いていただきたい。セネガンビアに向けて航行中の巡洋艦を呼びもどしてください。同地で新たにつくった湾をさらに拡張する必要があるのです。チーフ・サラマンダーは、両国政府に対して、ゆるぎない友好関係をきずきたいとかたく決意していることを伝えるよう命令されました。これでニュースを終わります。それでは、レコードからみなさんの歌「サラマンドリア」をお送りします。エロチックなワルツです」

翌日の午後、警告どおり「ウィニペッグ」、「マニトバ」、「オンタリオ」、「ケベック」の四隻の船舶がミズン・ヘッドの南西海域で撃沈され、世界はパニックの波におそわれました。その夜の放送でＢＢＣはイギリス政府がサンショウウオに対して食料品、化学製品、機械類、兵器類、金属のすべての供給を禁止する命令を出したことを伝えたのです。夜中の一時になって、興奮したガーガー声がラジオから聞こえてきました。「みなさん（ハロー）、みなさん（ハロー）、お待ちください（ハロー）。チーフ・サラマンダーがみなさんに話されます（チーフ・サラマンダー・スピーキング）！　これからチーフ・サラマンダーのお話があります（チーフ・サラマンダー・イズ・ゴーイング・ツー・スピーク）！」　すると、疲れてはいるものの、怒り狂ったぎすぎすした声が聞こえてきました。「いいか（ハロー）！　人間たち！　いいか（ハロー）、おまえたち！　いいか（ハロー）！　おまえら！　われわれが、腹をすかしたまま黙ってなにもしないとでも思っているのか？　ばかなまねはやめるんだ！　したことはみな、おまえらのところへもどってくるんだぞ！　世界のすべてのサンショウウオの名においてイギリスに告げる。ただいまからアイルランド自由国を除く全イギリス諸島に対する無期限海上封鎖を実施する。英仏海峡とスエズ運河も封鎖する。ジブラルタル海峡の全船舶の通行を禁止する。

イギリスのすべての港も封鎖される。全海域のイギリス船舶は魚雷攻撃の対象である。次に、ドイツに告げる。貴国への爆薬の発注量を十倍にする。ただちにスカゲラクの中央弾薬庫に納入するのだ。フランスにも告げる。早急に発注ずみの魚雷を海底要塞Ｃ３、ＢＦＦ、オウエスト５に引き渡せ。いいか！　すべての人間たちに警告する。われわれへの食料の供給を制限すれば、船舶より食料を手に入れるだけだ。もう一度、警告しておく」

疲れたそのぎすぎすした声は、やっと聞き取れるくらいに低くなりました。

「イタリアにも告げる。ヴェネツィアーパドヴァーウーディネ地区の住民は退去の準備をするのだ。いいか、人間たち。これが最後の警告だ。いつまでもおまえらとばかなつき合いはできかねる」

長い沈黙が続き、ただ冷たくて暗い海のざわめきにも似た雑音が聞こえるだけでした。そこへ、例の陽気なガーガー声が聞こえてきました。

「ただいまから最近のヒット曲『トリトンートロット』をグラモフォンレコードでお送りします」

9　ファドゥーツ会議

これを戦争と呼べるとしても、それはなんとも奇妙な戦争でした。サンショウウオ国などというものは影も形もなく、公式に宣戦布告しようにも承認されたサンショウウオ政府もなかったからです。まず最初にサンショウウオと戦争状態に突入したのはイギリスでした。ところがサンショウウオはほぼ最初の一時間で、港に停泊していたほとんどのイギリスの船舶を撃沈してしまったのです。なす術（すべ）もありませんでした。当面、比較的安全だったのは、公海、とりわけ、浅くない公海を航行中の船舶でだけでした。イギリス軍の艦艇のうちで、マルタ島でサンショウウオの封鎖を強行突破し、深度の十分あるイオニア海に集結できた一部だけが撃沈されずに助かったのです。しかし、これらの艦艇もサンショウウオの小型潜水艦に捕捉され、次々に撃沈されてしまいました。本格的な戦闘が始まった六週間のうちに、イギリスは全保有船舶の五分の四を失ったのです。

しかし、ジョン・ブルは決してへこたれない頑強な精神力をふたたび歴史にきざむことができました。イギリス政府はサンショウウオと妥協せず、サンショウウオへの供給を一切禁止する命令を撤回しなかったのです。「イギリス国民は、」全国民にイギリス首相は宣言しました。「動物愛護の精神に富んではいるが、動物と交渉する気は毛頭ない」

ところがイギリスは数週間後には絶望的な食糧不足に見舞われてしまいました。一日にたった一切れのパンと紅茶か牛乳一さじの配給さえ、受けることができたのは子供たちだけだったのです。イギリス国民は奈落の底まで突き落とされ、競馬用の馬まで一頭残らず食べつくさざるをえない窮地に追いこまれましたが、それでもへこたれずにがんばり通しました。プリンス・オブ・ウェールズ、つまり、イギリス皇太子は、ロイヤル・ゴルフ・クラブのコースに畑をつくるための最初の鍬を自らの手で入れました。ロンドンの孤児院のためにニンジンを育てるための畑でした。ウインブルドンのテニスコートにはジャガイモが植えられ、アスコットの競馬場には小麦の種がまかれました。「あらゆる困難に耐え、最大限の犠牲を惜しまない」保守党の指導者は議会ではっきりと言明しました。「まして、イギリスの栄誉を裏切るようなことはけっしてしない」

イギリスの海岸線は完全に封鎖されていましたので、供給を維持し、殖民地との連絡を保つためには空路しか残されていませんでした。「われわれには十万機の航空機が必要である」航空大臣が言明しました。手足に傷害を持つ者以外は全員、この計画の実現のために最大限協力しました。一日に千機の航空機を製造するための準備が懸命におこなわれたのです。ところがほかのヨーロッパの列強が強硬に抗議してきました。そのような計画が実行されれば、空軍力のバランスが崩れてしまうというのです。このような抗議に対して、イギリス政府は計画を見直し、五年以内に二万機以上の航空機を製造しないことを約束せざるをえませんでした。もはや、いま以上の飢餓状態に耐えてがんばるか、他国の航空機で空輸されてくる食料に法外な金を払うか、この二つの選択肢しか残されていませんでした。一ポンドのパンが一〇シリング、つがいのネズミが一ギニー、キャビアの小さな缶詰が二五ポンドもしたのです。大陸側の商業、産業、それに農業にとってはまたとない絶好のかせぎ時でした。

戦争が始まってすぐにイギリス海軍の艦艇は壊滅したので、サンショウウオに対する軍事作戦はもっぱら陸軍と空軍に頼るしかありませんでした。陸軍は海面に機銃掃射と砲撃を加えましたが、サンショウウオに対してたいした損害を与えたようには思えませんでした。もっと効果的だったのは空から海面への爆弾の投下でしたが、サンショウウオ側はそのお返しに水中砲でいっせいにイギリスの港を砲撃し、どの港も瓦礫の山と化してしまったのです。さらにサンショウウオはテムズ川の河口からロンドンも砲撃しました。

これに対抗して軍の首脳部はバクテリアや石油、それに苛性ソーダをテムズ川やあちこちの入り江に流し込んでサンショウウオを殺戮しようとしました。するとサンショウウオはまたもやお返しにイギリスの海岸地帯を百二十キロにわたって毒ガスのスクリーンでおおったのです。これはまだ、本格的に毒ガスを使ったものではなかったのですが、それでも効果は十分でした。サンショウウオによるこの行為は、戦争に毒ガスを使用するのを禁じた国際条約に違反しているとして、イギリス政府は自国の歴史上はじめて他国の仲介を求めざるを得なくなりました。

夜になって、チーフ・サラマンダーの怒り狂った、重々しいしゃがれ声がラジオから聞こえてきました。

「みなさん、こんばんは！　イギリスはいい加減にばかげた行為をやめるべきです！　イギリスが川や海に毒物を投げ込んでわれわれを殺そうとするのならば、われわれも空中に毒物をまき散らすことになる。われわれは人間から提供された武器を使っているだけなのだ。われわれサンショウウオは断じて野蛮な生き物ではない。人間と戦争などしたくない。生きてさえいければそれでよい、それ以上のものを望んではいない。

人間側に講和を申し入れる。人間側がわれわれサンショウウオに製品を供給し、陸地を売却してくれれば、よろこんで十分な代金をお支払いしよう。講和が成立さえすれば、さらにわれわれは人間と通商をしたいのだ。陸地の売却に対する代金は金でお支払いする。

よろしいか。私は大英帝国政府に呼びかける。リンカンシャー南部のウォッシュ湾一帯の土地の価格をわれわれに提示してほしい。三日間の猶予期間を与えるので、よく考えてもらいたい。この間も封鎖は続けるが、それ以外の敵対行為はすべて停止する」

この放送の終わった直後から、イギリスの海岸では水中からのサンショウウオによる砲撃のすさまじい轟音がぴたりとやんだのです。イギリス軍の地上から水中への砲撃もやみ、なにかおそろしくなるほど奇妙に静かになったのです。

こんななか、イギリス政府は議会で「サンショウウオと交渉するつもりは毛頭ない」と、はっきり言明しました。

ウォッシュ湾とリン・ディープ湾の近くに住む住民には、サンショウウオによる大規模な攻撃が差し迫っているので、湾岸部から退去して内陸部へ疎開するよう避難命令が出ました。しかし用意できた列車や自動車、バスで運べたのは、子供と女性たちの一部だけでした。男性は一人残らず現地にとどまりました。彼らイギリス人にとってイギリスの領土が失われるなんて、考えられないことだったのです。

三日間の休戦が過ぎて一分もたたないうちに、最初の砲弾が発射されましたが、それは連隊行進曲の「赤いバラ」が鳴り響く中で、ロイヤル・ノース・ランカシャー連隊が発射したものでした。すると、すさまじい爆発音がとどろきました。ネン川の河口一帯はウィズビーチまですっかり陥没してしまい、そこへウォッシュ湾からの海水が浸入したために、あたり一面洪水のようになってしまったのです。有名なウィズビーチ修道院（アビー）、ホランド城（キャッスル）、パブ「聖ジョージと竜」の遺跡もほかの記念すべき史跡もみな水中に没してしまいました。

その翌日、イギリス政府は議会での質問に次のように答弁しました。

「イギリス海岸の防衛のためのあらゆる軍事的な手段はすでにすべて講じてある。しかしながら、さらにははるかに大規模な攻撃がイギリスに対して加えられる可能性も排除できない状況である。それでも、大英帝国は民間人や女性に対しても容赦なく攻撃を加える敵と交渉するわけにはいかないのだ（異議なしの声）。今日（こんにち）、問題はイギリスだけにとどまらず全文明世界の問題と化している。イギリスはこの際、人類の存在をおびやかしているおそろしい、野蛮な攻撃を抑制するための国際的な安全保障体制の確立を考慮する用意がある」

それから何週間がたって、国際会議がリヒテンシュタインの首都ファドゥーツで開かれました。なぜファドゥーツが国際会議の開催地に選ばれたかというと、そこは高地アルプスにあるためサンショウウオに攻撃される危険がありませんでしたし、海に面した国々からすでに金持ちたちや社会的に重要な人たちが避難してきていたからなのです。この会議が世界の現実的なあらゆる問題の解決に、懸命に取り組んだことはだれもが認めるところです。会議の冒頭、スイス、エチオピア、それにアフガニスタンやボリビアといった内陸の国々を除く、会議に参加したほとんどの国がサンショウウオを独立した交戦国と認めるのを原則的に拒否しました。

そんなことをすれば、自国のサンショウウオが自分たちをサンショウウオ国の国民であるとみなしはしないかと危惧したからです。それに、サンショウウオの国家なるものが認められれば、サンショウウオが住んでいるすべての水域と海岸でその国家の主権を行使されかねなかったからなのです。サンショウウオの国家を認めない以上、法的にも実際上もサンショウウオに宣戦布告したり、戦争以外の国際圧力をかけることは不可能でした。各国は自国に生息するサンショウウオを規制する権利しかないということになります。つまり、純粋な国内問題なのです。サンショウウオに対して外交的、あるいは軍事的に共同戦線を張るのは論外でした。サンショウウオから攻撃を受けた国に対して、その防衛力を高めるために、借款という形で国際的に援助するぐらいが関の山だったのです。

イギリスは各国が最低限、サンショウウオに対して武器と爆薬を提供しないように義務づける提案を会議に対しておこないました。あれこれとさんざん議論をしたあげく、この提案は否決されてしまったのです。まず、このような義務規定はすでにロンドン協約に存在すること、それにどの国も自国のサンショウウオに「自衛のため」と海岸線の防衛のために武器や技術を供与せざるをえないし、その上、内陸国以外の国は「当然のことながら、海の住民との友好関係の維持を重視する」ので、「サンショウウオが抑圧的だとみなすおそれのある、あらゆる行動を当面は控える」のが適当だと考えたからです。

それでも、各国は、サンショウウオから攻撃を受けた国に対して武器、爆薬を供与することを約束しました。

舞台裏での非公式の話し合いで、サンショウウオをせめて非公式の折衝には参加させるべきだというコロンビアの提案を各国が受け入れました。つまり、サンショウウオの全権代表団をこの国際会議に派遣するよう、チーフ・サラマンダーに対して要請すべきだということです。イギリス代表団だけはこの提案にあくまで反対し、サンショウウオと同じテーブルにつくのを拒否しました。結局のところ、イギリス代表団はその間、健康上の理由からスイスのエンガディンで静養するということで妥協が成立したのです。

その日の夜、海岸を持つすべての国の国営放送局はチーフ・サラマンダー閣下に対して、全権代表団を任命してファドゥーツで開かれている会議に派遣するように要請する放送を流しました。それに対する回答がラジオを通して流れてきました。チーフ・サラマンダーのしゃがれた声でした。「了解した。今回はこちらからそちらにおもむこう。ただし、次回はそちらの代表団が水の中の私のもとにおもむいてもらいたい」それから少しして、次のような公式声明が放送から流れたのです。「サンショウウオの全権代表団は明後日の夕刻、オリエント・エクスプレスでブクス駅に到着する予定である」

サンショウウオの到着前に準備が大急ぎで抜かりなく整えられました。全権代表団のためにとびきり豪華な浴室が用意され、浴槽に入れるためにタンクに入った海水が特別列車で運ばれてきました。ブクス駅ではいわゆる非公式な歓迎しかおこなわないことになっていたので、駅に出迎えたのは各国代表の秘書、ファドゥーツ市の職員代表、約二百人の新聞記者とカメラマン、それに映画のカメラマンだけでした。六時二十五分ぴったりにオリエント・エクスプレスが駅に入ってきました。列車の特別個室からは三人の背の高いエレガントな紳士が赤いじゅうたんの上に降り立ちました。この三人のうしろには、身のこなしにすきのない、いかにも世慣れた感じの秘書たちが重い書類かばんを持ってしたがっていました。

「サンショウウオがいないぞ」だれかが、小声でつぶやきました。二、三人の役所の人間が、まさかと思いながら、この三人の紳士のほうに歩み寄りました。すると、先頭を歩いていた紳士が小声で早口で言ったのです。「われわれはサンショウウオの代表団としてまいりました。私がハーグ大学教授のドクター・ヴァン・ドット、こちらがパリで弁護士をなさっているロッソ・

カステリ先生とリスボンで弁護士をなさっているドクター・マノエル・カルバロです」紳士たちは頭を下げて、自己紹介をしたのです。

「それでは、みなさんはサンショウウオではないんですね?」フランス代表の秘書がため息をつくような口調できききました。

「もちろん、ちがいます」ドクター・マノエル・カルバロが答えました。「われわれはサンショウウオの代理人です。失礼、そこのみなさんが写真を取りたがっているようですので」やさしくほほえんでいるこの三人の紳士はカシャ、カシャと写真をとりまくられ、映画カメラマンのカメラもジーっと回り続けていました。各国代表の秘書たちもすっかり満足し、内心ほっとしていました。秘書たちは全権代表団に人間を送ってくるなんて、サンショウウオもなかなか味なしゃれたことをするもんだと感心しきりでした。人となら話も通じやすいし、会議でいろいろと余計な気を使わないですむからです。

その夜のうちにサンショウウオ代表団とのあいだで第一回の会議が開かれました。まず取り上げられた議題は、サンショウウオとイギリスのあいだの戦闘状態をどうすれば速やかに停止することができるかという問題でした。

ヴァン・ドット教授が冒頭に発言を求めました。

「サンショウウオがイギリスから攻撃を受けたことに関しては、議論の余地がありません。イギリスの砲艦「エリバス」は公海上でサンショウウオ側の放送船を砲撃し、イギリス海軍省はアメンホテップ号からすでに発注ずみの爆薬を降ろすのを禁止し、サンショウウオとの平穏な通商関係を破壊しました。その上、イギリス政府は一切の物資の引き渡しを禁止して、サンショウウオに対する封鎖を開始しました。このような敵対的行為に対してサンショウウオはハーグにある国際司法裁判所に提訴することができません。ロンドン協定がサンショウウオに提訴権を認めていないからです。ジュネーヴの国際連盟にも提訴できません。国際連盟への加盟を認められていないからです。このような状況下では、自衛権を行使する以外ありませんでした。

しかしながら、チーフ・サラマンダーはこれから述べる条件に同意さえしていただければ、戦闘行為を喜んで停止する用意があります。すなわち、

(1) イギリス政府はサンショウウオに対して、先ほど述べた不法行為を謝罪すること
(2) イギリス政府はサンショウウオへの物資の供給を禁止した法令を撤回すること
(3) イギリス政府は自らおこなった不法行為への賠償として、あらたな海岸線と湾を建設するためにインドのパンジャブ地方の低地をサンショウウオに無償で割譲すること

——これに対して会議の議長は、「今述べられた条件を、会議に欠席しているイギリス代表団の尊敬すべき友人に伝えるが、この条件ではイギリス側が受け入れる可能性はほとんどないことを危惧している」と、率直に述べました。そのうえで、議長は、「しかしながら、これらの条

件が今後の交渉の出発点になりうることを期待する」とも言明しました。

するとフランス代表がセネガンビアの海岸でおきた事件を議題に持ち出したのです。サンショウウオがセネガンビアの海岸地帯を爆薬で空中に吹き飛ばしたのは、フランスの植民地権益の侵害だというのです。これに対して、サンショウウオの全権代表団の一人、パリの著名な弁護士ドクター・ジュリアン・ロッソ・カステリが発言を求めました。

「証拠を示していただきたい。いいですか。地震学の世界的権威はだれも、セネガンビアでの大地の震動は火山噴火が原因で、フォゴ島にあるピコ火山の以前の火山活動と関係があるという見解です。ここに、」ドクター・ロッソ・カステリが手で書類のファイルをパンッとたたいて言いました。「そのことを裏付ける科学的調査の報告書があります。セネガンビアでおきた地震が、私たちの依頼人によって引き起こされたとあくまでご主張なさるのならば、その証拠をどうかお示しいただきたい」

クリュー・ベルギー代表　そちらのチーフ・サラマンダーご自身が放送で、あれはサンショウウオがおこなったと言っているではありませんか。

ヴァン・ドット教授　その発言は非公式なものです。

ロッソ・カステリ弁護士　われわれ全権団は、発言したこと自体を否定する権限を与えられているのです。地殻に人工的に六七キロメートルもの長さの亀裂を生じさせることが可能か、専門家の意見をお聞きいただきたいものです。同じ規模の人工地震を起こせるものならおこしていただきたい。実際に人工地震を起こしてその可能性を実証しない限り、各国代表のみなさん、私どもは、あの地震は火山活動の結果だというわれわれの主張を撤回することはありえません。こんな状況にもかかわらず、チーフ・サラマンダーはセネガンビアの地震の亀裂によって生じた湾をフランス政府から喜んで買い取るつもりになっておられます。その湾はサンショウウオが住むのに最適なものですから。われわれはフランス政府と湾の購入価格を交渉する全権を与えられているのです。

ドヴァル氏（フランス代表団で、閣僚の一員）　われわれが受けた損害に対する賠償として支払いをなさるつもりなら、交渉を始めるのに異議は挟みません。

ロッソ・カステリ弁護士　それはありがたい。ただ、サンショウウオ政府は今回のこの購入計画の中にフランス本国のジロンド河口からバイヨンヌにいたる六七二〇キロ平方メートルのランド地方を含めていただければと思っています。つまり、サンショウウオ政府はフランスから、今申し上げた南フランスの一部の土地を喜んで購入する意思があるということです。

ドヴァル氏（バイヨンヌ生まれでバイヨンヌ選出の代議士でもある）　サンショウウオがフランスの国土を一部でも海にするって言うのか？　ありえない！　絶対にありえない！

ロッソ・カステリ弁護士　そんなことをおっしゃって、フランスはあとで後悔なさいますよ。まだ今日ならば、購入価格の交渉ができるのですがね。

ここで会議はいったん、休会となりました。

再開された会議では、各国が共同でサンショウウオに対して提案する議題が主に取り上げられました。その共同提案の内容は、

古くからの人口密度の高い土地の破壊を認めることはできない、サンショウウオは自らの手で海岸や島を建設すべきである。

そのような場合には、十分な資金をサンショウウオ側に貸し付ける用意がある。

新たに作られた陸地や島には、独立国家としてサンショウウオの主権を認める。

といったものでした。

リスボンの高名な弁護士のマノエル・カルバロ氏はこの提案に対して感謝の意を表し、サンショウウオ政府に伝えることを約束しましたが、さらに次のようにも述べました。

「どの子供でも新しく陸地を作るほうが、古くからある大地をけずるよりもずっと時間もコストもかかる事ぐらい簡単に理解することができます。われわれを代理人に選んだサンショウウオは新しい海岸と湾が今すぐにでも必要です。これはサンショウウオにとって生きるか死ぬかの問題なのです。人類にとっては、チーフ・サラマンダーの寛大な提案を受け入れるほうがよろしいのではないでしょうか。いまならば、チーフ・サラマンダーは武力で大地を手に入れるよりも、できれば喜んで買い取りたいというお気持ちです。それに、サンショウウオは海水に

含まれる金を抽出する方法を発見しました。その結果、糸目をつけずにいくらでもお支払いすることが可能になりました。人間のみなさんに、ご満足いただける金額をたっぷりお支払いすることができます。ただよろしいですか。時間がたてばたつほど、世界の価値は下がるんですよ。そのことをぜひお考えいただきたいものです。

とりわけ、十分予測のつくことではありますが、より大規模な火山爆発や地殻変動による大災害がおき、これまで見聞きしたことのないような広範囲の被害が生じるようなことになれば、大陸の面積は大幅に減少することになります。いまならば、大陸はたっぷりありますから、これまでどおりの、御満足いただける価格で買い取らせていただけます。しかし、海面から顔を出しているのが山の頂だけといった事態になってからでは、びた一文すらお支払いする価値がなくなってしまいます。私はサンショウウオの全権団の一員として、また、法律顧問としてこの会議に参加しております」

ここでドクター・カルバロは声を一段と張り上げて、スピーチを続けました。

「ですから、サンショウウオの利益を守らなければならない立場にあります。とは言っても私もみなさんと同じ人間です。ですから、みなさん。人類の繁栄をみなさんに劣らず、心から願っています。みなさんに忠告、いや、ぜひともお願いします。遅くならないうちに、大陸の大地を売るべきです！　一まとめにお売りいただいても結構ですし、国別でもかまいません。

チーフ・サラマンダーが心優しい、近代的な考えの持ち主であることは今ではだれでも知っています。将来、大地の表面をさまざまに変える必要が生じたときも、できるかぎり人命を大切にすることを約束されています。大地を水没させるときも、パニックを引き起こしたり不必要な大混乱をおこさないために、ゆっくりとおこないます。われわれは、このすばらしい国際会議において、一括交渉にせよ、各国個別の交渉にせよ、交渉の全権を与えられております。

ここにすぐれた法律家として有名な、ヴァン・ドット教授やジュリアン・ロッソ・カステリ先生もおられます。このことは、われわれの依頼人であるサンショウウオの正当な利益を守りながら、みなさんにとって当然一番大切な人類の文化と人類全体の幸福をみなさんとともに守ることがしっかり保証されているということです」

会議の雰囲気が重くるしい空気に包まれる中で、サンショウウオ側に新たな提案が出されました。サンショウウオがヨーロッパ各国とその植民地の海岸を今後永久にそのまま温存することを保証すれば、中国中央部をサンショウウオに譲り、水没させることを認めるというのです。

ロッソ・カステリ弁護士　永久にというのは長すぎますね。十二年ということでいかがでしょうかね。

ヴァン・ドット教授　中国中央部だけでは、譲り受ける土地の面積が少なすぎます。安徽省、河南省、江蘇省、それに福建省も含めていただかなければなりません。

日本代表団は福建省をサンショウウオに割譲することに反対しました。福建省は日本の権益に属していたからです。中国代表もなにか声を上げましたが、残念ながらなにを言っているのか理解できたものはいませんでした。会議が開かれていた大ホールでは不安感がどんどん広がっていきました。もうま夜中の一時でした。

そのときイタリア代表団の秘書の一人がホールに入ってきたのです。その秘書はイタリア代表団のトスティ伯爵に近づくと耳もとでなにか小声でささやきました。トスティ伯爵はそれを聞いたとたんに真っ青になり、立ち上がりました。中国代表が発言中だったのにもかかわらず、上ずったかすれ声を張り上げたのです。「議長。一言だけ発言させてください。たった今届いた報告によれば、サンショウウオはヴェネチアの海に面した地域をポルトグルアーロの方向へと水没させてしまいました」

ホールはシーンと静まりかえりましたが、中国代表はまだ発言を続けていました。

「チーフ・サラマンダーはもうずっと前から、警告していました」カルバリョ弁護士がつぶやくような小声で言いました。

ヴァン・ドット教授はいらいらしながらからだをゆすっていましたが、とうとう我慢しきれなくなって手を上げて発言しました。「議長。恐縮ですが、もとの議題にもどしてください。もとの議題は福建省をどうするかでした。私たち全権団は福建省も含める補償として、日本政府に金でお支払いする権限を与えられております。中国はきれいさっぱり世界地図から消し去りますが、まず最初にヨーロッパではなく中国全土を抹殺した見返りに関係諸国はわれわれの依頼人に対してなにを提供していただけるのかのお返事をまだいただいておりませんが」

＊＊＊＊＊＊＊

ちょうどこのとき、深夜放送のファンたちはサンショウウオの放送を聞いていました。「ただいまお聞きいただいたのはレコードによる『ホフマン物語』の舟歌（バルカローレ）でした」

サンショウウオのアナウンサーのしゃがれた声が聞こえました。

「みなさん、それではただいまより、イタリアのヴェネチアからの現地中継に切り替えます」

耳に聞こえてきたのは、水かさを増していく、とてつもなく不気味な水のざわめく音でした。

10　ポヴォンドラさん、責任を背負い込んで悩む

だれが言ったかわかりませんが、いずれにしてもまるで水がどんどん流れ去るように何年もの年がたちました！　ポヴォンドラさんがボンディ家の執事の仕事をやめてずいぶんになっていたのです。ポヴォンドラさんは今ではすっかり立派なご老体となって、これまで長いあいだまじめにしっかりと勤め上げて育てた人生の果実を、ささやかな年金という形で、もの静かにゆったりと味わっていました。しかし戦時下の物価高では、どんなにやりくりしても百コルナ紙幣が数枚でどうやって満足のいく生活を送ることができるでしょうか⁉

せいぜい、釣りに行って魚を釣りあげるぐらいが関の山でした。ボートに乗って、手に持った釣竿を水面にたらし、じっと見つめるのです。毎日いったいどれほどの水がこのヴルタヴァ川を流れ下っていくのでしょうか？　それに、水はいったいどこから来るのでしょうか！　ときにはサケがかかったり、スズキが釣れたりするのです。なんだかこのごろ魚が増えたようです。河口までの距離が前より短くなったせいかもしれません。まあとにかく、スズキの味もそう悪くありません。骨っぽい魚ですが、食べると肉からアーモンドの香りがほのかにするのです。それになにしろ、「うちの母さんは料理がうまいんだ」

でもさすがのポヴォンドラさんも、まさか母さんが、ポヴォンドラさんが以前に集めて分類しておいた新聞などの切り抜きをスズキを焼くための焚き付けにいつも使っているなんて、

思ってもみませんでした。でも実のところ、ポヴォンドラさんは年金生活に入るのを区切りにして、切り抜きをやめてしまっていました。その代わりにどこからか水槽を手に入れて、小さな金色をしたコイのほかにイモリとサンショウウオを飼い始めたのです。ポヴォンドラさんは水の中でじっと動かなかったかと思うと、自分が石でつくった岸に這い上がってくるイモリやサンショウウオを何時間も観察していました。それから首を振りながらつぶやくのでした。

「母さん、こいつらがあんなになるなんてだれも想像すらできなかったよね！」そうはいっても、人というのはただじっとイモリやサンショウウオを見つめているだけではすまない生き物です。ポヴォンドラさんが魚釣りを始めたのはそんなわけでした。

「まあ、いいわ。好きなことをしていれば。男の人っていつもなにかしていないと気がすまないのよね」ポヴォンドロヴァー夫人は亭主にやさしいお母さんでしたのでそう思いました。「パブに飲みに行って政治談議にふけるよりずっといいわ」

そう、実際、水が次々にどんどん流れ去るように何年もの年がたったのです！　息子のフランティークは学校で地理の勉強をしていた子供のころはおろか、世の虚栄を追って駆けずり回り、次から次に靴下に穴を開けていた青年でもなくなっていました。あのフランティークはすっかり中年のおやじになっていて、ありがたいことに平（ひら）ながら郵便局に勤めていました。子供のころにまじめに地理の勉強をしたのがこんなところで役に立ったというわけです。

「あいつもけっこうしっかりしてきた」ポヴォンドラさんはそんなことを考えながら、レギエ橋の下のほうまでボートで下りました。「今日は日曜日であいつは非番のはずだ。きっとおれのところへやって来る。ボートでいっしょに川を上り、ストジェレツキー島のポイントまで行ってみよう。あそこはよく釣れる。あいつは新聞に載っていることもいろいろおれに話してくれるだろう。釣りが終わったら、ヴィシェフラドのおれの家にいっしょに行くんだろうな。あいつの嫁さんが二人の子供をつれて来ていて、おれたちをお出迎えってわけか」ポヴォンドラさんはしばらく孫のいるおじいさんの心おだやかで幸せな気分にひたっていました。「そうか、孫娘のマジェンカは来年は学校か。すばらしい。上のフランティークはもう体重が三〇キロもあるしな」ポヴォンドラさんはなにもかもうまくいっていると心の底からしみじみと感じました。

おやっ、もう息子が川岸に来て手を振っていました。そこで、ポヴォンドラさんはボートを岸にこぎ寄せました。「やっと来たな」文句っぽく声をかけたのです。「だが気をつけろ。水に落ちないようにな」

「食いはどうです?」息子がきいてきました。

「よくないね」老人はつぶやくように答えました。「どうだ。上へ行ってみるか?」

気持ちのよい日曜日の午後でした。サッカーやほかのそんなたぐいのろくでもない試合に熱を上げている暇な連中が家へもどる時間ではまだありませんでした。プラハは人影もまばらで静かだったのです。川沿いの道や橋を歩いている人たちは、だれもゆったりと、なにか奥ゆかしげに歩いていました。どの人も品のよい、よくできた人たちだったので、ヴルタヴァ川の釣り人のところに寄ってきて冷やかすような人は一人もいませんでした。なにもかもうまくいっているとポヴォンドラ父さんは心の底からしみじみと感じ、満足感にひたっていました。

「新聞にはなにか面白い記事でも出ていないのか?」ポヴォンドラさんが厳格な父親にもどったような聞き方をしました。

「お父さん。とくにこれといった記事はありませんね」息子が答えました。「サンショウウオのやつらがとうとうドレスデンまでやってきた、そんなたぐいの記事ばかりなんですよ」

「それじゃあ、ドイツもいよいよってわけか」老人は自分に言い聞かせるようにつぶやきました。「いいかい、フランティーク。ドイツ人ってのは、なにか奇妙なやつらなんだ。教育はあるんだが、変わってるんだ。おれの知っているドイツ人に工場の運転手をしているのがいたが、いいかげんなやつだったな。ただ、車の手入れだけはばっちりだった。本当なんだ。――そうか、ドイツが世界地図から消えてしまったのか」ポヴォンドラさんは物思いにふけりました。

「以前はろくでもないことばかりやらかしていたが! ぞっとする連中だったたな。国中兵隊だらけで戦争ばかりやっていたよ――そんなやつらでもサンショウウオにはかなわなかったのか。いいかい、おれはサンショウウオってやつをよく知っているんだ。お前がまだ幼かったころに、サンショウウオを見せてやったのを覚えているかい?」

「お父さん、ほらほら」息子が叫びました。「魚がかかってますよ」

「何だ、ハヤか」老人はそうつぶやくと釣竿を動かしました。

「そうか、ドイツまでやられたとはな」ポヴォンドラさんはじっと考え込みました。「もうなにが起きてもおどろかないな。以前だったら、サンショウウオがどこを水没させたといっては、そのたびごとに騒ぎ立てたもんだが。メソポタミアや中国が水没したといったニュースだけでも、新聞はもう紙面がいっぱいだった。いまじゃあ、記事にもならない始末だ」

ポヴォンドラさんは目をぱちくりさせながら自分の釣竿を見つめ、あれこれと考えているうちに、だんだん気分がおちこんできました。

「人はすぐになれてしまうんだ。でも、どうしようもないし、どうってことはない。こんな物価高さえなければな！　今じゃあ、コーヒーの値段だって、目が飛び出るほどだからな。――なにしろブラジルが海の底に姿を消してしまったんでね。世界のどこが水没したか、店で買い物をすればすぐ分かるってわけだ」

ポヴォンドラさんの浮きが小さなさざなみをたてて踊っていました。「サンショウウオがこれまでに水没させた国はどことどこだったかな？」老人は懸命に思い出そうとしました。「エジプトにインド、それに中国――ロシアもだ。あの広大な大地を占めるロシアまでもがな！　今じゃあ、黒海が北の北極海とつながっちまったんだからな。さすがのロシアの大地も水の中ってわけだ！　もう陸地をたっぷりかじり取ってしまったことだけはたしかだ！　ゆっくり、じっくり確実に大地を削り取っていきやがった。――

さっき、サンショウウオがもうドレスデンまで来たと言ったたね？」

老人は聞き返しました。

「ドレスデンまであと一六キロのところまでね。この調子だと、もうすぐザクセン地方のほとんど全部が水没しますね」

「ザクセンなら、前に一度、ボンディさんと行ったことがあるな」ポヴォンドラ父さんが言いました。「いやあ、豊かな国だった。ただな、フランティーク。飯がうまかったとはお世辞にも言えなかったな。食い物以外は、みな親切なすてきな人たちだったよ。プロシアよりずっといい。いや、比べるのがまちがいさ」

「プロシアなんてもうありませんよ」

「おどろかんね」老人はそっけなく答えました。「プロシアは好かん。ドイツがほとんど水の中とくりゃ、フランス人は大よろこびだろうな。きっとほっとしているよ」

「でもね、お父さん」フランティークは言い足しました。「このあいだ新聞で読んだんだけど、そのフランスだって、優に三分の一はもう水の下なんですよ」

「そうかい」ポヴォンドラさんはふっとため息をつきました。「フランス人といえば、あのボンディさんのところにフランス人の使用人が一人いたな。たしかジャンとかいう名前だった。いつも女の尻ばかり追いかけまわしていやがった。みっともないやつだったよ。あんな浮わついたことばかりしてたら、そりゃあ、手痛いしっぺ返しを食らうよな」

「でもパリから一〇キロの所での戦闘でサンショウウオはフランス軍に負けたって話ですよ」

フランティークが父親に教えました。「地雷をそこいらじゅうに仕かけて、サンショウウオを空中に吹き飛ばしたんだそうです。おかげでサンショウウオの軍団が二つも全滅したようです」「フランス兵も戦争になれば結構やるってことか」ポヴォンドラさんが戦争のプロとでもいった様子でつぶやきました。「あのジャンだってやせがまんなんてしなかったからな。でも、いったいどこにそんなパワーが潜んでいるんだか。薬屋さんみたいなにおいをふりまいているくせに、いつでもだれにでもくってかかっていた。でも、サンショウウオの軍団二つなんてみみっちすぎる。おれの考えでは、」老人は考え込んでから、また口を開きました。

「どうも人間ってやつはきっと、人間同士の戦争のほうがうまくやれるんだな、まったく。いずれにしても戦争がこんなに長引くなんてことはなかった。サンショウウオのやつらともう十二年も戦争を引きずっているんだからな。それなのに一向に戦闘らしい戦闘は起きなかった。ただ、おたがいにより有利な立場を築こうと準備してきたってわけだ。ふん、まったく。おれが若いころには本物の戦争があったんだがな！　こちらに三百万の兵士、向こうにも三百万の兵士がいて、」老人が話しながら、両手を大きく振り回したのでボートが左右に大きく揺れました。「よし、突撃だ。——いまやってるのは、まともな戦争だなんていえないよ」ポヴォンドラ父さんは無性に腹がたってきました。「年中、コンクリート製のダムや堤防をつくるばかりで、銃剣突撃なんてさっぱりありもしない。まったく、どうなっているんだ！」

「だって父さん、人間とサンショウウオがたがいに銃剣で突きあうなんて考えられないよ」若い息子のポヴォンドラが近代戦術の弁護をしたのです。「水中にいるサンショウウオに銃剣突撃なんて、うまくいくはずがないですからね」

「なるほど、たしかに」ポヴォンドラさんがちょっとばかにした様子でつぶやきました。「サンショウウオと人間でまともな戦争ができるわけがないよな。だけど人間どうして戦争をやらしてみろ。そりゃあ見ものだぞ。なんでもありだからな。お前が戦争のなにを知っているって言うんだ！」

「ここまでやつらが来なければね」息子のフランティークがちょっと思いもかけないことを言い出したのです。「子どもがあるとね……、そりゃあ……」

「ここまでだって」老人は苛立って声を荒げました。「やつらがプラハまで押し寄せるって言うのか?」

「とにかくボヘミアまではね」若い方のポヴォンドラは心配そうでした。「サンショウウオがもうドレスデンまで来ているからには――」

「さえたことを言うじゃないか」ポヴォンドラさんが皮肉っぽく言いました。「どうやってやつらがここまで来れるんだ?　あの連なる山々を一つ一つ越えてか?」

「でも、エルベ川から――ヴルタヴァ川に入って」

ポヴォンドラ父さんは不満そうに鼻を鳴らしました。「へー、エルベ川を通ってね！　だがな、来られてもせいぜいポドモクリまでだ。そこから先はありえんね」あのあたりは岩だらけだからな。おれはそのあたりにいたことがあるんだ。ここまでサンショウウオのやつらが来られるはずがない。ここは安心さ。スイスもだいじょうぶだ。この国に海岸なんてものがなくてラッキーだったよ。ちがうかい？　海のある国は気の毒だ」

「でももう海がドレスデンまで迫っているって話ですよ――」

「そこに住んでいるのはドイツ人じゃないか」老人は冷たく言い放ちました。「やつらの問題にすぎんよ。ここまではやつらは来られるはずがない。冷静に考えればすぐわかることだ。まず膨大な数の岩を取り除かなければここには来れない。それがどれほど大変かお前にはわからんだろうな！」

「そんなのやつらにとっちゃ、屁でもないですよ」若いポヴォンドラは暗い顔をして言葉を返しました。「岩を吹っとばすのなんてお手のものですからね。だって、ガテマラでは山脈ごと海に沈めてしまいましたからね」

「ガテマラと何の関係があるんだ」老人はきっぱりとした口調で言いました。「フランティーク、ばかなことを言うんじゃないよ。それはガテマラの話だろ。ここの話じゃないんだ。ここはガテマラとは事情がまったくちがうからな」

若いほうのポヴォンドラはため息をつきました。「お父さんがどう思おうと勝手だけど、でもあの怪物どもが陸地の五分の一をもう水没させてしまったのを考えると――」

「ばかばかしい。そりゃあ、海のそばなら、お前の言うことももっともだ。だが、海から遠けりゃ話はちがう。お前には政治ってものがわからんのかね。サンショウウオと進んで戦争をしているのは海に面した国だけだ。おれたちはちがう。中立国なんだからな。だから、やつらだっておれたちには手が出せないさ。そういうもんだよ。でももうこんな話はいいかげんにやめよう。でないと、魚も釣れやしない」

川面(かわも)は静まりかえっていました。橋の上を市電がちんちんと音をたてながら走り、堤防の上の道ではベビーカーを押しているベビーシッターや安息日である日曜日に着るつつましい服を着た人たちがゆったりと歩く姿が見えました——

「父さん」若いポヴォンドラがまるで子どものように父に声をかけました。

「なんだい?」

「ほら、あそこ。ナマズじゃない?」

「どこだ?」

ヴルタヴァ川のちょうど国民劇場の前で、水面から大きな黒い頭が顔をのぞかせ、流れに逆らって上流へと移動していきました。

「ナマズでしょ?」フランティークがもう一度ききました。

「あ、あれか?」ポヴォンドラさんは大きな声をあげ、釣竿を思わず落としてしまいました。そして、震える手で指さしたのです。「あれだな?」

黒い頭は水の中に隠れてしまいました。

「フランティーク、あれはナマズなんかじゃない」老人が言いました。その声はまるで別人のようでした。「帰ろう。終わりだ。もうおしまいだ」

「終わりって？」

「あれはサンショウウオだ。もうここまで来たんだ。さあ、家へ帰ろう」おぼつかない手で釣竿を片づけながら、ポヴォンドラさんは同じことをもう一度言いました。「もう終わりだ」

「あれっ。お父さん、ひどく震えてますね」フランティークが心配そうに言いました。「どうしたんです？」

「家に帰るんだ」すっかり落ち着きを失ったポヴォンドラさんはあごをガタガタ震わせながら、早口で言いました。なにか痛々しそうでした。「寒い、寒い。こんなことになるとはな！いいか、もう終わりだ。やつら、もうここまで来たんだ。くそっ。何て寒いんだ！　早く家に帰りたい」

フランティークは怪訝（けげん）そうに父親を見て、それからボートのオールを握りました。「お父さん、家まで送りますよ」いつものフランティークらしくない声でそう言うと、島に向かって力いっぱいボートをこぎ始めました。「さあ、あがって。ボートはぼくがつなぐから」

「ひどい寒気がする。いったいなぜなんだ？」歯をがちがち鳴らしながら、老人はいぶかりました。

「さあ、支えますからね。ゆっくり歩いてください」フランティークはそう言って、父親の腕を支えました。「どうやら、川でかぜをひいたようですね。さっき見えたのはただの流木ですよ」

ポヴォンドラさんはまだ木の葉のように震えていました。「流木のわけがない。おれに向かってなんてことを言うんだ！　サンショウウオはおれのほうがお前よりずっと詳しいんだ。手を放してくれないか！」

フランティークはタクシーに向かって手を上げました。こんなことをしたのは生まれて初めてでした。父親をなんとかタクシーに押し込んで、行き先を告げました。「ヴィシェフラドまで」「お父さん。ご一緒しますよ。もう遅いですからね」

「たしかにもう遅い」ポヴォンドラ父さんはまだ震えていました。「とても遅い。フランティーク、もう終りだ。あれは流木なんかじゃない。あれはやつらだ」

家に着くと、フランティークは父親をかかえるようにして階段を二階まで運び上げました。「お母さん。ベッドの用意をお願いします」部屋の入口ですばやく小声でたのみました。「父さんを寝かさなきゃならないんだ。病気らしい」

こうしてやっと、ポヴォンドラ父さんは暖かいお布団に包まれて横になることができました。それでも、なにかわけの分からないことをぶつぶつ言い続けていました。鼻が顔からなにか奇妙に突き出ていて、急にふけて見えました。すっかり年寄りくさくなってしまったのです！

それでも少しずつ落ち着いてきました。

「父さん。少しはよくなりましたかね？」

ベッドのわきではポヴォンドラ母さんが鼻をすすりながら泣き続け、エプロンで涙を拭いていました。お嫁さんがストーブに火をつけ、孫のフランティークとマジェンカが、いったいこの人だれなのといったようすで、じっと、驚きに満ちた大きな眼でおじいさんのことを見つめていました。

「父さん、医者を呼びましょうか？」

ポヴォンドラ父さんは孫の顔をじっと見つめて、なにか小声でささやくように言いました。

そのとき突然、ポヴォンドラさんの目から涙があふれ出てきました。

「父さん、なにか？」

「おれのせいだ。おれのせいなんだよ」老人はささやくように言いました。「いいか、言っておく。こんなことになったのはみんなおれのせいなんだ。おれがあのとき、あの船長をボンディさんに会わせさえしなければ、こんなことは一切おきなかったんだよ――」

「でも、父さん。なんにもおきちゃいないよ」息子のフランティークがなだめるように言いました。

「わからんやつだ」ポヴォンドラさんはゼーゼー息をしながら言いました。「いいか、終わりなんだ。世界の終わりだ。ここにもまもなく海が押し寄せてくる。サンショウウオがもうここまで来ている以上はな。おれのせいだ。あの船長を通しさえしなかったらよかったんだ――。すべてはだれのせいだったか、いつかだれにもわかってしまうさ」

「ナンセンスだよ」息子が少し強い口調で言いました。「そんな風に考えちゃいけないよ。こうなったのは人類すべてのせいなんだ。国と資本がやったことなんだよ。――だれもがサンショウウオをできるだけたくさん持とうとしたんだ。やつらを使って大もうけしようとたくらんだんだよ。やつらに武器でもなんでも送って。われわれのすべてに責任があるんですよ」

ポヴォンドラ父さんはイライラしながら首を振りました。「昔はどこも海だった。また、海にもどるんだ。つまり、世界の終わりだよ。昔、ある人に『プラハのあたりもかっては海の底だった』と言われたことがある。――これもきっとサンショウウオの仕業だったんだ。おれはあの船長をボンディさんに会わせてはいけなかったんだ。あのとき、『会わせてはいけない』なにかそんな声がずっと聞こえていた気がする。――でもな、チップをくれるんじゃないかなんてあてにしたんだよ、おれは。――そんなものあいつはくれなかった。おかげで、世界をむざむざ破滅させることになってしまった――」老人は涙かなにかを飲みこみました。「おれにはよくわかる。おれたちはおしまいなんだとな。おれにはわかる。こんなことになったのはみんなおれのせいなんだ――」

「お父さま、お茶いかがですか?」フランティークの奥さん、若い方のポヴォンドロヴァー夫人がやさしくたずねました。

「私はただ、」老人はふっと息を吐くようにつぶやきました。「この孫たちに許しを請いたいんだ。許してくれ」

11　作者が自問自答する

作者の内なる心の声が聞こえてきます。


（こんな結末にしたいのかい？）ここで、作者の内なる心の声が聞こえてきます。

「いったい、何なんだ？」自信なさそうに作者はききかえします。

（いいかい、こんなふうにポヴォンドラさんを死なせておしまいなのかい？）

作者は懸命に弁解につとめます。「いや実は、あんな結末にはしたくなかったんだ。でも——ポヴォンドラさんは十分長生きしたよ。もうとっくに七十を越えているんだからね——」

（でもあんなに自分を責めているのに、ほっておくのかい？　せめて、声をかけてやらないのかい。『じいさん、あんたが思っているほど世の中はとんでもないことにはなっていないさ。サンショウウオが世界を絶滅させるなんてありえないし、人は生き残るよ。でもそれには時間がかかる。ただ、しんぼう強く待たなくてはだめだ。それまでがんばって生きてみるかい？』ってね。まさか、ポヴォンドラさんのためになにもしてやれないなんて言うんじゃないよね？）

「じゃあ、医者にポヴォンドラさんのところに行ってもらうようにたのむことにしますかね」

作者はこう提案します。

「じいさん、きっと熱で頭がいかれてるんだよ。でも、あの年だから、肺炎もわずらっているかもしれない。でも、きっとしぶとく助かるよ。そして、孫のマジェンカをひざに乗せて、『学校でなにを勉強してきたかな？』なんて聞くんだろうよ。——いやはや、幸せな老後だな。こうなったらじいさんにこれからも楽しい老後をすごしてもらうことにするかな！」

（楽しい老後だって？）内なる心の声が作者をあざけるように笑いました。（だったらなんでポヴォンドラさんにマジェンカをその年老いた手でしっかり抱きしめさせて、『心配だ。この子もいまに轟音をたてて迫ってくる洪水から必死に逃げ出す破目になるんだ。この洪水は必ずやって来て、世界をすべて呑み込んでしまうことになる。おれはこわい』なんて言わせたんだ。なぜ、眉をしかめて、こわそうにささやくようにしたんだ。『マジェンカ、やったのはこのおじいさんだよ。ここにいるおじいちゃんがやったんだ』――いいかい、きみはほんとうに全人類を絶滅させる気なのかい？）

作者は顔をしかめました。

「おれがどうする気だったかなんてきかないでくれ。きみはおれが人類が住んでいる大陸を木っ端みじんに崩壊させるつもりだったなんて思っていないだろうね？　そんな結末を望んでいたと思っているんじゃないだろうね？　いや、単に話の筋からいってこうなるしかなかったんだ。変にぼくが話の筋を変えられるわけがないじゃないか。おれはできるかぎりのことをしたつもりだ。こんなことをしていると間に合わないぞと、さんざん人類に警告もした。あのXはぼくの考えをかなり代弁している。ぼくはサンショウウオへの武器や爆薬の提供、それにサンショウウオとのみっともない、いまわしい取引、こういったことを、何とか押しとどめようと必死で説得した。――でも結果はきみもご存知の通りだ。

でも、いいかい。だれでも経済や政治上、サンショウウオへの提供をやめたり、サンショウウオとの取引を中止できないという、いかにもまともらしくきこえる理由を山ほど持っているのさ。だから、政治家でも経済人でもないぼくが、どうやって説得できるんだい、できっこないよ。なにをしようと、おそらく世界は水没してしまうさ。でもそれは少なくとも、だれもが知っている政治的、経済的な理由でそうなるのさ。少なくとも、科学や技術、世論の助けも借りて、人類の英知を総動員したあげく、世界は水没し人類は滅びるのさ！　これは断じて天災じゃない。国家や権力、経済なんてものが原因なのだ――これは打つ手がない、どうしようもないことなのさ」

作者の内なる声はちょっとつまって、口を閉ざしました。（それじゃあ、きみは人類がかわいそうだ何てぜんぜん思わないんだな？）

「待ってくれ、そうあわてるなよ！　なにも人類全体を絶滅させなくてもいいんだ。サンショウウオは生息し、産卵するための海岸がもっと必要なだけなんだ。ただ、そのために広い大地をずたずたにして、乾いた土地をまるでスパゲッティの細長いヌードルのようにしてしまうだろうな。そのほうがずっと海岸が増えるからね。いいかい。その細長い帯のような土地で人は何とか暮らすんだよ。サンショウウオのために金属とかをつくるってわけだ。サンショウウオは火を扱うのは大の苦手だからね」

（つまり人類はサンショウウオにお仕えするというわけだな？）

「そういう言い方をしたいのなら、そうしろよ。ただ、今と同じように工場で働くだけのことさ。雇い主は変わるけどね。結局のところ、これまでとたいした変わりはないということさ——」

（それじゃあ、きみはやっぱり人類がかわいそうだ何てぜんぜん思わないんだな？）

「おい、いい加減にしろよ。おれになにができるっていうんだ？　みんな人が望んでやったことなんだぜ。だれもがサンショウウオを持ちたがったのさ。商売人や財界人、技術者や政治家、それに軍人までもがサンショウウオを持ちたがった。——ポヴォンドラさんの息子のフランティークまで言ってたじゃないか。われわれ全員に責任があるって。

いいかい。聞いてくれ。おれが人類をかわいそうだってぜんぜん思わないなんてありえないよ！　ただ、いちばん気の毒だと思ったのは人類がわれ先に破滅に向かって突き進むのを見たときだね。それを見たらだれだって、叫び声をあげないではおれないさ。まるで、列車がまちがった線路に入るのを見たときに、両手を振り上げて叫び声をあげるときのようにね。だが、もう止めることはできない。サンショウウオはこれからも増え続け、古い大陸をどんどん崩していくだろうな。

ヴォルフ・マイネルトが力説していたのをおぼえているかい？　『人類はサンショウウオに席をゆずらなければならない。サンショウウオだけが幸せで、単一の、同質で差のない世界をつくれるのだ——』ってね」

(なに、ヴォルフ・マイネルトだって！　ヴォルフ・マイネルトはインテリじゃないか。そのインテリが、こんなにおそろしい、ナンセンスで、どんどん人が殺される、そんな状況を目撃して世界をもう一度もとのようにもどそうとしないなんて考えられるかい？　いや、もうたくさんだ。やめよう。ところでいま、マジェンカがなにをしているか知らないかい？)

「マジェンカかい？　ヴィシェフラドで遊んでいると思うよ。『おじいさまがお休みだから、静かにしてなさい』なんて言われてね。でもあの娘、なにを言われているのかわからなくて、とっても退屈しているだろうね」

(なるほど。じゃあ退屈したマジェンカは今なにをしているのかな？)

「さあね。きっと舌の先で鼻の頭をなめようでもしてるんじゃないかな」

(なるほど。それできみはノアの洪水をふたたびおこそうとしているのかい？)

「やめろ、やめてくれ！　おれが奇跡でも起こせるというのかい？　おきるべきことは必ずおきるんだよ！　それが避けられない道なんだからしかたがないさ！　物事がおきるのはその必然性と法則による、これも少しは慰めになるかな」

(何とかしてサンショウウオを食い止められないのかい？)

「むりだね。サンショウウオの数が多すぎるよ。やつらは住む場所を見つけなければならないし」

(なにかが原因で死に絶えてしまう、こんな風にはいかないものかね？　なにか病気がやつらのあいだで広まるとか退化現象がおきるかしてね。――)

「おい、おい。そんな考えは甘すぎるよ。なんで人間がめちゃくちゃにしてしまった後始末を自然がしなくちゃならないんだ？　でも、きみだって人類が自分たちだけで何とかできるなんて信じちゃいないんだろ？　きっとそうだ、そうだよね。

結局のところはだれかがなにかにたよって、助けてもらう魂胆なんだ！　いいかい、聞いてくれ。ヨーロッパの五分の一がすでに水の中にある今日、いったいだれがサンショウウオに爆薬や魚雷、ドリルを提供しているか、知っているのかい？　世界を破滅させるためのもっと高性能の機械を作り出し、もっと有効な物質を発明できないかと研究室や実験室で昼となく夜となく、熱に浮かされたように必死で働いているのはだれだか知っているのかい？　サンショウウオに資金を提供し、世界の終わりを金であやつり、新たなノアの洪水をひきおこそうとしているのがだれなのか、きみは知っているのかい？」

(もちろん、知っているさ。工場という工場。銀行という銀行。あらゆる国だ)

「そうだよな。ただ、いいかい。単にサンショウウオ対人間ということなら、まだなんとかなる。ところが、人間対人間となると、これはもう止めることができない。どうしようもないんだ」

(――えっ、ちょっと待て。人間対人間だと！　うーん。なにか浮かんできたぞ。だが、結局のところ、これはサンショウウオ対サンショウウオ、つまりサンショウウオ同士の戦いとい

うことになるぞ）

「サンショウウオ同士の戦いだと？　いったいどういうことだ？」

（そう、たとえば、……サンショウウオが増えすぎると、ほんのちっぽけな海岸や湾をめぐってもめごとが起き、争うようになるのさ。この争いはさらに拡大してもっと広範囲の海岸をめぐる戦いへと発展する。いいかい、ついには世界中の海岸でサンショウウオ同士が戦うことになるんだよ！　サンショウウオ対サンショウウオ！　どう思う！　これは歴史の論理的帰結じゃないのかい？）

「――そんなのありえないよ。サンショウウオがサンショウウオと戦うなんてできっこないさ。自然の摂理に反することだ。あれでサンショウウオは同族なんだからね」

（それじゃあ人類は同族じゃないって言うのかい？　同族だからって、人類は平気じゃないか。同族のなかでいつも戦争が絶えないじゃないか！　生存する場所をめぐってならまだしも、権力や威信、勢力範囲、それに名誉や市場、そのほかにも、あれやこれやで戦争になるんだよ！　だから、サンショウウオがたがいに、たとえば威信をめぐって、争ったってなにが悪いんだい？）

「何でそんなことをするんだ？　いいか、そんなことをして何になる？」

（何にもならないさ。ただ、一時的にほかのサンショウウオより海岸や権力を多く持てるだけさ。それもしばらくすると、もとのモクアミになるんだけどね）

「でも、どうしてサンショウウオによって持つ力に差ができるんだ？　サンショウウオ同士でみな同じだというのに？　骨格が同じだし、どれも格好がぶざまだし、背たけもほとんど同じなのに。――どうしてたがいに殺しあわなければならないんだ？　聞くけど、いったいやつらが戦う根拠、名目は何なんだ？」

（そんなのほっとけよ。そのうち見つけてくるさ。いいかい。一方で西の海岸で生息しているサンショウウオがいるとして、もう一方では東の海岸で生息しているサンショウウオがいるとしよう。もうそれだけで、西対東で相手を倒そうといさかいを始めるさ。同じように、一方にはヨーロッパ・サンショウウオがいて、もう一方には、はるか遠くにアフリカ・サンショウウオがいる。これでどちらかが相手より勢力を拡大しようと思わないなんてありえないことだよ！

文明とか生存圏の拡大とかほかにもなにか訳のわからない旗を掲げて、相手を倒そうと出かけていくんだ。ある海岸のサンショウウオが別の海岸のサンショウウオののどをかき切る、そのための理由付けなんか、イデオロギー面でも政治上でもいつでもできるさ。いいかい。サンショウウオはわれわれのように文明化しているんだ。権力、経済、法律、文化、そのほかなんでも、相手に戦争を仕掛ける理屈なんてなんとでも、いくらでもつくりだせるさ。

それにやつらは十分な武器を持っている。なにしろ、すごい軍事力だからな。そうさ。武器は有り余るほどだ。いいかい。そんなやつらが、歴史はどのようにしてつくられてきたか人間から学ばないなんてありえないよ！）

「ちょ、ちょっと待ってくれ！（作者は椅子から飛び上がり、書斎の中をあちこちせわしく歩き回る）たしかにそうだ。くそっ。やつらはもう知っている、分かっているんだ。おれも、いま分かった。世界地図を見るだけでもばっちり分かるはずだ。おい、おい。世界地図はどこにあったっけ！」

（ほら。そこにあるじゃないか）

「ありがたい。なるほど、大西洋があって、地中海と北海。ここにヨーロッパ。そして、ここにアメリカ。――うーん、ここが文化と近代文明の揺籃の地か。そして、このあたりが海に姿を消した、古代アトランティスがあったところだな――」

（そして今、サンショウウオが新たなアトランティスを水没させようとしている）

「まさにその通りだ。そして、これが――太平洋とインド洋だね。いいかい、古くて神秘的なオリエントってわけだ。よく言うじゃないか、人類揺籃の地ってね。そして、そう。この辺、アフリカの東であの神話にでてくるレムリアが沈んだんだ。これがスマトラだな。そしてスマトラの少し西に――」

（小さなタナマサ島がある。サンショウウオの揺籃の地だ。タナマサ島はキング・サラマンダーが支配している。キング・サラマンダーはサンショウウオの精神的な長なのだ。タナマサ島にはまだヴァン・トフ船長のタパ・ボーイズが生息している。太平洋原産のなかば野生化したサンショウウオだ。つまり、ずばり、ここがやつらのオリエントなんだよ。このあたり全体がいまではレムリアと呼ばれている。

ところが別の一帯、文明化され、欧米化し、近代的で技術的に進んだ一帯はアトランティスと呼ばれているのさ。そのアトランティスにはチーフ・サラマンダーという独裁者がいるんだ。技術者でもあり軍人でもある。陸地をさんざん破壊して、ジンギスカンのようなサンショウウオなんだよ。とてつもないやつさ）

「……だけどさ、そいつ、本当にサンショウウオなのかい？」

（いや、実はチーフ・サラマンダーは人間なんだ。本名はアンドレアス・シュルツェといってね。世界大戦のときは曹長だった。どこかでね）

「なるほどね！」

（そうなんだ。これでわかったろう。こちらにアトランティス、あちらにレムリアってわけだ。地理的にも、行政的にも、文化的にもちがうんで、別々に別れていたんだな……）

「……民族的にもちがう。そのことを忘れちゃだめだ。レムリア・サンショウウオはピジン・イングリッシュを話すんだが、アトランティス・サンショウウオはベーシック・イングリッシュを話すのさ」

（なるほど。それで、アトランティス・サンショウウオはあのスエズ運河のあったところを通ってインド洋へと進出していくんだ——）

「自然の成り行きだね。昔からの東への道だ」

(その通り。これに対してレムリア・サンショウウオは喜望峰を通ってかってのアフリカの西海岸に浸入する。アフリカ全体がレムリアに属すると主張してね)

「それも自然の成り行きだ」

(レムリアをレムリア人に、よそ者を追い出せ、こんなスローガンをあれこれかかげてね。アトランティスとレムリアのあいだの不信と長年の敵意によってもたらされた溝はますます深くなるばかりだった。この敵意は生死をかけた引くに引けないものになってしまったんだ)

「つまり、言い換えれば、二つの民族、二つの強国にまで発展しちゃったってわけだね」

(そうなんだ。アトランティスのやつらはレムリアの連中を軽蔑し、うすぎたない野蛮人と呼んだのさ。レムリア側はアトランティス側を異常なまでに憎悪し、彼らを帝国主義者とか西の悪魔、さらには、もともと備わっている純粋な昔ながらのサンショウウオ精神の破壊者だとみなしたのだ。

これに対して、チーフ・サラマンダーは輸出と文明のためと称して、レムリアの海岸の割譲を要求する。レムリアの高貴な長老、キング・サラマンダーは不承不承ながら、割譲に同意せざるを得なかった。レムリア側の軍事力が相手より弱かったからね。

かってのバグダードからほど近くのチグリス川のほとりで、最初の銃声が聞こえるんだ。この地で生まれ育ったレムリア・サンショウウオがアトランティス・サンショウウオの特権的な祖界を襲撃し、アトランティス軍の将校二名を射殺する。なんでも、民族的な恥辱を晴らすためだったらしい。その結果――)

「当然、戦争に突入する」

(そうだ。サンショウウオ同士の世界大戦に突入するのだ)

「文化と正義の旗のもとでね」

(そう、正統サンショウウオの名、偉大な民族の栄誉の名においてだな。やるか、やられるかだ! こんなスローガンをかかげてね。マレーの短剣(クリス)とヨーガの短刀で武装したレムリア側は、アトランティスの侵略者ののどを情け容赦なくかき切るのだ。

これに対して、ヨーロッパ的な近代技術の知識では、レムリア側よりはるかに進んでいるアトランティス側は、レムリアの海に毒物や大量に培養した危険きわまりないバクテリアを投げ込むんだ。軍事上は大成功をおさめたんだが、この結果世界中のすべての海は汚染されてしまう。人工培養された鰓(えら)ペスト菌が世界中の海を汚してしまうんだ。すべてはこれでおしまいだ。サンショウウオは全滅する)

「全滅かい?」

(そう、全滅だ。一匹も助からない。絶滅種になるのさ。あとには、エニンゲンで発見された古いアンドリアス・ショイヒツェリの痕跡が残るだけだ)

「それで人類はどうなるんだ?」

（人類かい？　そう、人ね。人間は徐々に山から、大地の名残として残っている海岸へともどっていくさ。だけど海は長いあいだ、死んで腐敗したサンショウウオから放たれる悪臭が漂い続けるだろうな。大地はふたたび徐々に川からの堆積物によって成長していく。海は一歩一歩後退し、すべてはほとんど昔どおりになるさ。

神が罪深い人類にくだした、ノアの洪水の新しい伝説が生まれることになる。それに、人類文化の揺籃（ようらん）などといわれながら、海底深く沈んでしまった神秘の大陸についても多くの物語が生まれるだろうな。それにきっと、イギリスやフランス、それにドイツの物語も語り継がれることになる。――）

「それで？」

（――それからさきはぼくにもわからないさ）

大戦前夜

池内　紀（ドイツ文学者・エッセイスト）

生物学的にいうとサンショウウオは、サンショウウオ亜目、サイレン亜目、イモリ亜目、アンビストマ亜目の四つに分かれ、サンショウウオ亜目はサンショウウオ科とオオサンショウウオ科の二つに分かれる。チャペックがモデルにしたのは、オオサンショウウオだろう。大きくなると一メートルにあまり、頭はデコスケで、イボのような突起がある。手足は小さい。

水底に棲み、生命力の強い生き物で、寿命は一〇〇年以上といわれ、からだを半分に引き裂かれても生きているとか。そのため俗に「ハンザキ」と呼ばれた。チャペックはきちんとモデルのそんな生態を調べていたのだろう。強靭な生命力と「ハンザキ」の特性がとりわけ強い印象を与えたようで、それをそっくり『サンショウウオ戦争』にとりこんでいる。

オオサンショウウオが「生きた化石」などと言われるのは、ヨーロッパではかっては棲息し、その後に絶滅、化石としてだけ存在したせいである。そのため滑稽（こっけい）な事件が起きた。一七二六年のことだが、スイスの博物学者ショイヒツァーがエーニンゲンの石切り場で化石を見つけた。頭部と脊椎がつらなっていて、小柄な人間の骨格と似ている。スイス人博物学者はそれを「ノアの洪水以前に生きた罪深い人類の哀れな骨」と見立て、ホモ・トリスティス・デルヴィ・テティス、「大洪水で溺死した人類」と命名した。

おそろしく奇抜な説を立てたものだが、当時はそれなりに信じられていた。九十年ちかくのち、一八一一年にフランスの博物学者キュヴィエが否定し、オオサンショウウオの骨であることを明らかにした。一八二六年、おりしも来日中のドイツ人学者シーボルトが伊勢の国鈴鹿（すずか）山中の渓流でオオサンショウウオを見つけ、捕獲した。四年後、生きたままの雌雄二匹をオランダに運んだ。その一匹がアムステルダムの動物園に送られ、一八八一年まで「生きた化石」として飼育されていた。

スイスの博物学者が見つけた骨格標本を図版として掲げているとおり、チャペックはオオサンショウウオの骨が大洪水以前の人類と見立てられたことなども、むろん知っていた。だからこそ迫りくる世界大戦を、いま一度のノアの洪水になぞらえた。ヨーロッパにあっては死滅して、化石としてだけ存在する生き物がイメージにあったからである。

サンショウウオが九属三十五種に及ぶのに対して、オオサンショウウオは二属三種のみ。また分布もちがっていて、サンショウウオの生息地は日本や台湾を含むアジアに限られているが、オオサンショウウオは日本、中国、アメリカ東・南部に生息する。太平洋のあちらとこちらにいるわけで、アジアとアメリカがまだ地続きだったころからすでに生存していた。動物界きっての由緒ある生物ということになる。アメリカでは「ヘルベンダー」と呼ばれ、大きくてもせいぜい七十センチどまり。中国のチュウゴクオオサンショウウオも日本のものより小さく、一メートルをこえることはめったにない。

その点、日本は世界に誇っていいオオサンショウウオの国なのだ。日本列島が誕生するはるか以前から、大頭のこの生き物はニッポン領域に棲んでいた。そして古来、オオサンショウウオは声を出すと言われてきた。中国由来の伝承のようだが、「嬰児のごとく鳴く」という。確認した人もいるそうで、丸い鼻を水面に出して「キュキュ」と声を出した。

チャペックはそんなことも知っていたのではなかろうか。だから作中にオランダ人やアメリカ人やイギリス人に伍して日本人を登場させ、海底の生き物に言語を習得させたのだろう。オオサンショウウオをめぐるさまざまなエピソードが文学的想像力をかき立て、代表作『サンショウウオ戦争』を誕生させたにちがいない。

物語は東南アジア、赤道直下の海から始まる。スマトラからジャワにつづくあたりには、大小さまざまな島が点在している。半生を船乗りとして過ごしてきたヴァン・トフ船長にとって、わが家の庭のようにおなじみのところである。

おりしも世界的な真珠ブームにあって、オランダ人やイギリス人やフランス人やドイツ人や日本人が入りこみ、目の色かえて貝を探している。ヴァン・トフ船長は考えた。同じ海域の海底にはサンショウウオが棲息している。十歳の子どもぐらいの大きさで、色はまっ黒。丸い大頭で、水中では泳いでいるが、海底では二本足で立ち、からだを揺らしながら歩いている。これに真珠取りの片棒をかつがせるのはどうだろう？

商業資本が乗り出してきた。有能なサンショウウオを真珠取りだけにかぎる必要はないだろう。なにしろ旺盛な繁殖力をそなえ、餌代はほんのわずかですむ。低コストの労働力として水中工事に打ってつけであって、ダムや堤防工事にあてることもできる。防波堤建造、港湾や運河の浚渫（しゅんせつ）、浅瀬の沖積土の処理、水路の清掃、海岸の埋め立て・・・・・。

「・・・・何百万、数百万の労働力としてのサンショウウオ、地殻の大移動、新たな創世記、新たな地質学の時代についてみなさんと考えていきたいと思っております」さらに彼らに軍事訓練をほどこせば、強力な海上の武装勢力として活用することができるではないか。

カレル・チャペックの『サンショウウオ戦争』は、おりにつけロベール・メルルの『イルカの日』やスタニスラフ・レムの『ソラリスの陽のもとに』と同様のSF小説とみなされてきた。高度な頭脳と文明をもつ魚と人間との対決。地上に大量の異生物が出現して、いずれ人類を滅ぼすだろう。

文学は基本的にはどんなふうに読んでもいい。読者の数と同じほどの読み方があってかまわない。だがチャペックの『サンショウウオ戦争』をSF小説として読むのは、あきらかにまちがっている。作品自体がＳＦのワクにとどまらない。そこに収めるには鋭い棘（とげ）が多すぎるのだ。作者は笑いにくるんで、はっきりと「敵」を名指ししている。ヤジりながら読者に正確な理解を要請した。おどけながら冷静な判断を呼びかけた。『サンショウウオ戦争』は二十世紀の前半に生まれた、もっともすぐれた諷刺文学の一つである。

チャペックは「ロボット」の生みの親としても知られている。働く能力はあるが考えることのできない生き物。「一番安い労働力――ロッサムのロボット」が生まれたのは一九二〇年である。第一次世界大戦がもたらした急激な技術の進展を前にして、才気あふれた作者が人造人間のアイデアを思いついた。

『サンショウウオ戦争』は一九三六年の作である。三年前の一九三三年一月、隣国ドイツでヒトラーが政権につき、つづいてナチ党の独裁、ユダヤ人の迫害が始まった。一九三四年、ナチス内部の粛清を経て、ヒトラー、「総統（フューラー）」となる。その二年後の一九三六年に起きた主だった出来事をあげてみよう。

○イタリアがエチオピアを併合
○フランス人民戦線成立
○スペイン内乱勃発
○ドイツ、ロカルノ条約破棄、ラインラント進駐

○ソ連でスターリンによる大粛清開始
○中国で西安事件
ちなみに日本では次のとおり。
○二・二六事件
○ロンドン軍縮会議脱退
○日独防共協定調印
○メーデー禁止
○大本教、ひとのみち教団弾圧

政治的にも社会的にも、この年が歴史の大きな転換点だったのが見てとれる。チャペックの生国チェコでは、ヒトラーが武力行使をちらつかせながらチェコ西部ズデーデン地方の分割を主張、陰に陽にドイツへの併合を要求していた。

サンショウウオの恐るべき繁殖と、カギ十字をつけた褐色の制服集団の膨張とがかさねてある。ナチス・ドイツはヒトラーの腹心ゲッベルス率いる情報宣伝省を中心に、派手なプロパガンダを展開していた。小説では、サンショウウオ・シンジケート（金融団体）の支払う気前のいい広告料によって、全世界のマスコミが骨抜きにされた。

ドイツの新聞によると、北方のサンショウウオは純粋にして最高の種に属し、純潔の原ドイツ・

サンショウウオのさらなる進歩と発展のためには、より広大な領土と、より長大な海岸線を必要とする。いまやこれは、きわめて緊密にして巨大な「単一集団」であって、徹底したリアリスト、同一の世界観を共有し、同一の基準で世界支配をもくろみ、すべての「個体」は神にひとしい支配者にして指導者である総統に奉仕する。

チャペックは、あいまにそっと、ささやくようにしてつけたしている。ありていにいうと、まともな人間ならサンショウウオに対して嫌悪を抱かずにはいられないはずである。彼らは醜悪で恐ろしい。人々のこれ見よがしの熱狂は、つまるところ嫌悪と恐怖の裏返しにすぎないのではあるまいか。

おりもおり、ルイジアナと中国から、あいついで不吉なニュースが入ってきた。原因不明の地殻の変動と陥没が続発している。いたるところで陸地が沈み始めた。サンショウウオの軍団が行動を始めたらしい。いまや武力をもって人類に宣戦を布告した――。

諷刺の特性は、とりわけそのスタイルにある。ナチス・ドイツの御用新聞は毎日のように高らかにスローガンを掲げていた。チャペックはそれを、ときには誇張し、ときには字義どおりに引用した。笑いを誘って、その愚劣さを世に示すためである。もっぱら相手に語らせ、主張させ、自説に固執させる、引用するだけで批判は控えた。直接の批判は危険なだけで、さして効果のないことをよく知っていたからだ。相手方には笑うべき愚劣さがどっさりある。もしそれをまじめにとりあげなどしたら、相手に威厳を与え、うぬぼれさせることになりかねない。軽やかに愚弄し、揶揄し、からかうのが一番いい。そのとき当の相手が、みずからで愚劣さを露呈する。

『サンショウウオ戦争』は、まさにそのようにしてつくられている。才気あふれた作家にはお手のものだ。カレル・チャペックは二十代でさっそうとデビューした。「ロボット」の造語はもとより、ユーモア小説と同時にミステリーを書き、コラムの一方で芝居を書き、童話集『長い長いお医者さんの話』の作者でもある。『園芸家の十二ヶ月』といったシャレた庭仕事の手引きを書いた。愚かしい敵を笑いのめすなど、お手のものだ。

だが小説は後半になると、ある特有のトーンをおび始める。笑いが膠着(こうちゃく)して、ふとつぶやきがまじりこんできた感じなのだ。「これはまずいぞ。・・・・こんなことははじめてだ。どうもいやな予感がする・・・・・」

雲行きが怪しいのだ。執筆のペンを停止して、ペン先でかたわらの新聞をつついたぐあいだ。この状況は一過性ではなく、ヨーロッパは世界戦争に突入する瀬戸ぎわにいるのではあるまいか。ラジオから聞こえてくる総統の威圧的なしゃがれ声が血なまぐさい悲劇の始まり、開幕のベルにあたるのではあるまいか。「いずれきっと戦争になる」と、小説の終わりちかくで語らせている。当然の成り行きであって、文明と正義の名におけるサンショウウオの世界大戦である。

国家の栄光と偉大さの名のもとに、おぞましいかぎりの戦争が始まる。

小説が予告したとおりになった。二年後の一九三八年三月、ナチス・ドイツはオーストリアを併合した。十月、ドイツ軍、ズデーデンに侵入。翌三九年、チェコは解体され、ドイツ軍はボヘミア、モラヴィアを占領した。九月、第二次世界大戦が始まった。

チャペックは人類滅亡の物語のおしまいに、「作者が自問自答する」をつけている。神が罪深い人類を罰したあと、いま一度のノアの洪水があって、いずれは海中に没した土地の物語が生まれるだろう。かってはイギリスやフランスやドイツと呼ばれた土地をめぐる物語が語り継がれる。ついで、「それで？」と問われ、作者は答えている。

「――それからさきはぼくにもわからないさ」

深い吐息のような言葉である。わからないというのではなく、わかりたくないと言うかのようだ。そして大戦の始まる前年の年の瀬に、カレル・チャペックは世を去った。

訳者あとがき

一部の熱心な読者を除くと最近では、「カレル・チャペックってなんなの？　そう、人の名前か。どんな人？」ときかれても不思議ではありません。紅茶店の名前ぐらいに思っている人も多いのです。ロボットという言葉は小さな子供でも知っていますが、このロボットという言葉の名付け親がカレル・チャペックだときいて、おどろく人も多いのです。ロボットが、強烈なインパクトを社会に与え続けているチャペックのドラマ「ロボット」のタイトルだということを知っている人は残念ながら最近ではずいぶん少なくなってしまいました。

そこで、まずカレル・チャペック（一八九〇—一九三八）について簡単な紹介をしておきましょう。カレル・チャペックはヨーロッパのほぼ中央に位置するチェコという人口約一千万人の小さな国の作家です。第一世界大戦と第二次世界大戦のはざまのほんの二〇年ほどの短い期間に精力的に実に多くの作品を書きました。また、生涯、一ジャーナリストとしても活躍しました。カレル・チャペックの作品は多岐にわたりますが、そのことにはここでは触れません。ぜひ、ほかの作品も読んでいただければと思います。私としては自分のこれまで翻訳したカレル・チャペックの作品、「ひとつのポケットからでた話」、「もうひとつのポケットからでた話」、「カレル・チャペック戯曲集Ⅰ　ロボット／虫の生活より」、「園芸家の十二カ月」から読んでほしいのですが、おっと、これはわがままなお願いになってしまいました。

チャペックが生まれたのはポーランド国境に近いマレー・スバトニョビツェという小さな町ですが、この地方はメトゥエの谷とウーパ川にはさまれたゆるやかな丘陵地帯でした。この丘陵地帯には草原やシラカバ林、トウヒの森が広がっていたのです。そこでは川に住むカッパや周りの山々に住む魔法使いは、住民にとって当たり前の存在でした。幼年時にこの地方で過ごした経験はカレル・チャペックにとって生涯にわたって引き付けられる何かがあったようです。

カレル・チャペックの長編小説「サンショウウオ戦争」はいまから八〇年ほど前の一九三六年に発表されました。「サンショウウオ戦争」という題名を聞くだけでも、サンショウウオ戦争？　と好奇心をそそられます。ありがたいことに、チャペックはだれもがすぐききたいことを「サンショウウオ戦争」の「はじめに」で答えてくれています。チャペックは「はじめに」で書いています。

世界が経済的にも政治的にもとてもひどい状態のなかで、あれこれ考えていたときに、ふと「われわれ人類を生んだ進化が、この惑星の唯一の進化の可能性だと考えることはできない」のではないか、こんな考えが頭に浮かんだというのです。もし、そんな生きものがいれば、人類とのかかわりあいの中でさまざま事件が起きるだろう、おたがいの存続をかけた全面戦争にまで発展するかもしれない。チャペックはきっと人類の歴史、とりわけ現在進行中の歴史と真正面から取り組むには、まったく別の生命体を人類にぶつけてみるのも、人類のかかえているさまざまな問題をあぶりだすには大いに有効ではないか、そして面白いのではないかと考えたのではないでしょうか。

そこからチャペックは相当苦労したにちがいありません。人類以外の別の生命体を文化的な進歩の担い手として選ぶのならば、ハチでもアリでもトカゲでもよかったはずです。実際、カレル・チャペックは兄ヨゼフとの共作のドラマ「虫の生活より」（一九二一年）ではスズメバチやアリを登場させています。しかし、人類、人類のもたらした文明に対するアンチテーゼを打ち出すには、アリやハチ、トカゲよりもはるかにインパクトのある生き物が必要だったに違いありません。人の子どもほどの大きさでぎょっとするようなグロテスクな生き物！　それでもまだ、サンショウウオをイメージできていなかったのではないでしょうか。ここからさきは、チャペックが「はじめに」で書いているようによりによってなぜサンショウウオを主人公に選んだのか、です。チャペックも簡単に説明していますが、もう少し詳しく述べてみましょう。推測も含まれますが、まずは間違いないと思っています。

チャペックはあれやこれやと探しあぐね、考えあぐねていたと思います。そんなチャペックの頭の中に、あるエピソードが記憶の中から突然浮上したのです。長年、「ノアの洪水以前の人間の化石」と信じられていた化石がサンショウウオの化石だと最終的に確定することになったエピソードです。シーボルトが日本からオランダに運んだオオサンショウウオ二匹のうち、死んでしまった一匹の骨格標本が「ノアの洪水以前の人間の化石」と信じられていた化石の骨格とぴったり一致したのです。一八八一年のことです。このことを思い出したチャペックはきっとこう叫んだのではないでしょうか。

「そうだ。サンショウウオだ。ピッタリじゃないか!」

読者の方の中には実際、日本オオサンショウウオを見た方もおられるかとも思いますが、多くの方はテレビなどで見たくらいなのではないでしょうか。でも、とても印象的な生き物ではないでしょうか? けっこうからだは大きくて、グロテスクな中でなにかユーモラスな両生類です。チャペックは小説の主人公、「この惑星で人類以外で人類と同等に、あるいはそれ以上に進化する」生物としてサンショウウオを探しあて、それからは一気にこの長編を書きあげていったのだと思います。

物語はスマトラ島(インドネシア領)の西、タナマサ島という小さな島でのチェコ生まれのヴァン・トフ船長とサンショウウオとの出会いから始まります。船長はサンショウウオの天敵、サメから身を守るためのナイフと交換に真珠貝をサンショウウオから手に入れます。船長とサンショウウオとのそんな取引はやがて船長の幼な友だちで、一大財閥にまで成り上がったボンディの資金援助によって太平洋の多くの島々で行われるようになり・・・さらに、サンショウウオがたちまちのうちに人類の言語を身に着け、ダムや堤防建設といった水中での作業に優れた能力を発揮できることに目をつけたボンディは・・・サンショウウオを世界中に売り込む一大シンジケートをつくりあげるのですが・・・

ここまでの第一部、「アンドリアス・ショイヒツェリ」は現実にはありえないことを題材としたユートピア文学風、あるいは「火星人がやってきた」といったSF小説風に読者は楽しく読むことができます。ストーリー展開が実にうまく、「この先いったいどんな話になるのか？」とワクワクドキドキしながら読者は先を急ぎます。「サンショウウオって見た目はグロテスクだけど、とても利口な優しい生き物じゃないか。それなのに、『サンショウウオ戦争』っていったいどういうこと？」といった感じです。ただ、最後の「サンショウウオ・シンジケート」まで来たところで、読者は物語の先行きに予想できないが、なにかとてつもない、不気味な、おそろしい事件が待ち構えているような雰囲気を読み取るのです。

第二部「文明の階段を登る」では、ボンディの執事、この物語の進行係ともいうべきポヴォンドラさんが収集したサンショウウオに関する資料を基にサンショウウオの歴史が語られます。小説の上では、ポヴォンドラさんが収集したことになっていますが、本当のところはチャペックが書いたフィクションです。それをチャペックは巧みに、ポヴォンドラさんは資料をきちんと整理するのに役立つ専門的な教育を受けていなかったので、たいていの場合、切り抜きに出所も日付も書き込んでなかったことにしています。うまい！「ポヴォンドラさんの資料」をもとに語られているサンショウウオの歴史は、まるで黒人奴隷のように集められ、世界中に優秀な労働力としてばらまかれる・・・サンショウウオの迫害史といってもいいのではないでしょうか。確かにサロン的、あるいは上から目線の「人道主義」的な活動も紹介されてはいるのですが・・・

第三部「サンショウウオ戦争」では、いよいよサンショウウオたちが迫害に耐えかねて、散発的に、また、偶発的に人類に対して抵抗を開始します。もっとも、サンショウウオたちはその一方では軍拡競争に利用され、砂丘を大量の爆薬で空中に吹き飛ばし海に変えてしまう能力を世界中に誇示するまでになるのです。そしていよいよ、サンショウウオが人類に対して戦争をしかけてくる・・・読者はそう予想し、物語はその通り展開していきます・・・実際、これまで多くの読者は、チャペックがサンショウウオをナチス・ドイツのファシスト集団に見立てて、ナチス・ドイツを強烈に風刺するためにこの「サンショウウオ戦争」を書いたと感じてきたようです。

でも本当にそうなのでしょうか？　私はどうしても引っかかるのです。物語のなかでサンショウウオは迫害に次ぐ迫害を受け続けてきた「民」として描かれていますし、サンショウウオは自分たちをだれよりも卓越した「民族」だなどとは一度も考えてはいないのです。チャペックが実際どのように考えていたかは、おそらく永遠に謎でしょう。ただ、チャペックはサンショウウオに対してある種のシンパシーをいだいてこの物語をつづっているように私にはどうしても感じられてしまうのです。

それが小説であれ、絵画であれ、読み手や見る側の作品のとらえ方は人それぞれ、また時代とともに変わってもよいのではないでしょうか。そんな私の背中を押してくれたのは「サンショウウオ戦争」の解説、「大戦前夜」の中で池内　紀氏が書かれた次のような言葉でした。

「文学は基本的にはどんなふうに読んでもいい。読者の数と同じほどの読み方があってかまわない」

「サンショウウオ戦争」は第三部「サンショウウオ戦争」の「ヴォルフ・マイネルトの労作」、「Xの警告」で、焦点が急速に絞られていきます。SF風、ユートピア風の、ある意味「楽しい読み物」がここにきて、読者を思わず「背筋をただして」読まざるを得ない心境に追い込むのです。ここまでは、これから入るストーリーの本筋へのプレリュード、あるいは、しかけといってもいいのではないのかと私は思っています。

「ヴォルフ・マイネルトの労作」、「Xの警告」を読んで、私は初めてチャペックが「はじめに」で書いている意味を理解することができました。

「私が『サンショウウオ戦争』で描いたのはユートピアではなく現代なのです。なにか未来に起きるかもしれないことをあれこれと書いたのではなく、われわれが生きている現代の世界の状況を鏡にそのまま映しだしたのです。・・・つまり、人間のことを考えたからこそ私は『サンショウウオ戦争』を書いたのです」

人類に対してサンショウウオをぶつけることによって、人類をさまざまな観点から分析することが可能になったのではないかと私は思います。

順序が逆になりますが、「Xの警告」の中で、Xは扇動します。「人類はサンショウウオと生死をかけた歴史的な戦いにのぞむか、すっかりサンショウウオ化するかの分かれ道にたっている。・・・私はといえば、やはり前者を選びたいものである」つまり、「攻めてきた火星人と戦うか、奴隷になるか」といった調子です。

実際の小説では、人類はサンショウウオに戦いをいどむというよりもサンショウウオに次々に大地を奪われて、反撃するものの滅亡ぎりぎりのところまで追い詰められていきます。私は、一見さりげなく入れられたように見える「ヴォルフ・マイネルトの労作」という一つの章がそのなかで大変重要な意味を持っていると思います。ヴォルフ・マイネルトの労作、「人類の没落」は読めば読むほど非常に奥が深く感じられます。私はこの章のためにチャペックは「サンショウウオ戦争」を書いたのだと思えてしかたがないのです。

すでに述べたようにチャペックの作品は多岐にわたりますが、そのなかでも「ロボット」、「絶対子炉」、それに「サンショウウオ戦争」は文明や科学技術の発展が人間に突き付けている問題を正面から取り上げています。「ロボット」と「絶対子炉」はとりわけ近世以降、科学技術を過度ともいえるほど崇拝し、成長神話にしがみつき、自然を征服したなどとおごる人類に警告を発しています。「サンショウウオ戦争」でも、全地中海を占める「大イタリア」を建設するといった、科学技術至上主義の巨大な波が全世界を覆っていくありさまが描かれています。

ところが、「人類の没落」の中で、マイネルトはもっと根源的に人類を問うています。「同質の社会のみが幸福な社会でありうる。人類は、さまざまな国家や階級、貧乏か金持ちか、支配する者、支配される者に分け隔てられるようになって、かえって不幸になった」

具体的に考えてみましょう。たとえば、日本で一万年もの長いあいだ続いた縄文時代、狩りをしたり木の実をとったりのぎりぎりの生活でしたが、社会は同質で階級差、貧富差はありませんでした。きびしい飢えに襲われることもまれではなかった縄文人、その縄文人が幸福であったかどうかはわかりません。ただ、支配者に支配されることもなく、他部族とのいさかいもほとんどない縄文人はそれだけで「幸せ」だったともいえるのではないでしょうか。縄文土器には、故岡本太郎氏の言うところの「原始のたくましさ、ゆたかさ」が感じられます。

ところが、農業が導入され、とりわけ鉄製の農具が広く使われるようになった弥生時代以降、農作物の収穫量は急速に伸び、集落の人々の需要を超えるようになります。備蓄も可能な農作物は集落外の人たちとの取引が可能になり、ここに資本が発生することになるのです。この資本こそが貧富差、階級の分化を生みます。科学技術の発展は人類に貢献すると同時に、とてつもない災厄をもたらす可能性のある両刃（もろば）の刃（やいば）なのです。このことをしっかりと認識する必要があります。

資本が蓄積され、資本に基づいて社会が動く「資本主義」はすでにこの時から始まったと考えるほうが理解しやすいのではないでしょうか。この「資本主義」は少しずつその規模を拡大し、その矛盾を拡大していきましたが、産業革命以降、科学技術のすさまじい発展のなかで、そのスピードを猛烈な勢いで加速します。弥生以降の「資本主義」がいよいよ限界に近づきつつあることをチャペックはマイネルトを通じて指摘しているのではないでしょうか。実際、階級差、貧富の差のある社会でヒューマニズムや民主主義、平等といった概念が十分機能するはずがないではないかというマイネルトの指摘は重いのです。

マイネルトは、このような人類に対して、現代の縄文人ともいえる、同質の単一集団で、分業することはあっても貧富の差も、階級差もない、主人も奴隷もいないサンショウウオをぶつけています。

「サンショウウオの世界のほうが人間の世界よりも幸せであることは疑いの余地がない。サンショウウオは同質で共通の精神のもとで一つに統一され、その精神がすみずみまでいきわたっているからである。サンショウウオ同士はおたがいに言葉や考え方、信条、さらには日常必要なものまで差がないし、これからもサンショウウオの中で文化や階級の差は生まれず、ただ仕事の分担があるだけだろう。・・・だから、さあ。サンショウウオに席を譲ろう」

　当然のことながら、人類は階級のない、貧富の差のない社会には「もうけっしてあともどりができない」のです。人類はサンショウウオに席を譲る以外に道はないのでしょうか？　チャペックの問いかけに対して答えるのは、現代という時代を生きているわれわれなのですが・・・サンショウウオは次々に大地震を引き起こし、膨大な数に膨れ上がった自らが生きていくために必要な海岸、遠浅な海を獲得するために人類に戦いを挑みます。戦いでも圧倒的な勝利をおさめ、さらに、人類相手の国際会議（サンショウウオの代理人が人間とは笑えます！）では、イギリスやフランスなどの列強は当事国である中国の同意なしに中国の領土のほとんどを水没させることをサンショウウオに認めてしまうのです。「サンショウウオ戦争」が書かれた一九三六年の二年後の一九三八年九月（この年の一二月にチャペックは亡くなるのですが）、ミュンヘン協定によってまさか母国のチェコが現実に中国と同じような目にあいイギリスやフランスなどによってナチス・ドイツに事実上引き渡されてしまうとまでは・・・さすがのチャペックさんも予想できなかったのではないでしょうか。

「サンショウウオ戦争」でチャペックは人類に対するアンチテーゼとしてサンショウウオを主人公として登場させたはずです。ところが現実の世界では、チェコの隣国、ドイツで一九三三年アドルフ・ヒトラーが権力を握ります。このナチス政権に対して精力的に、根源的に、また、勇敢に戦ったのがカレル・チャペックだったのです。当時、チャペックはファシストから共産主義者にまで徹底的に批判され誹謗中傷され、袋だたきにあって、四面楚歌の状態でした。そんななかで、「サンショウウオ戦争」を書き進めていたチャペックの明晰な頭脳も混乱し、やや変調をきたしているように私は感じます。

ずっと人類に利用され抑圧されてきたサンショウウオに強大な軍事力を持たせ、人類を絶滅の危機にまで追い込むストーリーは読者にナチス・ドイツを彷彿とさせ、まして、「実はチーフ・サラマンダーは人間なんだ。本名はアンドレアス・シュルツェといってね。世界大戦のときは曹長だった。どこかでね」と作者に語らせ、チーフ・サラマンダーが実はヒトラーだったとまで読者にイメージさせているのです。

もしかしたらこれも、四方八方からえげつなく自分を攻撃してくる人たちをちょっとからかい、読者をよろこばせる、チャペックの大好きな冗談の一つだったのかもしれません。

いずれにしても、チャペックは時代に翻弄されながらも八〇年も前に、われわれがこれからどうしても解決しなければならない問題をきびしく提起しているのですから驚きです。

「サンショウウオ戦争」には、私の父、チェコ文学者栗栖　継の訳がすでにあります（「山椒魚戦争」、岩波文庫、ハヤカワ文庫）。しかし、訳されてからかなりの年月がたっており、また、作品への解釈もかなり異なることから、今回改めて訳しなおしました。

ドイツ文学者・エッセイストの池内　紀氏にはすばらしい解説「大戦前夜」を書いていただきました。ありがとうございます。装幀は今回も和田　誠氏に描いていただきました。ここに感謝の意を表したいと思います。

訳者紹介

栗栖(くりす) 茜(あかね)

1943年生まれ。東京医科歯科大学医学部卒業。

主な著訳書

著書 「がんで死ぬのも悪くはないかも」「登山サバイバル・ハンドブック」「低体温症サバイバル・ハンドブック」

訳書 「低体温症と凍傷　全面改訂第二版」「山でのファーストエイド」「アコンカグア山頂の嵐」(共訳)「ひとつのポケットからでた話」「もうひとつのポケットからでた話」「カレル・チャペック戯曲集Ⅰ　ロボット / 虫の生活より」「園芸家の十二ケ月」 など

ブログ　http://ameblo.jp/capek-kurisu/

海山社
Kaizansha

サンショウウオ戦争

2017年10月15日　初版

著　者　カレル・チャペック

訳　者　栗栖　茜

発行者　栗栖　茜

発行所　合同会社海山社

〒157-0044　東京都世田谷区赤堤 3-7-10
URL http://www.kaizansha.com

印　刷　株式会社セピア印刷

ISBN978-4-904153-08-6　Printed in Japan